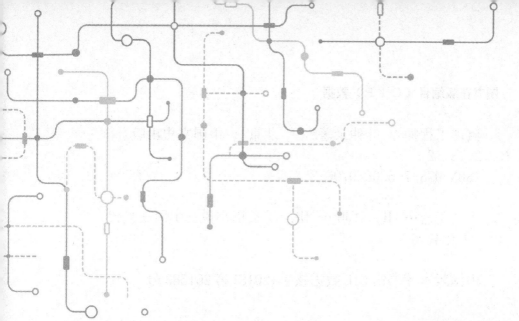

叶仲录 著

J 监理工程师

JIANLI GONGCHENGSHI

中国首部描写监理工程师行业
沉浮起伏的长篇小说

北人南游　　千里追踪
悬疑探险　　迷团重重
真相大白　　余波无穷

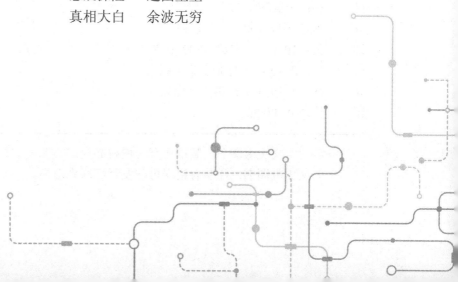

中国文史出版社

图书在版编目（ＣＩＰ）数据

监理工程师 / 叶仲录著. -- 北京 ： 中国文史出版
社，2018.12
ISBN 978-7-5205-0796-7

Ⅰ．①监… Ⅱ．①叶… Ⅲ．①长篇小说－中国－当代
Ⅳ．①I247.5

中国版本图书馆 CIP 数据核字 (2018) 第 261583 号

责任编辑：全秋生
封面设计：徐　晴

出版发行：中国文史出版社
地　　址：北京市海淀区西八里庄路 69 号　　邮编：100142
电　　话：010－81136602　　81136603　　81136606 （发行部）
传　　真：010－81136655
印　　装：北京温林源印刷有限公司
经　　销：全国新华书店
开　　本：787×1092　　1/16
印　　张：19.5　字数：300 千字
版　　次：2019 年 7 月北京第 1 版
印　　次：2019 年 7 月第 1 次印刷
定　　价：58.00 元

目 录

第一章　QQ 失联 / 1

第二章　校长治病 / 6

第三章　家庭批斗 / 12

第四章　南下追踪 / 16

第五章　蛛丝马迹 / 23

第六章　钱从天降 / 26

第七章　妙计解困 / 31

第八章　拔刀相助 / 35

第九章　参观神庙 / 44

49 / 第十章　初识老九

55 第十一章　神庙传说

60 / 第十二章　巧解噩梦

64 / 第十三章　工程事故

67 / 第十四章　晓龙签名

70 / 第十五章　李桃代僵

73 / 第十六章　全权特使

77 / 第十七章　鼓掌游戏

80 / 第十八章　自杀风波

83 / 第十九章　雾里看花

90 / 第二十章　柳暗花明

92 / 第二十一章　临阵换将

100 / 第二十二章　品茶论道

104 / 第二十三章　面授机宜

111 / 第二十四章　审批签字

123 / 第二十五章　执法巡查

第二十六章　　因祸得福 / 134

第二十七章　　指鹿为马 / 140

第二十八章　　泡妞风波 / 152

第二十九章　　大失所望 / 159

第 三 十 章　　海归博士 / 166

第三十一章　　意外升迁 / 175

第三十二章　　QQ 丝巾 / 178

第三十三章　　小试牛刀 / 183

第三十四章　　物归原主 / 188

第三十五章　　神秘卷尺 / 200

第三十六章　　针锋相对 / 203

第三十七章　　糖衣炮弹 / 211

第三十八章　　师生重逢 / 218

第三十九章　　K 歌跳舞 / 225

第 四 十 章　　神秘包房 / 231

第四十一章　　水吧受辱 / 237

241 / 第四十二章　危机四伏

247 / 第四十三章　莫名追尾

250 / 第四十四章　追讨工资

255 / 第四十五章　风云突变

258 / 第四十六章　真相大白

262 / 第四十七章　风雨欲来

272 / 第四十八章　故友重逢

276 / 第四十九章　神秘电话

280 / 第　五十　章　临危受命

285 / 第五十一章　载歌载舞

293 / 第五十二章　何去何从

297 / 第五十三章　紫气东来

第一章　QQ 失联

　　吴悟敏习惯性地忙了一整天加上半个夜晚，终于回到家里了。他先去卧室看看老婆。在医院里当妇产科护士长长年加班的老婆刘秋妹，早已下班回家，并蜷曲在被窝里蒙头大睡。在床头的那面墙上，挂着刘秋妹每天要用的留言板，今天在留言板上手书大字"我在这里等你来，无论什么时间，别忘记翻我的牌子"。吴悟敏朝着留言板笑笑，取下牌子翻过来再挂上，上书"刘贵妃辛苦了，朕，为你打气加油"！然后莞尔一笑，迅速冲洗了身子钻进被窝，一番努力之后，便与刘秋妹聊起来。

　　"本宫觉得，你今天这次的加油用力生猛持久恰到好处，又是向谁学来的？"

　　"朕，以勤奋自学而出名。有人从新渔市出差带回一本宫廷秘笈，朕读过之后领悟颇深。"

　　"说起新渔市，你可知道你的上级、老师兼朋友王永胜在那里？"

　　"朕不知，请奏本于朕。"

　　"好啦，不和你瞎扯了。告诉你，老吴，刚才我去 QQ 看了，晓龙还是不在线，也许去了外地。"

　　"你安心休息。这事包给我办。我办事，你放心。"

　　"今天不教导你，小心秋后算账，你等着！"说完就翻身睡去。

　　吴悟敏小心爬出被窝，洗了洗身子，穿上睡衣，坐在了电脑桌前，打开电脑，急急地翻到儿子吴晓龙的 QQ 聊天室，发现儿子真的不在线。他的心情虽然有不小的失落，但还端坐在电脑前，希望有奇迹发生。

　　吴悟敏最喜欢做的一件事情，就是每天夜里十二点半和儿子网上聊天。可是，最近一连七个夜晚都没有见到儿子的 QQ 内容更新，给儿子留言，也没有得到任何回复，吴悟敏有些奇怪也有些着急。正好儿子今年夏天就要大学毕业了，希望他千万不要出现什么意外事件。网上流传有许多在读大学生因个人行为不慎被卷入各种舆论旋涡，他不免为儿子担心。尽管儿子吴晓龙从小都是个乖乖仔，但是，儿子现在的异常举动令吴悟敏十分不安。他将儿子最近七天都不上 QQ 说给了老婆和老婆全家人听，没想到大家一致埋怨自己，都说自己多管闲事。老婆刘秋妹的说法是："我说，老吴！你们父子俩之间的事我从来都不掺和。他不聊了就不聊了呗！"岳父岳母却说："小吴，你也太累了，也该睡早一点，不要每天搞得那么晚，他不聊就不聊了吧！"吴晓龙的舅舅、小姨却异口同声："哎呀！吴哥呀！不是我们说你，人家都长大了，你还每天缠着他和你聊 QQ，人家烦不烦呀！"这些说法让吴悟敏感到很困惑。

吴悟敏和老婆不在同一个单位工作，但是他和老婆的工作单位都在同一个厂区，这两个单位是隶属同一家国企单位。老婆的单位是产品生产厂家，而吴悟敏的单位是搞建设的，老婆还有岳父全家人，包括吴晓龙的大舅舅、小舅舅和大姨、小姨的家庭，他们都居住在同一个地方。这是一个建在山区里的大型综合国营厂区，风景如画，是当年国家为备战而建设起来的小型工业城市，现在发展得更加繁荣和现代化，当地居民称之为"小上海"。

吴悟敏工作和生活在这样一个大型厂区里，身边都是红二代家庭，无论是自然环境、工作环境、生活条件，还是工资待遇，他都感到很优越、很理想、很快乐，整日无忧无虑。他很珍惜现在的生活，乐于去完成领导给他安排的所有工作任务。同时，他还习惯给自己不停地制定各种学习计划，研究新的工作方式、方法，目的是用来填充他那似乎永远用不完的旺盛精力。所以，他平时总是忙个不停，尤其是每年的四月里更加忙碌。

每年的四月，也是公司里最为忙碌的时候。上个月初，总公司换届组阁刚刚完成，各项工作就紧锣密鼓地开展起来。生产部门、后勤供给部门和材料设备部门上报全年的生产硬指标，工会、学校、劳动人事部门、教育培训部门都忙得不亦乐乎。此时，在职业培训学校任教务主任兼临时副校长的吴悟敏，更是忙得不可开交，工作时间里的每一分钟都在精打细算。要上报新学年详细的招生计划、组织学校教职员工们的技术职称评定、做好本届毕业生的毕业考试工作和毕业后岗位推荐工作，负责学校教职员工今年工资提升、岗位升职、技术资格评定等工作，要搞好教职员工的年度先进评比工作等等。

在这个时间段里还要组织学生和教职员工参加一年一度的集体合唱大赛和全公司员工歌手大奖赛。为了拿下单位里的"合唱冠军"及"公司最佳歌手"等荣誉，需要整整一个月的课后时间磨合练习，而且还要自己领衔上台独唱和领唱。每天下班以后的训练和排练都是必不可少的，虽然已是夏初，还要组织本校一年一度教职员工和学生们的春游活动。这些事情虽然忙碌，却可以给员工们带来无比欢乐和轻松的幸福感。

有时候，吴悟敏忙完事情回到家里已经夜里十二点多了，但座机却响个不停。有同事来电话要求给自己涨工资的，有要求评自己为单位先进的，也有学生家长咨询毕业生岗位安排情况的。这些事都要他细心地开导，还要绕着圈子说废话来安抚这些来电话的人。

今天晚上没有同事的电话打扰，可儿子的QQ却没法聊了，吴悟敏很失落，也很孤独，他为儿子的安全感到担心。于是吴悟敏将儿子的QQ挂上，希望儿子能在QQ里立刻出现。他干脆也不洗漱了，随手拖来一条毛毯和一床棉被，就在长沙发上躺下，一边等着QQ里提示声音的出现，一边心里盘算着第二天的工作安排。

吴悟敏迷迷糊糊地看到，似乎在那遥远的天边，又好像是在离他不远的高空中，长着一棵高大无比的果树。果树绿色圆形的叶子如雨伞盖般大小，长满粗大的树枝和树顶上，树干直冲天空。在树的顶盖之上，长着两个鲜红的大水果，似苹果又不像是苹果，也想不起来到底是什么果树什么水果。吴悟敏很想摘到这两颗大水果，但只是感到可望而不可即。

正当吴悟敏张望着两棵树顶上的大红果子时，一只大鸟从大树的顶上展翅向自己飞来。大鸟越飞越近，他看清了，这是一只全身长着五彩羽毛、身后飘扬着美丽羽翼的鸟，他断定这是一只凤凰。这只凤凰头上长着金色的凤冠，展开的双翅是扇状的，尾翼两根长长的羽毛在飞翔中随风飘动。那巨大的双翼伸展开来，有节奏地上下扇动，五彩斑斓的羽毛在飞行中闪闪发光。

当这只彩色的凤凰飞到吴悟敏的面前之后，就在他头顶上空盘旋着。吴悟敏伸展自己的双臂，抖动着自己的双腿，用力一跃，就缓缓地离开了地面，飞升到了天空，同时又勇敢地跨上了那只巨大的五彩凤凰背上。凤凰驮着他飞快地向着红色水果树展翅飞去。

凤凰驮着吴悟敏飞着飞着，那棵果树突然消失了。接着，这只凤凰也降落到地面上，放下吴悟敏马上飞走了。留下吴悟敏一个人，孤独地站在地面上。

就在此时，在吴悟敏的面前又出现了一望无际的大海，而他的脚下正站在海岛的土地上。海岛上长满了高高低低的非洲面包树。树，还在慢慢地不停地长高，树上挂满了大大小小的面包果，树下长着各种不知名的青草，开着各种不知名的花朵。草丛里有许多小白兔在蹿进蹿出，吴悟敏想去捉一只小白兔抱起来摸一摸，但是，这些小白兔又变成一群白鹭飞向了天空，在空中来回地飞舞着、盘旋着。

突然，树林中间又长出一幢黄瓦红墙绿窗子的房子，房子顶上站立着一条红色的大鱼。

当他绕房子转一圈看看房子外面时，隔海而望，看到的是对面海岸美丽多彩的村庄。

村庄后面是连绵的小山，山上也全是翠绿的树林。村庄被小山环抱，有金碧辉煌的庙宇屋顶，有高低错落的楼房和小院落，盛开着的红色花朵之树，点缀其间。

海岸下面波浪起伏，但听不到波涛的响声。吴悟敏想游到对面的岸上，而海岛却在向岸边慢慢地移动着。

他回头转身看房子另一面，波涛汹涌宽广无垠的海面上，有大大小小的珍珠般散落在海面上的彩色小岛。无数的大小船只在岛屿之间来回地游来游去，而他脚下的海岛，好像一艘巨大的船，仿佛在漂泊着。

当吴悟敏回过身来准备踏上海岸时，有人在喊"晓龙！晓龙"！他突然醒来了，原来是老婆在梦中呼唤着他们的宝贝儿子吴晓龙。

这是一个奇怪而又美丽的梦。

吴悟敏不是一个相信有前世的人，但他在工作之余也研究如何解梦，还写了一本解梦的书稿，打算正式出版。吴悟敏认为，做梦的人在自己梦中的经历可能预示着做梦者自己身体健康的变化，也可能预示着自己生活中大小琐事的变迁，有时候可能什么也不是，而只是个美梦而已。从梦中醒来的吴悟敏并没有去思考这个梦对自己的未来预示着什么。他一看手表时间过了六点，比往常迟了半个小时，赶紧起床去做那些要紧的事情吧。

吴悟敏的生活轨迹一向都是循规蹈矩的，除了对工程技术和相关行业知识的偏爱，几乎没有其他爱好和追求。不打牌，不酗酒，不泡舞厅，也不喜欢钓鱼打鸟。他对生活和工作中的一切都顺其自然，什么岗位竞争机制、职位择优提拔、业绩评比加薪，这些都不是他渴望的需求，他满足眼前存在的生活方式。他认为，这不是自己的脆弱，也不是没有思想上的追求，更不是自己有什么大彻大悟的境界，只是自己的性格和习惯。只要自己做好了准备，机遇自然会找上门的。

　　早晨六点，天有点微亮，这应该是吴家"煮夫"忙碌一天的开始。虽然孩子都上大四了，但是，吴悟敏的生活轨迹还是始终如一。要说唯一有改变的地方，那就是可以不送孩子上学了。吴悟敏开始有大把的时间研究早餐的各种做法，享受大街上买不到的各式美味，用小菜来冲淡大鱼大肉带来的油腻感。

　　比如，他将最新鲜的白洋葱切成等长的细丝，加上切成等长的圆椒丝、绿色的生菜丝、白色的萝卜丝、橙色的胡萝卜丝，再加上芹菜丝，分别用开水焯一下，再用冷水过一下，滤干水后，加香醋、酱油、辣椒油和芥末酱等，用手轻轻地抓捏，再用筷子调拌，滴上香油，就大功告成了。

　　这样的下饭小菜，主要是放到午餐和晚餐时与鱼、肉等大菜一起搭配吃，这样会更下饭。因为这是老婆最喜欢吃的一道小菜，他给起名叫"五彩情人私生活"。他将"五彩情人私生活"拌好之后放进包装盒再放到冰箱保鲜。做完小菜，就该去上班了。从家到学校，从学校回到家里，两点一线的生活，就像固定的舞曲节奏一样。自从结婚到孩子的出生，到儿子去市里上重点中学，再到儿子去外地上大学，多少年都是这样从"五彩情人私生活"上走过来的。

　　然而，"五彩情人私生活"并不是吴悟敏最拿手的小菜。他还有一个新的小菜叫"酸甜香脆腌制总统小黄瓜"。吃起来口感甚佳，既有四川榨菜酥脆的口感，又有嫩黄瓜的香味。据说，这是早年某国一位华裔总统在用早餐时的必备小菜。于是，吴悟敏在电视节目里细心观看了那个早餐菜谱及其大致作法，从中得到启发，再反复制作了十几次，算是基本成功了。

　　做这个菜最关键的技术有三点：一是到当地农民的菜地现场采购长成五厘米长的小嫩黄瓜；二是将小黄瓜切去两头，用小棍轻轻地掏去瓜心，再用纱布包着挤出黄瓜中的部分水分；三是调配合适的调味汁将小嫩黄瓜腌制两到四小时就成功了。吴悟敏的顶头上司唐校长平时很是羡慕地对吴悟敏说过，他这一辈子就想吃那个总统爱吃的"酸甜香脆腌制总统小黄瓜"，品味一下总统高贵的生活方式。

吴悟敏听说唐校长被确诊为癌症初期，吃饭时胃口不好，饭量逐步地减少，希望能有好的小菜来增加食量。今天，吴悟敏特意用一个精致大餐盒，装满自己精心制作的"酸甜香脆腌制总统小黄瓜"，想让唐校长吃饭时开心快乐一点。

想到唐校长或许会夸奖自己能干，吴悟敏提着装满"酸甜香脆腌制总统小黄瓜"的餐盒，高兴地快步出门，走在每天必经的上班之路。

第二章　校长治病

吴悟敏手提餐盒，推门进了自己的办公室。餐盒还拿在手里，顺眼一看办公室的记事板，上面写着"我买菜去了，马上回来，赵丽梅"。这是教务助理赵老师写的。他听到有人在轻轻地哼哼，回过头一看是打字员小王。她一边给自己收拾办公桌一边嘴里在哼哼着，吴悟敏忍住笑，走近小王身边关心地问道："小王，你牙疼？"

小王哈哈地笑得喘不过气来："吴主任，学生在上早自习，难道要我大声歌唱不成？"

吴悟敏一边将"酸甜香脆腌制总统小黄瓜"餐盒放进身后文件柜里，一边说道："你牙不疼就好。唐校长今天早上会来学校，小心被他听到。"

"不怕！他要出去治病，人都快要死了，这里的校长归你了，所以我很高兴。"

"别胡说，说错了你爸给你顶着，我可担当不起。"吴悟敏谨慎的样子。

"看把你吓的！我说的是真的。昨天晚上公司劳动人事部长和我爸谈唐校长要到外地治疗，也许会一去不回，说是要让你接班当学校的校长。说是问过唐校长，他已经同意了的。这样的话，你今年又有资格参加部里教育系统副教授级别的高级讲师考试了。"小王认真地说。

"校内校外几十双眼睛盯着这个位置,我才不想和他们打架。"吴悟敏故作轻松地一笑。

小王睁大了那双美丽的大眼睛:"吴主任,难道你也想偷偷地逃跑?你也想去南方赚高工资?我们公司里有不少人闯南方,回来探亲都是飞机飞来飞去,看来你是羡慕他们了。"

吴悟敏哈哈一笑:"我觉得这里的生活很不错,家庭也在这里,样样都有,为那么多钱来来回回地奔波又何苦呢?小王,说这些对牙疼没有医疗效果,你牙不疼就好了。"

小王一边捂着嘴笑,一边进到里间打字去了。吴悟敏按照习惯也要到学校各个班级门前转转去了。

这间挂着教务主任牌子的办公室,吴悟敏在这里办公。因工作需要,他曾在许多部门任过职,大家对他的称呼也就很多:领导和同事们都叫他小吴,主管土建工程的同事们都叫他吴工,学校里的老师和学生家长都叫他吴老师,他老婆和老婆的同事叫他老吴,等等。而眼下吴悟敏的工作单位,是总公司隶属下的职业技术培训学校。三年前,公司领导调他到这里,原本打算要他担任校长职务,后来不知道什么原因被暂时搁置了,只让他负责教务方面的主任工作。校长病了,长期不能正常上班,就叫吴悟敏暂时兼任副校长的分管工作,他的主要职责还是担任教务主任兼专业讲师。

这是一所综合性的教育培训机构,是在本行业上级主管部门里做了备案的一所学校,名字叫作建筑专业职业技术学校。学校分职工大学教学班、职业技术学校教学班和专业技术培训教学班三大部分,各班的教师都是通用的。但是要早晨七点半上早自习,八点正式上课。教务主任都得提前十分钟到校,巡视课堂和布置工作。

吴悟敏今天来晚了几分钟,就先到教学楼下教师办公室的窗外转了一圈,他见到教师们都在办公室里三三两两地议论着什么,而且讨论得很热烈。每年一度的工资调整、学校的换届选举、中级和高级技术职称资格考试人员的确定等等,都挤在这个时间段里。他本想和这些教职员工聊聊工作和生活,但是一聊起来就不知道要聊多久,也不知道应该和他们聊些什么,想想也就没有进去和这些人打招呼。

他重新回到自己的办公室里,决定做一件更重要的事,那就是趁上午九十点拨打儿子吴晓龙学校领导的电话。这是跟机关单位办事人员通电话的最佳时间，过了这个时间段，他们一般都不在自己的办公室里，或许忙着开会或许做其他的事情。他选择了最重要的几个通话人，当然是儿子的班主任、建筑设计专业的系主任、教务主任和分管学生处的副校长等人。在吴悟敏和儿子 QQ 失联的头一天，他就打算电话联系这些人的，但是忙碌的工作总是让他错过了最好的通话时间。

吴悟敏关好自己办公室的门，再关好办公室里间档案室兼打字室的门，翻开自己已经准备好的通讯录，一一地打了过去。

吴悟敏首先拨通了儿子班主任的电话，电话那头传来"正在办公，以后再回电话给你，谢谢"的悦耳女声；吴悟敏又将电话打到正、副校长的办公室里，电话里得到回答都是：吴晓龙因身体不适离开了学校，他没有给学校留下他的任何信息。他们也正在查找该同学下落，一旦有可靠的消息，他们会立刻通知家长，请耐心地等待我们的消息等等。然后，对方就挂掉了电话。再打过去，对方的回电内容一直都是电话系统的"正在通话中，请等待"。

吴悟敏再逐一拨打其他领导的电话时，对方都是千篇一律地回答："不好意思，我们也不知道他去了哪里，我们也是好几天和他通不上电话了。"然后就把电话挂了，再也接不通了。

吴悟敏还是不甘心，又在自己手机储存的电话簿里查了好几遍，终于找到了儿子同系、同班、同宿舍好友的电话号码，赶紧打过去，可回电的是中国移动的提示音："你要通话的电话号码不在服务区。"

吴悟敏立即将自己的通话结果一一汇报给老婆听，建议立即向儿子学校所在地的公安部门报警，然后再寻找自己熟悉的媒体，刊登寻人启事，等等。可老婆和岳父都极力反对吴悟敏这样做，他们认为，这样做会使吴晓龙的个人形象受到损害，不利于孩子将来的发展。老婆建议他再寻找其他可以利用的联系方式搜索寻找。岳父则直接说不要再找了，孩子都这么大了，不会有事的，叫他放心。

儿子是否安全这是吴悟敏心目中最牵挂的事情。吴悟敏下定决心要请长假亲自去儿子吴晓龙的学校看看，到底发生了什么样的事情。但是，家里所有的亲人都反对。

正在吴悟敏纠结的时候，文书兼资料员赵老师从外面推门进来，神情急切地对吴悟敏说："吴老师，总公司组织兼劳动人事部部长刚才打电话来叫你去，说有事，部长在办公室里等你。"

"好的！"吴悟敏一边点头，一边拿了笔记本和笔出门，向总公司办公楼走去。

他一边走一边想："部长喊我去做什么呢？是不是又要让我发扬风格出让刚从部里弄来涨工资的私人指标？前年公司涨工资时自己礼让过了，去年公司涨工资时自己也礼让过了，今年的同一指标也礼让过了，这只是自己私下从部里关系要了个特殊指标，难道这个还要出让吗？"

公司组织部部长姓吕，很年轻，才三十五岁，是一个英俊的帅哥，听说是省委党校毕业的硕士研究生。他弟弟在技校农转非自费班里就读，几个学期的学费一直都欠着。这个班的学员毕业之后，可以将原来的农业户口转为公司里的城市居民。吴悟敏给学校的财务会计打了招呼，说该学员的学费可推迟到毕业以后再说，等他上班有了工资再交回学校。所以，吴悟敏和吕部长之间还是比较默契的，如果没有要紧的事，部长一般是不会麻烦他的。

学校离总公司办公大楼很近，步行几分钟就到了大楼，再上楼到了公司劳动人事部。年轻帅气的吕部长见到吴悟敏啥话也没有说，一把将吴悟敏拉到组织部对面的资料库房里，关上门，堆起笑脸，小声问："吴老师，你觉得，在你们学校里谁可以当校长？"

"吕部长，我平时真的没有想过这个问题，现在的校长就很好呀！"这是大实话，吴悟敏真的没有想过这个问题，领导学校是一件枯燥的杂活，优点就是一个副处长的头衔加副教授资格的考试指标。他相信已经有许多人都在日夜地窥测和力图争夺这个职务。况且一个单位领导的任命都是上级领导们的事情，与平常人没有半毛钱关系。他自己想得更多的是保持平静的生活方式。

吕部长心平气和问道："你们学校的唐校长今晚就要去西安医院治疗，可能他回不来了。他到省里医院检查身体时发现病情很严重，需要长期住院治疗。他参加今年副教授资格考试的申请已经被批准，考试复习指南和考试的外语单词表都已经发给他了，估计他也参加不了。这个考副教授的指标，我已经建议部里的教育司转给你。我看是不是将你今年从部里通过关系要来的工资指标再让给他，也许他的病情会有所缓解，而你可以正式地继任他的校长职务。这样，你就可以当副教授和副处级的正校长。吴老师，你说呢？"吕部长轻声细语地、脸贴着脸地小声问道。

"再出让涨工资的私人指标，既然您说了，我会同意您的意见，您的工作我是坚决地支持。副教授考试资格今年没有，明年总公司可以报我的名字，我也希望参加这个考试，相信我的实力会一考即过。如果要我顶替他的名额去参加考试，恐怕影响不是太好，不如不要。关于校长换人一事，只要唐校长档案还在学校，校长暂时不改变为好，我可以无偿地帮他做好校长分内的工作。他在医院里，照样可以领导我们学校，这也只是我个人的建议。"吴悟敏小声地又很尊敬地回答。

吕部长什么话也不说了，转身面无表情地匆匆回到办公室里去了，让吴悟敏独自一人寡兮兮地站在那里，进退两难。吴悟敏没有和任何人打招呼就回到自己的学校。

当他回到办公室里坐下来时，相貌堂堂、皮肤白净而显得有些消瘦的唐校长随后来到吴悟敏的办公室。他先是轻轻地关好办公室的门，然后又叫赵老师到门外去。唐校长站在吴悟敏办公台的对面，吴悟敏赶紧站起来给他让座，被唐校长摆手拒绝了。于是，吴悟敏也陪着唐校长站着，两个人隔着办公桌站着说话。

唐校长用一只手撑着桌面，一只手捂着自己的腹部，艰难地对吴悟敏说："小吴，你真是个大好人。你是我们学校里年年的先进，但是每次涨工资的奖励指标都让给了我，我会报答你的。我今天晚上就要坐火车去省城治病。我走后的学校工作就靠你了。你经历多，知识多，专业技术熟练，为人憨厚，是当校长的好材料。"唐校长说着说着，两眼湿润了起来，米粒大的泪水夹杂着汗水开始从面部向下滚落。唐校长用一只手摸摸自己的肝脏部位，另一只手拿出手帕擦了擦眼泪说："小吴，相信你会将学校管理得比我在的时候更好。"

吴悟敏一时手足无措，不知用什么话来安慰唐校长才好，只是说："唐校长，论功劳还是您最大，奖励升级的指标您应当得到，我向部里要的特殊指标也应当给您，这也是您的资历和荣耀。校长的工资级别高了，学校的身价自然高了，我们老师在外面办事时也容易多了。不管怎么说，您都是我们的校长，我还是像往日一样去做好学校的工作。唐校长，您放心去治病吧，祝您早日康复。"

唐校长说："按贡献和部里工资涨级的硬条件，你三次都上线了，你为何不力争呢？你如果极力地争取，公司也许会考虑向上级要求增加指标的。我现在可以用别的方面来补偿你。比如党员，我现在就可以做决定，我是校长兼支部书记，只要你写一个申请书就可以。现在的时代已经不是谦虚和谨慎的时代，现在的时代是勇者争先的时代。"

吴悟敏说："校长您说的这些我都理解，您说的这些东西我都想要，而且我相信都可以拿到。但是，也许别人可能比我更需要。校长，这事您不必为我着急，您的身体康复最重要！"

唐校长又用手绢擦了一把脸上的泪水说："小吴，你真好，公司的意思是在我外出时由你接手学校，我康复以后回来会到总公司教育部做部长，是正处级干部。你现在就是吴校长，你看你还有什么要求对我直说吧！"唐校长很温情地说道。

吴悟敏想要改变一下两个人谈的话题，突然想到了自己带来的一盒小菜。

"校长，我带了一盒您最想吃的'腌制甜酸香脆总统小黄瓜'，您尝尝好不好吃，如果觉得好吃，以后我每周托人给您带到省城去，很开胃口很下饭的。"吴悟敏边说便从文件柜里取出餐盒，准备打开让唐校长先尝尝。

"小吴，不用打开了，我拿走就好，谢谢！"唐校长的声音和双手都在颤抖，他还没有来得及转过身去，眼泪就噗噗地滴下来了。唐校长很快接过餐盒，急忙转身走出吴悟敏的办公室。

吴悟敏坐在办公椅子上，也不出门相送，他觉得这样做对唐校长也许更好受一些。他安静地坐着，看着唐校长的背影，看着这个为职务和荣誉争斗了快一生的男人。吴悟敏觉得人生就是这样，根本没有什么可以值得你去过分留恋的。

唐校长走后不久，赵老师走进来，给吴悟敏的写字台上放了一些文件，说道："吴主任，这是唐校长叫我给您的文件。"说完就要进打字室审稿去了。走了两步又回头，微笑着对吴悟敏说："吴主任，听说您要当校长了，恭喜您！这个职务不知道有多少人在拼命地争取呢！"吴悟敏还沉浸在刚才与唐校长话别的伤感里，只是严肃地向她摆摆手。赵老师自讨没趣地进里屋去了。

吴悟敏把赵老师拿来的文件逐一翻开，看了看文件的封面，是部里发来的职业教育系统高级讲师（副教授级）资格考试的通知及复习参考资料。有外语考试范围、外语考试大纲、外语考试单词及词组汇集，还有国家专业技术资格申请表、个人简历和工作总结表的填写细则文件、专业技术论文写法要求和各单位参加考试的人员名单等。通知是上个月下发的，名单里有唐校长和吴悟敏两个人的名字，指标却只有一个。职务和职称资格的竞争必须有陪榜者，就像每一辆汽车都必须有备胎一样。这里职称的评定从来不以考试的分数高低和学术论文水平的优劣来评定，主要是按照申报人所在的岗位和职务级别来评定的。吴悟敏为唐校长感到惋惜，他起身走出办公室，到各个教室外面巡视去了。

其时正值课间操，学生们在班主任老师的带领下认真地做操，吴悟敏独自一人沿着学生队列边走边欣赏，欣赏着年轻学生的青春气息。这时，有几个老师正津津乐道地谈论着，昨天又有两个员工因工资评级不公而跳楼自杀。吴悟敏只是静静地听着，他觉得此种现象，是不是会引起上级领导们去反思？是不是自己值得上前去插话？他现在没有时间去思考这类问题。儿子突然无故失联，让他无论如何都想不通到底是什么缘故。

上课铃声又响起来，学生和老师们都挤进教室里去了。吴悟敏一个人在空旷的场地里活动着，随意地做着体操姿势。突然，吴悟敏远远看到一辆小车来到学校办公楼前，刚一停稳，唐校长手里拿着自己送的"腌制甜酸香脆总统小黄瓜"餐盒坐到车里。没有人相送，他也没有和其他任何人打招呼。小车开走了，学校又一片宁静。

他一边想着，一边向自己的办公室走去。这时，办公室的电话铃声响了，声音很大，赵老师拿起电话听筒，听了之后就将听筒放在桌子上，跑到门外高喊："吴主任，这是您家爱人单位那里打来的电话，快来接！"

吴悟敏快步回到办公室，从办公桌上拿起电话听筒，只听到他老婆在电话里说："老吴，今天中午，你给我早点回家来，出大事了！"

"什么大事？"吴悟敏的问话还没有问完，对方就将电话挂了。

他又将电话拨回去，那边接电话的是另一个年轻女子的声音："哦！你是老吴吧！我是护士小张，刘护士长正在忙，我们这里刚来了急病号，她现在没有时间和你唠嗑，再见！嘻嘻。"

第三章　家庭批斗

中午吴悟敏下班回到家里时，屋里坐满了人，在客厅空荡荡的中心位置放了一条小凳子，晓龙的姥爷和姥姥、大舅舅和大舅妈、小姨和小姨父、小舅舅和未来的小舅妈坐在椅子和沙发上，面朝客厅的中心。幸亏吴悟敏的家里人都居住在外地，离这里很远，要不，也可能会列席其中。

　　他们在激烈地讨论着，见到吴悟敏回来都鸦雀无声。有的将自己的头低下来看手机，有的装着在打游戏的样子。吴悟敏的老婆刘秋妹坐在最主要的位置，满脸怒气冲冲的样子。她见到吴悟敏回到家里，第一时间就命令他坐在小凳子上。

　　刘秋妹鼓起吓人的大眼睛，要在座的每个人都声讨吴悟敏。岳父首先发话，岳父是总厂工会的副主席，于公于私吴悟敏都得尊重他老人家，按照礼节立马站起来，而岳父岳母都客气地说"快坐、快坐"！吴悟敏东看看西看看，没有什么地方好坐，只好又一屁股坐在那个小凳子上，差点歪倒在地，自己捂嘴嘻嘻地笑了几声。四周的人都在捂住嘴偷笑。

　　吴悟敏的老婆大声地嚷起来，这些人只好假装严肃。面对一群假装正经的批判者，吴悟敏内心里不紧张反倒有一种光荣的感觉，脸上竟然露出一丝微笑。立刻，他又装出傻傻的样子憨憨地说："什么大事呀？这么隆重！"这时会场一片沉默，没有人搭话。他只好傻傻地坐在房子中央的凳子上，把两只手放在两腿中间，等待着大家对他的批判。

　　原来吴晓龙学校分管学生和后勤的副校长正是晓龙大姨父的朋友，今天上午十点多打电话到岳父家里，正好是岳父接的电话。电话里说吴晓龙本学期刚开学就递交了休学报告，没有过多久，这个学生就不知去向了。休学报告里说他得了慢性的脑神经末梢病，暂时无法完成学习任务，不得不退学，说是要等病好了再来续学。现在需要家长或家长的代理人到学校来确认此事，并要补齐吴晓龙所说的病情医疗诊断报告书。刘秋妹断定吴悟敏教子无方，要岳父组织大家声讨他。

　　当年吴悟敏与刘秋妹的结合，是两个顶头上司牵线搭桥的，一个是吴悟敏公司的总书记兼总经理骆正魁，另一个则是总工会副主席，也是刘秋妹的父亲，后来就成了吴悟敏的岳父。因此，吴悟敏对岳父是言听计从的。

　　接下来就是刘秋妹正式对吴悟敏进行声讨批判。

　　刘秋妹比吴悟敏小十四岁，是医院里的妇产科护士长。她平时性格多变，高兴时就像是小绵羊，生气时十分凶狠，是一个嘴里从不饶人的女人。

　　刘秋妹在吴悟敏面前走来走去，指着吴悟敏的鼻子大骂他没本事，教不好儿子不说，又将儿子教得没有样子。而且天天半夜里聊什么QQ，没有个当爹的样子。现在儿子突然失联，不知道是他自己玩失踪，还是真的有什么不测之事，害得一大家人都不得安宁。接着，刘秋妹又数落他晋升缓慢，处处不如人家，工作几十年都捞不到一把好交椅来坐。哪个单位的领导想升官了，就叫他去打前锋闯天下，等到事情搞好了，他又被调去新的单位帮助新的人打天下。别人升官了，评上高级职称了，他还是个什么代理校长。

她的手一指吴悟敏，恶狠狠地说道："就是你这样的一头怂驴，成就了那么一堆屎壳郎。"吴悟敏既不敢笑，也不敢还嘴，诚惶诚恐地低着头，装作严肃认真听的样子，一句也不反驳。满屋子的人发出一阵善意的嘲笑声。

吴悟敏假装正经地反驳道："不要说'你们'这个词好不好，请不要一竹竿打一船人好吧！"

刘秋妹高声斥责道："今天不准你还嘴。这不是我说的，你的同事和我们厂里人都这样说你们单位，错不了！"

刘秋妹数落累了，就坐下来接着说，说到激动处，她话锋一转，面对家人手舞足蹈起来："爸、妈、弟、妹，你们看，我家老吴有多么窝囊！前天晚上半夜两点，我们睡得香香的，他们单位有个两口子来敲门说要离婚，来我们家里评理，说只要给他们俩每人涨一级工资就不离婚了。我说我们家老吴只是个代理校长，没权力给人家涨工资。他们说老吴将自己的两级工资都让给了校长，给一个得癌症快要死的人，还不如送他们两口子。你看老吴说什么？他说，不要急，我明年的指标再送你们俩吧，今年的已经送出去了，要不回来的。好不容易送走这两个混账刚要入睡，座机电话又响个不停。一接电话，原来是学校的校车司机要求老吴第二天给他开两箱汽油票，不给开就不出车，说是全公司都是这样做的，为啥你这个临时代理副校长就只开半箱油票？老吴不但不批评这个司机，反而说你不出车就不出吧，那就换个别人吧。那个司机又是骂骂咧咧一大堆。你们说他窝囊不窝囊！你们看，我们要怎样处罚他！"

孩子的大姨父不说话，只是扭过头去偷笑。孩子的姥姥和孩子的大舅、大舅妈都好言安慰刘秋妹。姥爷在自己女儿面前帮吴悟敏说了许多好话，替吴悟敏给刘秋妹赔了许多不是。大舅舅和小姨父都站起来两边打圆场，屋里的气氛安静下来，刘秋妹这才消气坐回原处。

孩子的姥爷毕竟是见过大世面的领导，他批评秋妹，说这样吵也不是好办法，现在不是追究责任的时候，也不是批判谁出气的时候。事情既然发生了，应该讨论如何解决才是对的。

一大家人在客厅里又讨论了很久，大家争先恐后地发表自己的看法。吴悟敏突然想到大家都没有吃午餐，站起来说他去做炸酱面给大家吃，这样比较快。可小姨子却说要吃吴哥做的麻辣烫。吴悟敏给小姨子解释了好半天，说做麻辣烫还要杀鸡还要买羊腿熬汤什么的，还要用煤炉子慢火炖汤，还要上街买新鲜的菜等等，最后小姨子才同意一块儿吃炸酱面。吴悟敏趁机抽身到厨房里去了。

其他的人都继续讨论着，吴悟敏一边做饭一边偷听他们的谈话内容。

有的怀疑吴晓龙是在学校里被女生勾引变坏了，说男孩子长得太帅也是个麻烦事情；有的说现在学校对学生管得太松，学生还去做什么援交之类的事情赚钱，怀疑吴晓龙是自己把持不住失去了读书的热情；有的怀疑吴晓龙是不是参加所谓的民间社会组织，搞什么社会新思潮去了；有的怀疑晓龙是不是和哪个女大学生私奔搞浪漫去了。因为最近一个时期网络上男女大学生私奔成了一种时尚。据说有一个身价过亿的大老板生意都不做了，和大学生女友体验私奔生活去了。

最令大家担心的还是吴晓龙是不是被人拉去搞传销了，因为在大学校园里，有不少学生和老师都在做这种事情。再后来，讨论到吴晓龙离校出走的另一个可能，是不是和那些留学生一起出国去了。因为现在大学校园里盛行出国热，暑假里吴晓龙曾经带回来一位美籍留学生，都是学建筑设计的，那个留学生建议吴晓龙去美国留学，他说他可以给吴晓龙做担保人。

讨论了大半天，大家的意见统一不起来。吴悟敏一边听一边认真地做着面条，陆续地在餐桌上摆好碗筷、调料小蝶、下饭小菜、调味的酱汁、大蒜泥、香油、麻油、花生油、紫苏叶细末、脱水小葱细末、油泼辣子和一碗一碗的炸酱面，同时给在座的每人泡一杯毛尖盖碗茶。

在大家吃饭时，吴悟敏谈了自己的看法和建议：

一是晓龙是自己的儿子，自己的儿子自己了解，儿子的梦想是当一名世界知名的建筑设计师，绝对不会去做坏事。

二是儿子没有向家里人要过太多的钱，传销头头拉一个没钱的孩子去搞传销，这是不可能的。

三是去美国留学程序很多，不是说走就走那么容易的事情。

四是儿子很可能是去南方某个城市参加设计大赛去了，那里今年有几个国际性设计大赛要举办。

吴悟敏说了以上几点意见后，承认自己对儿子管教不严，自己要负全责，应当马上请长假去儿子学校那里探个究竟。

大家吃完了面条，接着又喝了一会茶水。小舅舅带头说话了，他笑着看着大姐刘秋妹说道："大姐，你骂也骂了，闹也闹了，也该解气了，吴哥的拿手炸酱面吃也吃了。大姐，你也该干点正事了！"

"小弟说得好！我们开始讨论怎样去找回晓龙的事情。老吴，我明白地告诉你，在你回来之前，我们一致决定要你立即请假，去南方的新渔市寻找晓龙，希望他会在那里。据说那里有三个国际性设计大赛，他可能去报名参加了，你找到他之后就给我捉回来。第一，你那个德国留学回国的老上级王立胜在新渔市与别人合伙办了一家监理公司，他寄来了一个邀请函，要你去他公司上班，你可以边上班边找你的宝贝儿子。第二，半年前你们单位那个国家注册监理工程师资格培训班的李经理找我，他说你的水平足够，不用考试直接可以给你办理国家监理工程师资格证书。我当时给了他两千元，今天你的资格证下来了，已经放在你写字台抽屉里面了。第三，你明天上午就去学校请假，后天下午出发，乘火车去新渔市，让小弟开车送你去火车站。晓龙学校的事由他大姨父去摆平。你单位里的事情由我爸去搞定。你这次去南方的主要任务是找回我们的儿子，找不到你就别回家了。本次批判会到此结束，散会！"

刘秋妹抬头挺胸地回到自己的卧室，"哐当"一声把门反锁了。孩子的姥爷姥姥、小姨和小姨父、大舅和大舅妈、小舅舅走到吴悟敏身边说了一些安慰话，然后转身离去。

吴悟敏觉得这场批判会开得牛头不对马嘴，好在这样的生活方式他已经习惯了。自从上学开始，就是应付接连的"命题作文"。而且他觉得参加了工作，也自然是被领导"命题工作"，世界上没有人可以逃过别人的"命题生活"。指挥别人去做事和被别人指挥自己去做事，并没有本质上的区别。今日之事对自己来说并没有什么不好。

就这样，吴悟敏第三天就简装出发了。他提着一个背包，除了装几件必要的换洗衣服和洗漱用品之外，包里面装满了各种文件和身份资格证明，还有一篇他写给失踪儿子的诗歌《妈妈呼唤你，儿子回家吧》。为了寻找自己的宝贝儿子，他就这样地踏上了一座从未去过的城市，去做一份从来没有做过的工作——国家建设工程监理工程师。

第四章　南下追踪

吴悟敏老婆说的那个监理公司老总姓王，叫王立胜，也是吴悟敏的熟人。

因为有业务往来的原因，这个人和吴悟敏的岳父关系很铁。王立胜曾经是吴悟敏的老上级，也是给吴悟敏传授知识和学问的高级工程师（教授级），是公司科技部的总工程师。刘秋妹称他为老王，吴悟敏称他为王总。

王总多年前由国家派往德国攻读环境博士后，后来回国被安排在新渔市工作。他以母校的名义和政府相关机构合作，注册了一家环保科技公司，下面有专营开发城市垃圾发电站设计、建设、经营的专业公司和进行废水有益资源提取技术及其设备、厂房设计和建设等综合项目建设的实业公司。他任总工程师兼副总董事长。王总的总公司办公大楼叫"新渔之春建设"综合大楼，地点在新渔市建设路中段一百八十八号。于是，吴悟敏寻找儿子的南行之路首站就定在这里。

经过两天多的车途颠簸，下午三点多，吴悟敏走出了新渔市火车站的出站口。他先在旅游摊位小卖部买了一本新渔市旅游指南，边走边问路面执勤的警察，转乘了多趟公交车，来到了挂有"新渔市神渔建设工程管理咨询有限公司"和"新渔市神渔建设监理有限公司"两块大招牌的综合大楼前。

他在"新渔之春建设"综合大楼门口的人行道上，靠路边站定，放下背包，从里面取出王总的那封信，认真地核对了公司名称和办公大楼名称，确认没错，抬头仰望这座门面装饰豪华得令人惊叹的建筑物。这座楼超出了五十层，他估计占地两千多平方米。这是一座具有豪华有机玻璃全幕墙的西洋式建筑，顶部的十多层是树冠状设计。绿色琉璃瓦、红色钢结构网架与变色光电玻璃大窗面幕墙组成无规则无章法的外墙面，给人一种魔幻世界的感觉。这种用钞票堆砌起来的建筑设计太夸张也太超出吴悟敏的想象了，这正是他自己早就想表达的设计理念。他很喜欢这座建筑的设计，遗憾的是自己没有这样的平台去展示才华。

吴悟敏不敢更多地去欣赏，因为他要做的事是立刻找到王总。吴悟敏先拨了王总的手机，手机里回答的是"对不起，对方已关机"的回音。吴悟敏又拨通了王总书信里留的座机号码。

他拨通好几次没有人接，他也不着急，连续不停地拨，两分钟之后，电话里终于有个粗犷不耐烦的女人声音传来："你找谁？"

"我找王总！"

"哪个王总？"

"王立胜。"

"他出国去了！"

"他什么时间回来？"

"不知道！"

"您贵姓？"

"你找他有什么要紧的事吗？是不是要找监理公司挂靠搞投标？还是已经有了业务单子要来挂靠？我们这里业务很忙，过去没有联系过的单位一律不接活，我们忙不过来。"

"我是王总邀请来工作的，我姓吴。"

"我没听他对我谈过姓吴的男士，他也不负责人员招聘。找工作，请到市劳动人才市场投档，在那里我们有专门机构接待，再见！"

对方的电话挂了。

吴悟敏并不着急，反正自己是出来找儿子的，找到工作之后再找儿子不过是更方便一些而已。暂时没有地方工作没有找到熟人帮助也没有关系，反正自己做了一些准备，多带了一些钱在身边，万一不够也可以向家里要求汇款。为了找到自己的宝贝儿子，他已经做好最少住一年宾馆的打算。想到这里，他手提着背包，再向左走了一段路，在公交站站台的座凳上坐下，找出新渔市旅游指南打开，想寻找一个位置较好的旅店。地图显示这个车站不远处有一家酒店，距离不算远，不如步行，边走边欣赏一下城市里各种风格独特的建筑设计也算是一种快乐。于是他背起背包顺着街道的人行道，东张西望地边走边欣赏。

突然听到一辆小车"嘎"的一声停在前面。吴悟敏扭头一看，从车里下来一个眼熟的年轻男孩子，这人向他走过来。

"吴老师，你怎么在这里？"这个年轻人直接堵在吴悟敏的前面，微笑地看着他。

吴悟敏定睛一看，原来是儿子吴晓龙高中时的同学沈文景。沈文景与吴晓龙同岁，和吴晓龙在"高考同盟会"里是同班同学。

那时候，在吴悟敏工作的国家大三线国营企业单位里，企业技术骨干和企业管理骨干不但是工作上的骨干，同时也是单位辅导孩子们参加高考的教学骨干。五六个孩子组成高考攻坚小组叫作"高考同盟会"。同盟会里每个孩子家里都要派一位家长来做辅导老师，负责某一科的高考教学辅导。有的家长将自己初中还没有毕业的小孩提前组织进来，参加"高考同盟会"的学生，从初一到高三都有。

如果高考成绩不理想，录取不到心目中的名牌大学，那就再复读一两年，学生们自己称它叫"服毒"，他们将这样的学习之路称为"八年抗战"。有的家长觉得自己孩子能考上一个合适专业的高校就心满意足了，这样小孩就不必读六年或八年，什么时间考上就走。所以，有许多孩子上大学时才十四五岁。吴晓龙和沈文景就是在"八年抗战"小组里结伴学习的。沈文景的母亲是中学副校长，教语文的，数学就归吴悟敏教，另外几个学生家长教物理或化学或外语。所以，这些孩子们对辅导他们的家长都称老师。沈文景在高一时就报名参加高考，考上了一所石油大学工民建专业，毕业后就直接到新渔市找工作，当上了监理工程师。

吴悟敏见到儿子的同班同学很高兴，于是伸过手去和沈文景握手说："小沈，你好，你好！"

"吴老师，先上我的车吧，这是我刚刚买的车。我们边走边聊吧，我请您吃饭！"沈文景拉着他坐到后排座位后，对开车司机说："你给张老板打电话说，我不去春江花海唱歌了，晚上去东关市的娱乐活动也改期吧，我的老师来看我，请送我去新渔村新螺海鲜酒楼！"司机立刻插上耳机边开车边打电话。车，呼呼地开走了。

在车子里，小沈的手机不时地接到电话，有请吃饭的，有请去按摩桑拿洗脚的，有请去唱歌喝酒的，有请到东关市酒店夜晚过夜休闲的，小沈都回绝了。

约莫半个小时，汽车绕过几条大小街道，在一家挂着"新渔村新螺海鲜酒楼"招牌的酒店门前停下来。

沈文景和吴悟敏下车后，来到酒店二楼靠窗的位置坐下。沈文景立即打了一个电话："爸，会开完了吧！今天你就不要去吃饭唱歌了，每次吃饭都要唱歌喝酒，你又不能多喝酒，现在就来我这里吃饭吧。爸！快点过来，我们的吴老师来新渔了，就在我这里，快过来吧！"说完电话就挂了。

"吴老师，您也是来找工作的吧？您早该出来啦！在那个大山沟里奋斗了几十年，除了落得个一身清闲，您什么也没有得到。有您那么多的本事，到这里随便混也比你窝在那里甘做人梯强百倍。且不说别的，就说这里同样工作的月工资，都是原来我们公司工资的百倍左右。"

"小沈，钱和地位对我来说吸引力不大，活得自由自在是我的目标。那些身外之物上天给我时我就接住，上天不给我时，我也不会去争去吵闹，更不会要死要活的。我这次来这里是因为你的好朋友晓龙失联了。他都快要毕业了，还闹了这么一出，我们全家都很着急。我们家里人都估计他可能来这里了，于是就派我来这里找他，她妈妈命令我把他捉回去见她，找不到就不准回家。哈哈！"吴悟敏尴尬地笑笑。

"吴老师，管他做什么，他都长成大男人了。他在大学里又混了四年，他那里可是高等学府，如今社会上有什么事情他那里都会有。我相信他见多识广，又有您这么优秀的基因，丢不了的，您放心让他去混吧！我最看不起你们那一代人对待儿女的做法。我们小的时候全家逼着我们去考大学，考上大学又逼着我们去找符合大人要求的工作，我们有了工作，全家人又帮着我们去找他们看得顺眼的对象，然后给我们包办结婚、带孩子，没完没了。最后，我们年轻人都和你们老一辈人结下了思想上的深仇大恨。你们不觉得冤吗？"沈文景安慰着自己的老师。

"说得也是，这些我也懂。不过，家里人还是放心不下。你刘阿姨叫我出来找，家长的命令不得不从！"吴悟敏自嘲了几句以后，找了个话题将思路转了一个弯，感到气氛缓和了许多。

"吴老师，您第一次来，还是点一些平时没有吃过的菜尝尝。这是菜单，您喜欢什么随意点。"沈文景将菜单递过去。

"小沈，你自己看着点吧，要是我点，我还是来碗炸酱面。对了！现在我不能再叫你小沈了，我得称你为沈工程师！"吴悟敏没有接菜单，只是微笑着对小沈说。

"吴老师，人家晓龙现在不知道在哪里吃香的喝辣的呢！而您却在这里愁得吃不下喝不下，想开些，吴老师。您看，这里是有名的海螺酒店，有四十八种之多，大多数都是从海边直接运来的，也有从国外空运来的活海鲜，这么多种的海螺，您肯定没有见过也没有吃过，相对来说是很便宜的。我给您点一些海螺和海鱼，还有当地产的新渔牌啤酒，很好喝的，您也尝尝新鲜，最好是去到产品陈列厅去，边看边点。"沈文景兴致勃勃地介绍着菜单上的照片。

"海鲜我还是吃过一些，当年因公出差和疗养时都去过不少海边的风景城市，例如青岛呀、大连呀，还有秦皇岛，免不了要吃海鲜的，而且是吃了可以报销的。"吴悟敏坚持不去产品展厅。

沈文景只好自己拿起菜单，叫服务员点了好几个自己觉得吴老师没有吃过的只在南海里才有的海螺和海鱼，又叫了几瓶啤酒并且马上打开，又叫了三只啤酒杯，并斟满酒，给吴悟敏一杯，自己举起一杯说道：

"吴老师，感谢您当年对我的严格要求和精心辅导，才有了我的今天，您辅导建筑设计技巧加上工程预算常识，对我们搞建筑监理工程的人来说太重要了。我敬您一杯，我干了，您随意！"两个人碰杯，一饮而尽。

这时有人高声在喊："小吴，你来了！"

吴悟敏抬头一看，是沈文景的爸爸来了。

"沈处长，您好！"吴悟敏急忙站起来，下了座位，走上前去和沈处长握手，拉他坐在自己旁边说："今天这么巧，这真是出门遇到贵人，碰到小沈又碰到您，我看您身体还是老样子，很精神的。"

"谢谢小吴的赞扬，我很好，我来这里很愉快。文景说你来新渔市了，我很高兴，特地赶来看你。当年，我在公司医院和地区医院都开了病退证明，提前两年退了，主要是时机不可错过。文景是从他就读的学校里直接到这里应聘的，有正规的工作合同，有许多社会福利。他以后成家立业生儿育女带小孩这些事，我都不会管他们的了，这叫入乡随俗，也叫与时俱进。小吴，你以后就叫我沈工就好。小吴，你是来出差还是来找工作？"

"现在文景也经是沈工了，把你们父子俩都叫沈工就分不清谁是谁了。所以，我还得叫您沈处长，您毕竟当过我两年的处长。"吴悟敏举起酒杯说："晓龙的性格和习惯您是知道的，新渔市初创立时，我们部里随中央一块调过来的人不少，我们单位也调来不少人，他认识的叔叔阿姨应该很多。我觉得晓龙他一定会来到这里的，所以就先到这里来找他。以后你们两个能帮到我的地方一定还很多，我这里借花献佛敬你们父子俩一杯。"

"吴老师，晓龙的去向问题，您考虑得还是比较准确的。我也认为吴晓龙来新渔市打工的可能性很大。一是来我们公司的人很多，许多虚虚实实的创业故事传说也许对他有很大的影响；二是这里今年一连有好几场国际建筑设计大赛，晓龙和您一样喜欢搞建筑设计，他一定是想来找熟人帮他报名参赛。我和我爸一定会帮助您仔细打听他的有关消息，一旦有了他的消息，我们会及时告诉您的。"沈文景安慰着吴悟敏。

"我觉得，晓龙在这里混社会，先要找到工作有工资吃饭才行。他既然学的是建筑设计专业，我相信他首选的工作单位第一是建筑设计院，第二是监理公司。为什么？因为他在这两个行业里可以边学习边做事，而且可以找到熟人，相对地来说可以比较好安排工作。这里的地方政府机关他是铁定地进不了，他还没有拿到本科毕业证，人家大机关不会招聘他，而且他又不会说这里的地方话，所以街道办的机关也不会要他。小吴，新渔市这么大，人这么多，要想找到他也绝非是一天两天的事。我看，你既然来了，就别走了，和我们一起工作和生活。我在监理公司当工地现场总监，你阿姨也提前退休在这里陪我，我大儿子沈文涛也在这里一家房地产公司做总工。我们这个新渔市神渔海洋监理有限公司是王立胜董事长旗下的一个分公司。

"王总和市委、市政府的人际关系都很好，这里的大公司都是有社会背景的，我们这个监理公司是本市本行业规模最大的公司，好像听说是一个市委副书记的哥哥在控股。王总手里还有几个特别大的科技公司，我们公司的人都会听他的。我们的监理公司还有其他有来头的人在合伙做生意，你和王总关系那么好，何不给他打个招呼，对他说你儿子的事，我相信他一定会帮你的，你就在这里安心地和我们一起干多好！"沈处长说得十分认真和动情。

"王总两个月前给我来过一封邀请函，他叫我过来，说最好开一份调令调过来。可是我们公司的领导说，部里有文件通知，工程技术人员一律不得随意调动，也不准员工请长假或停薪留职，否则就开除公职。我的领导说得很可怜，他说就算我帮帮他。加上晓龙这件事发生得太仓促，如果办调动和停薪留职，他们会误解我要'孔雀东南飞'，他们一定不会同意我南下的。我这次是请了短期的假先出来，后面由晓龙的姥爷帮我去找总公司办理停薪留职事宜，再以后，就听天由命了。"吴悟敏举杯与沈处长和小沈碰了一杯。

"小吴，我看你先在这里工作，调动也好，停薪留职也好，就算你被原单位开除了也就是那么回事，你可以在这里买社会保险和商业保险，没有单位也是可以办到的。我们原来的公司有可能会倒闭，我早就有这样的感觉了。将来你把儿子找到了，就在这里开一家建筑设计公司。我们父子都来给你帮忙拿单，你看怎么样？这里私人开的建筑设计事务所门面一家接一家，活路都忙得做不过来呢。"沈处长说得很有把握。

"沈处长，我今天刚下火车来到这里，正好碰到文景。在碰到他之前我打过王总的电话，他关机了。"吴悟敏对沈处长的话题有点不敢想象，想将话题转开。

"是不是王总在和谁谈业务，他谈业务时总是关机的。"沈文景说。

"不，王总上个月陪政府出国采购现代化新型自动化垃圾发电厂设备去了，他是专家，是主角，是首席专业技术谈判代表。你的手机又没有开通国际业务，所以打不通。这样吧，小吴，吃完饭就到我那里去，我在公司监理工程师宿舍楼给你找一套房先住下，我今晚打电话给王总，就说你来了，他一定很高兴。王总这里正缺少你这样有能力的帮手，你今晚先住下来。明天早上我帮你找领导安排你的工作岗位和办公室，安排好了就来叫你，就这样吧!"沈处长的话说得很坚决和干脆。

第五章 蛛丝马迹

沈处长和儿子沈文景与吴悟敏边吃饭边聊,他们聊到公司最近几届领导班子换届的混乱局面。吴悟敏就给他们讲了公司在多次重组中困难重重的故事,就连调到北京的老领导骆正魁都来公司几次了,也没有一个满意的结局。

沈处长边听边摇头,连声叹道:"已经离破产的日期不远了,小吴,你出来就对了,既然出来了,就不要再回去了。"

吴悟敏沉默没有吭声。沈处长又问了吴悟敏家庭生活的情况,也问了吴悟敏老婆刘秋妹她们医院的效益及生活状况。他们聊得很投入,直到酒店大堂经理都换班了。

吴悟敏一看手表,已经是夜里两点钟了,就对沈处长说:"以后相处的日子或许很多,我们以后慢慢聊吧!"

沈文景打电话,从工程公司那里叫来一辆车,叫司机将他爸和吴悟敏送到监理工程师大楼下,自己开车回自己家去了。

新渔市神渔海洋建设监理和建设工程咨询有限公司办公楼值班室在二层。吴悟敏跟着沈处长一起上到二楼,进入值班室。一个高个子的年轻男子迎过来笑着问候:"沈总好!今晚去哪里玩去了?"

"个人隐私,无可奉告。如果你有休息时间打电话给我,我请你喝茶唱歌或者是桑拿泡妞都可以,唯独不可以做特务。"沈处长笑着回答,顺手拿出一张购物卡说:"小柳,你今天值班很好,你辛苦了,我这里有一张购物卡,送给你,密码是六个八。"

小柳接过购物卡笑着说道:"谢谢沈总!您带来的这人是谁?这么有气质!"

沈处长说:"他是今天新来的吴总,我们总公司王总特别请来的人才。"

小柳走过来和吴悟敏握手道:"吴总,你好!"

沈处长说:"吴总是王总的老朋友,是王总请来帮忙的高工,是国家注册监理工程师，你要将这里最好的套房安排给吴总，好不好？"

"刚好有位工程师转了新工地，工地的老板给了他一套商住楼，叫他在施工期间随意使用，他原来那套两室一厅就给吴总住吧。"小柳从办公柜里取出钥匙交给沈处长，又拿出住房登记簿叫吴悟敏填写，对吴悟敏说道："吴总，请您拿出暂住证和身份证，我复印一下好存档。另外，这房子是要收房费的，每月两百元，水电费按照实际使用量查表读数计算，冰柜里的食品和饮料是要计费的，有人会按时开门打扫卫生并统计相关数据，请保管好自己的贵重物品和现金，当然，我们请的工作人员都是信得过的。"

"好！房费可以满一个月后付给你们吗？"吴悟敏一边应答着一边在自己背包里掏出身份证和从单位临走时开的边防证给小柳。

"不可以，都是先付押金一个月，同时缴一个月房费。吴总，您的边防证有效期只有一星期了，要去办长期的电子卡证，这里天天有人来检查的，这些检查的人是不会讲情面的，如果没有，您就会被遣返回原单位，而且会被罚款两千五百元。"小柳认真地说。

"电子卡？要多少钱？通过什么手续能办到？"吴悟敏将填好了的住宿表交给了小柳，紧张地问道。

"办一张电子卡成本要六百五十元，另外要自己出钱拍照数码相片，费用五十元，再加登记费一百元，合计八百元，我可以帮您办好。不过，我们公司的监理工程师一般是工地土建老板包工头帮助办理，工程师自己不用出钱，您尽快地去找工地土建老板办吧！"小柳解释道。

"吴总，这东西好办，你给我一张照片，明天我先帮助你办一张，以后年年都会有人帮你办的。"沈处长连忙上前解释，将钥匙和房间门牌号牌递给了吴悟敏，说道："你在四楼四零四房间，我在四楼四零六房间，先到我家里坐一会吧！"说着，他和吴悟敏走出值班室的房间，沈处长带着吴悟敏一起上到四楼，顺着四楼走廊找到四零四房间。

"很晚了，阿姨睡得正香，最好不去打扰她了，以后我会经常请教和打扰您的，明天再见，今天真的是要感谢沈处长和文景，日后有机会好好报答你们的！"吴悟敏说着，就紧握着沈处长的手。

沈处长正要进自己房间，又回头对吴悟敏说："小吴，明天你起床后就在屋里等我，我来叫你，我们一起去总部。总部大楼离这里只有两百多米远。明天早上我先去给你报到，帮你安排好办公室，然后带你一起去公司食堂吃午饭，记住，从现在起你一定叫我沈工。"

　　"好的，谢谢沈工！"吴悟敏又到沈处长的门外握了握沈处长的手，等沈处长关上房门之后，吴悟敏才开门进自己的房间。吴悟敏进房打开灯，环视了一下房间，看看有没有电脑和网络设备，结果让他心情很好。这两室一厅的装修可与高级酒店媲美，里面生活服务设施比酒店还要齐全和方便。尤其是有一套配备齐全的厨房，可以自己做各种中西式的点心和饭菜。386 的办公电脑上连着网络数据线，使他喜出望外。他迅速接好网线，插上电插销，电脑正常启动了。他又及时地打开网络搜索界面，找到儿子的 QQ 号地址。

　　他一打开儿子的 QQ 号，让他兴奋的事情发生了，儿子在 QQ 里有了更新的痕迹，但是又好像在三秒之内删除了。这样的结果虽然不尽人意，但是让他很高兴，毕竟儿子来过这个空间了，只是自己没有守在电脑面前，错过了这次会面机会。他立即使用 QQ 号后台地址的查阅软件来追踪这个有可能变换过的 QQ 地址，终于查到儿子吴晓龙刚才更新内容时的大概位置在新渔市，但是，具体确切位置却无法查到。

　　这个信息让他很兴奋，感到自己没有白来新渔市一趟，说不定明天就会抓住吴晓龙。也说不定吴晓龙过一会就会出现在这个 QQ 里，父子俩就会来一场见面的文字狂欢。他就让电脑一直开着，他等待着，希望有奇迹会随时地发生。此时的吴悟敏灵机一动，想到晓龙平时喜欢诗歌，于是他翻开笔记本，将自己出发前写的一首《妈妈在呼唤，儿子回家吧！》贴在儿子的 QQ 里，如果儿子看到了，相信他一定会在这里相见。

　　因为心情大好，他赶紧放下自己的背包，去卫生间冲洗一下旅途的灰尘，将自己的头发好好地冲洗干净，再换一身干净的白衬衣，要用最郑重的姿态和儿子聊天，要批评他的错误，要鼓励他的努力。他冲完澡，关好煤气，换好衣服，将背包放进大衣柜里。他再掀开被子，准备上床睡觉，看看手表，已经是凌晨五点多了，他打算关灯好好地睡一觉，可是，等待儿子 QQ 上线是头等大事，他不敢睡着，他也不想睡着，就这样，他躺在那里等待着奇迹发生。

　　就这样等着，等着，他的手机响了。

　　吴悟敏拿起手机一看，喜出望外，是王总给自己打来的电话。王总在电话里特别亲热。王总给吴悟敏解释说，是沈总给自己打了国际长途电话才知道他来了，于是赶紧打电话给他，怕他着急。王总说自己在德国，估计工作还要半个月才能做完，因为他回到了母校，有些事情要做，再过一两个星期后才能回国。王总叮嘱吴悟敏要先熟悉新的施工技术、新的管理方式、熟悉新的地方风俗和新的生活习惯，以后会有很多重要的工作要他做。关于吴悟敏目前的具体安排事宜，他已委托沈总办理，其他的事要等回国后再细谈。

接完王总的电话，已经快凌晨六点了，窗外天已经大亮了。虽是初夏，南方的气候却是那样凉爽而清新，阵阵凉风带着海洋的气息，他觉得很适宜。吴悟敏将手机插上充电器，然后将头靠着枕头斜躺着，把被子搭在身上，躺在那里就睡着了。

第六章 钱从天降

"叮当！叮当！"一阵紧急的门铃声响起来。

吴悟敏似乎刚进入梦乡就被门铃声吵醒了，看看手表，原来已是上午九点了。于是赶紧起来，急忙穿好衣服，到镜子前照了照，觉得脸还干净，就用梳子理了理了一下头发，整了整衣服去开门。

原来是沈处长在叫他起床。

吴悟敏说了一声："沈处长早上好！阿姨她好吧！"

沈处长说："你阿姨她出门去了，儿媳妇一早就开车来接她去玩，要她去吃饭。"

吴悟敏将沈处长迎进来，请沈处长坐在沙发上，然后从旅行袋里取出一袋简装的速泡茶，用从单位带来的茶缸要给沈处长泡茶。

沈处长看到后就急忙摆手说道："小吴，别忙了，你这茶还可以喝吗？你先坐下来，我是来给你说事的，自从来这里之后，我就不再喝这种茶了，你也不用喝这种茶了，你也会有喝不完的好茶，你坐下来吧！"

"好的，好的！"吴悟敏赶快放下手里的茶杯和茶袋，从冰箱里取出一瓶高档矿泉水，打开用纸杯倒了一杯递给沈处长，自己再倒一杯放在手边的桌子上，然后就坐在沈处长近旁的另一个沙发上，给沈处长递烟。

"小吴，我现在也不抽烟了！"沈处长对吴悟敏做了个推辞的动作，然后给吴悟敏一张银行卡、一张当月工资条和一沓纸质表格。

等吴悟敏看过表格、银行卡和工资条之后，沈处长就说："小吴，我今天请了半天假，专门到分公司给你办了工作证、工资卡、食堂饭卡和公司临时人才档案登记。档案表在这里，你晚上有空填好，明天给我，我给你补齐相关信息；工资卡里的密码是六个六，你自己去改，工资卡里的数目是王总给财务总监说的标准数。这个工资数目在我们这一行业里算是最低的，但是和你原单位的工资额相比至少也是一百倍左右了。食堂早餐时间是早晨六点半到十点半，中餐时间是中午十二点到下午两点整，晚餐是下午六点到八点。各种南北饭食大小菜点和水果饮料及汤类等等，样样俱全。用餐方式是自助餐，你若要另外加菜或单炒时尚菜，就另外记账单炒单做，要吃什么就点什么，你喜欢的基本上都有。而且都是自动计价，在下月的工资里由公司财务扣除。就这样，我们现在就走吧！"

吴悟敏问沈处长："沈总，我还没有开始工作，怎么工资就打进来了？"

沈处长说："我们明天是开工资的日子，给你报的是前天上的班，王总要财务总监先从现金账目给你发，明天全公司的工资都要从银行里转账经过。每人还要发一个工资明细表，你现在只是新招员工，不是直接调来的技术人员，工资卡里面只有基本工资、效益工资、奖金、加班工资等几项，五险一金及其他福利都没有，如果你是正式调动过来的，你拿到的工资是你现在的五倍还要多。不过，你现在工资条上的数量，也会让你满意的！"

吴悟敏说："是的，正好是我原来工资的一百倍，这就很好了，这已经大大地超出了我的预期，这都要感谢沈处长的帮助。"

沈处长伸伸自己的手腕，看了看自己的劳力士金表，说："这里的钱很好赚，可以一边工作一边炒股，可以一边上班一边挂靠工程做，可以帮助材料商推荐产品，等等，总之是有能力就有钱赚。好，时间不早了，我先带你到饭堂。分公司的饭堂在办公大楼的第六楼，一楼是租给商场，二楼租给建材公司办公，三楼租给娱乐场所，四楼和五楼是公司办公写字楼，六楼是会议场所和公司餐厅，七楼以上是分公司高级员工宿舍。我带你到楼下，你自己去吃饭，我有别的事情要做，剩下的事情就要你自己去办了。"

"好，我们现在就走吧！"吴悟敏说着，就将一纸袋表格放在写字台上，撕掉工资条，将银行卡装进工作包里，将工作卡挂在自己的脖子上，同沈处长一前一后地走出宿舍，关好门，向楼下走去。

沈处长和吴悟敏来到公司大楼门口，沈处长对吴悟敏说道："你儿子吴晓龙如果真的来了新渔市，他是学建筑设计的，目前建筑工程监理行业人员缺口比较大，有一个毕业证复印件加上有熟人介绍，再经过一星期的职业培训，就可以当监理员了。所以，吴晓龙做监理员的可能性很大。一旦有机会见到监理公司的总监或监理工程工地的负责人时，注意向他们打听一下。"

"谢谢沈处长的关心，我记住了。"吴悟敏十分感激地向沈处长道谢。

沈处长转身带吴悟敏向办公地点"新渔市神渔建设监理有限公司新渔村监理分公司"走去。办公大楼距离分公司监理工程师员工宿舍大楼不远，两个人步行了几分钟就到了。沈处长给吴悟敏指了指上面，就招手搭了一辆的士，自己先走了。

吴悟敏先站在街边看了看这栋办公大楼，一共有十二层，是由中国红大理石墙面和海蓝色玻璃幕墙装饰，配以轻钢结构挂吊雨棚和红黄两色相间的琉璃瓦屋顶，感到有点不太协调，不过也显得比较新奇。首层临街，一个正大门，两边各有三大间商铺，都是卖消防设备设施和消防器材的。

门房有位年轻的男保安，待吴悟敏走近之后，保安瞄了瞄他身上的工作牌，也不说话。吴悟敏一直向上走着。

吴悟敏进到二楼的大厅，在电梯门口的旁边看到了楼层告知牌，再进入电梯，到五楼监理分公司办公大厅门前，再步行上楼梯，就到了六楼的职工餐厅。

餐厅的场面很大，估计可以同时安排两百人以上的餐位，但是今天就餐的人数不多，大概只有两三十个人的样子。

在食堂餐厅靠墙的一个位置，是现代化的备餐处，饭菜窗口有八个人持勺服务。汤菜是单放在服务窗口外面的，可以自由取用。配餐柜台外面有一水果架台，盘里摆放着西瓜、香蕉等水果，已经分好果盘。在水果架台的旁边有饮料台架，上面有多种饮料、奶品及各种咖啡，排得整齐好看。

在收银处，有四个人在给买单的人员用饭卡结算。

在餐厅靠窗的一面，摆放着饺子机、馒头机和烙油饼机。而在餐厅靠窗的另一处，是特价小炒厨房，数名大厨正在里面闲聊着。

吴悟敏用不锈钢托盘点了花卷、豆浆和小菜各一份，结算以后，端到有人进餐的桌上，在他们对面坐下来，想边吃边和这些人聊几句。吴悟敏刚坐定，那两个人都用眼睛盯着他的脸，又看了看他的餐盘，又相互地对视了一下，有些不屑一顾的样子。

其中一个老一点长得壮实的人问吴悟敏："今天早餐的虾饺不错，还有鱿鱼粥，你不爱吃吗？鲜牛奶配花卷是不是更好？为什么不点一份呢？你是从北方刚刚来这里的吧？"

吴悟敏微笑着回答道："我点的这些都是平日里吃惯了的，很可口。"

另一个年轻文静一点的人说："你是从河南来的？好像你说的是东北话。"

吴悟敏微笑着回答："陕西，昨天刚来这里，来自核工业，全国各地的口音都受一些影响，我来这里工作，请多多指导。我姓吴，请问两位尊姓大名。"

老一点那人说："不必问了，我们现在都在一个分公司里工作，早晚都会认识的。"

年轻的那个人问吴悟敏："你来这里，主要是做什么工作？"

吴悟敏微笑着回答："凡是土木建筑的都可以干，设计施工图、施工土建、水电、消防、安装等工程施工，质量管理、工程预决算，领导分配什么就干什么。"

"吴先生，你外行了！这里的工程师只担任一项具体的工作，拿到国家资格证书才能搞什么工程。看来你真的是新来的，而且是新入行的。你读过本科大学吗？你考过国家注册资格吗？你有注册资格证吗？"年轻人有点看不起的神色问吴悟敏。

"梁工，你这样说是不对的，你不是没有考上国家注册监理工程师吗？你不是正在读在职研究生吗？现在国家发展得快，有经验的人是很吃香的，我才不稀罕那个买来的研究生。我就是部队转业下来的，什么都干过，什么都培训过，实践出真知。虽然没上过正规大学，但是在工程上什么活计我都拿得下来。你们这些刚从学校毕业的专科、本科生都不过是一个壳壳，除了做小小的工程转包生意，其他什么都不会做。你们的工程师证也未必是真的，网上就有许多卖论文的，都是为你们这些人服务的。我这个工程师资格证和高级工程师职称证书是靠过硬本事评出来的，也是靠年限评出来的，更是从实践中干出来的。我这个不是正规本科毕业的人，也照样拿国家注册监理工程师资格证书。在我没有考上注册监理师之前，我都是总监代表，在工地上一样威风凛凛、叱咤风云。"说完之后，他用筷子指了指姓梁的鼻子，对吴悟敏说："我看你也像是个有经历的转业军人，有气质，像个有经历的人物。只要有经验，资格证可有可无，有了好，没有也没关系，既然干了这一行，早晚都会搞得到国家级注册证书。你如不嫌弃，就到我主管的工地上去干，我目前正缺个水电监理工程师，红包我保证他们施工队每次都会给你送到手里。昨晚分公司的人说我们这里又来了一个人，是不是就是你，我就不知道了。我姓赵，叫我赵工。"赵工程师一连说了许多遍。

吴悟敏对这两个人的对话丝毫不感兴趣，他希望能够从他们嘴里打听到儿子的线索，哪怕是一点点有用的思路也可以。

于是他用诚惶诚恐地的样子对赵工说道："赵工，你这样关心我赏识我，这真是太好了，我要衷心地谢谢你。我姓吴，叫吴悟敏，你们叫我老吴或小吴都好。不过我有个好奇的问题问你们，在工地现场，有没有那些刚刚从学校里毕业、又没有监理工程师资格证的年轻人做监理工作呢？"

赵工说："有哇！每个工地上都会有的。"

吴悟敏心头一亮，问道："他们没有监理工程师资格证，还能在监理公司的工地里上班吗？"

"可以呀！谁说不可以！只要有人介绍，到监理协会主办的监理员培训班里学习一个星期，拿到监理员资格证就可以上班了。"赵工回答道。

吴悟敏趁热打铁问道："赵工、梁工，你们工地里有没有来这里实习的大学生呢？"

"有哇！今年我的工地就有一个！"

吴悟敏高兴地问道："这个实习的学生是从哪里来的？姓什么叫什么？"

"是我的侄子呀！自然是姓梁呀！怎么啦？"梁工回答道。

吴悟敏心里有点失落，认真地回答道："我有个亲戚的孩子还在读大学，是学建筑设计专业的，也姓吴，他也来到这个城市实习，我是随便问问，要是我那亲戚的孩子，我就去你那里看看，不是就算了。"

"好，我给你注意一下，你给我留一个联系电话，我到其他工地时顺便看看有没有姓吴的大学生，如果有，我就通知你去看看，好不好？"梁工程师回答。

吴悟敏立即和梁工交换了电话号码，也和赵工交换了电话号码。

吴悟敏岔开刚才的话题，微笑着问："梁工，今天这里吃早餐的人好像很少，是不是工程很多，工程师们都很忙呢？"

赵工说："吴工程师，你刚来不晓得，现在这年头，监理工程师虽说稀缺，但不会有忙得顾不上吃早餐的人。他们可能昨天晚上被请客了，玩到很晚了才回宿舍，哪有时间来吃这种早餐呢？"说完大笑起来。

梁工说："我和赵工都是昨天下午来分公司开会的，我们今天下午还有会要开，所以，我们必须在这里吃早餐。酒楼和餐馆都没有这里齐全，而且口味都不理想，就是有钱花也吃不下，也吃腻了，不如来这里好一些。"

吴悟敏堆起笑脸对两个工程师说："赵工，还有梁工，你们千万要帮我一下，查一查你们所管辖的工程里面，如果有一个叫吴晓龙的大学生，就请你们及时通知我去见他，或者告诉我他的住址也行，谢谢了！"

"好！没问题！"梁工先回答。

"好的！如果有，就及时通知你，如果没有这样的人，就不打扰你了。"赵工也回话了。

"谢谢，谢谢！我等你们的好消息。"吴悟敏满脸堆笑地和这两个工程师打招呼。

吴悟敏吃完之后，就站起来与梁工、赵工握手道别。

第七章　妙计解困

吴悟敏吃完早餐，走出餐厅大门，看看手表已是上午十一点多了，他决定先回宿舍休息半天，明天再到分公司去认识领导们，然后再争取自己的工作分工。还没等他走下六楼的楼梯台阶时，手机电话铃声响了，是沈处长打来的电话，说监理公司新渔村分公司总经理黄总要吴悟敏赶快去见他，说黄总经理正在办公室里等他。

吴悟敏下到五楼，整理了一下衣服，从背包里拿出梳子理了理头发，然后就根据办公室指示牌，找到了分公司总经理黄总的办公室。

在轻轻地敲过几声玻璃大门之后，吴悟敏走进办公室，见到一个斜躺在写字台后面椅上正在看电脑的人，估计这个人就是黄总。吴悟敏走到黄总的面前，毕恭毕敬地站好之后说道："黄总，您好，我是吴悟敏。"

黄总的头发有些蓬乱，坐姿无力，两腿半伸直半躺式坐在自己的老板座椅上，面色略显疲倦。

黄总见吴悟敏来了，就指了指写字台对面的沙发椅子，自己稍微坐起来一些，说了声："吴工，坐下吧！我昨晚摸了几手麻将还没有来得及睡觉，总公司的王总打电话来，要我来给你安排工作。"

等吴悟敏坐好之后，黄总说："早上沈总给我介绍了你的情况，说你是总公司那里介绍过来的，是个技术全面而且很有实践经验的人才，所以，你的三万块钱岗位工作保证押金就不用交了。你的一切用工手续、工资、住房都由沈总替你办好了。你没有试用期，但是，现在还不能给你具体的重任，因为你的注册监理工程师资格手续资料还要去总公司那边办理转移审查程序，这大概需要半年多的时间。在办好之前，你要给分公司其他人帮忙。我对别人介绍来的人员都是不太放心的，这年头什么都是真假难辨，你先给我干着试试看，行不行再说吧！"

吴悟敏用感恩的口气说："好，黄总，我听从您的安排，您要我做什么，尽管吩咐好了，以后还要请您多指导才是！"

黄总说："现在是这样的，我们总公司下属的计价公司拿了一个工程概预算的活儿，是政府部门用来指导财政拨款计划的参考性概预算书。政府部门要求在一个星期之内做好并上报给他们。他们还找了五家有实力的大型监理公司和管理咨询公司同时进行计算，哪家监理公司能按时做好并达到要求，这个活儿就归哪家监理公司承包。而计价公司说，这样大的一个工程，涉及三十多个专业技术层面。按常规，三十个专业工程师一个月也绝对干不好。沈总推荐你，说你可以。我也实在是没办法，就拿给你试试吧。"

吴悟敏说："请黄总将工程全套施工图和政府全部的对外公布的概预算文件和计价表，还有新渔市对此工程设计要求说明指导书、政府概算计划书和预计定额清单等送到我的宿舍里，一个星期应该是没问题的！"

黄总眯起双眼，用半信半疑的目光看了看吴悟敏，然后说："好，我下午两点前就安排人将这些文件图纸送到你的宿舍里去。你做不好，就是总公司王总亲自来说情，我也不会再用你的。"

黄总刚说完这些，他的座机电话铃声响了。黄总接拿起电话，电话那头就大声地说："黄总，昨天你工地里的吊塔出现断臂事故，装有数吨钢筋的吊笼和吊塔断臂钢架一同下落，砸穿两层楼面，砸死砸伤多名在下面干活的工人，麻烦大了！"

黄总大声说："到底怎么样，慢慢地说，说具体点！"

那头就大声地说道："装满钢筋的吊笼吊到高空时，吊塔的钢架臂突然断裂，与装满钢筋的吊笼一同落下，砸穿两层钢筋混凝土楼板，砸伤了许多工人，昨晚已经有多人不治身亡，还有两个重伤恐怕快不行了。工程现场死亡人数超过三人就算是特大工伤事故，必须上报国家建设部。这样，你和我们公司就可能要被卖报纸了，新渔市好几家报纸记者已经围在工地门前，要求进驻工地采访，你看怎么办？"

黄总大声说："你也是太笨，还要我说几遍吗，你不是已经处理过多次这样的事件吗？我说过的，老办法，照老办法摆平。将在外不由帅，具体办法你做，要花费的我会要求相关方面负担。当然，这些都必须由工程承包方出面具体处理，你来指挥他们去做。此时要工程项目现场的各方同时与开发商和相关部门统一口径，然后再向记者发布消息。另外，我们送进医院里的那些伤员，都要赶快转移到较远的医院里去治疗，包飞机都可以。"

那头就大声地说："转不了院啦！市里的医院已经汇报上去啦，因为血库里的存血不够，要号召全市市民马上捐血。项目经理、项目老板和现场工程总监代表现在都被警方控制。"

"租用直升机将重伤和危险伤号抢运到血源多的外地医院，原来的病床找工人顶替，其中必须保留两个重伤号，再找来几个轻伤号，上报两死多伤，然后按这个统一口径向外报告新闻。这件事由分公司公关组袁小姐立即找工程总承包方到医院，找院长协商尽快地搞定，快去落实！"

"是！"

黄总气得将听筒狠狠地向电话机上一砸，说道："都是一群熊大爷，只知道吃回扣！"

黄总将头仰在沙发靠椅的后背上，沉默了好几分钟。

吴悟敏看到这种情况，起身打算告辞，赶紧请示说："黄总，您有急事，不打扰您，我先回宿舍去！"黄总说道："你等一下！"吴悟敏只好又坐回原处。

此时，黄总座机电话铃声又突然响起，他拿起听筒，听筒里那边是另外一个人的声音："上级已经督促公安部门来我们工地，说是要控制施工队项目经理部和工程项目监理部，听说还有可能控制工程项目总监"。

黄总没有回对方的电话就放下手里的电话听筒，看了看吴悟敏，说道："吴总，你先不要走，你也听到了，我实在没有好法子亲自来摆平这件事了，你有没有什么好的建议来处理此事？"黄总双眼使劲地盯住吴悟敏，声音似乎是在哀求。

吴悟敏装出无奈的样子说："既然黄总问到我了，我就进一言。这里必须有个前提，你要保证尽一切可能来抢救工人的生命，万一死了，你要安抚好他们的亲人。另外，还要帮我办一点小事。"

黄总站起来伸过手去，紧紧地握住吴悟敏的手说道："你的事和工人的事都好说！请相信我，工人的安全高于一切，这是我一贯的做法，他们管辖的施工工人来我这里做工，无论怎样讲都算是帮了我，我要感谢他们的，我会记得他们一辈子。你的要求我也一定会做到。"

吴悟敏抽回自己的手说道："当然，出了工程事故这不是您的愿意，只是不得已而已。事已至此，我说一点意见供您参考。"

黄总慢慢地坐直了，木呆呆地问："上级调查组会来仔细调查每一份资料，我有签字，怎么办？一旦媒体曝光，我这个监理公司工程项目总监的责任也是不可推卸的，我在这个行业里，在这座城市里，还怎么干下去呢？"

吴悟敏假装沉思了一会儿，说道："黄总，只要认真细致地处理好伤员的生死事宜，你大可不必为此害怕。因为这是因吊塔失事而引起的工伤事故，吊塔的生产质量应该是这次事故调查的关键环节之一。目前的建筑法规文件里暂时还没明文规定工程总监的安全责任，谁建设谁负责，谁施工谁负责，你要理解其中的原则含义。再说从事故的调查再到它的性质确定，需要足够的时间才能确定事故的性质和责任，也就是说，你可以有足够的时间来缓冲处理好此事。"

"对，是工程设备的质量问题，是设备生产厂家的问题。哇！这么简单的事情，我为什么就没有想到呢？"黄总一下子从座椅上跳起来，说道："好的！谢谢您！我有办法了！这个事故完全是设备提供商的原因所造成，它与施工方和监理公司都没有直接的因果关系。如果这次工程事故的处理能得到政府嘉奖的话，我分你一半！"

吴悟敏面带惊讶的夸张表情小声说道："黄总有魄力，还是黄总威武，我可什么都没有对您说过呀！"

黄总又坐回座椅，突然使劲地一拍桌子，说道："好，就算你帮我，谢谢你，事情平安之后，我还会再感谢你的。我要立刻去处理这事了，我会守口如瓶，你坐我车，我亲自送你回宿舍。你刚来新渔市是要花钱的，这个你拿去花吧，不够你可以找我来借，可以不打借条。下星期，我要你的概预算准确数据，无论你做得好还是不好，我都会正式聘用你。不过，你最好是搞一份正式调令来，那么你的总收入比现在公司给你的工资要高出十多倍。另外，我还可以用公司的文件多方面来奖励你，你可不可以调过来？如果你正式调过来，我就任命你做我的副手。"他边说边从自己的办公桌里取出一个装满钱的工资袋塞给吴悟敏，说道："这里的钱不多，就算我给你的见面礼。"

"黄总，钱，我就不要了，刚才说过，我要求您帮我办一件事情。"吴悟敏将工资袋还了黄总。

"要我帮你什么？你说吧！"

"我有个独生子名叫吴晓龙，今年念大四，建筑设计专业，马上就要毕业了，前不久突然玩失联，家人估计他私自来新渔市实习来了。黄总您管理那么多的大工地，相信会有不少的实习大学生在里面当监理员，只要您交代手下给我查一查，有没有这个人就行了。"

"这事很简单，我这里有工地最新的在册工程师和监理员名册，这是打印好的名册，你先拿去，我自己要用再打印就是了。"黄总从抽屉里拿出一沓打印稿给吴悟敏，和气地说："拿回宿舍里细细地去看，有了信息，你就自己去查。"

黄总又将那个工资袋交给吴悟敏，有点不高兴地说道："这是我的见面礼，你不要嫌少，以后还有你的好处。"

吴悟敏不敢推辞，只好收下来。他将这个工资袋和那个打印名册一起装进自己的背包里，回答道："钱和名册我都收下了，谢谢黄总对我的信任和帮助。您刚才提到调令一事，估计没有可能了。我儿子突然失踪，我出来边打工边找他，可能会被公司开除，也可能会停薪留职。黄总，您能动用您的资源为我提供线索，我就很感激您了。"

"吴晓龙，我记住了。没有问题，你先将你儿子的信息发到我手机上，我会找机会帮你。一旦有了消息，我会通知你。等我处理好这件工程事故以后，我会抽时间来帮助你。"黄总信誓旦旦地对吴悟敏许诺。

"我会感恩不尽，努力为您工作！"吴悟敏说道。

黄总不再说什么，只是看了看自己手上镶钻的劳力士手表，说："好啦，不说啦！我们走吧！"

吴悟敏也不敢推辞，背上自己工作背包就随黄总往楼下走去。

第八章　拔刀相助

吴悟敏从黄总办公室回到宿舍之后，还没有喝口水，就急着放下背包，坐在办公桌旁，赶紧从背包里取出黄总给他的花名册，一个人接一个人地查了三遍。黄总有八个大工程，有二十六个小工程，手下有正式在册的监理工程师和监理员二十多个人，还有待培训的大学生十男二女。这些实习的大学生来自全国各地，也有姓吴的，就是没有一个叫吴晓龙的人。他有点失望，将所有工程的所在位置标记到自己使用的市区地图上，一旦有机会还是要亲自去查访。

为了缓解一下自己失落的情绪，吴悟敏打开电视机看看省台新闻，新闻里尽是一些关于农民工上访的话题，有过程也有处理结果，于是又调到新渔市新闻频道，看看里面有没有关于土建工程项目的消息。

电视机里的新闻反复报道市政管理机构清理"三无"人员保证社会秩序方面的场景，这些事情似乎与自己也毫无关系。但他希望在新闻里能听到别的消息，就将声音调小一些，拿起手机向岳父、岳母还有老婆先后汇报情况。在向老婆汇报时，又免不了被老婆的碎嘴骂骂咧咧地数落一顿，数落完了又再安慰一番。

向家人汇报完毕后，吴悟敏换了一身从家里带来的干净内衣。在换外衣时，觉得自己的外套、衬衣和裤子式样和大街上人们的着装相比，有点不合时宜，于是，打算到街上买一套时装来换洗，顺便再买一些洗漱护肤用品。当然，他还想买一台内存配置足够高的电脑，自己上网速度和制作技术文件的速度也就快多了。找到儿子之后，就将这台电脑送给儿子，兑现自己多年前对儿子的承诺。儿子有了一台高配置的电脑，不但可以随意地打游戏、下载听歌、看视频、下载更多更新的建筑设计软件，可以随意制作建筑平面设计和建筑空间效果设计的 3D 彩绘建筑图，还可以随时学习世界最先进的电脑设计制作技术和网络实用技术，等于给儿子插上理想的翅膀。

吴悟敏打开钱包，发现自己从家里带来的现金不够多，于是他想到黄总给他的那个工资袋，他打开一看，是一大沓崭新的百元现金和一点零钱，数了数，一共是一万八千八百八十八元，是自己在原单位近两年的工资总和。这是一个吉利的数字，吴悟敏觉得既然黄总给了自己，那就给它派上正确的用场。

吴悟敏刚想要出门，门铃响了。打开门一看，四个男人抱着四个大纸箱进到屋里。一个领头模样的人说，他们都是黄总手下的监理工程师，是黄总派他们来送工程概预算的文件和图纸的。其中一个人拿出一沓表格，和吴悟敏一起按照表格里的文件与文件盒里图纸和文件一一核对。核对完了，吴悟敏一一签了字。签完字后，三个人就转身下楼去了，有一个人留下来，说要跟吴悟敏说点事。

吴悟敏赶紧请他坐下来，并给他泡上一杯茶。

"您贵姓？我姓吴，口天吴，我是新来的，以后还要你们多关照！黄总对我还有什么指示吗？"

这个工程师坐下来，喝了一口茶，从衣兜里掏出一张名片递给吴悟敏，说道："吴工您好！我姓顾，分管公司工路桥梁和水利工程项目的监理工程师，这是我的工作名片。黄总特别交待您担任的那个工程项目概预算很重要，希望您能在规定的时间内完成。黄总说您很厉害。"

吴悟敏接过名片，看到名片上印着国家重点大学本科学士学位、英语等级四级、国家注册公路监理工程师、市政道路建设高级工程师、国家注册工民建项目经理、国家注册计价工程师、工程项目总监。吴悟敏看过之后，就装进背包里的名片夹，恭敬地说道："顾总，我是出来混日子的，没有黄总和您厉害，我羡慕您有这么多国家级别的头衔，今后还要多多地向您学习。黄总现在还在办公室里吗？"

顾总说："你刚来，一切要从头学起，等以后你工作理顺了，就有许多空闲时间来考资格证书。一个高级资格证书放到别的单位挂靠，一年可以拿到几万的额外收入，你也可以去报考国家建设工程高级资格。黄总和分公司的工程资料以及办公室所有人员、工程资料都被市里派人带到金色辉煌大酒店，和施工方的相关人员一起进行封闭式管理。整个酒店都被开发商包下来，不接待其他任何客人。他们连同所有资料将要接受相关部门的严格核查。时间大概需要三个月。估计黄总不会有什么大问题。现在这里经济开发和经济发展速度太快，建筑工地上的工伤事故时有发生，不可能一一查清。我到这里三年多了，好像没有听说有工程负责人和工程师因为工伤事故而受过多大的处分。这次事故相对大一些，上级一定会认真核查追责的，所以地方机构特别隆重地对待，这也是对上级检查团尊重的表现。"

顾总说完这些，又认真地提醒说："吴工，总公司用电话传达口头通知，因为有国家检查团来市里调研和检查工作，市里要求各机关团体严查外来'三无'人员，以确保社会安全。你刚来暂住证肯定没来得及办，最好不要独自到街上或公园里闲逛，也不要一个人到发廊、娱乐等场所去消费。如果要你下到工地办事，自然会有人开车接送并陪伴。据说街道和村子里的巡逻队会重点进入酒店、发廊和街道房屋装修现场以及建筑工程工地进行严格核查。"

吴悟敏说："顾总，我的边防证还有用吗？"

顾总说："内地开的边防证有效期为一个星期，你算一算日期，应该过期失效了。你可以将照片和身份证复印件备好给我，我去帮你办一张一年的，全市都可以随便走走，不用你花钱的。不过，在暂住证没有办好之前，最好和大家一起活动比较安全一些，你准备好办暂住证的资料后就打电话给我。"

吴悟敏说："好的！好的！谢谢顾总的提醒，谢谢顾总的帮忙。"

顾总说："不用客气，以后说不定在同一个工程项目工地合作，吴工再见！"说完就走出房屋，下楼去了。

送走了顾总，吴悟敏整理一下背包，将包里的生活用品拿出来放床上，只将笔记本、签字笔、钱包、身份证、工资卡和那装有一万八千八百八十八元现金的纸袋放在包里，然后关好门走到楼下的街道边。

这条街两边都是商住两用的楼房和商业写字楼。楼房的一层和二层都是商铺，有百货超市、发廊、品牌时装店、小歌厅和游戏厅等，有不少的商铺还在装修之中。街面比较繁华，来来往往的高档小车、大货车、豪华摩托车和跑车等等，不时轰鸣着一闪而过，带起一些尘土扑面而来，也有载人的摩托车蹿来蹿去穿梭其间，步行的人群或拥挤着逛商店，或在街上闲逛。商店里高音广播播放着不同内容的歌曲，一派繁华气象。

吴悟敏居住的这栋监理工程师宿舍楼，原来是当地村民和外地出资人联合修建的出租房，整栋楼房被监理公司包租。底层是一家消防公司的办公机构和销售消防器材商场。商场的左边是一家比较大的电脑商城，右边是一家比较宽敞的发廊。发廊里坐满了打扮时髦的年轻女子，她们都排着队似的坐在那里，有说有笑，她们从屋里八字儿两队排坐开，一直坐到大街边。

取款机就在发廊旁边，吴悟敏先到取款机那里查看了自己的工资卡，里面的数量的确超过了自己全年工资的一百倍。他就不由自主地走进街面右边电脑商城。

吴悟敏前脚刚刚踏进电脑商城，后脚刚抬起来还没有落下之时，就听到身后一阵嘈杂之声。他停下脚步转过身来，抬头一看，只见满街的游人都在四处逃散。只见两辆带帆布篷的卡车从道路的前方开过来，然后堵住了发廊的大门。发廊里原来排队坐着的两大排女子，动作快的就夺门而去，来不及逃离的几个女子被堵在发廊内。吴悟敏怀着好奇之心，走到发廊大门前，驻足观看。

只见两辆卡车车厢都挂着"清理三无、搞好治安"八个大字的条幅。几个身着黑色服装、手持电棍、衣袖上佩戴"治安管理员"红色标志的壮汉堵住了发廊大门，高声喊："自觉上车！自觉上车！"门里有好几个女子在拼命地挣扎，想往街上逃跑。她们见到吴悟敏在旁观看，于是就大喊："大哥！大哥！快来救我！快来救我！"

有一个治安管员手里挥动电棍，高喊："谁是你大哥，少废话，赶快上车，别磨磨蹭蹭的样子，别逼我们动武！"

这时，有好几个女子手指吴悟敏喊道："他就是我们的老板，他来保我们来了！"

村治安管员走过来指着吴悟敏，对那些女子说："你们现在指的这个人是你们的老板？谁信？土里土气的样子像老板吗？这个发廊的老板不是你们老板吗？你给他们坐台上班，他都不肯拿出钱来保你们，还有什么好说的！赶快上车，不听话就要动武的了，我们连他一起捉去处理！"治安管员一边说一边用电棍指着站在一旁的那个年轻男人。

那个年轻男人说："大哥！我不是发廊老板，我是来临时看店的，我们老板和你们村主任是亲戚，这是你们知道的啦！而且，这些女子又不归我们发廊老板管，她们只是借我的地盘坐坐而已。他们的老板真的不是我！我可以对天赌咒！"

那些女子们一边在和村治安管理员撕扯，一边指着吴悟敏说道："他真是我们的老板，他就是来领我们回去取暂住证的。"

吴悟敏这时也不好解脱自己，他不习惯看男女之间扯扯拉拉的不雅场面，他觉得有事是可以先说明理由的。于是他微笑着问这些村治安管理员说："同志，他们犯了什么错？"

一个手拿电棍的治安管员说："她们没有暂住证，属于'三无'人员。"

那几个女子连哭带喊地说："我们有，只是我们没有随身带来，我们这些人的身份证和暂住证都在老板办公室里保管着，你们可以随我们回去拿给你们看。"

吴悟敏对那些治安管理员说："同志，这些女孩子说得有道理，你们可以随她们去取嘛！"

那个手拿电棍的治安管员坚决地说："不行！我们没有那么多闲工夫，她们没有带暂住证是违规的，是一定要进行行政治安处罚的！"

吴悟敏对那些治安管理员说："那么，应该怎么处罚她们呢？"

那个手拿电棍的治安管员说："你们这些老板不要再到我面前装蒜！这些

规定难道你们不知道吗？她们交不出罚款的，要收归村治安管理处进行教育，教育好了就在村里重新缴费，办理一年的暂住证，如果抗拒不交罚款，就要遣送她们回原籍。"

那几个女子又指着吴悟敏连哭带喊地说："大哥！你就救救我们吧！我们会报答你的！大哥，救救我们吧！"

吴悟敏真的很同情这些可怜的女孩子，便问那个手提电棍的治安管理员："要罚多少钱？"

那个手拿电棍的村治安管理员对吴悟敏说："你这个老板不要装蒜！这个行情谁不知道呢？村里规定，每人每次罚款五百元！"

吴悟敏对那个手拿长电棍的村治安管理员说："同志，这样吧！这几个女子的罚款我先替她们交了，你放她们回去取暂住证，好不好！"

另外一个治安管理员大声说："队长，不能这样便宜了她们，这次应该罚款六百！"

那个叫队长的村治安管理员对吴悟敏和气地说道："老板，我就罚你每人六百，你将人都领走，干脆点，要是送她们去收容所，你的花费就得更多。"

吴悟敏对那个队长说："好！我今天就按你说的认罚，几个？你说！"

队长说："一共六个，合计三千六百块钱，要收据或发票的，每人再加一百。"

吴悟敏从背包里取出黄总给他的工资袋，捏出一大沓百元人民币说："我不要收据，也不要发票，我只要你的工作名片，你一手放人，我一手付钱！"

队长随即取出一张名片给吴悟敏，说："好，这样干脆利落，难道我还怕了你不成！拿去，我是新渔村治安管理三队的老黄，以后你再有什么事就直接找我，我不会怕你！"

吴悟敏接过名片看了，看到名片上写着名字姓黄，职务是队长，就将名片装进自己的背包里，然后将手里的钱数好了送到黄队长手里。

黄队长接过钱也不数，直接装进他背的大公文包里，然后用手招招，其中一个治安队员对其他的那几个队员说："走吧！走吧！"

其他的那几个村治安管理员让开了堵住的发廊大门，有四个女孩子夺门而出，逃离发廊四散跑去。还有一个女孩站在那里看着吴悟敏，她的后面还跟着一个女孩子。女孩朝吴悟敏迎面走来，边走边看了吴悟敏好几眼。这个女孩子很漂亮，大概只有十八九岁的样子。当她走到吴悟敏跟前时，她从手提包里取出一个小纸包递给吴悟敏，说："老板，谢谢你！我给你一个礼物做纪念，大概也抵得上你那几千块钱。我们会后有期！"这个女孩子说完，就拉着另一个女孩子飞快地跑出发廊，跑向大街的远方。

村治安管理员们早已见怪不怪，他们又说又笑地开着大篷车去别的地方检查去了。

治安管理车队离去之后，吴悟敏打开那个小纸包，纸的内面写有"勿忘我"三个字。他再一看纸包里的物品，原来是一条苏绣真蚕丝纱巾。他原本想顺手扔到垃圾箱里，当他无意地顺手一抖，丝巾被抖开了。展开后一看，原来是一条一米五见方大花纹古典的大披肩纱巾，十分好看。他再次展开丝巾认真看了一遍，在丝巾的一个角落处有印刷的文字。他拿起有文字的那一个角，仔细一看，除了商标，还一行 "新生南海公关公司特派员 6688999 保存"的字，估计这是一个联系方式，应当是一个 QQ 号码，吴悟敏记住了这个号码。这条丝巾按照市价估计，最少也值五千元以上，加上有标记，也许是专有人群才会有的稀罕物品，应该有文物保存价值。迟疑片刻之后，他还是将这条奇怪的真蚕丝纱巾收起来，装进自己的背包里。吴悟敏突然觉得，这个持有此件带编号丝巾的人，对自己来这里找儿子也许是有帮助的。

发廊门口只剩下两个人，一个是吴悟敏，一个是那个年轻的自称不是老板的发廊老板。

那个年轻人对吴悟敏说："我是这个店的老板，这个店也是受村委照看的店。刚才那些女人都是在我这里坐台的，到了晚上，会再来十几个。这里没一个发廊不是这样的，不必同情她们。她们是有老板专门照看的。我的店只理发，本店有村主任亲戚的干股。这些女孩子来坐台可以，但是与我无关，我只是每次收取她们的场地租赁费。如果有人要她们出客，客人会支付费用给我，这是叫交管理费。出了事，我不会管，都是由她们的经纪人来管的。这样的女人在大小酒店和卡拉 OK 包房都有很多，政府在打击她们，但是，又有机构在承认她们的存在，你的同情是多余的。"

吴悟敏说："我是刚从内地大三线国企来的，在这里打工，从来没见过这样的场面，我也不习惯这样的混乱场面，我对这里的风俗习惯什么都不懂，还要请你多指导。"

年轻的发廊老板对吴悟敏说："在这里，大家都是为钱而来，你来挣钱就行了。这里除了挣钱，除了领取你自己的那一份收入之外，其他的事你都不要管。在这里，绝对没有责任和同情。"

那个年轻的发廊老板喊吴悟敏到店里坐下，吴悟敏坐下来之后，老板又泡了一壶茶，沏了两杯，一杯递给吴悟敏，他自己也端起茶杯陪吴悟敏喝。然后，他从一个精致的名片盒里取出一张名片，又从自己上衣兜里取出一张发廊服务优惠卡，说："老板你贵姓？这是我的名片，这里有我的电话和家庭住址，还有发廊地址，你可以介绍你的同事和朋友来我这里消费，这里还有一张服务优惠卡，价值三千元，送你，外人是需要花钱买的。但是你来这里消费时必须拿着这张卡，每次消费时，你可享受八折优惠，每月结算，还可以充值。你可以来我的店里洗头，也可以挑小姐回你的宿舍，也可以借给朋友来使用。我要的服务费从卡里划扣给我，每次五十元。如果有港澳台的消费者，他们必须每次交两百元管理费。小姐的小费由你们自己给，一般每次五百元，这是规矩，全市都一样。我看得出来，你是刚从北方来的知识分子，不是什么老板，你很豪爽。但是，你对这里的生活还不习惯，只有习惯了，才能适应这里的生活，不然，随时随地都会有人卖了你，你还在那里美滋滋地独自陶醉。"说着，年轻的发廊老板将自己的名片和优惠卡塞到吴悟敏的手里。

吴悟敏接过对方的名片和服务卡，并装进自己的背包里，说道："谢谢！我是刚从北方来的，打算在这里打工，你说得太对了，我不习惯今天看到的场面。"

那个年轻的发廊老板说："这样的事，在这里虽然不会是天天都有的，但每月每星期至少也会有几次，以后你习惯了就好，不要理她们才是。今天你就在我这里吃饭，我请你吃烧鹅和海鲜。"

吴悟敏不想再多说什么，下意识地看了一下手表说："不要客气，我就住在你店铺的上面，是监理工程师，我们来日方长。周老板，对不起，我还有其他的事情先走了，以后还要请你多多关照。我一定会有事情来求你的，到时候请你多多帮助。我姓吴。"吴悟敏站起来正要打算向门外走，忽然想到自己的主要任务是寻找儿子，他想把这件事情告诉周老板，希望周老板帮助一下，但是又想到和周老板只是萍水相逢，说得太多反而不好，于是欲言又止。

年轻的周老板已经看到吴悟敏欲言又止的神态，也随着吴悟敏站起来，双手握住吴悟敏的手说："吴大师，你是我看到的第一位大师级人物，也算是侠客，请常来我这里喝茶！我是当地的土著，你个人有什么急事可以来找我，只要我能办到的，我会尽我所能地帮你。"

"好的！好的！有空我会常来！"吴悟敏握过手之后，就从背包里取出那条丝巾对周老板说："送我这条丝巾的女孩子你一定认识，请你将这条丝巾还给她。"

周老板显得很为难的样子，对吴悟敏说："这样的事我没法帮到你，因为这是别人送给你的东西，也许是代表着什么重要的信息，也许是她真正地喜欢上了你。这条纱巾也许藏着一个重要的秘密，需要在你这里解开。你还是好好地留着它，也许日后有用得着的地方。"

周老板看到吴悟敏想说什么又不说出来的样子，就问道："吴先生有什么要说的吗？"

"哦，哦，我想知道，像你们这样的发廊里，有没有男大学生来实习的？"吴悟敏的脸有点泛红。

"没有。这里绝对没有会读书的女孩子，更不要说大学生了。在这里混的男孩子不是当保安员，就是给女孩子当私人陪伴。即使有大学生，也只在高级酒楼和高档私人会所里。"周老板笑着回答。

吴悟敏也不好再说什么，只好又收起这条丝巾，然后转身大步流星地走出发廊的大门，向分公司食堂走去，现在应该是吃晚饭的时间了。

此时，刚才四散而逃的女孩子已有许多人回到发廊门口，这些人都以异样的眼神看着吴悟敏。有人在小声地议论："好人！善良！难得！"

这时，吴悟敏突然想起纱巾上的号码是不是 QQ 号，于是就打消了去饭堂吃饭的念头，在旁边的小卖部买了一包方便面，匆匆地回到自己的宿舍里。

回到宿舍里，他第一时间就急急忙忙地打开电脑，打开 QQ，将纱巾上的号码加好友，令他惊奇的事情发生了，这真的是一个 QQ 号，而且回复了信息。这个 QQ 号注册地显示在"俄罗斯"，昵称是叫"大海里的美人鱼"。

令吴悟敏惊奇的是，当自己一加这个 QQ 号，对方就立即接受并回复了，开始了简单的对话：

"我知道你会加我，所以我在这里等着你。"

"我是谁？"

"寻找儿子的男人！"

"你是谁？"

"远方的亲戚！"

"你是谁？"

"你和我都不是无缘的人，日后还会见面，请有事再联系，后会有期!"

"你是谁？"

对方很快就下了。吴悟敏只好让电脑继续开着，迅速将方便面用开水泡好，然后双手撑着头，他想从这条丝巾和这个QQ里找到与儿子去向的内在关系，可惜没有任何头绪。

第九章　参观神庙

话说吴悟敏自接到黄总派给他的工程概预算制作任务以后，不敢怠慢，只好将寻找儿子的事情暂时放下。他除了到工地帮助做一些具体的工程监理以外，其他的时间都在做工程概预算，今天总算是初步完成了。

他觉得自己终于可以一边考察工程现场，一边继续寻觅儿子。这里是新渔市里最繁华的地段。说不定晓龙就在这里打工，或许他与自己的狐朋狗友哥们儿一起结伴在这里游玩。如果运气好，也许真的会撞上这群淘气的宝贝们。

从工程概预算这个工作的角度来说，今天就是踏勘现场，是对这个工程的现场环境做一些实地勘察，以防止在工程概预算中出现比较大的漏洞。从工程设计规划图和工程设计大纲上看，这个工程是要将新渔市第一大村新渔村社区的开发建设进行全方位的更新和拓展，使这个现代化社区成为本市经济发展支柱型的增长极。

此工程以新渔村社区的地域为主，再与周边的地形和地理环境相结合，跨越海岸、岛屿、码头、村庄、山岭、河流、城市交通要道和机场等等的全方位的创新建设，是新渔市新建的综合性开发新区。它综合了经济发展的海港扩大建设和机场扩大建设、新潮流环境旅游、现代化环保设施、现代文化和传统文化交融发展的设施，兼顾大中小新型职业培训现代模式一体化的教育系统、现代化新型居民小区建设布局等超现代化的综合开发发展创新示范工程。从工程的规划图上来看，新渔村是背靠城市基本中心而面朝大海发展的趋势，是一个有近百公里长海岸特点的海滨新区。它需要变动最多最大最难的地域部分是在新渔村的海滨和沿海的区域，尤其是包括海岛区域部位。所以，吴悟敏必须来踏勘清楚，尤其是要来踏勘海滨区新渔村。

据沈处长介绍，新渔市就是从原来新渔村的一个小小渔港码头扩大发展而成为今天举世闻名的现代化新型城市的。经过短短不到二十年的建设发展，成为有国际航运、国际航空、国际铁路运输和连接国内各大城市的航空、铁路和公路运输网络的国际新型现代化城市。现在吴悟敏终于有时间来欣赏传说中的这个南方海滨城市里最美丽的自然风光了。

吴悟敏背着工作背包，里面装着随时要用到的铅笔、笔记本、手提相机，独自一人从分公司的办公室出发了。他的计划是先从工程地图上找到一个适当的观测高地，仔细体会整个建设规划的局部完美和宏观设计雄伟的建设规划设计。经过一个多小时的观测和记录，他登上了后山腰的一块山石之上。

他登高远望，看到美丽的新渔村海边道路和商业休闲混合区里一排排高大的椰子树，一簇簇似火般红艳的叶子花，结满果实的翠绿芒果树，还有原来只在画报上看到过的非洲面包树。在这些植物群落间里又有红色、橙色、黄色、绿色的建筑点缀其间。在沿海大堤的深水岸边，有几个不同设计风格和不同用途的码头。有的码头里有各色各式的游艇或停泊，或穿梭，有的码头里成排的巨型吊塔下成排的巨轮，或装卸货物，或离开远航。在专属游泳区，穿着五彩泳衣的人群像上帝给蓝色的海洋里洒下的各色豆子，在白色的沙滩上和深蓝色的海水里不停地动来动去。在远处，可以看到数不清的巨轮，它们在一望无际的海洋里移动着。在浅蓝色的天空之上，一架架飞机按照时间的序列从机场方向慢慢地升起，而后飞向远方。而最令他神往的是那蓝色无边的大海，没有想象中的波涛巨浪，海面似乎是一匹无比巨大的蓝色绸缎，在海风中轻轻地起伏，令人心旷神怡。

在这样一幅巨大的画卷中，令他感到新奇的还有那个海岛，岛上树木葱绿，树木簇拥着赤、橙、黄、白、绿相间的建筑，或高或低；成群的飞鸟在海岛上空盘旋着。这个在新渔村海岸边最大的岛屿，它离海岸最近，大概不到一公里远，而且位置恰好在弧形海岸的中心，似乎像一根定海神针钉在这片海域。

吴悟敏在制作这个概预算时，曾经查过一些资料，据史料记载，这些海面上的小岛，是远古时代太平洋海底因强烈的火山爆发产生的火山灰堆积成为漂浮之岛。因这里周围是半椭圆形的海岸，它们就在这里安家，从此不再走动了。

　　吴悟敏从远处的画面收回视线，再观察一下地形特征，有如新月形的新渔村海岸地貌，是在海与山之间形成的一片土地。新渔市海滨市政大道纵穿其间。靠山的一面开发成了各具特色的大小商住两用花园房和商业写字楼，剩下的土地已被各种建筑机械和临时工程建筑的板房、围墙和建筑吊塔所覆盖。建筑施工机械巨大的轰鸣声此起彼伏，在这个村子的上空振荡着，听不到海涛及其他一切的声音。

　　回头再转身看看自己的身后，这是新渔村的北面。在渔村的北面是蜿蜒起伏的青山，当地市区的地图上把它标注为"东山"。东山的主体，远看起来像一尊巨大的睡佛，面朝大海静静地侧身躺卧着，似乎在安静地守护着这片土地大海。这山色是南方特有的纯洁青翠，山腰有一座不大的绿瓦红墙的古庙建筑点缀其间，使得这座山显得更加美丽而神秘。

　　向东西方向眺望，可以看到山势由高而低缓缓起伏，向南向前慢慢地延伸，将山的余脉伸向海中。在东西两端的远处，形成了与大海相连的新渔村大型海港的东、西码头，海量的集装箱场地向两端延伸发展着，一片鲜红。这两条向海中慢慢延伸的海岸，像是巨人的双臂，将这里的村庄、海岛和居民们深情地保护在自己的怀里。

　　吴悟敏环视四周之后，总觉得这个海湾像一只巨大的正在呼吸空气并蠕动着的鲍鱼，又像是一串形状各异的巨大扇贝，摆放在蓝色的青花瓷大盘之中；更像是一只巨大的刚从天上落下来还没有来得及收起翅膀的雄鹰，正展开巨大的翅膀匍匐在这块美丽的宝地之上。而坐落在岛屿之上的，还有一座高大的建筑物，它像是大鹏鸟在高高地昂起头。这叫吴悟敏不由得想起在家里做的那个美丽而奇怪的梦。他想起那天的夜里，自己是从那只凤凰鸟背上走到小岛的地面，于是他决定要去这个海岛上看看。

　　然而，来这里游玩的人相当多，游客挤满了马路。吴悟敏慢慢地走过，仔细地搜寻其中每一个人。当吴悟敏走到这座岛屿的大桥时，一支数十人的武警骑着摩托车队开到桥头，分成两列在桥头站住。同时还有两辆警车也分两边停在旁边，警车没有鸣叫。桥上的游人站在道路两旁注目观看。

　　随后而来的是一大队身着工人服装的人，大概有两百多人。他们身穿着统一的建筑工人服装，头戴安全帽，拉着横幅，举着红旗，横幅上都是写着"讨薪"二字。这些人一边走一边喊口号，从警察中间走向桥头，再从桥上向岛内走去。这支在警察保护之下的游行队伍，走过街道，绕过房屋，环游了海岛。岛内岛外都挤满了远道而来的游客，他们都见怪不怪地给游行的队伍让路，站在道路两旁，静静地围观着，似乎有夹道欢迎之势。这支工人游行队伍游完了海岛上的主要街道之后，又按原路返回。

这是吴悟敏生平第一次亲眼看到工人穿着统一服装维权上街游行的画面，感到很新鲜很有趣，感慨社会和世道真的在发展着、变化着。

待游行队伍退出海岛之后，吴悟敏开始漫步在这座海岛上，他重点关注这个他在梦里看到的地方，他觉得人生有时真的很神奇。

这座海岛的主干道路面是柏油马路，而其他的人行道和自行车道路面都用是火山岩铺设的石板路。

从海边到海岛上，高低不平的小土丘，似乎没有被整理过的，似乎是自然而原始地生长着的样子。在这些小丘上，生长着高矮不齐的乔木、灌木和花草，其中许多植物都是自己从未见到过的。

海岛中部的地势慢慢地高起来的，各国风情特色的建筑顺着地势而建。用石头垒砌的踏步和挡土墙高低错落，显得十分美观而协调。在这些建筑之间，顺着人行小道款款而上，到最高处是一个有几亩大的小广场，地面由花岗岩铺设。

广场的中心有一座巨型雕塑，四周游人如织。有一支私人摇滚乐队在此表演。场子外面，自然被许多音乐爱好者们团团围住，有人在凝听，有人在录像，有人在拍照。

吴悟敏走近这座雕塑，抬头仰望，这座雕塑大概有十五米左右高，底部占地面积足有四百多平方米，按照正东-西南北的方位建造。

这座雕塑共分底座、主体和人物雕塑三层。底座有六米多高，是由巨大不规则的海礁岩砌成，带有海藻色彩的不规则形状的石块，仿照自然堆积似的杂乱地垒砌起来。在石墙的外墙面，设计有圆形的大窗户。从窗户看进去，里面有几尊金光闪闪的佛像。佛像前有不少人排着队在膜拜和敬香。室内还有桌椅板凳、祭台和旗帜一类的东西，似乎是一种祭祀集会的场所。

第二层像一艘巨大的正在海洋之中踏浪而行的橙色船体。橙，在民间代表成功的寓意。船帮有六米多高的样子。船里装满了巨大的鲍鱼和扇贝造型。从下而上可以看到船内放有渔网、鱼篓，还有堆得很高的海参、扇贝、撬贝和鲍鱼等等的雕塑。船帮四周，装饰有三条巨大的龟爪鱼身的龙头，龙头没有张嘴，好像是在微笑着的样子。

船体之上是一个三米多高的、穿着红色服装的渔民塑像。那渔民昂首站在船头的甲板上，高兴地抱着一只巨大的鲍鱼，双眼有神地看着远方的大海。

回头再细致地看看底座，在礁石墙面上，都装饰着各种深海里才有的贝壳类的动物造型。在贝壳之间，又有海草和珊瑚造型，它们似乎在随海水流动而飘逸的样子。在海草和珊瑚之间好像还有各种奇形怪状的小鱼在游动。从下向上随意地望去，好像参观者自己身处在海洋之中，感到有一种在海里经受风浪的紧张感。

在地面靠近墙壁处，树着一座用花岗岩原石雕刻的石碑，石碑上刻有"扇贝仙座神庙，省一级重点文物保护单位，省文物局建。"等字样。在此石碑上，刻有小字的题跋和说明神庙的初建时间和重建时间。但是这些小字大部分斑驳不清，不仔细看是看不清楚的。石碑大概有 200×80 厘米大小。在石碑的正下方，有供人敬香的香台和香炉，香炉里香火正旺，还看到有人在虔诚地敬香并祷告着。吴悟敏再抬头看时，一块巨大的鎏金匾额嵌挂在底座外墙的高处。

吴悟敏绕着建筑底座外墙面走了一圈，雕像的基座墙体上嵌有一米见方花岗石鎏金铭牌。原来这座神庙叫作"扇贝仙座神庙"。

正当吴悟敏仔细观赏神庙外墙上的装饰时，听到摇滚乐队响亮的演奏声。吴悟敏转过身来，走近看了看那个私人摇滚乐队。一个二十多岁的男孩子模仿着多个知名歌星的嗓音和身段唱着歌，声音时而沧桑，时而雄壮，很好听。熙熙攘攘的游人在雕塑前围观、听歌和拍照。

吴悟敏走上前去，挤到听歌人群的最里层，站在那里欣赏着。一个白胖年轻的男人走过来递给他一张名片。他接过一看，名片上说明这是一家专业演唱公司，可以作曲，可以配器，可以演唱和表演，可以帮助出歌碟。白胖男人说："有会议和庆祝活动，都可以请我们来包场表演，有著名歌手，也有摇滚歌手，很全的。"

吴悟敏顺口问道："请你们搞演唱会或是会议演唱活动，多少钱演一场？"

"不贵，八千块一场，一切包定。"白胖的年轻男人看着吴悟敏说道。

吴悟敏对这样的眼神感觉有点不习惯，赶紧把头抬向天空。这时，他忽然想起自己有一首诗歌，如果谱成歌曲让他们唱起来，或是上传到网络上点击播放，或许自己的儿子就会听到父母的慈爱之音，那是极好的事情。何况，现在自己已经付得起谱曲费和制作费用了。

"你们可以给我谱首新歌曲吗？如果可以，要多少钱一首？"吴悟敏面对那男人很感兴趣地问道。

在家人宣布儿子失踪后的那天夜里，吴悟敏想为儿子写一首诗歌，然后找机会谱成歌曲，再找人演唱出来，然后灌成歌碟，拿到一切可以播放的地方去播放，这样一来，他一定会着急着赶回家找自己。如今，他觉得机会来了。于是他便抓住这个机会，希望这个民间音乐制作人能够帮助他做这件事情。

"完全可以呀！我们谱一首是六百块钱，大家都是这个价钱。如果要录成歌碟，那是要加配器、试唱、录音等等环节，录一首两千元，如果再要做成光碟，还要再加上电脑合成，一首两千元，合计四千六百元。这个歌碟如果你到出版社买一个书号，还可以到文化店里去卖的，这个碟一红，说不定你就发达了。我们经常给那些参加选秀比赛的人谱曲和后期制作，还指导他们在台上的表演，让他们获奖呢！"那个年轻的白胖男人利索地回答。

"那好，我这里有一首歌词叫《妈妈在呼唤，儿子回家吧》，希望你能帮我先谱曲，而且还要唱给我听，如果谱得好了，或许我还可以做歌碟，等你做好歌碟后，我再一起付钱给你，可以不？"吴悟敏从衣兜里取出两张诗稿，交给摇滚乐队的白胖男人。白胖男人说没有问题，他们两个人谈好谱曲后交接的联系方式和地点，又互换了电话和名片。然后，吴悟敏迅速离开，到别的地方去看看。

第十章　初识老九

神庙的高墙下，围满了一层又一层的游客，他们在观赏、议论和拍照。

吴悟敏又绕着神庙走一周，仔细认真地看完这座奇特的雕塑，又发现了墙上贴着一张街道办拆迁办的布告。布告上说此建筑影响改造新渔村未来发展环境的面貌，也影响新渔村未来重新建设的总体规划，要求村民在三个月内必须拆除，否则，开发商按照政府的有关文件要求强行拆除处理。

此时，吴悟敏又发现布告两旁各站着两个穿保安服的壮汉，四个人都盯着他看。

有一个壮汉走到吴悟敏面前粗声粗气地问："看什么看！你是干什么的，为什么看这么久！"

"我是来这里旅游的，只是好奇地看一下布告文字罢了。"

那个壮汉大声地叫着："旅游的，好像你是认得几个字嘛！一边玩去，别挤在这里！"

吴悟敏小心地问："你们是不是街道拆迁办的？"

　　那个壮汉说："我们是村里保安队派来的，是来保卫这个村的风水宝地，这是我们村子供奉的神庙，谁拆我们就要和谁干。"

　　为了缓和气氛，吴悟敏就和那壮汉聊了几句。那个壮汉开始说自己是河南的，吴悟敏说他不是河南的而是陕西的，还说是陕西汉中的。壮汉说你怎么知道，吴悟敏说自己是走南闯北的，能听懂的方言多了去。

　　正聊着，吴悟敏突然觉得后面有人在走动，回头用目光扫了一下，看到一个很有派头的中年男人正拨开人群向自己走来。

　　在这个中年男人后面，似乎跟着一个他眼熟的高个年轻人，但一瞬间那个年轻人突然又扭头走了。吴悟敏没有看清这个年轻人是谁，从个头、发式、身材和背影看，有点像儿子吴晓龙。于是，吴悟敏对这位中年男人产生了兴趣，想和他聊一聊，看看这个很有派头的中年男人是否知道一个叫吴晓龙的年轻人。

　　说来也巧，他还没来得及思考更多，这个中年男人却径直走到自己面前，伸出手来和自己握手，同时说道："你好！你就是监理公司新来的吴工吧！我正要找你。"

　　吴悟敏十分诧异，素不相识的人怎么知道自己姓吴？于是恭敬地问道："在下姓吴。您好！"

　　吴悟敏和中年男人握完手之后又问道："我们俩第一次见，您怎么知道我是吴工？"

　　那几个村保安抢着回答："他是我们村的余主任！"

　　余主任说道："是你们监理公司的沈总向我介绍的，他说分公司来了一位土建工程师姓吴，是个土建行业技术全能高手，有事可以向他请教。他还说今天你会来这里现场踏勘。他给我介绍了你的相貌特征、着装特点和行为气质，所以我一看就猜出来了。"

　　吴悟敏说："余主任，您好！谢谢您的夸奖，请问？您找我有什么重要的事情吗？"

　　余主任说："是的，我姓余，是这里的原住民，这里的人都叫我'老狗'。"

　　"老狗？"吴悟敏随口叫了一声，他感到有点奇怪，想笑但又不敢笑，嘴里憋着，心里想，老狗，有这样的名字吗？

　　"哈哈哈哈！"吴悟敏身边的好几个人都大笑起来。

　　那个壮保安说："普通话应该是说老九，当地话音听起来像是'老狗'，他在他家中弟兄排行第九，当地人话说'九'发音为'狗'。"

　　在场的人再次地哈哈地大笑起来，余主任也随着大家乐了起来。

余主任说："对，我有九个弟兄，我最小，所以都叫我老九。吴工，我们村里有重要的事找你，请你上我的车吧，回我们村办公室里再慢慢地说，好不好？"

余主任转身要走，示意吴悟敏跟着他。当吴悟敏走近小车时，惊喜地发现沈处长在车后座向自己招手，吴悟敏赶紧坐到后座和沈处长聊起来。

小车很快地离开小岛，在环岛大道上飞奔。

小车离开市政路又穿过几个建设工地，再驰过几条街道，十几分钟后，车子开进一个有豪华围墙的广场停下来，广场一边是十多层高的办公大楼。办公楼大门上方花岗岩面镶嵌有包金的"新渔村村委办公大楼"的标志。

这时，身穿保安服的年轻人走过来帮助打开车门，吴悟敏随着沈处长和余主任的后面下车。吴悟敏自己走到大楼前，对这座由花岗岩、大理石、琉璃瓦、火山石、页岩石、汉白玉石外墙混合装饰墙体和金色铝合金幕墙包装的建筑物注视了好一会，连连惊叹："这真是一幢用金子堆起来的村委办公大楼！"

余主任邀请吴悟敏、沈处长来到四楼办公室里的茶室。茶室里有一个男青年和一个女青年都蹲在茶桌旁准备茶道。余主任的司机想给两个年轻人帮忙。余主任一挥手，司机和那两个男女青年都退了出去。吴悟敏和沈处长就站在那里，余主任赶紧请两个人坐下。

余主任先取出两条香烟，分别送到吴悟敏和沈处长面前，说："沈总，这是你的。这一条是给吴工的。吴工，打开抽一支吧！这是我们村的特产，综合全球最好的香烟配料，再加上地方特色的工艺制造生产出来的，是南方人和海外华侨钟爱的香烟。内部价一条两千五百块钱，不算贵，但是计划供应，外面市场上多少钱也买不到。这是我们村创办的第一款高档名牌畅销产品，也是我们村真正开始富裕的拳头产品。从此，房地产、建工业村、出租厂房建设、新型电炉珠宝、陶瓷工艺品制造业、市新型工业区建设基地厂区、社会资金和村民合作建房等等都是从这里开始起步的。吴先生，你一定要抽一支。"

吴悟敏说："主任，我不会抽烟。"

余主任说："不抽烟就不抽吧，你不抽，你也得拿走它，送出去了的东西，是不可以退回的。"

沈处长说："吴工，你就收下吧，我也是不抽烟的，放在宿舍里，来了人也好招待。再说了，万一有事情要请人办，送上这条烟也是很体面的，是吧！"

吴悟敏说："沈总都发话了，我还是收下为好。"

吴悟敏想找一个轻松的话题和余主任聊几句，就问："你们这里是海边，又不种植烟草，怎么能够生产香烟？"

　　"此事说来话长。就在那一年，我们村被评上新渔市农业渔业口的先进标兵村，要申报全国的先进单位。一个大级别的领导带来手下各部门的负责人来我村视察。视察完了，他讲话，标兵村的村委手里没有钱也是不行的呀！于是，一个烟草主管、一个行长，就把我们村的高级烟厂办成了"填补国家空白项目"。我们村从此成为富裕村，土地的招商引资开发从此火红地开展起来。这个香烟厂有十五家出资的董事单位，我大儿子是总厂的董事之一，代表村委；二儿子是另一个部门的董事，代表村经济开发总公司。"余主任娓娓道来。

　　吴悟敏问："你的儿子真厉害！他们现在还在村里吗？"

　　沈处长说："余主任原来是村支部书记兼村主任，他说要把村支书的位置先让出来，过一两年将村主任也让出来，决定要退下来享清福。他大儿子几年前到国内名牌大学进修回村，全村党员一致选他的大儿子接班当村支书，于是大儿子当了新渔村的支部书记。他二儿子是到国外名牌大学里进修回来的，将来是要接主任的班。余主任一家人真是了不得呀！"

　　余主任有点炫耀地说："我想今年年底就退了，可村民就是不准我退休，没有办法。村里搞建设筹集资金时，就叫我去海外找熟人。只要我到海外走一趟，就会要人有人，要钱有钱，很多华侨给我们村无偿捐款。那捐赠资金的数目可以让你吓一跳，跟我们合作的单位那就更不用说了。这件事情我一甩手，别人还真办不了。就算我退居二线，村里大小事情还得由我牵头去办，还不如直接在位子上好一点。"

　　吴悟敏和沈处长都齐声赞道："那是！那是！"

　　接下来，余主任开始表演他的沏茶功夫。他一边操作着，一边与吴悟敏和沈处长说着话："吴工和沈总请坐到近旁，我这里有好茶，区领导和市领导都时常来这里视察，他们喝茶都由我亲自沏的。"

　　吴悟敏和沈处长礼让一番，就一同坐在余主任前面一张巨大的荔枝树根雕茶几的对面。

　　现代化的烧开水设备、中国最高档的滤水器、高档的桶装矿泉水、红木加漆雕茶叶盒、象牙取茶勺和茶具镊子、古朴的紫砂壶配微型乳白色的独特茶盏，加上在沏茶过程的取茶、装茶、滤水、洗杯、分茶等一连贯技艺展示，使得满屋茶香四溢。

　　余主任每分好一壶茶，大家就认真地品一杯，默默地品赏着这些名贵的茶叶和高超的茶道。几杯过后，吴悟敏又仔细地欣赏手里的茶盏。这是一只微型古代建窑茶盏，如果是真货，至少值上千万，他感到自己很幸运。吴悟敏估计这是高仿的建窑茶盏，从内心对茶盏的精美和仿真艺术赞叹不已。精美绝伦的高仿建窑茶盏，自己在电视鉴宝节目上看过，没想到在这里能见到实物，而且是微型的，更有美妙之处。

余主任看懂了吴悟敏的心思，说道："吴工，你别搞错了，你手里的那种茶盏是我们村子自己生产的，不是古董货，是我们村发明的新材料的仿制品。"

吴悟敏感觉到有点不可思议，说道："余主任说大话了吧！你们是在海边，贝壳和沙粒有的是，可是你们一定不会有烧制仿古瓷器的土和巨大的烧制窑炉。"

"吴工，你的土建技术是一流，可是你对现代陶瓷烧制技术还是一知半解。我们村就是采用废弃的贝壳和细沙，采用高温炉调控温技术，就在一百平方米的厂房里，由四个工人仿制出了形似明代建窑的茶盏，实则现代新型贝壳科技技术产品，此专利已经被我们村委在全球买断，别人不得生产。目前已经成批生产，销往中东和欧洲地区。"余主任说这话时满脸自豪。

"原来有钱就可以诞生新科技，有新科技就会更有钱！"吴悟敏惊讶地说道。

吴悟敏品过几道茶之后想聊点实用的，就问道："我们如果去超市买茶，我们怎样辨别好茶和不太好的茶呢？"

"去超市买茶？你问我们村里谁到超市买茶？如果你想买茶，最次你也要去茶叶专卖店。要先看好茶叶的品牌和品种，然后坐下来泡一壶品品，觉得好就买，不合适就走人。最好还是叫茶叶店的老板来你家里，将你要的茶叶或是他们推荐的好茶送到你家里，双方坐下来好好地泡一壶品品，好就要，觉得不合适就叫他们另换。" 余主任用不屑的口气说道。

"吴工，出门在外，买茶叶也要好好学学，人家余主任在工作之余专门学习中国茶道，参加过省级茶道表演，并获得过省级茶道冠军呢。"沈处长在一旁附和着。

吴悟敏不好意思地笑着说："这是我们那里富豪都很少享受到的规格。吴工可能今生都学不到了哦！"

余主任接过话题说道："沈总是我的贵客，他在业余时间常来帮我村政府里做点工程上的事，所以，我也经常请他来喝茶，自然学到一点喝茶买茶之道，欢迎吴工也常来这里喝茶，练习茶道。"

余主任说到这里，大家都哈哈地一笑。

吴悟敏在尴尬之余，转移话题问："余主任，你这次叫我来有什么可以帮上你们村政府的吗？"

余主任说："哪里的话，我听沈总说公司来了一位土建工程的高人叫吴工，所以专门请吴工前来喝茶的。今天沈总正好来我们村里工作，我就叫他抽空带我去找你。他说你近来忙一个重要的工作，按照时间推算，今天你会来这里现场踏勘。于是我就带沈总去找你，正好在扇贝仙座神庙那里找到了你。来，来，先喝茶，我这里的茶好，市里的书记都常来我这里喝茶来着。"说完，他又重新清理了茶具，再泡了一壶新的茶叶。三人一边品茶，一边说起工作来。

沈处长对吴悟敏说："事情是这样的，主任听说市里做了一个新渔村全面重建的规划，这个规划是以新渔村的海岸和海岸岛屿为依托，再扩大到周边的村庄和社区，并以此为发展龙头，为全市规划一个支柱经济飞跃发展的支撑点。规划的重心是要在新渔村开发一个现代化的，以国际海港、海陆商业贸易、高科技产品孵化批产和全球推广为主的商业兼国际旅游的新城区。听说这个城区里有一座主体高一百八十米，占地二十万平方米的连体建筑群，这是一座总建筑面积超一百万平方米的商住一体的建筑广场，它将成为这个地区导向性的地理坐标。主任打听到这个规划的总建筑概预算是由吴工你在搞，而且快要上报概预算书了，所以请你来一下。"

吴悟敏问："那么，余主任需要我提供什么信息？"

沈处长说："市里在召开新渔村未来重建发展规划的会议时，余主任参加了，他当时也是不得不同意的。余主任的意思是，新渔村未来重建发展规划总是要搞的，但他们新渔村那座'扇贝仙座神庙'是一定不能拆的，这个一拆，会坏了全村人的风水，可能会有大型群体性事件发生。他作为村主任，也只好站在村民一边办实事，可是市里的规划又和村里的想法有矛盾，这该怎么办？"

吴悟敏说："神庙所处的那个地段，是这次规划设计核心建筑的中心地标位置段，从理论上讲，要想保住它不动，绝对是不可能的。"

沈处长对吴悟敏说："小吴，从你的经验看，可不可以想办法将这个神庙保留下来？如果有可能，你说个办法出来，然后由余主任去找市里谈，'扇贝仙座神庙'建筑能保住就尽量保住它。主任请你来就是为这事，你就谈一下你的看法，然后你跟主任说说吧。他是个很守信用的人，我有事要去村建设办看一下图纸，有一个工程预算要帮他们搞一下，我先行一步。"

沈处长又对余主任说："主任，我有急事先去你们建设办了。你和吴工细谈吧！你们谈完了，主任你再通知我过来陪你们喝茶就是了。"说完，他背着工作包到村里的建设办去了。

吴悟敏知道这是沈处长故意回避他们之间的谈话。

沈处长走后，吴悟敏问余主任："你们新渔村是不是觉得开发商给你们的拆迁费太少？"

余主任说："我们这个村还缺钱吗？你别看我们村里干部每月拿的基本工资不多，但是，我们村里人真的是钱多多，花都花不完的。小孩读书，从幼儿园到大学都是村委报销。全村里人看病都是村委去结账。全村人每年两次的集体旅游都不花自己的钱。村镇建设一切设施项目的钱，都是海外华侨给捐的，这叫家乡情感。家家都在玩股票，亏了再赚，赚了再亏，就像小朋友玩游戏，叫炒股。也有的人在搞理财，大把的钱转来转去，这叫玩投资。不在乎输赢，只在乎刺激。那都是钱太多比着花样玩而已。许多老年人不会投资，就天天打麻将来消磨时间。每家每户的实际收入来源，主要是靠村里的经济收益分红所得。每人每年的分红都是六位数以上，连刚出生的小朋友都一样的。所以，村里的女孩子都很少外嫁的，'齐天大剩'很多。村集体的公共收入和财政收入还有公积金收入等都放在股市和国内外投资上收获增值，拆迁费那才多少？我们大家都不为钱去争吵的。"

吴悟敏问余主任："主任，你们村里的钱都多到花不完，那么，你认为拆迁不拆迁'扇贝仙座神庙'建筑对你们村里来说还有那么重要吗？"

余主任说："是的，是的！很重要！'扇贝仙座神庙'对我们村来说很重要，那是风水仙座。全村人都认为它是我们的保护神。它是当年余家祖上创业时为保护新渔村而建的，这里的老人们都称新渔神像，没有这个神像，也就没有今天的新渔村，没有了这座神庙，人们就会很快忘记我们的祖宗，我们的祖宗就会发怒，我们的后代就会倒霉透顶。这座神庙已经保护村民安康幸福好几百年了，大家都认为绝对不能拆的，一旦拆了，我们这个新渔村就会遭遇大的灾难。现在我就讲一个故事给你听。"

第十一章　神庙传说

余主任一边沏茶一边给吴悟敏讲故事：

大概在五百多年前，可能会在更远的时间，新渔村是一个没有土地也没有一个人来过的地方。这里除了山就是海，山是石头山。但是，这里的山和水都非常神秘。

海岸都是陡峭的岩石，岩石之上是大小不同的小山坡。石头之间长满了青青的树木。岩石下就是波涛汹涌的大海湾。海湾很大，海水很深，海岸参差不齐，海水旋转着滚动前进，涛声震天。海浪汹涌地拍打着海岸，巨浪时时腾空飞起扑向山崖。海水从远处直冲过来，在海湾这里转一个大圆圈，再回流到大海。那个时候，从来没有人敢在这里打鱼谋生，打鱼的渔船都远离这里，从不接近。

有一天，离这里几十里路远之外的地方，来了一个姓余的打鱼汉子，他祖祖辈辈都是靠打鱼为生。他带来了两个才几岁的儿子和年轻漂亮的老婆。姓余的汉子家很穷，连一条旧渔船也买不起，他只是一个帮人捕鱼的渔工。一家人没有地方住，只好在山坡上用树枝搭了个棚子，这就是他的家。他和孩子、老婆在这里住下来生活着。他自己每天要去到几十里路以外的渔霸老大那里，为渔霸打鱼，挣到的钱用来维持家里人的吃喝。

在姓余的汉子来到这座山定居不久的一天，发生了一件奇怪的事情。

那一天，他和渔霸老大一起出海，帮渔霸船老大在大海里捕鱼，随行出海的还有两个男的年轻船工。

他们的渔船正在大海里捕捞时，网到一条样子怪怪的红色大鱼，大鱼那睁大的双眼对着姓余的汉子看着，显得很焦急的样子。

姓余的汉子对渔老大说："这条红鱼可能是鱼神，我们放了他吧！"

渔霸老大吼叫着说："你不要胡乱说什么鱼神！你现在不捞上来，你就和鱼一块去死！"

姓余的汉子只好看着其他两名汉子努力地拖网，自己不去动手，渔网怎么也拖不上船。

当其他两个男人正和渔网僵持着的时候，海面突然起了大风大浪，将他们的渔船撞到了巨大的礁石上。船被撞得粉碎，渔船的船板被海水推得七零八落。渔霸老大被海浪卷到海水深处不见了，而姓余的汉子和另外两个男人都被海浪翻滚着身体，他们时而被卷入海水里，时而被海水托出水面。

姓余的汉子很有力气，水性很好，他努力地钻出水面，并在千钧一发之际抓住了一块木船板。当他看到两个同伴在海水中挣扎奄奄一息时，就将自己那块木船板推向了他们，而他自己奋力和海浪搏斗，在巨浪之中挣扎着。然而，一块木板对两个男人来说起不了什么作用，那两个渔民很快就被海浪打入海底，再也没有浮上海面，而那块木板也随海浪漂向远方。

这个姓余的汉子在海浪中奋力地挣扎着，终于游到了一座巨大的礁石旁。海水拍打着礁石产生的反向推力，又不时地将他推向大海深处，他就这样来回拼命地游着。

正当他快要精疲力竭时，一个红衣人从海浪里冲出了水面。这个红衣人推着一块大船板漂向这位姓余的汉子。姓余的汉子立刻抓住了这块木板，稍稍喘息之后，就随巨浪在海里翻滚着。当他被海水再次推出水面时，看到那个红衣人正在与海浪搏斗，于是他毫不犹豫地将这唯一的木船板奋力一推，推到海浪里精疲力竭的红衣人那里。正在此时，那个红衣人立即变成了一只巨大的扇贝站在水面上向他招手致意，然后就钻入海里的巨浪。姓余的汉子终于游到一座露出海面的礁石，很快爬到礁石顶上。当他在这座巨大的礁石顶上爬稳，并歇了一个时辰之后，海风终于停了，海浪也小了，天上的太阳也从云雾里钻出来了，一条彩虹在海上弯弯地挂起来。他眼看着四周无边无际的茫茫大海，找不到游回家乡的方向，但是他下定决心要游回自己的家乡，因为两个小儿子还需要他抚养，年轻漂亮的老婆还需要自己疼爱。因为太疲劳，他就在礁石上睡着了。

在他睡意蒙眬之中，他看到在海的远处，在弯弯的彩虹之下，有一个穿红色衣服的男人驾着一条钓鱼舢板向自己划来。等那个红衣人驾着舢板划到自己面前时，他看清了，这个高大男人身上的服装很像一只红色的深海扇贝。穿红衣的高大男人驾着舢板靠近后对他说："我是这片海里的红扇贝之王，我感谢你的善良和真诚，我的大海会感谢你，我们会后会有期。"说完，那个人就钻下海里不见了。

他从梦中被惊醒，他坐起来定眼一看，奇了，他推出去的那块木船板又回来了，而且就在他脚下的海水里漂浮着，就是不肯随着海浪离开这块礁石。

回家要紧，其他的事情他也想不了那么多，他爬上木船板，根据太阳的方向和礁石的方向定出了游水的路线，终于回到自己的家中。

当他回到家里时，他的两个儿子和老婆正在东山上寻找野果、野菜当饭吃，他们已经三天三夜没有吃到鱼和粮食了。

吴悟敏静心地听着，余主任接着继续往下讲。

话说，姓余的汉子从大海里逃生回到家乡之后，终于在海边的东山山腰处找到了爱人和两个可爱的儿子。一家四口很高兴，汉子给他的爱人和儿子讲了他在海上遇到的奇怪事情。

他的老婆说："善良的男人遇到了海里慈祥的鱼神，它一定会给我们全家带来吉祥和好运，我们全家人都要信奉他、敬重他、感谢他，我们全家人一起努力吧！"

没有房子，全家人都住在用树枝搭建的棚子里。没有渔船，也买不起渔网，汉子为了养活心爱的儿子和老婆，他只好手拿一把铁铲，在腰间栓紧一个鱼篓，靠着自己特别好的水性，潜到几十米深的海底礁石上，采集鲍鱼和扇贝来给家人当饭吃。没几天，他采的贝类和鲍鱼越来越多，多到吃不完，他就将这些剩余的海贝和鲍鱼拿到集上去卖。于是，他开始有了小小的积蓄。

他采集的这些贝类都生长在深海里，这些贝类都长在海浪特别大的海底礁石上，每次采摘都冒着生命危险，但是，他采到的这些贝类都很值钱，他不用花钱购买渔船和渔网，也不用花钱请鱼工。这个巨大的海湾，就是他最好的渔场。

姓余的汉子平时每天下海采贝。天气不好时，他就来到这座山上到处细心地观察，想找一块适合的地方搭一间更加舒适和牢固的房子。

有一天，他终于发现了一小块最合适的地块，地面平坦，上下左右的位置都正好在山的正中部位。他用带来的一块布作屋顶，当他准备用石块砌墙转身面朝大海时，他被眼前的景色惊呆了。

这是多么理想的好位置哦！

整座山东西走向，两端慢慢地伸向大海，好像一双手臂形成一个怀抱状。在怀抱里的海湾就像一只巨大的扇贝。远处的大海，将这只巨大的扇贝不停地摇动着，好像是大海的一个婴儿睡在母亲的摇篮里。在海湾的正中靠近山坡的那里，有一个比较大的海岛，许多小海岛有规律地排列在一个弧形的抛物线上，使得这片海域又像是一只巨大的深海鲍鱼，而这些海岛就像是鲍鱼身上的彩色年轮之眼。这眼前的景色让姓余的汉子恍然大悟：这应当是一块神仙宝地，应该是神仙居住的地方。

他找到一块长方形的大石块，咬破自己的中指，用血在石块上写上"东山山神之位"，庄重地竖立在房子的正中央。他在牌位前面插上点燃的香烛，放上他带来的全部食物当作贡品，跪在牌位前叩头施礼，然后他祷告说："尊敬的山神，这就是您的神座之地，我不能占有，我会另外搭建房屋的。我在这里请求您保佑我们一家人，保佑我每次下海打鱼能够风平浪静满载而归，从我赚到的第一笔收入开始，就会努力地攒钱给你盖起高大的山神庙，并给你重塑金身。"

由于他眼下没有搭房子的东西，姓余的汉子这天就露宿在这座临时搭起的神庙旁边。

当他刚迷迷糊糊地睡着时，就看到一个身穿红色扇贝式衣服的高大男人，手里抱着一只巨大的扇贝走近他并对他说："我是山神派来的，山神说，他会在天亮前给你一片土地作为你生活居住和打鱼休息的地方。但是，你必须善待你要采集的贝类，要在前面不远处的岛上为它们塑一尊神像，神像会保护你和你的儿孙们安康富裕。"说完，那个高大男人就大步地走进海里去了。

第二天，天刚蒙蒙亮，当姓余的汉子醒来时向海边一看，他惊呆了。他脚踩的山脚下出现了一大片新的沙洲，沙洲沿山脚从东到西成新月形展开，足够许多渔民在这里建房、建村传宗接代地生活。

这时，姓余的汉子才恍然大悟，那个怀抱扇贝的高大男人就是这片大海里的扇贝之王。于是，他决定要在这个海岛上建起一座扇贝海神之王的神像，要为他建一座庙，这个供奉扇贝之王的庙，就叫作"扇贝仙座神庙"。

从此，这家姓余的人遵循自己的承诺，一天一天地建设"东山山神庙"和"扇贝仙座神庙"两座庙宇。

在勤劳的日子里，两个儿子慢慢长大了，他和儿子一起用在海里捞起大礁石搭建雕像的基础，又用打鱼捞贝赚来的钱，请来工匠仿照梦中见到的身穿红色扇贝服装的高大男人形象，建起了一尊高大的雕像。哪怕一家人少吃少穿，也要拿出打鱼捞贝赚来的钱，把山神庙建得又高大又神圣。这个姓余的汉子逢年过节和每月的初一和十五，都要带着全家人来山神庙和扇贝仙座跪拜祷告。

后来，这个姓余的儿子们都有了自己的许多儿子和更多的子子孙孙。而这个新月形的沙洲就变成了一个家族发达的大村子，远近的人们都叫这个村子"姓余村"。由于全村的人都姓余，而且都是靠打鱼为生的人，后来政府用原来村名"姓余村"的谐音，给这个村子起名叫"新渔村"。

故事讲到这里时，吴悟敏插嘴问余主任："你有没有听说过扇贝仙座神庙有什么特别灵验的传说吗？"

余主任有些激动和亢奋地说道："有哇，大把哦！我今天就说两个故事哟！一个是我们县志里有记载的，大概是民国初年的一天，东南亚的某海域发生了特大海啸，海啸产生的海浪有近百丈高，新渔村这里全部被海水吞没，海浪拍到了东山神庙的脚下就不再升高了。村里的人都跑到东山神庙里去，用祈祷度过了风浪的袭击。这个有神庙的岛，好像一点都没有感觉，它会随着海水的涨落而起落。海啸过后，岛上竟然一点淤泥都没有。这是有文字记载的哟！不是我编的哟！

"第二个故事是我亲身经历的，那时我还只有十五岁。那一天，天气还算好，只是天上的云朵比较多，也有阳光，但不是很强烈，但是天气很闷热。我和村里的一帮男孩子结伴去海岛旁的深水处捕捉海参，目的是想捞点海货卖了好去买几本故事书，同时也想到几十米深的海水里凉快凉快。我们这群男孩子大多十三四岁，年龄最大的不超过十八岁。按照村里的捕鱼习惯，我们下海捕鱼和拾贝时，先要到扇贝仙座神庙里祷告和祈福。我们按照习俗祷告和祈福之后就跳入水中潜游到海底劳作。奇怪的是，当我们跳下海水下潜时，从海底里游出来一条巨大的红色怪鱼，这条怪鱼不停地用嘴顶我们。海底的海水也不停地向上翻滚，我们根本就潜不下去，在海面上折腾了好久，我们都累了，只好上岸穿好衣服回家了。当我们都回到家里时，天上乌云密布，不久就狂风大作，海水波涛越来越汹涌，原来是台风来了。这时，我们才恍然大悟，原来是那个鱼仙在阻止我们下海，保护我们全村人的安全和幸福。第二天，全村男女老少都到扇贝仙座神庙那里去敬香还愿。这件事，也记载在我们村的村报上。那张村报不知怎的被村里人搞丢了，但是，这个故事是全村人都知道的。那个时候，我们全村人每次出海，都要来到扇贝仙座神庙祷告祈求，而我们，都会收获满满，平安回家。"

第十二章　巧解噩梦

　　余主任讲完了新渔村的故事后，对吴悟敏说："所以，这座神庙是不能拆的。拆了，不但这里的老百姓会有灾难，村民的意见会很大很激烈，我是绝对说服不了他们的，其后果是无法预测的。"

　　"你是全村工作的带头人，你应该而且必须说服他们。政府对新渔村的商业开发，也是想把你们村发展得更好，也是你们全村人民为整个新渔市的发展做贡献，这和你们村民的目标和利益是一致的。你们村现在和开发商都是同一条巨轮上的船员一样，前进的方向和目标都是共同的，切身利益又是相互关联的。"吴悟敏真诚地劝说。

　　余主任长叹了一口气说："你说的这些话和我们领导们讲的话是相同的，这个我也懂，可是村民们就是都在顶着、犟着，我现在找不到一个好的说辞来说服村民，我连续十多天都睡不着觉，吃安眠药都毫无效果，真是头痛。"

　　吴悟敏问余主任："你说你最近睡得不好，是不是最近老做噩梦也！"

　　余主任说："是呀，做梦多多啦。就在昨天夜里刚合上眼，就看到一只特大的黄毛花老虎坐在我对面，它还越长越大，边长还边向我大声吼叫。我很害怕，两腿都挪不动，无法逃走，一下子被惊醒了，醒来才知道是做了一个噩梦。你会解梦吗？"

"恭喜你，余主任！这是个大吉大利的好梦。按照你的梦境推来，神庙有可能被拆，但也有可能会重建，而且还会建得更加宏伟壮观。这样，你就高枕无忧了！"吴悟敏满脸微笑地望着余主任。

余主任惊奇地说："啊呀，吴工你还会解梦呀！了不得呀！你们国企里出来的工程师们都这样了不起呀！你得好好给我讲讲，既然要拆，为什么会重建呢？梦见大老虎就要重建？你别哄我高兴，你说点实在的科学道理给我听好了。"

吴悟敏说："主任，我慢慢给你解释。老虎象征着梦中之人遇到了强大的对手，你的对手肯定不是村民，而是你的上级，他们必是大官。老虎坐着不动，象征着你要见的大官会与你和平共处，而且还有可能听你提出的好建议。而在梦中听到老虎大吼，这是因为你的威望高，你的领导会认真听取你的意见和看法。

"下面我再说这个梦所要预言的结果：为什么神庙一定会重建。大老虎自古以来都被习惯地称为'大虫'，'虫'与'重'建的重同音，好一个'虫'字了得。可以预见此建筑会重新建设起来，它可能会在原地重建，也可能是要迁址重建。理由如下：开发商的规划设计是获得报批的红头批文，这些批文不可能因村民的反对而改变。然而，任何建设过程都有一个'施工图会审'和'施工组织计划会审'程序，部分地修改计划和图纸是完全可以的。如果你们村委在工程动工之前就向上级打报告，提出你们的合理要求和看法，如果报告内容能感动上级机关，那么就有可能部分地改变规划和施工的图纸设计。这样，就有可能使得神庙得到保留或者是重建。只要工程还没有交付使用，这个工程的规划和设计都是可以变更的，这是土建工程的惯例。同时，从设计规划到工程全部竣工交付使用之间，有一个比较长的时间差，完全有足够的时间来说服你的村民和上级，可以将神庙进行迁移重建，也可以说服开发商改变他们的计划来保护这座神庙。

"从我目前做工程概预算的原始资料来看，关于新渔村发展开发的规划方案已最后确定，近期就会开展前期工作，总的原则和规划总图是不可更改的。你是主任，也是一级地方政府组织，你不可违抗。你们唯一的办法是在已经批准的建设规划基础上争取进行规划图和施工图的部分修改。这样的处理方法，开发商和你的上级官员都是可以接受的。你对这事儿的经验来说比我也更加明白。所以，这座神庙因某种原因可能得先拆除，然后又有可能重建，这是我从你的梦境里得到的感悟。"吴悟敏一口气说了这么多。

余主任还是理不清头绪，就像老虎吃天无从下口，着急地用手抓后脑勺，问道："吴工，你这事要救人救到底，你叫我怎么去说服市里的一把手？我有什么能耐？你有什么绝招？你有什么灵丹妙药？你都说给我听，好不好！不要急死我啦！"

吴悟敏哈哈一笑，说道："我没有绝招，我也没有什么灵丹妙药，但是，你有。"

余主任更加着急地问："我有？在哪里？我有什么绝招？我有什么灵丹妙药？"

吴悟敏莞尔一笑，说道："你有一宝，可化解此事。"

余主任着急地站起来，问道："我有一宝，在哪里？快快说来，我有重奖。"

吴悟敏说道："重奖轻奖都免了，你的宝贝，就是你们的省级重点保护文物。你要到省里去请省文物局局长到市里一说，此事即可成功。"

余主任"哦"的大叫一声，长长地舒了一口气，轻松地坐下来，说道："哈哈！省文物局的局长是我亲侄儿呢！好，就这样办。"他说到这里，又说道："吴工，这事就这样定了。但是，我还有一事要向你请教。"

吴悟敏故意卖个关子："我不是有求必应的观世音菩萨。但是，你问一问还是可以的。"

余主任说："吴工，我已经请过几个高人算过命，确实是会有灾难的，所以要请你这个专家从技术层面上看看有没有灾难，要是有，要做何种准备，我将会守口如瓶，将事情办得无缝无痕。我们这里的人都比较相信风水和算命。"

吴悟敏说："我认为，高人预测的所谓灾难可能会有，但是会有大有小，而且同样可以化解。而在土木建筑施工中，工程安全事故也是不可避免，也有大有小，但只要事先有所防备，就可以减轻或避免工程安全事故。而梦境的解说毕竟是一种虚幻的推测，信则有，不信则无。"

余主任坚持道："遇事要请求仙灵大师预测，我们是习惯了的，还是要信，这样才会使内心安稳一些。"

"主任，我从来不信神灵预测。不过，我查阅了与新渔村有关的国内外地质演变资料，主任所讲的神话故事也是有科学道理的。新渔村原来确实是一条百多米深、绵延几十公里的大海沟。远古时，你们的村子没有一寸土地，后来因海底火山爆发并引发大海啸，从远处漂泊来的火山灰、海底泥沙及海洋动植物尸体的沉积物，被推到海湾这里，形成了沙洲陆地。

火山爆发冷却后的岩石被推到这里，再经过几百万年雨水阳光的侵蚀，于是有了树木、杂草及其生物，就成了我们现在看到的美丽小岛。

"只不过这些由淤泥填起来的土地，用普通的建设技术是不能建高层建筑的，这些岛上也不可以建高层建筑。新渔村神庙所在的海岛很可能是海沟中心之上的漂浮岛，极有可能是独立悬浮在海水里可移动的火山石凝结的小岛，它不是大陆架的延伸岩体。村子里现在所有的土地都是深达百米的冲积性沙土，如果在这里建高层商住广场，它的施工安全性是很难保证的，很有可能在施工过程中发生重大安全事故。我看目前的设计施工方案，是传统的筏式基础和普通的深基础岩壁加固措施，这种施工措施没有可靠的地质基础依据，在开挖和建设过程中可能会出现大面积大流量的海涌，它会使工程深基坑四周岩壁崩塌，从而引起四周已有建筑物的倒塌，还会引起公路路面的快速坍塌。而且这个规划设计所依靠唯一依据是地质钻探资料，只有一份十多米深的现场地质钻探施工图。地质设计报告称这个岛是大陆架的延伸，而地质设计院给出的建设结论也指出本工程的地质勘探资料不完全，但是可以用来做参考。关于这方面的资料，我已经在概预算的文字说明里表达了自己的意见。"

看余主任听得很专注，吴悟敏继续往下说："这种情况一旦发生，原有土层的坍塌会使市政供水管道和排水主管道一齐断裂，两种强大的水涌促进海涌突发齐来，十分猛烈的水浪从坑底向上翻涌，整个基坑几分钟内就会被海水灌满，水面有可能会冲出路面五十厘米以上的水浪向四面溢出，从而淹没整个新渔村的街道和路面。在基坑里施工的人员连人带机器，与坑基周边二十五米内的建筑物一起被深埋，几乎没有生还的可能。而规划里要在陆地和小岛之间建设钢筋混凝土桥梁相连，小岛上要建设二十八层高的综合性商业建筑，这有可能使小岛产生移动和偏斜。如果我的预测是真的，这个后果就会不堪设想。"

余主任说："一旦工程出现海水管涌时，对施工人员和附近居民的生命安全将是毁灭性的打击。吴工，你看有没有化解这场灾难的方法？"

吴悟敏说："主任，这不是我指挥的工程，我也管不着。"

余主任说："吴工，你就不要卖关子了，我和村委会都会感谢你的，你就给我说说你的办法，就算你今天给我上课好吧！我会给你学费的。"说完，立即给吴悟敏双手送上一杯茶。

吴悟敏也用双手接过茶杯，然后慢慢地品着茶水，品完之后说道："我给你讲一个从书上看到的工程案例故事，你听完我这个故事后，也许就有了你自己的预案了。

第十三章　工程事故

吴悟敏一边和余主任喝茶，一边给余主任讲故事：

这是某本世界级自然科学刊物上刊登的故事，一个海岸土建专家写的工程施工回忆录。

话说在某个海岸国家，要在一片宽阔的海岸沙滩上建设一座综合性的商业旅游新型城市。

这里的地质状况是一条深达百米由各种海洋杂物填满的海沟，工程施工方案的设计者对该地块的判断是大陆架延伸，主要建筑设计的工程师们对地质的无知判断，决定要建设一座百米高的大型综合性商住广场。按照国家的建设规范，这座建筑需要有一个超过三十米深的埋设基础。按照他们既定的施工方案来施工，这个基础工程需要开挖四十多米深的基坑。原本需要做深海沉箱技术基础，而开发商决定采用外壁锚固技术的机械挖掘基础。

在这条一百多米深的海沟上搞高层建设工程，用开挖和基础壁加固的技术绝对是不可以的。因为基坑墙壁的土质没有足够的裹握能力，外壁土壤的锚固力基本为零。坚持使用这些不符合工程地质实际状况的施工方案，让四周坑壁瞬间坍塌和坑底同时产生强烈的海水管涌。

水是无孔不入的，而且因为管涌的高速和强力，它会在几秒钟的时间内迅速带走泥沙加宽流水通道，使得基坑四周墙壁瞬间坍塌并向外迅速扩展，同时会引起基坑四周原有地面土层迅速坍塌，从而引起基坑四周的城市供水管和排水管坍塌断裂，工程四周近百米左右的地面建筑瞬间坍塌。这样，就会加大基坑内海水管涌的流量、速度和力量，两种管涌一旦汇合，汹涌的海水和大冲力的管道水，会立刻淹没整个工程工地，所有的现场的施工人员和倒塌楼房里的居民们，没有一人有可能逃生。基础坑此时连通大海，已断裂的给水和排水道主闸门，在两个小时内是来不及关闭的，管道水强大的冲击力冲毁基坑的岩壁，促进海水管涌迅速变大，这种水不可能用机器来抽干的，死者的身体被泥沙层层覆盖掩埋，无法打捞。

当时在基坑内施工的八十多名工人和管理者，都被深埋在这个几十米深的沙坑里，就算事后花上几年的时间来寻找，死者也未必能全部找到。即使是找到了尸体，他们的遗体也不会完整，死者的身份也无从辨认，因为那个时候是还没有 DNA 检测技术的。

余主任惊恐地问，"发生了这样的事故，当事者们是怎么处理的？"

据此文描述，出事后工程相关方面调动了全市所有的推土机和装载机，在快速抛填石块沙土的同时，填入大量的快速凝固混凝土来止住海涌，从海涌发生到平息事故，十几个小时之内基本处理完毕，外界风平浪静无人知晓。再经过一个星期以后，海涌退去，该座城市的给水和排水管道已经修复，然后用普通混凝土填平这个巨大的基坑表面，接着就进行种草种树，安装一些小建筑和游览设施，形成一个宽广而平坦的海边广场。

"他们为什么要这么迅速处理？"余主任不可理解地问。

"此文解释道，如果他们不这样快速处理的话，他们会成为全球的舆论中心，那时谁也无法承受这种国际舆论的强大压力。"

"难道那些现场施工死难者的家属都不投诉吗？"

"那些在坑内施工的死难者当时都是从外国招聘的临时聘用人员。当事方在事发之后，都分别派专人去各国抚恤死难者家属，并带去了高额的补赏金，因为这些死难者家属都居住在不同的国家，他们都不会知道实情，他们都需要钱，也就不会投诉，同时也无法投诉。"

"那么，基坑四周被倒塌的民房内没有人投诉吗？"

"不会有人投诉的。四周倒塌的房屋都是出租房，当事方已在事先详细登记了租住户的全数人员名单，还有房屋的业主姓名住址和房屋的市场价格。在事件发生的当天，当事方派出众多的人员找业主单独见面，高额支付房屋赔偿金，同时按出租屋内的租住名单支付了高额赔偿金，而这些赔偿金都由业主们自己去处理，这里面存在着商业的运作技巧。所以，出租屋方面也无一人投诉。"

余主任问，后来呢？

吴悟敏说，后来文中也说得仔细，当地政府重新找来了新的开发商，就在被钢筋混凝土填起来的基础上建成一个新的商场，并建了一个海滨公园，同时还建了一个八十六米高的雕塑。为什么是八十六米，因为在基坑里埋葬着八十六位建设者的身躯。所以知情的人说，那个城市的文明是建立在全世界劳动者尸骨之上的。

　　余主任问，那个开发商后来怎样了？

　　吴悟敏说，文中也说到了，那个开发商在该国的公司倒闭了，从此离开了这个国家，然后在外国重新注册新的公司，一些和他们关联的企业和产品也都改名了。

　　余主任问，有官员连坐吗？

　　吴悟敏说，文章中没有说到当地官员的事情，但是，文章已经暗示，这件事处理得非常机密和完美，基本上没有外人知道，所以估计也就没有连坐的官员。

　　余主任问："这样的故事，讲给我听有什么实际的价值？"

　　吴悟敏说："这个故事告诉我们，从事现代技术专业的重大建设工程，当地政府和开发商一定早有思想、技术和物质上的准备，这叫'预案'。预案必须考虑到各种可能发生的情况，一旦遇到有事情的发生，按照预案就可以从容面对，妥善解决。所以，你们村子如果今后遇到大的土建工程项目时，你也要准备好自己的多种'预案'，我的意思就是说，现在就要想到可能万一出事，你们怎样尽快地去摆平它。"

　　余主任还是心有不甘地问："在处理那件事故中，那么多工程设备在轰隆隆地跑来跑去，多少会有人知道吧？"

　　"处理这样的突然事件，自然会有经验老到的人出马，还是不说为好。"吴悟敏故作神秘地说。

　　"那些开发商和建筑商这样做，他们都不害怕出大事吗？" 余主任问道。

　　"'富贵险中求'是商人们公认的致富规则，如果利润丰厚，商人们就会不顾一切地去冒险。" 吴悟敏摇摇头说。

　　余主任恍然大悟："哦，原来这样呀！那么，你认为我们国家的建设工程会不会有类似的事件发生？"

　　吴悟敏用眼睛看了余主任一眼，似笑非笑地说："我们国家应该不会有的，但我不敢肯定有还是没有，因为我没有亲眼看到过，更没有亲身经历过。"

　　"这就是说，你这是给我的暗示，我们村可能会遇到类似的事情是吗？我们该怎样避免这样的事情在我们这里发生呢？"余主任紧紧追问。

　　吴悟敏说："我们预防工程事故的最好办法，应该是'有所准备'四个字。"

　　余主任问："你现在可不可以说说看？"

　　吴悟敏说："很简单，就是在工程开工之前，一定要找到一家负责任的国家正规地质公司来做地质勘探，并由他们来做工程的地质勘探报告和地质建议书，不要接受任何民营地质勘探公司来给你搞地质报告；二是要拿到真实准确的地质工程公司的地质勘探报告，并将它与国家地质图纸加以对照考查，以防止工程勘探时可能产生的误差和误判；三是要在工程开工之前找到有国家资质证书的土建专家，让他们来参加审核工程施工方案，而不能由谁谁谁给你推荐的所谓专家来搞审核签字。比如，你们想说服开发商更改你们村的开发规划，你们首先要拿出你们村自己的开发计划，然后将它拿给相关的领导和机构，说服他们召开一个对两套方案全面对比的技术论证会。"

余主任喜出望外地说："我有哇！我有哇！我现在就拿给你看看。"

第十四章　晓龙签名

余主任说着，从他办公柜里拿出一个大的文件盒交给吴悟敏。

吴悟敏迅速翻阅了盒子里所有文件的封面和目录，又重点地翻了一些设计图中的首页文字说明和部分图纸关键性的图标。其实，这样的技术文件他不读就知道里面的主要内容，他是想看看设计成员里有没有儿子吴晓龙。

当翻到文件盒底部一个设计图册时，在签字栏里有吴晓龙的名字，同时还看到了一张手绘的草图里面有吴晓龙的签名。虽然签字的样式风格略有不同，但是这个结果让他心里一喜。如果儿子吴晓龙真的是被新渔市建筑规划设计院聘为临时设计工程师，那么，这条信息就是一个好的起步。只怕是中国这么大，姓吴的人那么多，同名同姓的也是有可能的。吴悟敏虽然觉得这个信息虽然有些不准确，但无疑是一个十分重要的信息，自己务必及时落实清楚，也许，奇迹就这样发生了呢！

于是，他仔细地反复地再抽出另外一些图纸和文字说明，发现都是电子图打印件，再也没有找到其他的手绘草图原件。此时，他想到了要回答余主任的问题，于是开始细读这份规划设计图的重点，求证这套图的优点和有用之处。

余主任耐心地等吴悟敏看完设计图，高兴地问道："吴工，我这份规划还行吧，啊？"

吴悟敏很高兴地对余主任说："时间不够，我只是大概了解一下。总体来说，你们这个方案不错，有可靠的地质资料分析和国内外相关城市设计的条件和数字比照，说明这个规划的主持人是见过大世面的。尤其是那个设计委托授权说明书，写得非常棒，准确、细致、全面而简洁。你可以直接拿这套规划去找相关的领导和专家们，并与他们认真地协商，要求他们关注你们这一套规划设计图，他们一定会找有关方面机构进行认证的。也许，你们这座神庙可以安全地保存下来。"

余主任忧心忡忡地问："我们规划设计再好也不过是自己的梦想，而这里的工程已经按照开发商原来的方案进入实施阶段，他们很快就开始拆迁了，要改变他们的计划恐怕是来不及了！"

"你是过来人，你在大海里打过鱼，那些大风大浪都不在话下，难道还会在这小河沟里摔跤吗？剩下的话我就不说了，你懂的。我也该回自己的办公室了，你派人开车送我回分公司食堂，还可以赶上公司开饭的时间了！"吴悟敏看看手表上的时间说。

余主任兴奋地说："今天能认识你，我心里高兴。你就和沈总一起在我这里吃饭，我们再聊一会。我喜欢和你这样的工程师聊天，不说钱不说房子和车子，也不谈股票，又不说女人和黄段子，就聊工作，很高雅，很清爽。那些来检查工作的人每次到我们这里吃饭时，尽说些无聊的东西，他们被自己的段子乐得哈哈大笑，我感觉没有什么意思，笑不起来，我和他们一起吃饭都没有胃口。现在你和我一起坐车去接沈总吧！"

吴悟敏本来要想推辞的，因为他不太习惯在外面吃饭，还有一些工作需要他晚上加班。但是，他想落实一下那张吴晓龙签字的图纸，到底是不是自己儿子设计的，万一是那就太好了。世界上许多事情都是无巧不成书的，也许自己能在这个城市里和儿子巧遇呢！

他们俩刚出门，沈总也正巧回到这里。司机一直在车里等候着，这时也从车里出来。三个人由司机带路，来到村政府经济开发公司出资开办的三星级酒楼。

一个像老板娘的中年漂亮女人已在大厅门口等候。

吴悟敏和余主任一行人跟着这个女人，进到二楼一间宽敞包间的餐桌前坐下，几个年轻的女服务员正在屋里忙来忙去。

余主任单独地在包间外没有人的地方，向那个女老板低声交代了几句，女老板笑着点点头走了。

余主任又回到自己的座位，拿起桌子上已经填好的菜单交给沈处长，说道："菜单，我点好了自己喜欢的，你们需要什么就直接加上好啦。"

沈处长拿过菜单，看了看，对余主任说："每次你都点深海鲍鱼这道菜，鲍鱼个头那么大，装一盆上来都吃不完。老是鲍鱼、鲍鱼的，都吃腻了。我不是说你们的深海鲍鱼不好，你们的深海鲍鱼的确是空运来的进口海鲜。而我要说的是做法太老套，我看要稍加改进一下才好。例如，将大鲍鱼用刀打成花刀薄片，再用冰水迅速过水，在盘子旁边配上淡淡的鲜刺葱和鲜红椒榨的汁，再勾兑鲜芥末和辣酱等蘸料，鲜柠檬不要光是淋榨汁，而是要去皮去籽之后打成细酱加进去，改进工艺之后再端上来，试试看，胃口就大不同了。还有海胆炒饭，先上和后上都不合适。我看不如这样地改进一下，将瑶柱打碎和鲜海胆一起做羹，再稍稍加上小粒的鹅肝丁，再配几粒冰藏糯米糍荔枝碎粒，才可以达到鲜香糯齐美，又好看又可口，你看怎样？"

余主任听后十分高兴："好！好！与时俱进，你改进的这两道菜，不如就叫'五色陪鲍鱼'和'瑶柱海胆羹'好不好？"吴悟敏和沈处长都鼓掌表示支持。

女老板问余主任："今天有多少位客人？什么时间上菜？"

余主任说："一共五位，等一会，通知你们上就是了。"

余主任说完后，又向女老板说道："你们最后上银耳燕窝粥时，不要再在上面放鹌鹑蛋了。可以改放一粒海螺肉泥小丸子。另外，在老火汤起锅时，在汤里面稍微加点水鱼肺，这在古代菜单上叫'八肺汤'。好，就这些，要做好，这次有新客人。"

"好的！"女老板仔细地写好菜单交给服务生，然后和服务生一同离去。女老板一边走一边在向服务生交代什么，服务生连连点头。

沈处长正在电视上看欧冠联赛，一个球星一脚远射，球打在球门柱上飞出场外，急得沈处长站起来手舞足蹈。

余主任的司机可能是在读短信里的黄段子，拿着手机高兴得拍着桌子，嘻嘻地笑个不停。

"吴工，这里桌子上摆的小菜和水果都很新鲜，很特别，很好吃。你看这个云南野生松茸片烧烤，保证你从来没有吃过。这野生松茸是从山上刚刚采摘下来就被空运到这里的，从采摘完到上餐桌不能超过十个小时，日本人很爱吃这个，大补。"

吴悟敏想借着余主任高兴的机会落实一下自己的私事，于是他问余主任："余主任，新渔市规划设计院的人你一定很熟吧，能不能给我留下他们的详细地址和院长的联系电话？"

余主任从衣兜里取出一张名片说："来，这里有院长的工作名片，你拿去吧！"

吴悟敏接过名片迅速地看了名片两面，点了一下头，装进自己的背包里，他打算抽空去一趟市规划设计院，兴许儿子就躲在那里呢。

余主任好像有心思似的问吴悟敏："如果我们村里基坑工程施工，真的像国外那个工程那样，我们要准备什么样的主要材料？要准备多少？"

吴悟敏对余主任说："今晚我回去给你开一个完整的预备方案创意计划和一个具体的拯救预案，明天我给你拿来好啦！"

余主任说："好的，我知道了，这事就算是已经帮我搞定了！"

吴悟敏说："主任，我们应该有更好的办法来阻止类似的事件发生才是。"

余主任说："我尽力吧！"

这时漂亮女老板走进包厢过来问余主任："你的人都来齐了吗？是不是可以上菜了？"

第十五章　李桃代僵

余主任说："不忙，不忙！我不是和你说好了吗？你怎么又这样着急？"

漂亮女老板说："不是我着急，是你上次创意的两道新菜要及时上的，上晚了味道就差好多哟！"

余主任问："哪两道菜？"

漂亮女老板说："醋熘大龙虾鲜肉片和鱼翅穿掐菜卷薄饼。"

余主任说："哦！是这样哦！这两道菜要多准备点材料才是。今天来的人比往日多，你们要早些准备。醋熘大龙虾鲜肉片，你们每次都将大龙虾肉片切得太厚，用冰块冰的时间不够长，所以，上锅用快火做还是不够脆。还有那个鱼翅穿掐菜卷薄饼，掐菜要用绿豆芽的，黄豆芽的不够脆。饼要烙得再薄一点。鱼翅穿掐菜要多准备一些，再加每位一大碟新鲜鱼子酱。我再次强调，掐菜里穿的鱼翅丝不要太细，太细了，就少了鱼翅的口感。"

漂亮女老板说："好的，好的！"

余主任将手一挥，那个漂亮女老板就快步地走了。

余主任等女老板一走，就拨通了电话，喊："喂！老李！过来了没有？"

从电话里传来的声音很大："我在你隔壁的包房里等着呢！"

余主任大声说："我说的东西你都拿来了没有？"

"拿来了！"

余主任大声说："那就快拿过来吧，快点！"

电话铃声刚落，就有一个四十多岁、中等个子的男人手提一个公文包走进来。他向沈处长举手打了一下招呼，又向吴悟敏点点头，然后就直接在餐桌边一个空位上坐下来，然后就从包里掏出六沓整捆的没有开封的百元钞票递给余主任，余主任看了看又放回原包里。

余主任向吴悟敏介绍说："这是我们村的建设办主任，姓李，我们都叫他老李，他和你们的沈总很熟。"

沈处长说："吴工，老李是个人才，边干工程边自学土建施工技术，考评上了工民建工程师，又考过了一个房地产经济师和一个土地评估师国家资格，而且他对土建工地上的技术活儿和看图什么的都会一手，也会做工程预算，现在是在职研究生学历。"

吴悟敏赶紧站起来和老李握手："李主任，您好！向您学习，原来是个土建和地产工程里的技术大拿呀！了不得！今后真的要多向您学习！"

老李也有礼貌地站起来握手道："我是本地土著，做事比别人方便了许多，只要是想要的，大多数都可以得到。您是领导专门请来的朋友，您才是人才，一定是专业高手，今后我们就相互支持吧！"

吴悟敏等老李坐下来后，自己也坐下来，顺便看了一眼他拿来的这个公文包。公文包设计得很庄严也很正统，应该是专门为村委会领导定制的。在黑色真牛皮公文包面上，有几个白色的不锈钢标牌字"新渔村发改委专用"，在包正中稍上方的位置，印有红色图案标志。看来这个公文包应该是村里专门为谁特制的。

这时，余主任指了指公文包，问老李："余书记的专用公文包，你拿来干啥？"

老李对余主任说："你说需要现金，出纳回来慢了一点，我又没时间等，这事被余书记知道了，他就到发改委办公室的保险箱里取了现钱。他对我说，快给我爸拿去。"主任，这就是你要的钱，都在这里面。开发商给我打电话说，今晚要拆除新渔村扇贝仙座神庙，村建办的王工亲眼看到朱经理在找建筑老板派人工，要他派一台推土机、一台挖掘机和十个杂工，另外预备二十个会武术的持棍保安，在办公室里随时待命，他命令天黑以后就出发动手。我们村里的余家三阿伯和阿妈带着全家人去保卫神庙。村里有许多人都正在向那里走去，说不好，可能会伤到人。"老李说过之后，就站起来将包交给余主任。

"你们的余书记说什么没有！"余主任问道。

"他说，他今晚要出差到上海去，机票都订好了，他说他下午三点多就出发。"老李回答后就坐了下来。

余主任看了看自己手腕上皇冠全自动镂空金表，将公文包放到吴工面前，说："这是我们村民给你的报酬。沈总的都是按月打到他的工资卡里去。你目前没有我们村里的职员工资卡，只好给现钱。沈总给我们做了两个新厂房的工程概预算书都很准确，这要是叫那些街道建设办的预算工程师们来做，他们就要大喝我们的血，我们又不敢和他们计较。我们自从聘用了沈处长，工程费就节省了几千万。这是小费，按照老规矩表示一下我们的心意而已。一点小意思，洒洒水。"

余主任见吴悟敏还要说什么，就抢先对吴悟敏说道："你先连包拿着，这是我儿子办公用的专用公文包，村里村外的人都认识它，包括市里的领导们。你先拿回去用，哪天有空来还我就行。没时间还过来，那就算是我送给你的纪念品。以后我还有许多事情要麻烦你。开发商今晚要拆新渔村扇贝仙座神庙，搞不好我的村民就会和他们打起来，也许会出血案。我是进退两难，左右都不好说话，搞不好就要出人命。我就不陪你们吃饭了，我去扇贝仙座神庙现场看看，让老李陪你们。"

余主任的话还未落音，他的手机电话响了，他接通电话，可以听到电话里的声音，说开发商已经派推土机和挖掘机去拆迁现场了，还有十几个身穿制服的民工坐着大卡车，已经开到扇贝仙座神庙那里。十几个村民听到消息也赶到那里去增援。最坏的事情就是在现场还有一百多个外地游客也在围观瞎闹。我们劝游客赶快离开，他们不但不听，还给辖区派出所报了警，警察很快就要来了。

余主任在电话里要求那个打电话的人劝说村民和保安都回村。那个人回话说，那些人不听，一定要主任来。余主任放下电话有点迟疑的样子。不停地扭头看看吴悟敏，又扭头看看自己手机里的信息，最后还是下定决心对吴悟敏说："吴工，你是一个见多识广的人，我想请你出马，将我们的村民请回村里来见我，我不想村民们闹出大事情。"

吴悟敏听了，开始有点犹豫，看了看余书记的专用公文包，沉思了十几秒之后道："主任既然这样说了，我可以去试试，不敢说一定能办好，我说我是代表你去的，必得有个凭证，或是公文，或是物件。现在我拿着公文包去给大家看，就说村委特派我来的，也许大家会相信我是代表你的，你和沈总还有李主任都在村委会办公室里等我，但是我有一个要求你得答应。"

余主任说："什么要求，你尽管说来！"

吴悟敏说："我要暂时全权代表你，我在现场所说的一切，你都必须认可和担责。"

余主任犹豫了一会，坚定地将一双手握成拳头举过自己的头顶，说："没问题！这里的人都可以做证。"接着对吴悟敏说："你就坐我的车去吧，会更加好些！"

吴悟敏急忙提起装钱的公文包出门了，走了没有几步，又倒回来对余主任说："你得找一个机灵点的人随我一起去，给我搭把手。"

余主任说道："这个没问题，他就是我的专职司机小余，人也机灵，要他给你帮帮手没有问题。"

余主任立刻又拿起手机，对他的司机小余说道："阿斌，你现在送吴工代表我去神庙那里解决事情，你给他做帮手，好好听他的指挥，他对你说什么都要认真去做，你要做到随机应变哦！"

小余痛快地回答说："余伯伯，没问题，没问题。"说完迅速地来到余主任身边领着吴悟敏，提着那个专用公文包，向他们的车子走去。

余主任对沈处长和老李说："我们在这里等他，等待他回来之后，我们再一块去吃饭吧！"

沈处长说："行！"

第十六章　　全权特使

一会儿的工夫，车就开到了新渔村扇贝仙座神庙跟前。

当吴悟敏从车里出来时，看到雕像前已经被人群层层包围着。人群中发出的喊声和叫骂声混合在一起，乱成一片。

一台高大的红色挖掘机停在那里，油门在轰鸣。挖掘机的四周有许多人在围观。挖掘机举起粗大的钢铁钻臂指向扇贝仙座的基座，定格在准备开拆的模式。但是，机器操作只是被固定在待命的状态，驾驶舱门还在开着，挖掘机司机被两个壮汉拖到车下，正被几个老大爷和老太婆包围着，而司机舱里面有一个粗壮的身穿新渔村保安服的人在把守。

十几个穿有开发商工作服装的男民工，被新渔村的村民和村保安们一个一个地分开包围着，这些人正在相互纠缠着推推搡搡，相互叫骂着，随时会有一场决斗将要发生。

还有一群人围在外面，还有不少闲散的人围着看热闹，这些人是从外地来旅游，上百个游客在那里起哄，唯恐里面的人们不打起来。有不少游客在用自己的手机拍照录像，有的在给朋友发短信，有的人在胡乱地瞎喊："打！打！打死那些搞拆迁的杂种！"

在最外层，还有一辆红色的大型推土机停在不远处待命。驾驶舱被村里的两个保安占领着，推土机司机也不在驾驶舱里，不知去了哪里。

这时，一队威严的武警已经接到游客的报警，开着摩托警车来了。他们到来后立即开启高音喇叭，播放着社会治安处罚条例的相关条款，展开了强有力的宣传攻势，有的警察劝解那些自称是媒体的人员不要进入混乱的人群，注意自己的人身安全。

吴悟敏提着余书记那个专用的公文包，向挖掘机走去。但他立即被最外层的警察拦住了去路。

吴悟敏将余主任的小车司机小余叫过来协调，小余给这些警察们用当地话轻声地交流了几句，有个警察一挥手，就让吴悟敏和他乘坐的小车一起进到游客的里层。

小车停在人群的里层后，吴悟敏拉着小余司机的手和他说了几句话，他们俩就一起走向高大的红色挖掘机。小余先关了挖掘机的发动机，将挖掘机操作成停放模式。之后，小余在挖掘机前和村里那些穿有保安服的人交代了几句，于是就有几个人过来扶着吴悟敏爬到挖掘机巨大的机箱盖上，接着小余也上去和吴悟敏一起并排站着。

这时有人高喊："快看！有人要在这里跳舞啦！"

吴悟敏高喊："错！你们都说错！大家的好事来了！我给大家发钱，你们要不要！"

这时有不少人在吵吵闹闹，推推搡搡，气氛紧张。

吴悟敏一手高高地提起余书记的专用公文包在空中挥动着，一手叉腰，抬头挺胸，同时放开嗓门大吼："安静！都不要吵！都不要动！警察已经在那里等候，谁还再吵，我就叫警察先抓走谁！我们现在是法治治国，打人骂人都要被严惩。"

巨大的吼声立刻震惊全场所有的人，顿时鸦雀无声。

包括全体警察在内的所有人都抬起头，将仰视的目光投向站在挖掘机箱盖高处这个气质高雅而又很强势的男人。

吴悟敏将叉腰的手臂举起来挥舞着，同时大声喊着说："我，是新渔村余书记！"

全场掀起一阵整齐的掌声，但又有几个胆大的新渔村村民发出不太和谐的声音，弱弱地说道："他好像不是余书记。"

吴悟敏紧接着又大声说："我就是，新渔村余书记……"吴悟敏停顿了两秒后，又加大了音量大声喊道："派、来、的！"

这时，全场反而没有了掌声，游客里有人在小声地笑。又有两个男人在不由自主地"哈哈哈哈"大笑。

有一游客在大声打趣说："你说错了吧！你是武装部长派来的吧！哈哈哈哈！"

另一个游客接着大声说："你是来发枪的吧！哈哈哈哈！"

游客里有其他人也开始跟着发笑。

还有一个游客接着大声说："发枪，是一人一支吧！是木头的吧！这个发枪的笑话，我们听得很多次了。"立即引起一阵"哈哈哈哈"的笑声。

紧张的场面，眼看就要失控。

吴悟敏举起另一只提着余书记公文包的手臂，使劲地挥动着手里的大公文包，声如洪钟般地喊道："请看这里！我是新渔村、余书记、派来的！是来给大家，发钱来的！看，这就是钱！你们要不要？要钱的就鼓掌，鼓掌的人，人人有份！"说着，就从包里拿出一捆百元大钞在空中挥动。

"要！我们要！"全场的人立即来了兴趣，齐声呼喊着，有人在鼓掌。

"不鼓掌的人就是不想要钱，是吧！要钱的人就必须热烈地鼓掌！"吴悟敏再次大声地强调。

全场的掌声顿时热烈而响亮。

"现在，先请大家安静！要钱的，就要安静！"吴悟敏大声地强调。

全场又安静了下来！

场面安静了三秒之后，吴悟敏将手里提的专用公文包高高地举起，又摇晃了几下，又高举过自己的头顶晃动着，举给大家看，说："看！这就是余书记平时上班贴身用的公文包，村民们，你们说是不是？"

村民都高声地说："没错！没错！是的！是的！嗨呀！嗨呀！"

吴悟敏说："是的，没错，这是余书记亲手给我的公文包。余书记说，首先要感谢那些不远千里来我们新渔村旅游的朋友们，你们从全国各地来这里关心新渔村的发展建设，你们从五湖四海来这里旅游支持我们的建设事业，你们辛苦了！余书记命令我，给今天来这里观光的客人们每人发给一百元补贴金。我看这一百元钱打的士回市内绰绰有余，剩余的，可以去买点烧烤消夜，也可以去歌厅唱歌，拿去开房也不错，是吧！同意的就鼓掌！"全场引起一阵大笑，大家一齐鼓掌叫好。

吴悟敏说："好，小余，你给他们发吧！发一个就叫他们离开这里一个！"说完用手向外一指。

吴悟敏说着从包里取出两捆百元新钞扔给小余，小余双手接住，连忙下到地面高举着钱，走到人群外面的远处，对游客喊："要钱的，都请快过来排队，快些跟我来！"

游客们都嘻嘻哈哈地跟着司机小余排队抢钱去了。

吴悟敏等到所有的游客们都统统走远之后，又从包里拿出一捆崭新的百元大钞在手里扬了扬说："开发商的朋友在哪里？大家晚上好！"

"好！"村民和开发商派来的民工们都齐声喊了起来。开发商队伍里的领头人悄悄地溜走了。

吴悟敏见事情发展顺利，就再次高声地喊道："开发商派来的工人朋友们！你们都辛苦了！你们来自五湖四海，来参加我们新渔村的建设，你们辛苦了！无论老少，来这里无非是要挣钱养家，养父母，养孩子，养老婆，没有老婆的要娶老婆。你们今晚的工资，你们今晚的加班费，都由我们余书记出了，每人两百元，现在就下班，由我给你们发，发一个走一个。"

有人喊："我们还要你们出机车的台班费！我们的机车好费油的哟！"

人群里有许多村民喊："你们这些司机佬太黑了吧！挖掘机和推土机今天都没有干活，还要台班费，不要给他们！"

吴悟敏马上喊道："机车都开来了，也算出工了，台班费也是该给他们的，大家说，该给多少？"

挖掘司机喊："我的四百，这个，行家们都知道！！"

推土司机喊："我的一百五！"

吴悟敏说："这个价没错，够实诚，够朋友！来，我发给你们，你们拿了加班费就马上回去冲凉休息！开发商派来的其他工人弟兄都过来拿钱，拿了就回去休息，你们找女友唱歌，你们给你老婆买内裤，我都管不着！"

现场又发出一阵哈哈的大笑声。

这时小余回到吴悟敏的身边，吴悟敏将一捆崭新的百元大钞递给小余，小余将现金一一发给从开发商那里来的工人和司机们。工人们喜滋滋地一手拿钱一手拿着工具离开了现场。推土机司机和挖掘机司机都打开了发动机，轰隆隆地开着机车要走。这时，吴悟敏纵身一跃，跳下机车，和挖掘机司机招招手，让他开着机器走了。

场面安静了下来，

这时武警的负责人也召集所有在场警察列队点名，简短地训了几句话，然后就撤离了现场。

第十七章　鼓掌游戏

吴悟敏又来到新渔村的村民和保安队员之中，用手招招大家围拢来，大声喊道："大家，晚上好！"

"好！"村民们齐声高喊。

"你们这里是中国最美好的新渔村，你们说，是好还是不好？好，就请大声说出来！"吴悟敏高声地喊道。

"好！"大家齐声地高喊。

"好，就将你们的双手举起来，为我们最好的新渔村鼓掌！"吴悟敏喊道。

村民们在吴悟敏的带动下，接连有节奏地鼓掌九下。

"村民们，大家好！"吴悟敏又高声喊。

"好！"村民们齐声高喊。

村民们在吴悟敏的带动下，有节奏地鼓掌九下。

"你们的余书记好不好？好，就大声地说出来！"吴悟敏喊道。

"好！"全体村民齐声地喊道。

村民们在吴悟敏的带动下，有节奏地鼓掌九下。

"你们的余主任好不好？好，就请大声地说出来！"吴悟敏高声地喊道。

"好！"全体村民的喊声更大。

村民们在吴悟敏的带动下，有节奏地鼓掌九下。

"感谢好书记，感谢好主任，我们的掌声在哪里？"吴悟敏又举起双手有节奏地鼓掌。

"好！"全体村民也随之有节奏地鼓掌九下。

"好！村民们！余书记叫我来慰问你们，你们今天辛苦了！他叫我代表他，给你们每人两百元红包拿去喝茶！我同时也带来了余主任给你们的问候，他特地叫我来请大家一起到村里的酒楼吃饭，酒楼里又有了两道新菜，你们一定是没有吃过的，你们想吃不想吃？你们说好还是不好？好，就请大声地说出来！"吴悟敏高声地喊道。

"好！"村民欢乐的情绪更加高涨。

"好，我们就开始发钱，发完钱之后，大家就都一起去酒店品尝新菜。"吴悟敏说完就将余书记的公文包交给小余，小余给村民们发钱，而吴悟敏自己就钻进小车里的副驾驶位上休息去了。

过了大约十几分钟，村民们一个个领完钱，一个个地离开了现场。

清场之后，小余就进到小车内，将公文包交给吴悟敏，说道："吴工，包里还剩一万三千三百块。你数数。"说完启动车子就要离开扇贝仙座神庙现场。

"小余，你连包都拿着吧。"吴悟敏说道。

"我拿包绝对不合适。你想给我小费，我还是敢要的，你就将零钱给我一点点就好，我也不缺那一点钱，我也是敬重你的人品，收下作个纪念，真的！"小余头也不回地回答。

"那样也好，这包里的所有零钱都归你，那一捆整的归我，今天是多亏了你的帮助。"吴悟敏说完就将包里所有的零钱拿出来理齐，想塞进小余的裤兜里。小余拿出自己的手包给吴悟敏，吴悟敏接过手包之后将钱整齐地装进去，再交给小余的手里。

小余也不推辞，接过包放好后说道："吴工，跟着你干真的很爽，可惜我没有读过书，没有文凭。"

"拿文凭也是一个技术活，也很累，费力又费时，但是，那也是为了混口饭吃。开车也是一门技术，也是为了吃口饭，这比去拿文凭要简单，而且费的时间又短得多。有钱赚，有事做，有谁还愿意去费那老费工夫读书呢？"吴悟敏边说边笑着。

"那是！那是！不是我看不起你们这些读书的，你知道的，你看我们村里的大大小小，读过书和没有读过书的，就是刚刚出生的小宝宝，我们存折上的钱都比你们工程师辛辛苦苦赚来的钱都多得多。我相信命运，我不太相信个人的努力和拼搏，吴工你说呢？"小余边开车边说道。

"命运也许有吧。古人都说了，有天时、地利、人和。我喜欢凡事都要顺势而为，不力争强求，也不自暴自弃。你们开车的是按道路的方向前进，我们工程师们是按照数据和时间动态来进行生活和工作的，也许这就是不同的命运吧！"吴悟敏尽量将自己的口吻与小余相符。

两个人正在飞驰的车里闲聊着的时候，余主任给吴悟敏打电话来了。

"吴工，你们到那里了？我等你来吃新菜，沈总都等不及了，先回公司宿舍里去了。"

"余主任，你们的村民有没有去你那里？"

"放心吧，吴工，他们来过，大家都讲了你新编的'发枪'段子，还有你的鼓掌游戏。他们都很佩服你的，说你的演讲好像是搞过传销公司的样子，也极像当今推销大佬们的圈钱表演，精彩极了，哈哈哈哈。他们闹过之后，都自己结伴都到酒楼里唱歌去了。"

"余主任，那也是我沾了你一家人的威望，要不，我哪有那么大的胆子呀！"

"这么严肃的群体事件，被你一个玩笑就给摆平了，要不然，我真的是左右地为难呢。说不定，又是死人要谈赔偿，又是伤号要住医院，又是媒体纠缠着我不放，我真的会被人家卖报纸了，我还得感谢你才是。"

"不要感谢我，要感谢村民，要感谢那些民工，要感谢那些游客，是他们内心里的善良和正直，才有我们的心想事成，我只不过是顺势而为罢了。"

在电话里聊了十几分钟之后，吴悟敏对余主任说道："余主任，我觉得你今天的饭局好像是设的小套路吧！"

余主任半分钟都没有说话。

司机小余小声地说道："这事，好像是主任和你们的沈处长事先商量过的。"

吴悟敏心里明白了这顿饭局的缘由，于是赶紧打圆场，在电话里说道："余主任，我们今天闹也闹了，乐也乐了，事情也摆平了，我的钱也拿了不少，时间也很晚了，我明天还有许多事情，需要我今晚回去做好准备，现在我就不去你那里了，你叫小余送我回宿舍去吧！"

"好的，好的，反正沈处长已经回去了，我也不好留你，你叫小余顺道送你回宿舍就好了。"余主任说完就将电话挂了。

"小余，送我回我监理工程师宿舍大楼。"

"好的！"

小车很快地就来到了监理工程师宿舍大楼的门前。

吴悟敏向小余说声辛苦了，就下车进了楼里。

小余边开车边说："他们真的是事先研究过的，沈处长说你一定行。"说完，就打了一个倒车，回头走了。

第十八章　　自杀风波

吴悟敏下车时，看看手表，时间已是晚上八点了，公司开饭的时间已经过了，于是就在宿舍楼下街道边的一家港式茶餐厅，要了一份单人套餐和一份港式奶茶，打包提回自己的宿舍。

他先放下工作背包和那个专用公文包，再简单地用毛巾擦了一把热水脸，接着启动了电脑，打算饭后再浏览一下那本工程概预算书，看看有没有什么纰漏。然后，就坐在椅子里，一边看电视一边用餐。

吴悟敏还没有吃上几口，桌子上的座机响了，他以为是什么要紧的公事找自己，赶忙伸手接了电话。按照习惯，自吴悟敏来到南方，刘秋妹都会在每天下午六点整，准时用这个座机给吴悟敏打电话，要求吴悟敏汇报寻找儿子的相关信息。今天自己回来得有点晚，没有按规定的时间段里接电话，他觉得老婆一定会大发雷霆，不料，她的语音显得很平静：

"老吴，今天，你怎么没有按时接我的电话？"

"开会，我们很晚才开完。报告一个好消息，我今天又找到了一条关于晓龙的信息源，明天就去查访，查到了就立即把他捉回家还给你。"

"晓龙的事是交给你办的，找不到他你就不要回来哈！"

"这个是铁定的。看来，你今天对晓龙充满信心了。"

"我从来就不担心他，今天也不会担心他。他比你聪明多了，也比你强多了，这几天我只是在担心你。"

"我？我只是比你的儿子笨一些而已，那也用不着你担心。一个普通的监理工程师，还会上天入地吗！"

"我们医院里都传疯了，说你在昨天晚上半夜上吊自杀了！"

"哈哈！监理工程师还有拿得出手要去自杀的好理由吗？"

"监理工程师？监理工程师又怎样！我今天就给你讲一个监理工程师的故事给你听！"

"什么事，好玩吗？是不是又是一个好玩的笑话？已经讲过的就不必再讲了，快讲来我听听，这次看我笑不笑！"

"好，你就给我认真地听着。这是昨天《新渔晚报》上报道的。报纸是从厂图书馆里借来的，我们这里的院长、医生和护士们都传疯了。报道题目说，新渔市一个监理工程师上吊自杀身亡。说的是，有一个从北方国企到新渔市工作的监理工程师，有一天，发现自己下身那玩意儿和周围都起了很密的白色水泡，他以为是和施工队的人一块去嫖小姐被传染的性病。他不敢去医院看医生，也不敢给别人说，他感到自己无脸见人而上吊自杀了。而且在自杀前还写了一封绝命书，诚恳地向他老婆悔过检讨，讲出了他那些花天酒地的私生活，而且说得很细，有几万字呢，很像一部中篇色情小说。在小说的最后，他说自己无脸回家见父母和儿女妻子，只好到他那死去的导师那里忏悔去了。结果呢，他死后经法医检验，其实只是患上了比较严重的南方热湿疱疹而已。我们院长、医生和护士长都怀疑这个人就是你，因为你也是监理工程师，正好刚从北方国企里去的监理工程师。哈哈哈、哈哈哈！"刘秋妹不由自主地起来，笑得"咯咯咯"地憋气了，快没有力气了。

"哈哈哈、哈哈哈！"听筒里传来一群女人们的大笑声，原来有许多女护士在偷听。

"有什么好笑的，等我回来，一个个地搞死你们！"

"拉倒吧，老吴！我们都怀疑你那东西还行不行呢！哈哈哈！你那玩意儿都被小姐们用坏了吧！我们的刘护士长可就亏大了！哈哈哈！"几个女护士在搞笑。原来是那些女护士将电话按了免提。

"老吴，你可不要和那些施工队里的人一起去嫖去赌哦！要嫖就和开发商的高级经理们一块儿去嫖。听说他们都去高级会所，那里的女人都被药水洗得很干净的，每天事先都有人给她们检查测量，她们自己也注意定时清洗那玩意儿。广告上说得多好，难言之隐一洗了之。哈哈哈、哈哈哈，纯绿色，没有污染，没有任何副作用，哈哈哈、哈哈哈，你要给你儿子留下一个好的形象。好，有病人来了，我要加班了，请自重。哈哈哈、哈哈哈！"听筒的免提里话音还在响，估计她们里头有人不是笑断了柳条细腰，就是笑得玫瑰胸岔气了。

吴悟敏的电话也懒得放下，电话的那一头，刘秋妹和护士们敞开爽歪歪的笑声还在继续张扬着。吴悟敏自己一点也不好笑。他觉得，他在这里见到的生活细节，比这份报纸上说的监理工程师们更加浪漫更加好玩更加可笑。

对于他自己来说，他更担心的是儿子晓龙，至今还没有确切消息。接下来，他要给岳父打电话，询问他们那里是否有晓龙的可靠消息。

吴悟敏放下座机听筒，拿起手机，首先问候了岳父岳母，然后简单汇报了今天得到一点关于晓龙的信息，又说自己还没有来得及去落实，说自己教子无方，连累了老人家。

岳父等女婿刚说完，就说是不要着急，急也无济于事。岳父说，晓龙的舅舅去晓龙的学校里办了休学一年的证明书，其他具体的信息还没有反馈回来。他舅舅只是说，晓龙在学校里一直表现很好，叫我们不必过多地为晓龙担心。岳父还说，好孩子是不用担心的，他们最终会成为国家栋梁。为了安慰吴悟敏，他给吴悟敏讲了自己与老伴的爱情故事。

岳父和岳母都是安徽蚌埠市人。岳父小时候，家里是城里的富商，从小在家读私塾、习武艺，喜欢舞枪弄棒，尤其是喜欢玩枪炮武器。那时候，经常听到新四军打日本鬼子的故事，他就想参加新四军。正好，念初中那年他刚好十四岁，有一天，学校的广场上来了一支新四军的坦克部队搞训练。岳父二话没说，也没有和自己家里人打招呼，就死皮赖脸地缠着新四军首长，报名参加了新四军的坦克兵，并参加了坦克训练营。正巧这期间，训练营附近有一间包子铺。铺主姓李，姓李的老板有个女儿，她喜欢上了岳父，天天来这里看岳父他们训练。后来，训练营转战各地不断壮大发展，迅速扩充为解放军强大的坦克部队。这个包子铺的女孩子也没有和家里打招呼，一直追随着岳父他们的部队，追随着岳父在各大战场上到处奔波。部队的领导们被岳父和这个女孩的爱情所感动，破例让他们俩结为夫妻随军而行，岳母就这样成了随军家属，从新四军到解放军，从淮海大战到抗美援朝战争，直到岳父光荣转业，岳母和岳父才一起去拜见他们的父母，双方的家长都欢喜万分。

岳父说："小吴，我讲这个故事就是想要告诉你，要相信我们的孩子，要相信孩子他自己的人生选择。有些事父母看起来是错的，而对孩子来说也许是对的。什么叫教育孩子，教就是父母身体力行做正事，育就是要给孩子们成长和学习提供必需的物质供应。剩下的都是他们自己的造化。只要我们大人对他们问心无愧，这就完成了我们的职责。"

孩子的姥姥和姥爷这么惊天动地的爱情经历，为什么自己一点都不知道呢？为什么自己在和他们聊天时候从来不问一问呢？吴悟敏感到很愧疚，也感到无比惊讶和激动，他压抑住自己的感动，平静地说："爸！我也是这么想的，你们都要注意自己的身体！"说完，哗哗地流下了复杂的眼泪。

"小吴，放心吧！我身体很好。昨天，我又给你家换了煤气罐，还帮你搬了两百块煤球，都是我一个人扛上去的。秋妹工作忙，也不去打扰她。还有一件事要告诉你，我去你公司给你请长假，顺便给你搞到了一个停薪留职的指标。你们公司领导说，部里有文件，一律不准停薪留职，要么回来上班，要么开除公职。正巧，你们公司老领导骆书记有事经过这里，临时对你们公司进行视察和调研。我就直接找到他，要他给你担保，让公司领导批准你停薪留职。公司领导要求你让出校长职位和副教授的资格考试评比指标，还要每月按时寄回工资标准的费用给公司，就可以考虑你停薪留职。我看你平时也不稀罕职称那玩意儿，要是稀罕早就争到手了，我同意了他们的要求。于是他们就同意你办理停薪留职。停薪留职合同我事先填好了的，公司领导就当着骆书记的面在合同上盖了公章，你那一份已经寄出，注意查收。你在接到这份合同时，同意就签字寄回来，不同意，你就马上赶回来上班。"老岳父把事情的来龙去脉讲得一清二楚。

"爸！我会签字的，那些东西对我来说早就不在意了，要是在意的话，他们谁也争不过我的。"

"小吴，这样也好，那就注意查收邮件，签字后我再帮你办好这些后续的事情。"

岳父那边的电话挂了。吴悟敏感觉对不起他老人家，七十多岁的人了，还扛着那么重的煤气罐和蜂窝煤爬楼梯上四楼。但是，事已至此，也就不必再多纠结了。

吴悟敏看看手表，已经是夜里十点多了。于是换了睡衣，用洗衣机洗好衣服，赶紧三口两口地吃完打包带回来的饭菜，漱漱口，倒在床上，盖好被子，很快地睡去了。

第十九章　雾里看花

吴悟敏一觉醒来，看看墙上的挂历，又是一个星期一，应该是一周最忙碌的日子。

　　早晨六点半，吴悟敏洗漱完毕，从宿舍楼下来，步行到公司饭堂吃早点。

　　南方海滨城市的气候冷暖相差不多，似乎没有季节之分，尤其是在晴天的清晨，更是凉风拂面，感到挺凉爽惬意。

　　路不远，只走几分钟就到了。

　　饭堂的早点可以从早上六点半开到上午十点半。因为监理工程师们各自的起居时间因工作安排和私人生活习惯不同，不可以一刀切，平时很少来公司食堂吃早餐的。按食堂平时用餐的时间点，今天吴悟敏算是比较早的。

　　今天的早餐时间，饭堂里打破了往日的清静。吃早餐的人明显比往日多很多，都已经坐满了好几桌，后面还有人在陆续地走进餐厅。而且来的人都在叽叽咕咕地谈论着什么。

　　吴悟敏盛了一碗粥，取了一小张烤饼，两个馒头，一碟橄榄酱菜，在一张无人的餐桌旁坐下来。这时，桌子对面又坐下来一位用餐的老工程师，这个人不是别人，正是工程师盛庭芳。他要了小炒和啤酒，还有一份三明治和罗宋汤，又端来了一小盘水果。

　　吴悟敏与盛工在原单位同一个工程项目部里共事过。盛工也是吴悟敏的上级主管，在五十九岁时因竞争公司高级工程师（副教授级）失利而申请退休下海。在熟人的介绍下，来到这里当了一名国家注册监理工程师。

　　盛工程师身材中等、精瘦，黑白相间的头发总是剪成大背头的发型，穿着名牌休闲装，总是洗得干净熨得整齐而且有线有型，脸上气色很好，看起来很精神，很有气质。

　　盛工和吴悟敏现在住同一栋宿舍楼里，早晚上下班时，都有机会碰面。

　　盛工一儿一女都在国外，业余时间自己在炒股，是一家有名上市公司的小股东，经常参加股东大会。他的孩子都是以留学读书为名在外国打工，随后定居在国外。儿子在美国，女儿在澳大利亚。据盛工说算是"经验式移民"。他老婆去儿子那里帮助带孩子了。他女儿劝他出国在她们那里养老，他坚持不去。他觉得，反正自己的钱是花不完的，如果在国外碰到混得更好的同事或熟人就会感到不自在，不如不去的好。吴悟敏在盛工没有朋友来访的时间里，也会抽空去盛工的屋里叙叙旧。

　　吴悟敏见到盛工便站起来，很尊敬地跟他打招呼。盛工也礼貌地指了指一条凳子，示意吴悟敏到对面坐下，两个人面对面地坐下来，相互问候之后，吴悟敏陪盛工聊他最喜欢的国际话题。盛工问吴悟敏道："小吴，你是不是因为高级讲师的资格被人家拿掉才下海来的，是吗？"

　　吴悟敏回答道："不是哦，我是辞工来这里找儿子的，我儿子突然失联了。"

　　盛工也显得惊讶："呀！你找儿子？你几个儿子？"

　　吴悟敏说道："就一个呀！"

　　盛工说道："不就是吴晓龙吗？我听公司里来的人说，他的学习成绩很好，在读大四，今年都要毕业了，怎么会失联了呢？有什么原因吗？"

　　吴悟敏说道："哎！现在的年轻人想怎么玩就怎么玩，他哪里给我们原因呀！他给学校交了一个停学申请就失联了。家里人一急，就把我赶出来找他。我们都觉得他来这里的概率很大，所以我就来这里一边做工一边找他。他是读建筑设计专业的，还没有拿到毕业证，我估计他可能会来做工程设计员或者建设监理员的工作。我现在委托了几个人帮找他。您方便时也帮我问一问，也许会找到的。"

　　盛工边吃边说："小吴，你也不要心急，他都长大成人了，不会去做傻事情的。既然你求到我了，我会尽量地动用我的资源来帮你。你说儿子有可能来这里做建筑工程监理员，我就给你讲一个重要的消息。昨天晚上我们公司两个工程师出事了，一个是现场监理员，一个是工程项目总监。"

　　吴悟敏着急地问道："那个监理员多大了？"

　　盛工回答道："这两个人都大学毕业一年多了，他绝对不是你的宝贝儿子吴晓龙。这个人，我认识他。"

　　吴悟敏很惊讶，问道："真有这样的事？是工程安全意外事件？还是在建工程的垮塌事故？监理工程师绝不会因工程安全事故而出事的！工程工伤事故都是现场施工的事，从来都摊不到工程管理人员身上的。就算是施工单位工程师也是摊不上的事呀，更别说监理工程师了！"

　　盛工说："是呀，建设工程垮塌事件再严重，也只是伤害到工人，从来不会伤害到监理工程师的。昨晚这两个监理工程师出事，一个是出车祸身亡，一个是被人拦路抢劫被打伤，而且伤得很重，住院了。"他说得很平静。

　　吴悟敏更感到惊讶，他睁大眼睛看着盛工，说："监理工程师出车祸这类的事，是经常听说的。但一个监理工程师被人拦路抢劫，倒是一件很离谱的事情。别说是监理工程师，就是一个普通的监理员，进出工地现场都是前呼后拥的，更不用说会遇到强盗，他被强人拦路抢劫，怎么可能？"

　　吴悟敏觉得盛工是一个不会编故事的人，很相信盛工说的话。盛工以他一贯平淡的表情，对吴悟敏说道："是的，这就是昨天晚上发生的真实事情，这是真的。"盛工带有浙江口音的普通话，说得很坚定。

吴悟敏问道："哪个工地的？姓什么？叫什么？你说说，看我认不认识？他们到底出了什么事？"

盛工说："小吴，你刚来这里时，听到这样的事当然觉得很新鲜。我来这里两年多了，已经见怪不怪了。这两个人出事的细节，我讲给你听吧！"

"在出事的两个监理工程师当中，年龄大一点叫麦祖金，去年考上国家注册监理工程师资格，担任了多个工程项目的工程总监理师，我们都叫他麦总。麦总是在新渔市东区布拉里河河道改造工程、东部海岸环滨海道路建设工程两个大项目里担任工程项目总监，他同时也担任许多小工程的工程总监。这两个大工程项目的承包人，在中标文件上是不同的公司，而实际资本运作的老板却是同一个人。这人姓谢，是山南市的人，具体名字不知道叫什么，大家都叫他谢老板。据说麦总与谢老板个人关系很近。他们俩除了上班外，其他时间几乎都在一起。麦总开的小车就是谢老板给的，当然是报销用车的一切费用。前天下午四点左右，麦总开完监理工程例会以后，就一个人开着小车出门，到昨天凌晨四点多才往市区赶回，在路过正在施工的沿海大道 A 段岔道处减速转弯时，被后面满载石渣无车牌号码的巨型土建工程车从车顶上飞速压过，麦总和他开的小车当场就成了一个肉夹馍。与麦工同行的还有另外两辆车，车里有人看到肇事车辆似乎是麦总监理的那个土建工程公司独有的工程车。

"据说，麦总车里本来有两个人，巧的是，这个与麦总同乘的人在出事前十分钟，说是有急事要办中途下车了。而另外两辆车后排都坐着两个人，其中一辆是监理公司派往这个工程的监理员冉工和施工方的施工员尤工。据冉工说，麦总出事时，他坐的车离麦总的车相距较远，他不敢肯定自己的眼睛，其他的人都说天很黑没有路灯，都说没有看清是什么型号的车，更不可能看到车的牌号。那天凌晨，天真的是很黑，在建设中的道路还没有安装路灯，更没有监控摄像头，当然也就没有说话的依据。"

吴悟敏问："当时有人报警了吗？警察是怎么处理的？"

盛工说："在场的人都没有来得及报警，从后面就开来了一辆交通救援大吊车，吊起那辆带着麦总尸体的小车后就迅速开走了，动作麻利。"

吴悟敏问："盛总，你是怎么知道的？"

盛工说："因为我所在的那个工地有个技术问题，施工方处理得不规范，我要求施工方要整改一下。冉工和我今天都要去材料供应商那里考查，我叫冉工帮助安排车，今天很早就给他打电话落实车的事情，冉工就给我说了上面的情况。刚才我又给冉工打了一个电话，问他安排的车什么时候来接我，冉工却对我说，他家里有急事要回一趟老家，已经辞职结算工资离开工地走了，现在他已在回家的路上了，很快就要离开新渔市的市区了，工地上的事他也不会再管了。他在电话里多次对我强调，他再也不会回到这个城市来了，他说完话就关机了。"

吴悟敏问："这个监理员我认识吗？哪里人？"

盛工说："你不会认识的，你刚来不久，我们公司监理的工程工地很多，你也没有去过他们那两个工地。冉工也没有来公司食堂吃过饭，也没有来公司会堂开过会。听说冉工是麦总自己在招聘市场上招来的助理，没有经过公司人事管理部门注册的监理员，没有签字权，只做报表和文件，做好了由别人签字，他的工资可能由麦总自己代发。有一次，在讨论河道护坡设计修改时，我在水电施工图图审的会议上见过他一面，从会议记录上看到他姓冉，叫冉存军，是工民建给排水助理工程师，读过土建水利中专，图纸和文件都做得很好，二十二三岁的样子，年龄大小和你儿子吴晓龙差不多，也是来自内地。"

吴悟敏听到盛工说冉工和自己儿子年龄相仿，而且也来自北方，他很想从盛工那里了解冉存军的具体情况。于是他搁下筷子，问道："按照工程监理的程序，这个监理员的个人资料应该在工程监理项目的档案里能查到吧？"

"你说得很对，他的资料应该会有的。因为我们监理行业内部有个监督机制，市监理协会有个监理工程现场检查管理的机构，每周都会到全市所有监理工地现场检查，主要是检查工地监理项目主管监理公司的工作情况，并将检查结果上网公布的同时在协会的会刊上公布，上周就有监理协会巡回工程检查团来他的工地里检查过，所以他的个人资料会在工程资料里显示并存留。"

吴悟敏决心要找到这个叫作冉存军的监理员，但又不敢在盛工面前表露自己的真实想法，赶紧转移一下话题，"盛总，你刚才说还有一个工程监理员被打伤，到底是怎么回事？"

"另一个被打伤的监理员，是一个土建专科大学毕业两年的男青年，还没有考国家注册监理工程师的条件，现任土建工程监理员，叫罗坚长。他的脖子上有一个小伤疤，他是博济镇政府办公楼的土建工程项目监理员，也许你认识他。"盛工接着往下聊。

"哦，是他呀！是罗工哦！一星期前，我在一个工程会议上见过他。他当晚就抱了一捆工程施工图来找我，说是博济镇政府旁博上村村委新建办公楼土建施工图，要我帮他搞一份水电工程预算，村政府要求在三天内上报申请工程总费用。罗工说他想赚这份做预算的钱，叫我帮帮他。前天他来取预算书，我叫他将拿来的图纸也抱走，他没有拿走图纸，只是匆匆忙忙地走了。临走时不小心将他的小电话本都忘在我这里，难怪这样重要的电话本他都不来拿，原来是出事了。"

盛工脸上微微一笑说："原来是吴工你害了他呀！他捡了你的大便宜，这可能是他人生的第一桶金，于是就嘚瑟去了。"

吴悟敏不解地问："我害了他？会吗？这从哪里说起呢？"

"因为你的大方，他毫不费力拿到了三万多元，他就去显摆，显摆就会招惹灾祸，这叫'好心害死人'，你知道吗？"盛工语重心长地说。

吴悟敏更是不解，问道："不会吧！难道他能拿到那么多钱？难道他会因为这点钱就不再来见我？难道他真的会因福得灾祸？"

盛工说："这是真的哦！就在他去你那里的第二天上午，他脖子上就挂上了一条粗大的金链子，金链子下挂着一颗白玉吊坠，手腕上戴上了崭新的名表，他的BB机也扔了，用上了手机。他是监理员临时工，他的工资一月就两千多元，他才刚刚工作一年多。他还有父母、老婆和一个两岁的孩子要他养，哪里能有钱买那么多奢侈品呢？

"据村政府建工组里的人说，他一共拿走三万多元的土建工程预算费，都从银行卡取了现金装在钱包里。就在当天晚上，他自费请村建设办建工组的人一起又是唱歌又是开房的。昨天凌晨两点，他从包房里出来，一个人在回宿舍前面路上，被一伙人围住打倒在地，抢走了他身上所有值钱的物品。他小腿被打成骨折，半边脸皮被撕开，样子很吓人。幸好，有一个村委的人路过发现了他们，一声吆喝，赶走了这些强人。村委会的保安开车将罗工送到医院，具体是在哪里我也不知道。如果你不帮他忙，让他白白拿这么多钱，他会有这样的下场吗？这纯粹是粗金链子和玉石坠惹的祸。"盛工说完，又嘿嘿笑了几声。

吴悟敏问："罗工和村委会的人怎么都没有报警呢？"

盛工说："村委会里本身就设有治安联防组，有专人接受110报警任务，你也许是不知道吧。"

吴悟敏吃惊地自言自语道："竟有这样的事？竟有这样的人？"

这时，楼下有小车的喇叭叫了好几次，接着盛工的手机响了，是桥梁工程队的人派车来接他，在楼下不停地按汽车喇叭。盛工从窗户里将头伸到窗外向下面一看，就回头对吴悟敏说："这是来接我的车，他们在等我，我走了，回头我们再聊。"

盛工临走时，又再次回头对吴悟敏说："小吴，我知道你才来南方不久，所以我送你一句话：'这个世界变得如此简单，而你也不得不改变了。'你找你儿子，我建议你从寻找冉存军开始。"

"'这个世界已变得如此简单，而你也不得不改变了'。"吴悟敏听到盛工说的这句话后，抬头仰望天空思索了良久，然后自言自语地说："习惯成自然，性格已经定型，'江山易改，本性难移'，这辈子恐怕是难以改变了。"

这时吴悟敏拿出笔和一个小本子，记下了"冉存军"的名字。他觉得，眼下最重要的事情是去找冉存军的个人资料，他是谁？他去了哪里？他现在安全吗？吴悟敏想到这里，再也没有胃口吃早餐了，将自己碗中剩下的饭菜匆匆倒进泔水桶，餐具往饭桌上一放，就急急忙忙赶回自己的宿舍。

离上班还有一小段时间。吴悟敏打开电脑，调取了东部海岸环滨海道路建设工程土建工程施工的现场《监理规划》和《监理细则》中的管理系统图，又打开现场监理组织人员系统图表和监理例会记录，可以看到，工程总监麦祖金及其相关栏目中的责任人签名都在这些表格里。吴悟敏果然从这些表格里看到有一个叫冉存军的男性监理员，他毕业于建筑工程技术学校，是工业与民用建筑给排水专业，是负责监理现场的给排水和强电工程施工现场的监理员，同时也兼任监理工程单位现场办公室的资料管理员。吴悟敏从相关资料系统里查阅了那个叫冉存军的个人详细资料。经查阅后，让他有一些兴奋，这个叫冉存军的监理员资料里所用的身份证复印件是自己儿子的身份证经人PS 而成的。

这个叫冉存军的人在工程登记表里填写的身份证号码和儿子的身份证号码是相同的，在原居住地址一栏里填入的地址也是相同的，但是他的学历证书和专业资料证书栏目里显示的信息，是他家乡所在城市的中等技术学校的毕业证复印件，而身份证复印件里的头像也大不相同，看得出，是明显 PS 过的。监理员的培训资格证是上个月刚领到的，看来冉存军是来这个公司以后才培训当上监理员的。于是他就将系列资料打印下来。另外，吴悟敏还搜索到冉存军在工地监理档案资料里因工作文件来往需要而留下的 QQ 号，巧的是，这个 QQ 号的空间还没有被删除，只是很久没有更新而已。在他的 QQ 空间里，又翻阅到了他家乡几位亲人的住址和联系电话号码，接着，吴悟敏在这个 QQ 空间里留言，再下来，又试图给冉存军的两位亲属打了电话，但都没有接通。

吴悟敏决心将寻找冉存军作为寻找儿子吴晓龙的突破口。

吴悟敏反复思考，觉得冉存军的资料不完全是真实的，但里面也有部分真实的东西，是可以作为资料来参考的。吴悟敏最感兴趣的是，不管冉存军是如何 PS 吴晓龙身份证的，最起码说明自己当初对儿子出走方向的判断是正确的。吴晓龙确实来过这座城市，或许就在这座城市里的某处生活着，如果能够找到冉存军这个年轻人，相信儿子吴晓龙的信息会有线索了。

怎样才能找到冉存军呢？吴悟敏决定从总公司这个庞大的机构着手，他要去总公司找领导谈谈自己对麦总遭遇车祸的处理建议。建议监理总公司为麦总出面调查和处理，为自己的员工支持法律主张。毕竟总公司在全市各处都有监理工程项目，如果大家都来关心这个监理员，要找到这个人恐怕不会有什么大的困难。如果公司处理好了麦总的事情，那么冉存军的信息就会自然浮出水面。有了冉存军的准确信息，就可以找到冉存军。这样追踪下去，找到儿子吴晓龙的事就会迎刃而解了。

吴悟敏的第二套计划，就是直接从寻找冉存军这个人和他的信息做起。他用冉存军 QQ 空间里家乡和亲人的有关信息以及冉存军小电话本里的相关信息，在一个很火的社交网站上传了一个寻人启事，里面有冉存军的近照和所有工作证件的信息、本人家乡地址等尽可能详细的信息，呼吁网络上的人们注意帮助寻找这个失踪的男青年。

吴悟敏觉得这还不够，他又向冉存军的母校和他家乡各级政府写了多封寻访书信交由公司门卫帮助寄出。与此同时，他又向当地公安机关投递了几封冉存军的寻人信访函。他相信，从社会各个层面来找冉存军这个人，找到他应该是没有问题的。

吴悟敏做完了这些事情，就开始做当天上班的准备工作。

第二十章　柳暗花明

吴悟敏刚刚忙完这些事情，正站在自己办公桌旁整理文件，收拾下工地时需要的文件和工具。此时，他房间里的座机电话铃声响起。他拿起电话，听筒里通知他，立即到总公司总部小会议室里开会，必须要在八点半之前赶到。电话里说，公司董事长程总经理在那里等他。当吴悟敏刚刚回答一个"好"

字时,那一头的电话就说他是王立胜,然后就将电话给挂了。听口音,这个人应当是总公司副总经理兼总公司监理部的总监王立胜。

总公司老总点名要他参加会议,他觉得这个会议一定是很重要的。这是他第一次参加总公司老总亲自主持的会议。

吴悟敏的工作习惯是要在上班时间前尽可能地做好准备工作,今天会议应该是什么内容呢?

吴悟敏猜想第一种可能是公司向内部各单位通报两个监理工程师出事的情况。因为这是人命关天的大事,相信总公司领导一定会高度重视。他希望在讨论中可以查清冉存军的下落。

他猜想第二种可能是讨论自己这几天所做的那份工程概预算水平,讨论和批准这个文件。因为这么大的建设工程监理项目能否拿到手,它的前提是工程概预算报表的正确与否。一个近亿元的监理费夺标,这对公司的发展是十分重要的。如果这件事可以圆满通过,它就有条件私下和公司老总们谈自己儿子失踪的事情。

他猜想第三种可能是关于公司 ISO9000 的国际认证问题。听说这件事到了关键阶段,需要智囊高手接手此事,他觉得这个人也许是自己。如果自己接手了这项工作,就可以直接和公司许多监理工程师交流,从而有利于自己寻找儿子的下落。

吴悟敏按照自己的估计做出与会议内容相衔接的准备工作,开完会以后,自己还要下到工地去处理事情。他今天开完会后要去三个工地,于是他准备了一个大型工作手提包和一个公文背包,里面装满了图纸、图表、会议记录、工作日记、技术规范规章文件、汇报文件等等,当然也准备了小卷尺、小卡钳、放大镜、相机、录音笔、签字笔等微型工具。

除了这些日常的工作准备,还有更重要的准备工作要做,这就是打印好工程概预算书,一式三份,一份给公司存档,一份由总公司国家计价注册工程师审核后上报,一份给总公司领导过目。

吴悟敏认为,只有认真做好公司交给自己的所有工作,才能得到上级领导的认可,自己才可以在领导面前说出寻找儿子吴晓龙的事,并有可能得到他们的帮助。

一切准备就绪后,吴悟敏肩上背着一个大公文包,手里再提着一个大工作袋,出门就搭了一辆的士向总公司总部出发。

二十几分钟,车子停在新渔之春建设综合大楼大门前。吴悟敏按照大楼单位指示牌,乘电梯到第八层,找到挂有"新渔市神渔建设工程管理咨询/

建设工程监理有限公司"铭牌的总公司门口。在前台办理登记手续后，他来到了公司小会议室的门口。吴悟敏看了看手表，时间正好八点半。按照九点开会的通知要求，时间还早。可吴悟敏却听到会议室里面有许多人在激烈地争论，原来会议在通知时间以前就召开了。本来还认为是准时到达呢，结果还是迟到了，这让吴悟敏有点尴尬。

吴悟敏将背包和手提包放在脚旁，然后拿起手机，准备拨王总的电话。这时，一个不到三十岁、身材匀称的男青年向他走过来。这个男青年西装革履，身穿定制的西服，打着领带，发型时尚，左手腕上带有金劳力士全自动镂空钻石机械表，右手腕上戴着大粒的沉香串珠手链，面部微笑，气质高雅，似乎是个有阅历的年轻人。吴悟敏似乎觉得在哪个电视节目上见过，但一时又记不起来。

男青年走到吴悟敏面前，伸出右手和吴悟敏握手，他小声而有礼貌地对吴悟敏说："吴总，程总和王总说了，你来了就直接进去，他们有要事找你。快请进！"

土建工程领域的工程师大凡被称总的，未必全是有什么"总"职务的人，一般都是指掌握有工程话语权的人，就是说都有签字权的人，或者是有一定身份而受到人们尊敬的人。吴悟敏第一次被人称为吴总还有点不自然，觉得这个人是在恭维他。但是，从这个年轻人说话的表情上看，似乎又是认真的。于是就说："您好，您好！叫我吴工就好了，我还没有称呼吴总的资格呢！你贵姓？"

"免贵，我姓陈，叫陈文军，耳东陈，是程董事长的专职司机，是程总的外甥。我兼管工程监理部生活管理处的事宜，你的资料和照片我都看过了。我们以后会常见面常合作的，我的电话和你的电话一起，都在公司总电话簿里，总公司会发给你，请常联系，你先请进！"

第二十一章　临阵换将

吴悟敏来南方这么久，第一次有人这样有礼貌地跟自己说话，感到很新奇也很受用，吴悟敏说了声："陈经理，以后见！"就推开会议室的门，提起自己的两个大包，进到会议室里。

吴悟敏环视了一下会议室，大概有三百多平方米。正面墙上整排红木全玻璃门的文件柜，里面装满了各式文件。会议室四周墙上，挂满了公司企业发展方针、前进目标、国家和政府相关法律法规条款的精致展示牌，还布置有监理行业的相关法律法规和工作程序的精美画框。

靠近会议室大门一方，相对的两个房间，门上的标志牌分别是总经理办公室和总监办公室。在靠近大门一侧靠墙的地方，红木沙发包围着一个大的长方形红木茶几，茶几上有泡茶的全套设备和各类茶具。茶具的摆放都是按南方饮茶和待客习惯准备的，特别到位。

屋子中间，一张大型椭圆形红木会议桌，四周摆一圈红木靠椅，会议桌中间有一个红木花盆座，放着一个大青花瓷盆，里面是嫩绿的万年青。

会议桌上方坐着两个人，一个就是自己的老上级王总王立胜，近十年未见面，仍然是温文尔雅的样子，虽略显沧桑，却神采奕奕。另一位年轻略显霸气的领导，应该就是总公司的总经理兼董事长程宇平，他们两个人正在小声讨论着什么。

有十来个中层领导模样的男女分坐在两厢位置，最下面的位置空着。吴悟敏认得其中的那位美女领导，是总公司土建工程计价公司总经理常芮颖，在做工程概预算过程中，因工作需要和她有过视频来往。从公司的资料上看到，她的学历是北京某名牌大学的在读博士研究生，她丈夫是市规划设计院院长。

其他的领导，大多是十分傲慢的中年男人。其中也有一两个油头粉面服装时尚的年轻人。大家都在相互交流着，抽着上等的香烟，浓浓的烟味充满了整个会议室。一男一女两个工程师模样打扮的年轻人，在来来回回跑着沏茶、上茶，不停地清理各位领导面前的烟灰缸。

吴悟敏走近茶几的沙发，放下背包和手提包，准备在沙发上坐下来，打算等会议完了以后再找公司老总请示谈话。会议桌旁的老总们见来了一个背这么多东西的人，都将狐疑的目光投向吴悟敏。其中有几个人小声地却又像故意说给吴悟敏听似的。

"又是谁介绍来混饭吃。这一行的饭就是好吃，混饭吃的人越来越多了。先买一个毕业证，再想办法办一张工程师证，再到市里指定的医院买一个健康证，再花钱找一个人介绍，就可以参加培训上岗，于是就可以到工地去边混边学边干，等他学会了，他就跳槽攀高枝去了。我都向下面打过招呼了，来找工作的人，一律去市里人才市场投档，必须按公司规定的要求招聘考核录取有用的人才。"

坐在旁边的男人小声地说:"看样子,这个人很有气质,多少见过一点世面的。"

另一个男人悄悄搭腔,说:"是的,我们不能让什么人都到公司老总这里,干不好活只拿工资,老总他也很难办的。"

有一个男人反驳说:"我不同意你们的看法。只要这个人能顶几个工地的位置就可以了,反正我们现在缺人手,没有经验的人,干活多了自然就有经验了,实在干不了的,可以随时辞退或是给他换一个岗位就是了,反正公司各个方面都缺人,也没有什么大不了的事情。"

这几个人在说话时,都扭头向吴悟敏这里看了几眼。其中一个又说道:"看年纪五十岁不到的样子,这个年纪也算是正当年。只要工作真能拿下来就行。我招的人基本上不看文凭,只要听话和工作好就够了。"

有一个年轻一点的老总小声地对这两个对话的人说:"大家都是出来混饭吃的,议论别人干吗?小心挨揍!若真打起来,你们俩可能都不是他的对手。"说完,又对他们俩笑笑。

其他的人将头扭过去看了看吴悟敏,然后又将头扭回到自己的桌面前各自抽烟。只有常总向吴悟敏招招手,吴悟敏也向她点点头。

不等吴悟敏往沙发上坐下,程总站起来指着身边空着的椅子招呼吴悟敏:"吴总,你来得正好,正式会议还没有开始,我们只是先聊聊而已,来,你坐过来!"

程总说完就坐下来。

王总也用手指了指自己身边的空椅子,说:"吴总,你坐到这里来吧!"引得在座的人都投来不解的眼神。

吴悟敏微笑着,走到会议桌最下方空着的位置坐下,然后说:"我坐这里最好,我就坐这里吧!"

吴悟敏坐定后,程总对大家说:"这是公司最新聘来的监理工程师,吴工程师。"

吴悟敏立即站起来,微笑着向大家打招呼,说:"我叫吴悟敏,口天吴,以后还要多多向各位领导和专家学习。"说完后坐下来,当即公文包里取出笔和笔记本放在桌上。

只有几个人拍了一下手掌,算是鼓掌欢迎。

程总用目光扫了一下全部参会的人,扬一扬手说:"好,我们现在开始讨论问题。"

程总从文件夹里取出一张纸，快速地扫了一眼，然后指了指他左边的人，说："沈总刚才说到'市民文化建设创意开发和发展中心建筑施工工程'的工程施工中存在严重的质量问题，你就说说其中的具体情况。"

沈总看了一下程总和王总，又用目光扫了一下在座的每个人。他的头上有些谢顶，年龄五十岁左右，五官密集地配在他那张小脸上，看起来是个事事都要费心而且小心谨慎的人，他说道："叫现场总监代表万友利万总来讲讲吧！"说着指了指身边的一位三十岁左右的男工程师说。

万总举起手向大家打了招呼，然后说："大家都认识我，我也不必自我介绍了，大家都叫我小万好啦！"这个万总，梳一个帅气的明星头，戴一副国际名牌镀金变色近视眼镜，上身穿着薄薄的夏季纯棉外套，里面浅色花格纯棉衬衣，打着鲜亮的名牌领带。他打开自己的公文包，从里面取出一沓讲稿，就照着几页稿纸念起来。

王总要他简明扼要地说说严重的问题有哪几点就行，然后再要求他拿出处理办法。

万总说："好！好！我重点读一下最关键的几段，简单汇报如下：'市民文化建设创意开发和发展中心建筑施工工程'项目的问题十分严重。第一，小直径规格钢筋主筋有 ϕ 10、ϕ 12、ϕ 14 三种材料，两个月以来共有一半的抽检样品批次不合格。我们已经对施工方的材料供应商发出整改通知，业主现场代表要求施工方更换材料供应商，而施工方现场代表没有文字回应。我们监理方左右为难。据施工方内部消息，施工方主管与材料供应商一起正在搜集证据，准备向质量检测机构提起行政诉讼，理由是钢材供应商怀疑质监站给出的检测结果不真实，有主观作弊的嫌疑，初步认为他们的检测结论不具备法定结果。这样下去，工程问题有可能诉诸法庭，工程可能被迫停工。

"第二，本工程中第 3 号、第 5 号和第 6 号主体在施工中各有一个主力大梁出现混凝土振捣蜂窝狗洞，缺陷虽然不是很严重，但也是出现了缺陷。同时，业主现场代表和现场工程主管在施工中的层面，检查并采集出了二十三个点位有不规范施工现象，主要是规范误差偏大。业主方已口头通知施工方立即停工整改。而施工方则以'甲方自己提出的质量检测数据不规范，这种检查违背了随机采取样品批次的原则，不具法律性，任何一方单独恶意采集样本并提出的质量检测数据都不具备工程检测有效数据'为由，要求甲方应先向监理方出示相关资料和文件，交由工程现场监理工程工地例会讨论确定解决。双方闹得很僵。业主方给在本工程质量监督站驻现场代表组所发的函件中，要求质量监督站驻现场代表组出面，以质量监督站的名义发出立即停工的整改函。而质量监督站驻现场代表回函说，业主方代表组所提出的函件要求不符合相关规定，提出要本施工现场主管各方坐下来在工程总监的主持下，一起共同磋商提出解决问题的方法后再做处理。业主方不同意质监站方的回函，已向市工程代建局和市建委工程管理局做了口头报告，投诉质量监督站驻现场代表组工作不力，要求质监站重新换人，否则要诉诸法律。现在此工程现场项目众多机构群龙无首，一片混乱。

"第三，业主现场代表方得到施工方工人们投诉，施工工人们已经半年未领工资，工人们已扬言要停工或采取其他更激烈的方式讨薪，要对工程施工总承包方或者政府机构采取激烈的群体行动，以促其按时对工人发放工资。而施工方代表说甲方的工程拨款不及时，而业主代表提出要重新更换工程承包公司，他们希望得到我们监理公司的支持。本人认为，本工程出现以上情况是比较严重的。我公司应该全面配合业主方处理好相关事宜，这样对我们监理公司现在和未来的利益都是有利的。我就简单汇报到这里。"

万总从汇报开始到汇报完成，吴悟敏注意到现场各位领导的脸色表情各不相同，有边听边表示不屑神态的，有感到无聊而东张西望的，有似笑非笑地看着万总发言的，而那个头发比较稀缺的沈总则全神贯注地用眼光看着万总的发言稿，似乎认真地一字一句地检查着每一个字，唯恐万总读错字似的。

程总和王总都毫无表情，耐心地听着万总的讲话。等万总讲完了以后，程总指了指沈总说："沈总，你看还有没有补充？"

沈总拿起万总的发言稿细心地看了看说："万总的发言就代表了我的看法。业主是我们的上帝，我们必须和他们配合，这样，我们今后才有更多更大的监理工程项目可做。"

程总用手一个一个地示意在座参会的其他领导，要求他们一一发言，其他领导都摆摆手，表示不发言。

程总问吴悟敏："吴总，你说说吧，嗯？"

吴悟敏沉默不语。

王总用手指向吴悟敏，说："吴总，程总点名叫你发言，你就说说吧！"

吴悟敏说："我刚来公司不久，这个工地我听说过，但没去过，了解不详细，我必须说吗？"

程总对吴悟敏笑笑说："吴总，公司董事会议已经讨论过此事了，今天请你来，就是要听听你的看法和处理意见。"

吴悟敏说："程总、王总，我只能从他们刚才听到的汇报里的具体事件从监理工作的理论上说说我的看法而已。"

程总眼睛盯着吴悟敏，手里端着茶杯，抿了一口茶水又放下，说道："对错不在说话，而在做事，这是我的待人原则，说吧！"

吴悟敏快速地扫了一眼自己刚才的会议记录，抬起头来说道："刚才万总汇报的情况给我的感觉是，他对国家制订的监理规范还不太理解，有不熟悉之处。在执行监理规范上的执行力度似乎不太够。我们好像被甲方这个名词所绑架了，这是在背离我们监理合同所要走的方向。"

会场上十分安静，鸦雀无声。

程总低下头呷了一口茶，放下茶杯，又抬头说："沈总、万总，今天下午你们要回到工地上，整理好工地上所有的工程监理资料，按照监理规范的要求移交给现场监理员。然后，王总会派一个人来接手你们处理工地的相关事宜，这个人就是吴总，他下周星期二正式到任上班。我们任命他从现在起就接手这个工程项目的监理总监岗位。我们已经和甲方工程主管沟通完毕，我们监理公司的总监调换通知明天就送达甲方、施工方和工程质量监督站。当然，沈总和万总是因为有更重要的工程新项目去完成，地点在东北新注册的监理分公司，明天就出发，去大连的一个省级项目任工程总监和总监代表，先负责工程招标，机票已定好了。吴总，你站起来给大家认识一下。"

程总说完，那些刚才议论纷纷的老总们都一片惊愕，他们相互示意地看了看，眼前这个极不起眼甚至有点土里土气的工程师。

沈总和万总对视了一下，先后表态，表示坚决拥护程总的决定。

王总也指着吴悟敏扬了扬手，说："对程总表一下态吧！"

吴悟敏被程总搞了个突然袭击，一下子就成了一名总监理工程师。这事对在场开会的人来说是没有想到的，对吴悟敏来说，更是万万没想到的事。从内心来讲，他真的有点不知所措，他也没有想到自己会突然接手管理这样大的工程项目。但是，公司老总对自己的工作安排是不能拒绝的。在原单位自己完全有理由与领导对话，讨价还价，这是一个规则，尤其是具有一定专业特长的人，不管领导地位是高是低。而这样的规则在这里已经行不通了，这里的规则改变了，要么必须执行，要么就辞职不干。他觉得，为了找到儿子，必须坚决地干下去。

他立即站起来环视一周，以一贯平静的微笑面向大家，然后再抱拳对大家说："拥护程总的决定，感谢程总，感谢王总，感谢公司的信任，今后还请各位老总们多多支持！"说完后就慢慢坐下来。

这时，程总对计价公司常经理说："常经理，市规划院的城市轻轨规划设计进度的信息一定要提前知道哦。"

　　常经理坚定地说:"施工图纸很快就要完成了,设计院正在要求市里指定工程咨询公司对施工图加快审核,院长和院书记已经向市里建议由我们公司承担这个工程咨询总承包项目,我们公司现在就可以提前与他们沟通,争取及时介入,以便争取该工程的咨询和监理工程项目的总承包权!"

　　程总又将头转向王总,说:"我们为了取得国际 ISO9000 认证,已花了一千多万,认证方查过两处重点工程的现场监理资料,我们都过不了关。我看是现场监理工程师的管理经验不足,我们如果第二次再通不过,就算认证失败,我们的费用会白白打水漂。这对于我们在市内外、省内外和国内外要拿到工程监理和工程咨询管理项目来说,可能是致命的打击,会被对手找借口夺标。这次吴总进入工地以后,可以同时负责完成这个任务。那两个认证公司的项目是我定的,原以为认证组的专家不会那么认真,谁知人家是钱归钱事归事,这一次由你王总定人定工地定项目,一次搞定。"

　　王总微笑着对程总说:"放心吧,这一次绝对没有问题的。吴总在原公司多次承担组织过国家和省部委进行机构验收和认证验收的核心成员工作,他都很顺利地通过了。这一次由他主持现场的认证检查工作应该是万无一失的。我们工程认证在于现场资料和管理层面的智慧思考和机警程度不够,对于他来说算是小菜一碟吧!"

　　有一个老总插话说:"我曾推荐过一个国内的认证公司,承诺只要三十万,包我们一次性通过。我们这次选的认证公司要价一千多万,而且还这样认真,是不是有点不划算?只要是国际认证,有一个认证号就可以做产品宣传就得了,何必舍近求远呢?"

　　程总说:"你的推荐意见,我、王总和公司董事会都已经细致地比较和分析过。我们要迎接企业的跨越式发展,一是要看产品持有人和合伙人的影响力大小;二是要看他们能给我们未来带来多大的发展机会。现在看来,我们选对了。认证还没有完成,我们就在东北地区和西北地区拿到了比较大的工程监理项目,这次只要认证通过,我们会得到更多的大型和特大型工程项目,而进军国外咨询市场的梦想也是有可能的。"

　　王总岔开程总的话题说:"工程项目实地认证检查之事,你们都请放心,我已安排好了,这一次是由吴总挂帅领导操作,保证万无一失,你们就等着好消息吧。"

　　程总高兴地对大家一挥手,说:"好!今天请大家来开会,讨论了公司的重大问题,大家都辛苦了。公司中午请大家吃个便饭,房间和酒菜都由陈经理预订好了,你们先去那里休息休息。我和王总、吴总先去办公室谈一点事,稍后就到。我再强调一遍，此次会议不记录、不录音，出去也不要外传。发现有外传的，要扣除你们全年的所有奖金和福利，已做了记录的，请自己立即销毁，会议上没提到的事，也请各位老总们不要对任何人提起。散会！"

吴悟敏赶紧撕掉自己刚才记录的几页笔记，扔进会议室的碎纸机里，碎纸机吱吱地响起来。接着，万总也将自己的讲话稿塞进碎纸机。

会议结束后，万总过来递给吴悟敏一张名片，然后和吴悟敏握手，说："吴总，我们今后要多多沟通，也许我会帮到你的。"

吴悟敏说："我一定会向你们多多学习，当然也需要你们多多帮助！"

这时，沈总也过来和吴悟敏握手，脸色有点微红，有点不自在。吴悟敏主动和沈总交换名片并握手，说："沈总请您放心，今后我会多多跟您沟通，具体的事情处理时，还会多多地请您指教！"

沈总高兴了，然后又拍了拍吴悟敏的手背，用浓重的东北话口音说："好！好！多多联系，多多沟通，虽然我离开了这个工地，但是，我相信还有许多事情我能帮上你的。"

吴悟敏说："谢谢，谢谢，也请你相信我！"

这时在场的多数老总都过来和吴悟敏交换名片，说："有空到我们工地那里坐坐，只要你打一个电话，我会派人开车来接你。"

吴悟敏忙点头说："好的，好的，谢谢，谢谢，一定，一定！"

这时，陈经理打开会议室的大门对大家说，你们先到酒店里去吧，老地方，吃的玩的，我安排好了，大堂经理和你们都很熟，他会带你们到各自的包房。

可大家都高兴地走到程总跟前聊天寒暄，不愿马上离去。

吴悟敏一个人退到一边，静静地看着墙上的标牌和图表思考着。

程总对大家说："你们先去酒店等我。我来之前，你们先摸两把，我来了是要买马的。关于四川省分公司那个标书的事，还有贵州监理分公司挂牌的事，大家边打牌边聊一下。还有湖南注册监理分公司的事，既然湖南那边的人来了，我们就谈一个准确的结果，那个工程我们肯定要拿下它，先拿下大工程，再挂公司的铭牌。房地产开发和咨询管理工程的具体事项要和注册分公司的事情同时进行。没有大工程就不要谈分公司注册，你注了册就要按月按年给人家地方交费用，就要被人家的机构检查和管理，我们要将事情办得更加具体更加顺利一些。我们这座城市对环境处理先走了一步，我们以后在这方面将会有许多工程要做，单是为这一点，我们大家今天就应该多摸几把，多喝几杯！"

一个操四川口音的老总说："好，没问题。不过，我们这里来的人喜欢玩'三公'，我们等程总来一起玩几把。"

钱总搞笑地模仿着四川方言哈哈一笑说："玩三公，我怕你们个锤子！你们这些龟儿子都是想找死啥！玩三公？你们这些锤子都不是我的对手啥！每次都是被我杀得片甲不留。我这手艺是一统江山！你们快去酒店吧，玩三公的人要多准备一些现货才好玩啥！"

大家哈哈一乐，便一哄而散，出了会议室，各自钻进小车里去了。

第二十二章　品茶论道

眼见大家都走开了，程总对吴悟敏说："吴总，你到我办公室里来，我们边喝茶边聊。我这里有的是好茶。王总是个书呆子，古人说文人手无缚鸡之力，我给他找一只鸡他都未必能搞得定，所以说，王总那里未必有好茶！"

王总哈哈一笑，说："我们程总既有捉鸡之力量，又有搏鸭之功夫，既擅长聚集美女靓仔之香体，又善好品味清香茶之高雅，感叹当代世间之英雄豪杰者，莫过如此！"

"我去！"程总憨笑着骂了一句粗口。

吴悟敏一时接不上也答不出，也不敢笑，只好装作没听懂的样子。

程总领着王总和吴悟敏，边说边进入办公室。

这时，一直在会议室门口来回走动的陈经理，也走进了程总办公室，直接坐在巨大的红色龙眼树桩茶几旁，准备为他们泡茶。

程总进入办公室里以后，直接打开保险柜取东西。

王总给吴悟敏指了指沙发，示意要他坐下来，而自己先在另一张沙发上坐下，静静地靠了一会。吴悟敏坐下来，将自己的两个大办公包放在沙发旁边。

王总看了看吴悟敏手边的办公大背包和一个大手提袋，问道："吴总，你背了这么多行李，你有什么要紧的事要办吗？"

吴悟敏向前微微倾了倾身子，说："王总，这是我一天工作所需的资料和文件，现在工作环境完全改变了，不想把事情做得有遗憾。"

王总对吴悟敏笑了笑，轻松地说了句："你现在是吴总，不是从前的小吴，守住从前的意识不去改变，是要被社会淘汰的。你以后会明白，没有人会真正地关心你，只有自己来关心自己。与己无关的事还要少费一点脑筋吧！"

吴悟敏脸上招牌式的微笑，凝固了几秒后又展开，然后，静静地听着王总说话。

王总说："你只是个监理工程师，就忙成这样，现在升任为总监理工程师，不知你要忙成啥样？其实，你只要握紧你的一支签字笔，随身带一个国家注册监理工程师图章就足够了！"

吴悟敏听完王总的话，凝重的脸色似乎已缓解了下来，他对王总说："好的，好的！"他不想和王总探讨自己的工作方法。

王总说："现在你已经是吴总了，要开始学会品茶，要学会打牌娱乐，要学会公关和操持业务，还要学会在自己管理的区域开设自己的分公司。程总这里的茶确实是很好的，细心地品一品，学习喝茶应该成为你一个新的习惯。"

吴悟敏对王总点点头，拿起自己面前的茶杯，认真地欣赏，接着又放下，环视了一下办公室，欣赏着办公室的精心布置。

王总对吴悟敏说："别看那些没有用的东西，个人的办公室自然是风格不同，将来也许你的办公室会更豪华。程总这里有中国顶尖的好茶，我们的陈经理又是中国顶尖的茶艺师，获得过两届省级男式茶道的冠军，副市长和副书记都曾来过两次，专门来品尝陈经理的茶道技艺，说是专门来喝程总的茶。"

王总正说着，程总已在吴悟敏对面坐下。

吴悟敏见程总坐下，就从公文包里取出厚厚的一本打印稿，标准装订的胶印彩色封面，想递给程总。

程总用手一指，问："这是什么？"

吴悟敏说："这是总公司安排我做的，新渔市新渔村重新建设发展新区的工程概预算书。"

程总微微地一笑，对陈经理抬手指了指一个纸袋。

陈经理就将一个大的档案袋送到吴悟敏手里说："吴总，打开看看吧，这里是常总给你的工作报酬，本来按规定是要打到你工资卡里的，程总说，吴总你刚来公司，一定会急需零用钱，就拿了现金给你。"

吴悟敏无趣地放下手中的打印稿，接过陈经理给的纸袋打开一看，里面是两沓百元现金，两万元整，他惊讶地看了看程总和王总，说道："这是怎么回事？"

程总说："哦！昨晚十点，市政府要你做的那个工程概预算书，我已在电话里向你问过总工程量和分工程量，同时也收到了你传来的电子版文件。我将这个数据和电子文件与常总做了交流，然后就传给了市政府有关方面。政府方面说，他们很满意这个数据和图表。常总就按公司规定立即给你计算了报酬费用，用现金给你。你手里的这份资料拿回去自己存档吧，你现在的工作职务改变了，这样的差事以后也不再麻烦你了。不过，我很惊讶这份别人需要三十多天才能做完的工程预决算书，你七天就做好了，你有什么绝招吗？"

王总笑了笑接过话题："别说给他听，教会徒弟，饿死师傅，嘻嘻！"

吴悟敏说："我就是说出来，别人也未必马上就能做得到。我的方法就是将数理方程中的统计学原理，就是现在很时髦地称作大数据的说法，用于建筑工程预决算。这需要我们做大量细致的、准确的收集数据过程，然后再将这些数据建立一个计算模型，我们就可以进行简便而有效的工作。我的这个统计计算模型是收集了全世界一千七百八十一个案例并进行对比计算后得出来的，是我花费了半年时间的劳动成果，而不是我来新渔市才开始的，它只是在这次使用中做部分的数据调整支持就够了。"

王总笑着又接着调侃地说："程总是个土豪，是个暴发户，你说这些，他也不懂滴。"

程总笑着反击说："王总，你不要在吴总面前贬低我，我好赖也是个在读博士生，数理统计的教材我也翻看过几页的，有本很好卖的书叫《大数据》，我也读过，你们不要当我是个真文盲。哈哈！"

程总笑够之后说道："你们这些专业技术高手，每一个人都有自己的看家本领。而我要管理好一个公司，则要让更多的人跟着我吃饭，我也要有自己的秘密武器。我们手里有一个国家注册的全国性的计价公司，吴总能不能给我们计价公司的年轻人讲讲课，带出一两个徒弟来，我出高价讲课费请你，怎么样？"程总说完，示意吴悟敏喝茶。

王总调侃道："程总，你这是想对我们吴总过河拆桥啦！"

程总笑着说："王总，请你放心，吴总不只是这一把刷子吧！也许还有好几把刷子呢！帮我们一下，我程土豪不会亏待你们的。"

吴悟敏将目光从程总脸上移到他面前的茶杯，端起小小茶杯，对王总和程总示意了一下，细心地抿了一口，说："程总的茶，真的很好，我从来就没有喝过这样好的大红袍。"

吴悟敏放下茶杯，把头抬起看了看王总和程总，说："我这吃饭的看家本领，都是从王总那里学来的。说到讲课，还是王总在行，看你是要德语的、俄语的、西班牙语的还是要英语的，普通话的我就不用提了！"

王总将话题岔开，对吴悟敏说："吴总，我们说点别的吧！程总的好茶难得一饮，来，我们多品几杯。程总也不要太抠，今天是专门请你这个贵人来的，还有什么好茶也拿出来给我们品尝吧。"

程总接过王总的话题说道："王总不要小看我，我是真的收藏到好茶了。"说着就对泡茶的陈经理示意了一下。

陈经理从另一个古色古香的雕漆红盒子茶叶罐里取出小袋精致包装的茶叶，用象牙工具取茶泡茶，对王总和吴悟敏说道："这个茶叶，是市委副书记送给程总的，说是从武夷山那棵世界遗产保护茶树上采摘下来炮制的，专供高僧招待高管用的绝世名茶，是一个更高级别的大佬送给他的。"

王总挖苦道："吹牛虽然不上税，哄死了人，小心你是要偿命的！"

程总笑道："如今世界上说的做的哪有真东西？每个人都宁信其有，不可信其无！"

陈经理表演着换壶、换杯、换茶、泡茶、沏茶、分茶、传茶等一系列专业动作。

这时，吴悟敏又从公文包里取出一大本文件，送到程总面前。程总都不伸手接，不屑地问："这又是什么？"

吴悟敏说："这是上个星期程总和王总在电话里给我派的活儿，说要搞出一整套包括监理日志在内的监理工程用表的标准填写方法，这是范本，我现在基本搞好了，包括一部《工程现场资料 ISO9000 国际认证审核程序必查路线及应对方法的文件和列表样本填写方法》、一部《关于在现场达标检查中必须用到填表格式和口头应答注意事项的文字基本说明书》，还有一本《监理文件填表样式实例大全》，这些资料用来对付工程现场认证以及监理协会的例行检查来说，都是很有用的。"

程总高兴起来，说："好！这个好！公司要安排一个会议，对这些资料样本进行展示展览，我亲自主持这个展览，所有的监理工程师和监理员都必须来参加学习，我亲自主持，王总你说呢？"

王总说："现场进行规范填表培训，对我们所有的现场监理工程师来说，很及时，很有必要。"

程总面对王总说："看来，这个吴总真是你的徒弟，我很喜欢，但他毕竟新来乍到，做工作也太过分认真了，这样太累了一点，你的看法呢？"

吴悟敏睁大了眼睛，看看程总又看看王总，把两手放在自己的双腿间捏着，思考着程总说这句话的目的。

　　王总说:"吴总,程总说的话自然有他的道理。我们现在所处的时代和地区方位都在飞速地发展,我们的传统做法也要与时俱进,追求到完美的目标和预期的结果就好,过程不必太完美。"

　　吴悟敏想借这个很和谐的气氛,趁机向总公司领导谈谈关于寻找监理员冉存军的事,也许现在就可以搞定。于是,他从背包里拿出从网络下载打印的资料复印件,想对两个老总说这件事。

　　王总看了吴悟敏的背包和手提袋,赶忙对吴悟敏说道:"你还有什么东西给我们审查的?今天不要再拿出来给我们看了,全部收回去吧!昨天以前的事你都不要管了。你离开了原来的工作岗位,你还要去为别人承担责任吗?自然不必。你离开了,那里自然地会有别的人去干,也就归别人去负责了。你离开了一个工程,以后好不好都与你无关,你只要保证签过字的事情在未来没有麻烦就够了。至于别人的私事你更不要管了,这些资料可以丢掉了,或拿回去存档。只要用你的一支笔和一个图章,就可以简单而顺利地做好你应该做的全部事情了,这才叫真正的能力。"

　　吴悟敏睁大了自己的眼睛,听着王总的谈话,简直不敢相信他就是原来的老上级。当然,他知道王总在对自己进行全新的教育。他从来没有想过自己这样的工作方式是有缺点的,而且缺点还很多。

　　吴悟敏想到这里,脸上自然而然地有些泛红,有点发热。他干脆微微地笑了一笑,他下意识地端起一杯茶一饮而尽,放下茶杯然后说:"王总,我已经习惯了,恐怕一下子改不过来,请您多多包涵,我尽力吧!"

　　王总带有调侃的口气说道:"像你这样的人,应该是个活化石,今天在中国恐怕不多了,你是一个古董级别的工程师。"

　　吴悟敏一脸尴尬。

第二十三章　　面授机宜

　　程总从陈经理手里拿过新沏的茶杯,亲自给吴悟敏斟了一杯,又给王总的茶杯里也斟上一杯新茶,哈哈一乐,说:"吴总,就算是我太贪心吧。其实,这也不能全怪我，我也是被逼的。你是有所不知，我手里拿着做不完的工程，要不想多做，那是不行的，有人一定要逼我帮助他们做的，而且是必须要做好的事情。他们不停地催着我们业绩创新再创新，公司的董事们也要求公司的盘面扩大再扩大。各种各样的业绩评比会，各种各样的行业排名推广宣传，各种名目的激励和鞭策机制，实际上是用鞭子在赶着我们去拼老命去奋斗。我给你讲讲亲眼看到的三个故事：第一个故事，是一个刚刚起步的小地产开发商，在得到报批了的新项目之后找不到施工工程公司做。这个开发商的董事长手持施工合同找到自己属下的一个会看图的钢筋工，一定要他接手这个施工合同，一定要这个钢筋工当土建老板，才六千多万的工程量，吓得这个钢筋工赶紧辞职了，从此不敢在这个城市做工了。第二个故事，是去年年初，一个开小店的人在打麻将时认识了一个土建工程的大老板。一天，他陪着这位大老板打麻将，大老板在打牌时问另一个牌友：'有一个海岸工程的防波堤，两千万给你做，你愿不愿意做'，那个牌友说：'四千万的工程只给我两千万，我坚决不做，你爱找谁找谁去！'于是，这个小店老板赶紧说：'你给我做，保证做好按时交工。'那个土建大老板立即同意，当场与那个小店老板签了合同。结果，小店老板用八百万就完成了那个工程，马上跻身于土建大老板行列。第三个故事，是一个文弱的工程师，借来了某大土建公司的一本施工资质书做证明，就拿到了三栋十层大楼的工程施工合同，并且按照合同拿到了八百万元的预付款。但是，他不知道如何组织队伍和寻找施工机械设备，也不知道如何转包工程，更不会去银行搞贷款，他害怕了。于是，他拿着这笔预付款逃跑了，逃跑到国外去了。这个开发商只好重新筹款，重新再找可靠的施工公司，再重新开始这项工程。这是我亲自看到的三个故事，都是印证了'富贵险中求'的生活哲理。如果是你吴总，你保证是小菜一碟，但是，我断定你可能也不会接手这样的工程。否则你也不会是现在这个样子，你可能比我做得还要大，问题是你没有去做。你是另类英雄，你可以化解你遇到的所有危机，但是都与钱无关。"

吴悟敏总想听程总谈公司里那两个工程师出事的处理方法，结果令他很失望。吴悟敏憋红着脸说："感谢程总对我的人生评级。其实我没有您想得那样高深。"

程总说："我们现在喝茶论英雄。我好比程咬金三板斧打开瓦岗寨。你好比是徐茂公用计定大唐。我是万万没想到自己的事业会做得这么大，我只是受贵人之托，现在已经是身不由己，有些事我是不得不做，富贵太逼人。开弓之箭不可回头，我相信这就是命运，希望你要理解我，还要多多地帮助我。我需要当今的诸葛亮来找我。我听有的历史学家说，不是刘备三请诸葛亮，而是诸葛亮应该去找刘备。这是我今天和你一起喝茶的目的。"

程总说到这里，将话题一转，对吴悟敏说："吴总，明天起，你就要去新工地上任，去负责我公司目前最重要的工程项目。你对我和王总有没有要求要提出来？你可以敞开谈。比如，全家要不要迁到新渔市落户？你要不要买新渔市的社会劳动保险？你想不想要按揭一套大房子？你因工作需要，要不要去学习开车？工作上是不是还要按揭一台靓车？你要不要读在职研究生和博士？这些生活小事你都应当考虑一下，只要你提出来，我们就可以满足你的要求。然后你写一个书面申请报告给我，现在就口头简单地先说出来也可以，我们可以逐步地为你落实。"

吴悟敏说："程总说到的这些生活小事，我都是第一次听说，很新奇，以前压根儿没有想到过。这些东西对于某些人来说，也许是一生可望而不可即的梦想。我看看吧！到需要的时候我再对你说，好吧！"

程总有点不悦，说道："那就随你的便吧！"

王总问道："吴总，你觉得你目前最大的愿望是什么？"

吴悟敏回答道："我个人目前有两大愿望。"

程总说道："两大愿望！好，不多，请尽数说出来！"

吴悟敏说："第一个愿望，是有一个国家注册监理工程师的印章，这样，我就可以在工程中更加得心应手。"

程总听后便哈哈大笑起来："这算什么大事！"

程总抬了抬手，指着文件柜对陈经理说："你把吴总的那两个东西拿出来吧。"

陈经理起身，走到文件柜里拿出两个文件袋，然后回到茶座位，将那两个文件袋递给程总，程总将这两个文件袋交给吴悟敏。

程总说："从现在开始，你就是真正的吴总了，你打开看看吧！"

吴悟敏狐疑地看了看程总和王总，看了看文件袋，然后慢慢地细心地先打开第一个文件袋，从里面取出一枚带手柄的长方形原子印章。打开盖子一看文字，原来是一枚刻着自己公司和自己大名的国家一级注册监理工程师工作印章。陈经理顺手给吴悟敏一张白纸，吴悟敏用印章在纸上一按，白纸上展现的是注有蓝色印油的原子图章，一种神圣的使命感油然而生。他再顺手从文件袋里抽出两份公司文件，还有一支镀金的名牌公文签字笔。看过这两个文件，一个是公司对吴悟敏工程项目总监的任命书，另一份是公司给业主工程项目总监调换的通知函。

吴悟敏无不惊喜地说道："这么快？真的很神奇！"

王总说："对你的任用，是市监理协会请示省监理协会之后按照业主的特殊要求而做的决定，我们不得不神奇一点。"

吴悟敏没有领会到王总话里有话，只是感到很意外。他拿起图章看了看，高兴地说："我原来估计最少要一年才能办好，有了这个吃饭的家伙，我自己都感到快膨胀了。"

程总说道："吴总，你的第一个愿望实现了，你的第二个愿望是什么？说出来让我们听听。"

吴悟敏有点尴尬地说："第二个愿望是想尽快找到我的儿子。他没给家里打招呼就失联了，我出来就是为了找他，据我和家人们的分析，他很可能是跑到这座城市里来了。"

程总问王总："他的儿子今年多大了？"

王总说："在名校读大四，今年是二十一岁了。"

程总又问吴悟敏："具体是什么时间？你是怎样得知他离校出走的消息？"

吴悟敏说："是他学校领导打来电话时才知道的，孩子他姥爷和他舅舅去学校了解详情去了。"

程总一听，哈哈地大笑起来，搞得吴悟敏很纳闷。

程总说："吴总，大学都读完了，马上就要毕业了，孩子都长大了，你何必再操那个闲心了。他缺钱用，他自然就会来找你，他都不找你，他自己正玩得很爽，你还找他干吗？我四个孩子，我都不管他们，懒得管，人生天成，管也是多余。既然你说了，我就顺便看看，你把他的近照给我一张，我顺便帮你看看，我见到了他，我就捉他来见你。"

王总也跟着打圆场："吴总，这有什么大不了的呢！如果是女孩出走，你担心，那倒是有一点道理的。一个大男孩子，出门跑几天那又有什么不可以？他自己出门跑跑，是不会有什么事情的。我看，晓龙他一定会强过你。首先有他自己的追求，我听说他一进大学就加入了组织。而你，一生都是喜欢由别人来指挥你，单打独斗，在这一点上，他一定强过你，你放一百个心，我会相信他一定不会有事情发生的，信不信由你，我也希望你相信。"

王总的话对吴悟敏打击很大，身为自己的老上级、朋友、导师，竟然对自己寻找儿子的事情说风凉话，吴悟敏感到很失落。三个人正在讨论吴悟敏儿子的事，程总的手机不停地响起，都是酒店里那些催程总快去打牌的电话。

吴悟敏看了看自己的手表说："程总、王总，他们都在等你们去谈事情，我要去工地做交接工作了，做好交接班后，就要去新的工地走马上任了。"

程总说："你也去酒店和那些老总见面聊聊，对你的工作也很有必要的！"

吴悟敏对王总的话心头有些不爽，说道："我刚来不久，许多事情需要熟悉，以后在一起吃饭的时间很多，我先走了，程总、王总再见。"

王总对程总说："让他去吧！"

程总对吴悟敏说："吴总，你今天不和我们一起喝酒，我们也不勉强你。你现在没有专车，也没有考车牌，在交接工作期间，我派陈经理开我的专车载你，让他给你开车。"

程总又对陈经理说："小陈，你开我的车去帮他几天，这几天我自己开另一部车，万一有急事我再找你！"

陈经理说："好的！"

王总说："吴总，你从现在开始，就是正式的老总了。你原来负责的工作，交接不交接都没有实际价值。既然你要去，我们也不会勉强你。我会派人通知到相关工地单位和监理组织成员们，好好配合你的工作，处理完工程交接之后，你就尽早去新工地上任吧！"

程总站起来和吴悟敏握手，程总对吴悟敏说："吴总，今天中午我们就不留你一起吃饭了。我们各自的事情都很多，时间会比较长。你从现在起，由陈经理开车载你去各个工地交接手续，同时交代好以后的工作。大后天一早，正好是星期二，早上九点，由陈经理载你到新的工地上任，这个时间正是工地现场召开工程监理例会的时间。这三天的一切费用，我都吩咐人将钱打在一个银行卡里交给陈经理了，你都不要管，祝你工作顺利！"

"好的。"吴悟敏收起两个文件袋，然后站起身对陈经理说："陈经理，辛苦你了，我们走吧！"

吴悟敏突然想起那两个出事的监理工程师，他想问问这两个监理工程师到底如何处理？他想问总公司要不要报警？他想问那个从未见过面的监理员要不要以公司的名义去寻找他？他一脚刚跨出门就想到这些，然后又退回来，想回头问问这两位老总。这时，两位老总都已经提起自己的公文包从他身边急急地走出门了。

　　此时已经出门的陈经理，又返回来帮吴悟敏提着两个大背包，急急地往外走去，吴悟敏只好拿起几个文件袋追着经理而去。

　　在小车未开动前，陈经理帮助吴悟敏整理好背包和手提公文袋，统统放在后排座位上，然后请吴悟敏坐在前排的副驾驶上。

　　吴悟敏坐稳以后，陈经理开始和他聊了一些家庭和生活上的事情，突然将话锋一转，说道："刚才你走出程总办公室的门口时，好像有点犹豫不决的样子，是不是还有重要的话要对程总和王总说呢？有些话不说也许是正确的。"

　　吴悟敏对陈经理的观察细微感到佩服，既然人家都问到了，自己不妨也和陈经理讨论一下，于是就说道："是的，我想问他们监理工程师出事的传闻，他们两个是不是也知道呢？"

　　陈经理立即说道："对，这件事正是程总叫我给你开车的原因之一。公司网管员向程总反映说，你在网上发了几个寻人的帖子，都已经上了百度，程总对我说，要在适当的时候转告您，将寻人帖子立即删除掉。"

　　吴悟敏问道："有这么严重吗？"

　　陈经理回答道："程总说，与己无关的事你就不要多问了。你不是当事人，介入这事给自己找麻烦不说，还会给公司带来不利因素。我们公司不是法律部门，也不是上访机构，发这些帖子没有任何作用。他还说，你是员工，员工的目标是要有好的收入，企业的目标是要有更丰厚的利润。员工违法是他自己的事，自有法律解决的渠道，与本公司无关。你发的那些帖子可能会给公司带来麻烦的。"

　　接着陈经理向吴悟敏要 QQ 号和密码，说是回去以后帮助他删除那几条寻人启事。吴悟敏只好拿笔写了 QQ 号码和网络论坛的密码，交给陈经理。

　　陈经理收藏好 QQ 号和密码之后，又对吴悟敏说："吴总，程总还叫我特别交代你，说你现在要去的那个工地来了一个叫强仔的年轻人，你要注意，不要和他有任何接触，以免他给你带来不必要的麻烦。

　　"强仔这个人，他专门为工地的工人讨薪，是个讨薪专业户。同时他还帮助工地现场的土建包工头处理一些紧急事件换取报酬，是一个不安定分子。一般来说，他出现在哪个工地那个工地就可能会有紧急事件发生。所以，程总特别交代你今后工作中注意防范紧急事件的发生。"

　　吴悟敏有点惊讶，这强仔到底是一个什么样的年轻人，有这么厉害，连程总这样的人都要防他,自己肯定要见识一下这个年轻人到底是什么样子的。他立即应承着说:"感谢程总提醒。不过,我可是没有见过强仔这个人,一旦这个人出现在我们的视线范围,到时候还请陈经理帮我指点指点,我好有所防范。"

陈经理回答说:"吴总放心,这是自然的事情。"

陈经理说完这句话之后,指了指自己的手表,问道:"吴总你看,该是吃饭的时候了,我们去哪里吃饭好?"

吴悟敏也下意识地看了看自己的手表,说:"是哦,都快中午十二点了,该吃中午饭了,客随主便,陈经理,你做主吧!"

陈经理说:"今天,你吴总是主人,我是你马仔,还是吴总认为哪里有好的可以吃,我们就去哪里吃。当监理工程师,吃喝玩乐是比较在行的事,对你来说,应该是一件很熟练的事情。"

吴悟敏对这类消费的事情知之甚少,感到有点尴尬,同时也感到羞愧。他思考良久,终于想到了曾经吃过饭的一个地方,如是说道:"在九排村国家科技示范基地前进工业园施工工地的街道对面,有一个叫'小四川酒楼'的酒馆,场面不错,我在那里吃过饭。在那里,粤菜、潮州菜做得不错,东北菜也可以点到。虽然老板娘是四川人,有许多南方菜式都是不错的。比如清蒸马鲛鱼块、海南白切鸡、湛江清炖海岸沙虫、虫草炖乌龟汤、鱼翅海胆小笼包子等等,都不错,好不好?"

陈经理笑道:"吴总,你还知道这里的这些特色菜哦!进步不小呀!这个店的老板娘很漂亮的,很会来事,跟我很熟。除了上床,我和她之间什么事都会做。"

吴悟敏说:"这位老板娘真的是很年轻漂亮,这个不假,我单身在外这么久了,你说那些挑逗的话,我都快受不了。"说完,自己哈哈大笑起来。

陈经理说:"这说明你还没有真正开放起来。在你冲动的时候,你可以打电话找那些土建老板们,叫他们带你去玩玩就行了,这是他们巴不得的事情。你又不花钱,又搞好了关系,身体欢畅了,而你家里人又不知道,多好的事情!现在大酒店里的小姐们防护措施做得比较好,安全可靠,你何必把自己憋成性残疾人!憋久了,就会真的成为性残疾人。"陈经理说得很认真,很自然,一点也不像是开玩笑的样子。

吴悟敏第一次听到"性残疾人"一说,感到很新鲜,比喻也很到位,而自己也感到很惭愧，然后就自嘲地哈哈地大笑道："性残疾人可不可以进入残疾人协会呢？今天算是长知识了，陈经理，以后你要多给我讲课，争取成为一个性力强健的人。"

陈经理也笑着说道："共勉！共勉！共同进步！下一次我叫你一同去参加性力强健活动哈！哈哈！"

第二十四章　审批签字

当这辆车穿过几条街道，绕过几道红绿灯，再穿过几条斑马线之后，进入一个高大的琉璃瓦牌坊内。牌坊上有包金的"九排村"三个大字，是九排村正大门的入口。

街道上来来往往的车辆很多，车子只好慢慢开进村里。街道两旁都是等高的八层楼房，楼房的下面两层是清一色的商铺。

这些房屋是小产权的商住两用房，是九排村委会划拨土地给村民自己建设的。建房的钱由外地人出资，产权和收益按照村里统一规定的比例分配。这些建筑不是村里的集体工业和国家投资的商业建筑群，一律由私人经营，村委会只负责管理街道的社会治安和维持社会秩序。

车子经过街道时，从车里不时地看到有多处商铺在装修。有砸墙的响声，也有木装修和石料瓷砖一类加工时电锯操作发出的刺耳声。街道两旁到处堆着建筑装修垃圾。许多收废品的人在使劲地砸着铁器类和木头类的物件，发出震天的哐当哐当声，令人心情烦躁不安。

那些繁忙商铺群，除了超市、银行、肉菜市场和歌厅外，最多的是小赌场、游戏机房、发廊、洗脚屋、饭馆和酒楼。酒楼的招牌上五花八门，广式粤菜、香港茶餐厅、潮州饭店、客家饭庄、湖南湘菜馆、重庆火锅、四川的川菜馆和东北的饺子馆等，而"小四川"酒楼就在这一条街的尽头。一条新修的大道和原来村里的街道相垂直，路的另一边就是村里新投资的"国家高科技示范基地前进工业园"建设工地。

这个餐馆场地比较大，三面临街，大门正对着施工工地。这里可以三面停车。今天到这个餐馆里吃饭的人和往常一样多。当陈经理将车开到这个"小四川"饭馆门前时，车位已经基本上挤满了，陆续有人将车开到饭馆门前寻找停车位。

陈经理将车开到饭店大门正门前停下来，下得车来，然后走进饭馆人堂看了看，吴悟敏也跟着走进去。

这时，一个三十岁左右、身材高挑匀称、皮肤白皙、打扮得体入时的年轻女人走出来迎接陈经理。吴悟敏曾在这里吃过一餐饭，所以也认得这个女人，这个女人就是餐馆的老板娘祝玖香，大家都叫她阿香。

阿香走近陈经理的同时，也看了一眼门外停的黑色奔驰越野车，再用招牌式的笑脸顺便和吴悟敏打了一个招呼，然后就对陈经理说："靓仔，程总来了吗？他怎么不进来？"

陈经理开玩笑地说："这里没车位，他自己去找车位去了，你是不是好想他？"说完，脸上现出猥亵的样子笑着。

阿香堆起笑脸，笑着说："是的撒，我好想他撒，也想你撒。只要是他要车位，我就一定会亲自给他腾出一个来，不过，你不要骗我！"

阿香说着一招手，叫来一位年轻的男服务生，叫他找一个有车的顾客去停车场挪一挪自己的车位，为程总的车腾车位。那个男服务生去找了一个正在吃饭的年轻客人，并对此人叽咕了几句。那个年轻客人毫不理会，服务生只好回到老板娘身边。

当男服务生来到阿香身边以后，阿香怒气冲冲地指着他的鼻子骂道："你是瞎子！你怎么找他要车位？他是强仔，你难道不认得他？"

"我真的是瞎子，我真的不知道他就是强仔。我现在再去找一个人说一下。"男服务员连连点头，又去另一张饭桌上找到一个已经用完餐的中年顾客，说了几句，那个中年男顾客立即离开。那服务生等中年顾客开车离开后，就从陈经理的手中要来了钥匙，帮陈经理将车停到合适的位置，然后又回到陈经理身边还了车钥匙。说："老板，搞好了！"

阿香和陈经理一起开心地聊起往日他们之间的旧情故事。

"哦！他就是我们要防范的强仔！"吴悟敏从阿香嘴里听到"强仔"二字之后，知道了这个脾气倔强的年轻人就是传说中的强仔，就是那个程总要求必须防范的强仔。一个小工仔居然开着自己的车办事，就这一点就算是一个传奇。于是他格外地注意这个独自用餐的年轻男人。

只见这个叫强仔的男人二十出头的年龄，国字脸，五官端庄，浓眉大眼，脸上皮肤很干净，肤色有点黑，敞开的衣领内的身体皮肤却是白嫩嫩的。他身穿一件干净合身的建筑工人的工作服，没有戴手表，也没有戴项链。身板坐得很直，很有点派头的样子。在他面前的餐桌上，是一盘简单的炒饭，一盘青菜，还有一个汤盅。手边放着一顶红色的安全帽。吴悟敏觉得这个强仔似乎不像街头烂仔，但是，他应当是一个有故事的人。

吴悟敏正在打量着强仔的时候，阿香和陈经理走到他的身边。吴悟敏偷偷地指着强仔小声地问道："阿香老板，这个人是强仔吗？"

陈经理赶紧地接过话题说道："这个人就是强仔！他今天出现在我们这个工地里，我们这个工地可能要出事情，这个工地可能会有大事发生。你一定不要接触他。"

吴悟敏嘴里坚定地回答道："一定！一定！"而心里却要看看陈经理说的是不是真的。

强仔似乎感觉到这几个人在议论自己，于是站起来，戴好安全帽，整理了一下服装，大步流星地离开餐厅进到停车场，开着一辆破旧的桑塔纳小车驰入餐厅对面的工地去了。从强仔整洁的服装、注重礼仪的神态、遇事机敏稳重和开车的方式看，吴悟敏感觉强仔不是一个普通的建筑工人。

阿香在前带路，陈经理和吴悟敏在后，三人一起进了二楼的包厢203房间。餐厅的服务小姐和男服务生在阿香的指挥下，来回进出包房，盘桌、布盏、沏茶、送毛巾，调电视节目、上小吃、上水果、开香烟、选酒、开单点菜。

吴悟敏和陈经理各自分坐一个沙发。阿香坐在陈经理对面，笑容可掬地和陈经理套近乎。

阿香说："我们的程总为什么还没有上来坐？听说你们将这个村的监理项目都包下来了，还包括街道道路安全监控和市容提升、道路整理提升工程，这是真的吗？"

陈经理说："我们公司都是按国家的监理招标程序招标，正儿八经地通过国家正规的招投标程序得来的。当然，村委会也帮了大忙。听说阿香老板和村主任现在的爱人是干姐妹，以后要拜托你多帮忙了。"

阿香堆起一脸的笑，说："那是，那是。有钱大家赚的撒！"

阿香说完，看了看吴悟敏，问："听说吴总是土建监理工程总监代表，是吗？"

陈经理向阿香指了一下，说："吴总，这是阿香老板。阿香，我给你介绍一下，这就是咱们的吴总。原来是你们村前进工业园和村街道整理工程的监理工程总监代表，现在他是我们公司新工程的大总监。我今天专门为他开车，我今天就是他的马仔。他今天是到你这里辞行的，把你饭店里的拿手好菜都拿出来招待吴总一下。"

阿香脸笑成一朵花，她从手袋里取出一张名片，先给吴悟敏一张说："这是我们店的包厢订座电话，可以送餐，可以上门到家里做招待餐，也可以承担家庭用餐饭菜上门服务，也可以给个人喜事做专门包席，价钱合理，质量和 AAA 酒楼里一样可靠。"

吴悟敏说："今后就请祝老板多多帮助！"说着就将名片装进公文包里。阿香接着又递给吴悟敏第二张名片，说："这是我一个亲姐妹的电话，她是一个开发商的老总，开着好几家高级酒楼和连锁歌厅。她开的酒楼里包厢客房的门口都有专人守卫，玩起来安全可靠。她的实力很雄厚，你们肯定会有机会一起合作的。说不定你也有事情会去找到她，俗话说得好，山不转水转。她这个人热心肠，对人善良，她是很喜欢帮别人的。"

当吴悟敏接过这张名片时，阿香用手指着这张名片说道："吴总，这张名片你一定要认真看咯！我们是老熟人了，看来我们俩有缘，以后多带你管辖的老板和工程师来我这里品尝新菜品，我们还有好多的事要你帮忙哦！有钱大家赚撒！"

吴悟敏接过这张名片后，没有急着往兜里装，只礼貌地拿在手里，说："好的，好的，我们都是熟人了，出门在外都需要朋友的帮衬，大家都是朋友，只要是我能帮得上的事。"

阿香说："吴总客气，在你的地盘，你是一言九鼎，哪有帮不上的呢？"阿香再一次指了指吴悟敏手中的名片，对吴悟敏说："吴总，你一定要看一下这张名片的哟！这是我的一个亲表姐，年轻漂亮，为人和气又爽快大方。她认识市里的大人物，也承包什么土建、水电、绿化、监控、消防等工程，都是大包的呢，当然也可以提供设备和主材。她这个人很讲义气的，只要你帮了她的忙，如果你们的人和你们的工程有什么急事的话，只要打一个电话给她，她一定会帮到你们的。"

阿香又看了看陈经理说："这些，陈经理都是知道的撒！"陈经理只顾看他的欧洲足球赛，没有理会她。

吴悟敏想到这个人对自己找儿子一定是有帮助的，这才细心地看了看手中的名片。名片的正面印着"新渔市海鸿畅盛实业有限公司董事长祝骊荣"，背面印的是经营业务范围：各种酒楼和歌厅的建设和服务；建筑房地产项目开发；土建工程总承包；给排水设备供应和安装工程；强、弱电设备供应和安装工程；城市路灯供应和安装工程；城市监控设备供应和安装工程；酒店设备供应和安装工程；提供低息融资贷款。名片最下方有一排不太引人注意的小字，写着，负责有偿工程报建和公、私事件的有偿公关调解。

吴悟敏感到这个祝董的能力强得异常，觉得此人的背景一定强大，要是让她帮助打听一下儿子吴晓龙的信息，也许可以得到有用的信息。吴悟敏将名片反复看了几遍，他想起了盛工说的"这世界变得如此简单"。是的，自己也应该来一个与时俱进的改变，一味坚持过去个人的想法、习惯和意念似乎真的要过时了！

吴悟敏想到这里，就对阿香说："很好，很好，以后我们之间会有大把合作的机会。"说着，当着阿香的面，自己将名片上的电话和人名信息都储存进手机里，又当着阿香的面给此人的手机发一条短信："您好！我是监理工程师吴悟敏，向您问好。"没有想到，对方立即回了短信："我知道您，您就是吴总，我和贵公司程总、王总的关系都非同一般。我会专门找时间来看您，请多联系。"阿香伸长脖子看了这条短信，高兴地笑得满脸都是皱纹。

这时，楼面女部长走过来了，阿香从楼面女部长手中拿来菜单，对陈经理说："我给你们再报一报菜单吧？"陈经理说："这都是我点的，不要报了，你问吴总还要不要加其他的菜，如果要就再加一两道菜，他刚从北方来这里不久，不知他的口味是否适应了。"吴悟敏说："我就不用再加了，叫了那么多菜和酒，每样菜我只吃一口就可以很饱了，我们两个人是绝对吃不完这些的。"陈经理说："不多，不多，为你送行，当然会有几个人来陪你喝两杯，你也不能太客气，你把这个工程的监理员也叫来一起坐坐。"

吴悟敏这时才觉得应该将工程的现场监理员叫来，一起好好地聊一聊，平常在一起就是谈工作交代事情，从来没有在一起好好喝几杯，现在是个好机会。于是他拨通了现场监理员的电话："喂，是尧工吗？我在小四川饭店二楼203房间，总公司的陈经理在这里请客，你快点来这里，我们在这里等你。"

那边尧工立即回话说："好的，好的，我马上就过来！"

吴悟敏这边坐在沙发上，拿起一根牙签，插起一片巴西糖醋鲜木瓜片吃起来，又喝一杯冰箱冷藏的毛尖高山茶特制凉茶。

那边的阿香将陈经理叫到一边，阿香递给陈经理一杯牛奶果汁，再塞给他一包古巴雪茄。然后阿香和陈经理小声地谈论着什么，表情凝重的样子。陈经理将雪茄装进自己的衣袋里，一边喝着牛奶果汁，一边低着头在听着阿香的说话。后来。两个人的谈话声便慢慢大了点，好像是故意说给吴悟敏听的。

阿香问："这些单是不是一定要吴总他签？"陈经理说："是的，这是程序。"阿香说："现在他能在这里签吗？"陈经理说："我问过现场监理员了，应该没问题，工程签字是程序上的事情，现场的监理员都已经做好了的。我知道，这事情该签字的人都签了，工程总监那边我已经打了招呼，现场的监理工程师代表吴总，他可以代他签字。监理工程师是按程序办事的，只要程序没问题，他们是不会故意找碴的，如果是挑毛病找碴，那是他有想法，那么你就可以直接出面找他单独当面沟通一下，看他需要什么样的条件就行了。这事，你又不是不懂。"阿香问："你看，他这次的茶水费要多少？"陈经理说："吴总这个人是不会要的，他是个中规中矩的人，他绝对不是装，也不是他不敢，而是不会这一套，刚来这里，好多东西他都不会。不过，你还是要单独地找他谈为好。"阿香说："这事，我看还是你帮我办了吧！听说有的监理工程师们要价很高，你陈经理托我表妹办的事，我可是很顺畅地办好了的，今天这点小事你可要帮我拿稳了！"陈总说："他刚从北方来的，国企的精英，人家的家庭条件很好，他好像对钱的重要性还不大懂，他不会给你开价的。他明天要离开这个工地，要到更大的工程项目中当总监了，那个工程很大，我相信你们之间会有更多的合作空间。"

吴悟敏听了这些谈话，觉得这些话都是专门说给自己听的，心里有数了。于是就慢慢地品着毛尖高山茶特制凉茶的独有风味，从茶到人生的比较，他心里感叹万分，世上的事情，做法可以有多种，许多事情，真的不必守一而终老，但是习惯是很难改变的，一下改过来感觉有点别扭，还是边走边看吧。

"吴总！陈总！哎呀，让你们久等了！阿香姐，你也在这里陪哟！"一阵大嗓门的声音，使整个包厢由清静变得充实起来。原来是九排村前进工业园标准厂房监理员尧工来了。他嘴里不停地喊着，手里提着一大摞标准式样的土建工程文件盒，进门来就直接朝吴悟敏这里走过来。

尧工的话未落音，跟着他的后面进来了五个人，都过来和吴悟敏握手问好，又和陈经理握手并相互客套。这五个人一边说话一边自己找空位坐下了。这些人吴悟敏都认识，他们是工程项目现场的管理人员，唯独让吴悟敏感到奇怪的是强仔竟然也在其中，他感到有点不解。

陈经理回到他原来坐的沙发上，眼睛只顾盯着电视机里的足球赛，阿香说她要去看厨房准备得怎样，就离开了包厢。陈经理也跟着走出包厢。

尧工就给施工方的人员一一递烟，然后自己点燃一支抽起来，一边抽一边说："'新渔村大鹏展翅'香烟是特供，自己还搞不到，名气不够，没有人送。"

施工方那边五个人中，其中一个是个大个子，是国家注册二级项目经理资格的施工工程师，是本项目工程的技术主管，姓曾，叫曾德顺。那个三十岁左右的瘦高个男人，姓李，叫李文江，工民建工程师，大家都叫他李工，是施工公司总包方的现场全权代表。

那个白皮肤的中年男人，大脑袋，胖乎乎，敦实的矮个子，脖子挂着一根粗金链子，手上戴着钻石劳力士手表，是九排村所有建设工程的土建工程包工头，姓管，叫管明福，大家都叫他管老板，是个客家人。另外一个身材中等匀称的年轻男人，大概二十五六岁的样子，皮肤白皙、细嫩，瓜子脸，眉目清秀，看起来举止文静，显得有点背景的样子，他是海鸿畅盛实业有限公司驻村委建工组的客服代表，是祝董派来的人，也姓祝，叫祝新云，大家都叫他祝经理。

最显眼的是强仔，走在最后，和谁都不搭话。他进了包厢只看了一眼吴悟敏，就独自一个人坐在包厢的一个转角处，和谁都不搭理，只是吃着服务员送去的小吃。

吴悟敏开始找些话题和谐一下气氛，就对最年轻的祝经理调侃起来，说道："哦，祝经理，好帅，富贵之像，年轻有为，财运很好！"

祝新云的脸上露出真诚感激的微笑，说："有财大家发，请监理公司和村委还有监理们多多帮衬。"

接着祝新云问道："吴总，你还会相面？"

吴悟敏说："曾经玩过，我们原来单位里的工作都很清闲，但是，上班的时间点位卡得很严，上班时间不可离开岗位，于是科室里同事之间就找事情相互闹着玩。有人练习猜拳划拳，有人练习下棋，有人练书法。有一天，我买到了一本相面和解梦的书，所以对解梦和相面技巧都有所体会，我还为此写了一本解梦的书稿，在等待时机出版。"

祝新云顺着这些话题问吴悟敏："吴总，你看我的长相，我是哪里人？"

吴悟敏回答道："好像是客家人，是吗？"

祝新云又问吴悟敏道："吴总，你看我是独生子女，还是有兄弟姐妹？如果有，是老大还是老小？"

吴悟敏说道："你的口音是客家人，面带客家男孩皆有的男人味，你眉毛生得细而弯且秀，眉毛弯弯兄弟两三，必有兄长二人，且有姐姐一人，皮肤细嫩必家里最小，你是家中宝贝，受尽父母和兄长姐姐之爱护。"

"吴总说得很准，你懂得很多哦！我是客家人，梅州的，大学刚毕业时，是经熟人介绍被祝董招进她公司的。前几天她派我过来，负责跟村主任和管老板谈水电材料设备，谈街道监控设备和材料的供应合同。这些事情，祝董和村里余主任已经谈妥了，管老板也同意了，现在就是要你们监理工程师走程序，由你这个总监代表签字就行了。部分工程材料已经进场，材料的试验检测都做过并合格，我们公司实力很雄厚，用的都是名牌，保证不会有假货。你今天一走，新的监理工程师也不知什么时候才会来上任。现在我们必须开始安装水电的配套设备和材料，村里的各个街道的监控，要在下个月交市政府相关部门来验收，今天不能签，恐怕就来不及了。如果你今天就签字，我会马上按照惯例把回扣款打到你的银行卡上，你如果要现金也行，我马上提现金给你。"

"哦，哦！这样？我知道了。"吴悟敏说完将自己的头稍稍扭转别处，无意识地看了看窗外，看了一会，又将头转过来，说："等吃完中午饭，我到工地看看监理资料再说吧！"说着，起身上洗手间去打电话了。

"吴总！吴总！吴总"在吴悟敏去洗手间的当儿，新渔村的余主任来了，进门就高声喊吴悟敏。余主任后面跟着新渔村建设办李主任和司机小余。

余主任一进包厢，包厢里面的陈经理不带搭理，目不转睛地看球，看得手舞足蹈。

其他的人都站起来和余主任打招呼，要让座。

余主任自己拉过来一张沙发靠椅，在茶几旁坐下来。李主任和小余就自己找了座椅分坐在主任的左右。余主任偷偷地看了强仔一眼，强仔没有搭理，余主任也就假装没有看见强仔。

其他人坐下来后，余主任就问陈经理："今天你买足球彩票没有？"

陈经理头也不回地说道："老九，你又不玩足球，你们都是买马，关你屁事。"

余主任说："我喜欢看电视里的赛马和买马，立马猜立马开奖，清清楚楚明明白白。我们自己有一个业余的买马协会自己玩玩，李主任爱去香港赛马场买马，我老婆喜欢去香港彩票现场买六合彩。当场买当场兑奖，公平、好玩。"

陈经理说："听说你们村干部都是买外围马的好手和带头人，庄家都是随时上门来给你们直接兑现的。"

余主任说："开完会办完公事，总得找个地方玩乐。我又不喜欢去酒吧斗酒唱歌，也不去泰国泡女。如果没有应酬，当然买马是最好玩的。如果玩输了，大不了就是几千块钱，就是赢了，也就是几万块十几万块钱的，谁会看得上这件买卖，谁会不做正事去挣这点小钱！"

"老九，你别和他闲扯，我们工人都没钱吃饭了，你快叫监理公司的人批工程进度款。"这时管老板打断主任的话题。

"算了吧，管老板！就是批了工程进度款，你就会给工人发工资吗？你们都是到快要过年的时间才给工人发工资的，这是大家都知道的事，你别跟我玩这一套。你们包工头谁不欠工人几百万、几千万的工资？每次上级主管单位来人查这件事，都是我们公司帮了你，你是想敬酒不吃吃罚酒吗。"陈经理回敬了管老板几句。

"陈经理，你不要拿官话来唬我。我给工人发工资的事，又不是非得要经过你们监理公司知道，建设法规和监理法规上都没有写上这一条。我给工人发了多少工资，你陈经理那里也没有记录的权力。"

"这事，谁不知道？你们都是年底才兑现工人工资的，现在你吵吵闹闹地要发工资，有谁相信？你又在想搞什么鬼？"陈经理还是目不转睛地看着电视里的球赛。

吴悟敏打完电话，从洗手间里开门出来。这时，除了陈经理，大家都站起来和吴悟敏打招呼。

吴悟敏走到余主任跟前，一边和他握手一边礼貌地问道："余主任，你近来可好？"

余主任请吴悟敏坐下，从自己随身公文包里拿出一张银行卡递给吴悟敏，然后说道："我听说你要到我们工地交接工作，我就将那天你在扇贝仙座表演发枪故事时花的钱还给你，我又加了一点，算是给你的奖励，你演戏帮了我村里的大忙，不能让你白白花费表演情感。"

吴悟敏知道此时推来推去对自己反而不好，就接过银行卡装进公文包里，然后转移话题问道："那天晚上，你开会统一了全村的思想吗？村民都同意新渔村的扇贝仙座可以拆了吗？"

余主任说道："上面定下来的事情是不可以更改的，我们村民的心里都是明白的。说实话，我们只不过是要尽量争取村民的利益而已。开发商、地方政府和我们村民都是绕不开的，就像三国演义。"

吴悟敏明白了，按照余主任的说法，他们是在演"三国演义"，而自己加进去成了一个表演者，自己是在帮别人演戏？他有点困惑地问道："原来你是在请我演戏？我的表演能给你们增加多少拆迁费？增加了百分之几十？"

余主任说："拆迁费？那么一点点谁看得上！我们是要在未来重建新渔村每一个经营项目里参股，我们不要现金，我们只要和发展商他们一起年年分红、世世代代地分红。这样，我们村民们至少有三笔流水收入，一是地租，二是整个新村的经营利润收入分成，三是招商采购和品牌提升及扩张以后的商业收入。这样的话，开发商也不用出钱支付土地和拆迁费用，政府也不用增加投入，我们的村民收入又稳定而持久。"

"我们村的所有土地，从来都是只出租不卖的，这包括我们分给村民的自主用地和所有经济开发区用地。我们要为后人留一点生活下去的资本，村里的余书记是这些股份公司的执行董事之一，我们的目标就是这样。"

李主任说："余书记就是余主任的大儿子。"

吴悟敏自嘲地说："你们说，我这个配角演员的水平怎么样？"发现没有人回答，就问余主任："你们开出那样高的条件，他们能答应吗？"

余主任坚定地回答道："初步意向已经达成，签约在即，基本没大问题，这要感谢你的智慧帮了我们。"

吴悟敏多少有点不甘心地说："我祝贺你们！原来是我掉进你余主任挖的深坑里了。余主任，古人说得好，姜，还是老的辣呀！"

余主任笑着接话，说："你还年轻，你这是误入套路，小套路、小套路，哈哈！"

包厢里一片哄笑声。

这时，在包厢里的楼面部长和服务生们忙着给客人送热毛巾、沏茶递盏、更换小吃品种、递烟打火。

陈经理还是一个人在看电视里的足球赛，抽着烟。

余主任、李主任、管老板，尧工和祝经理用湿毛巾擦完手，祝经理将香烟掐灭在烟灰缸里。

"余主任，还是你和吴总说说吧！我们公司进场的材料和设备已经检测合格，顺利通过现场验收，就剩吴总没有签字了，供应商正在向我们催款。"祝经理话中带有一点犯难的意思。

吴悟敏的电话铃声又响了，他又进入到洗手间里回电话去了。

"请尧工给吴总说说，你们自己单位的好说话。"在吴悟敏打电话的时间，管老板对尧工说。

"我说，可能是不行的。吴总做事很原则，我们下级工程师建议他什么的，他一般不会马上采纳，他一定要亲自检查，达到规范要求之后才会签字。他是科班出身，严格按照他学过的那些数学公式在做事情，管老板和他打交道多，你是知道的。"尧工说。

"尧工，对供应商的考察你也去过了，设备和材料品牌确定的会议你也是参加了，采购合同条款的签订你也是在场的，设备材料的进场检验和送检都是由你亲自组织执行的，合格证与文件都在你那里审批了，材料进工程现场安装使用的报告都是你签字同意了的。而且当时你都说过，这些事情，总监和总监代表都会原则上同意的，我们的资料都是经过你认真按施工规范和监理规范检查审批的，你可以将资料拿出来给吴总审批就行了，事成之后，你想去哪玩就去哪玩，我可以亲自陪你去。"管老板对尧工加了一码。

"管老板，你没有看到吴总正在和总监电话沟通吗？你急什么！"尧工有点生气的样子。

吴悟敏打了很久的电话以后，回到自己的位置上。

陈经理问："吴总，你刚才是在和哪个工程师沟通？"

吴悟敏说："不，我是在与程总和王总直接沟通。程总说，这件事他是知道的。他说海鸿畅盛实业公司所有承包的工程他都是知道的，市里相关部门的人也是知道的，但具体的这件事他不会说怎么做，他说这只是现场监理工程师们的事。陈经理，你看呢？"

陈经理说："关于这件事我也明白，程总他是知道的，我们的许多监理工程项目是由祝董介绍来的，我看只要你相信尧工工作结论的签字就行了。"

吴悟敏听出了陈经理话中的含意，说："程总说，这里由负责工程的黄总说了算。本工程的黄总监已经来电话说由我处理，他说我已经有了国家注册监理工程师的印章，已经有独立签字的权力了。我已经看到尧工将资料都带到这里来了，我要仔细看过之后，如果符合监理规范的话，我们就现场审批签字。"

这时，管老板和尧工叫服务生搬来两个方桌和几把椅子。尧工将一大摞文件盒放在桌子上摊开，一字儿排好。祝经理也拿出几个文件盒，取出文件，整齐地排在后面。几把椅子在桌子前面一字儿排开，从头至尾坐了尧工、吴悟敏、祝经理。祝经理按顺序递文件，吴悟敏仔细地一件件地在文件上审批签字，尧工拿着吴悟敏的注册章最后加盖总监章，并按照秩序整理又放入资料盒里。

"陈经理，你们过来一下，我看菜单上再加上两道菜。"管老板大声地喊。

楼面部长手拿着菜单纸和写字笔走过来站在一旁，问他要加什么。

管老板说："按每个人再加一份虫草燕窝银耳粥，每人一份鱼翅木瓜，木瓜要用新岛牌原产小个的，不要像喂猪似的用一个大木瓜，吃得人发呕。鱼翅不要作假，要真的，快点上来！"

楼面部长说声"好的"！就拿着加单去操作间了。

两个小时不到，文件签完了，大家又都回到自己的座位，互相显摆着自己听来的黄段子，个个开怀大笑。

这时，祝经理从他的公文包里取出一个文件袋，打开文件袋，从里面取出一叠银联卡，他逐个地看着银联卡上的名字，将这些银联卡递到在座的每一个人手里。

祝经理说:"密码都是六个八,你们回去自己修改密码。这是我们祝董亲自交代要我办的,大家拿回去喝茶。你们谁个如果有客人来需要招待或是有合作谈事情的消费,请打电话给我就行了,想到哪个歌厅唱歌就喊我一声,我带你们去,或是我给你们优惠会员卡,包厢费全免,酒水开发票来我这里报销。"

随后,他又取出一沓烫金名片,分发给在座的各位,说:"这是我们总公司属下会所新开的歌厅'云雨春天里',音响灯光等各种设备都是原装进口的,饮料和啤酒、红酒都是从外国直接采购的,假一赔十。服务生都是少男少女,一律新面孔,还有俄罗斯女孩在舞池伴舞,很随意,很随心,而且安全可靠。外有专业安全机构派来的人员守场,场内有便衣随时保护安全。你们可以按这个电话预定包厢,也可以与名片上的这个人联系点名服务。凡持此名片入场的,都按会员待遇,都是八折优惠,可以刷卡,也可以交现金,其他不是会员的客人来消费是要按百分之一百五十收取现金的。"

大家客气一番之后,都收好银联卡。吴悟敏伸手将卡还给祝经理,说:"祝经理,我是无功不受禄,没给你公司办事,不好意思拿。"

祝经理说:"我也是帮祝董办事,我拿回来没办法交代,你是想叫她骂我是吧!你不拿,也算是你们公司不给她祝董的面子。你是代表你们监理公司,不单是代表你个人,你收了就是帮了小弟我一把,也是帮了你们公司一把。再说,大家都是朋友,没有谁帮不上谁的事。现在我们都不要想得那么远那么宽,除了赚钱,我们什么都不是。"

余主任也在一旁说服吴悟敏:"吴总,工作归工作,交情归交情,人情礼义和工作道德是相通的,没有朋友,工作也难得做好的。你那样的话,他们公司今后就不会相信你,不配合你,你也是无法开展工作的。我们前进工业园负责招商经营的董事长伍老板也说了,如果要那些投资办厂的台商、港商和西欧商人为这个厂的建设期限等得不耐烦了,生意就都没得做。现在就只等工程验收,这样就有了土地产权证,拿到银行里抵押贷新款,就可以开始新的生产经营了,村里市里官员和老百姓都有新的收入了。等到工业园建设好验收完成之后,如果你吴总想承包,我可以优先给你分一栋厂房的承包权,当然条件是工程提前合格验收。这样,他们开发公司就可以提前取得新的抵押贷款。"

李主任说:"吴总,收下吧,不要难为祝小弟。"

吴悟敏只好先将自己手里的银联卡装进公文包里,说:"好的,好的,以后有所得罪的地方，还请各位多多包涵。"

吴悟敏说完，将祝经理给的烫金名片仔细地看了看，正面印着"云雨春天里　歌舞厅业务经理柳香慧"和歌厅的地址、手机、座机电话及 QQ 信箱。他立即想起这个 QQ 号是那条真丝头巾上的号码。在名片的背面印着主要业务范围："歌厅、舞厅、酒楼、旅居、机票，午间和晚间小时开房，产品外卖服务随叫随送。"吴悟敏想这个柳香慧一定是见多识广、手里掌握着大把女孩子的风月场高手。新渔村能人太多，真的是藏龙卧虎的地方，如果找到她，请她帮忙找一找儿子的信息或许有希望。他将名片小心地装进自己上衣口袋里。

陈经理此时见缝插针地对余主任说："工程资料是那么好签的吗，老九？已有六个月没有给我们公司支付监理费了吧！"

余主任说："你那一点点监理费，对于我手里过的钱来说不过九牛一毛。那么一点钱谁还不想给你？那都是国家的钱，这些钱又不是由我私人银行卡里打给你的，不管多少，早晚是会给你们公司的，后面还有几个大工程，说好了都是确定要给你们中标的。"

吴悟敏突然注意到，管老板什么时候拿了一个木凳子和强仔两个人同坐在包厢里的一个拐角里，悄悄地在商议着什么。几分钟之后，强仔独自离开了，走出了包厢。

第二十五章　执法巡查

余主任、陈经理、管老板和祝经理开了一台麻将桌，开始摸麻将。李主任买马，尧工也拉着吴悟敏一起买马。余主任一边摸牌一边对管老板说："嗨！老管，你们施工队工人有一千多号人是吧！你才在我们村里办了二十几个人的暂住证，上级一旦来检查，你会被罚得血流遍地，到那时，我可是保护不了你哦！"

管老板假装没听见，只对吴悟敏说："吴总，也来玩玩吧，赢了是你的，输了算我的！"说着就从自己公文包里取出一千元塞给吴悟敏，又拿出五百元塞给尧工。然后又打电话给饭店老板阿香，要她快点上菜。

于是，服务生们开始忙碌起来，收拾桌子椅子，摆碗筷勺子，摆酒水和饮料，忙个不停。

正当哗哗啦啦的麻将声震荡着包厢的整个空间时，从远处隐约传来一阵警笛声，声音由远而近，越来越大，好像进入九排村街道了。接着，又有汽车车队和摩托车队的车轮声、马达声与警笛声一起由小到大滚滚而来，在小四川酒楼的不远处戛然停止。继而传来大街上嘈杂的吵闹声，有人在喊，有人在吼，有人在哭，有人在求情，声音听得很明白。

"管老板、管老板，别打牌了，街道执法队来村里清查'三无'流窜人员来了，快去和执法队交涉救人！"一个土建小包工头样子的中年男人，急忙从门外跑进来喊，一边喊一边又对管老板说："执法队开来了三辆大篷车，在街上搞装修的十二个工人拿不出证件已被带上警车,被执法队员看管起来了。他们说这次好像还要进入前进工业园工程工地查证，怎么办？"

"郑老板，他们来了多少人？是小执勤车还是大执勤车？"管老板紧张地问。

"一队执勤人员乘着一辆执勤车，另一队执法联防队员骑执勤摩托车队和三辆执勤带篷的大卡车。"郑老板回答。

"有没有人带枪？"管老板紧张地问。

"有，好像当官的带有枪，警员们都带有执勤警棍。"郑老板回答。

"坏了，看来是要动真格的。郑老板，快去通知在本村所有的包工头们，无论如何都要快，你到我办公室找我老婆，要她找到所有的证件都拿过来，再准备一提箱现金备用，快去！"

"好！好！"郑老板赶紧下楼，一边打电话一边跑着去办。

尧工和四个打牌的人一齐从麻将桌旁一蹦而起，个个紧张异常。

管老板走到余主任面前，说道："老九，我可是在你的地盘上干活哟！怎么出现这种事情呢？是不是你搞的鬼？"

余主任镇静地对李主任说："原来都打过招呼的，进村查证都要和村里的领导班子提前打招呼的，他们今天是怎么啦？"

李主任说："我也不知道哟！"

管老板生气地说："老九，我工人的证件都是要办的，而且一个都不会少，你现在可不可以再帮我一把？"

余主任指着李主任说道："这是李主任，他可以帮你联系一下，帮得了还是帮不了，我也没有办法，帮过头了，我也会和你连坐。"

李主任立即向执法队拨电话："喂！喂！喂！喂！"对方电话传来："对不起，你拨打的电话无人接听。"

李主任给建设办打电话："喂！喂！"对方电话传来："这里电话忙，请稍后再试！"

这时尧工也接到前进工业园包工头们的电话。这些人在电话里高喊："执法队快要来到工地大门口了，施工队里的工人们一个证件也没有，老板又不在，该怎么办？上了收容所，他们可就会被别的工程队老板收买去，我们的工程就会停工。尧工，你帮我们一把吧！"

吴悟敏自从搞建筑工程以来，从来没见到过这样紧张的事情，他一时还弄不清事情的原委，于是就问尧工："具体是什么事情？"

尧工说："执法队是来查证件的，没有证件的人，就算是社会流窜人员，就要被捉去统一处理，他们或是被遣送回家乡，或是找别的老板用高价办证件买走这些，这都是为了社会秩序安全稳定。"

"执法队要来工地检查证件，凡是没有证件的就抓人，我们的人都没有办证，被抓走了工程就会停工，怎么办？你能不能帮帮忙？尧工？"建筑工地那边的人又给尧工打电话，声音很大很急。

尧工高声地喊道："告诉你们二老板，就说是我说的，快关好工地所有的大门，拉闸停电，全工地停工。快让工人到工地外面疏散躲避。我们正在开重要的会议，我们会尽量帮助你们！"

管老板一把抓住余主任的领口，大吼道："你想和老子过不去！你说过，说今天这里不会查的，今天这事情，你看你怎么说？"

余主任一抬手，将管老板的手腕捏住一使劲，管老板痛得"啊"的一声叫，松了手。

余主任平静地说："神经！这点小事，你吵什么吵！快命令拉垃圾土的泥头车老板多调几辆车，拉满土，将泥土倒在进出村子的大门，就说车坏了。再调几辆车和几十个工人堵住大门，就说是来修车和清理垃圾的。工地的前门和后门也要快点关上，多叫些工人来堵住，不准开门进人，只要不叫执法队的拉走你的工人，争取拖久时间，我再帮你找上级商量解决。你这个屌毛还不快办！神经！我看你给工人办证件还要拖到何时？"

"工人的证件明天就会给你办齐，但是现在你要帮我过关才行。这次执法队是带有枪和警棍的，要是执法队动了真格的，工人怕了，咋办？"管老板心里有点虚。

"上头有命令，市内所有民事执法一律不得开枪！我们村里也有市里统一管辖的治安联防队，我是知道的，你这个傻逼！"余主任坚定地说。

"好！好！好！"管老板一边应承，一边紧急拨打一个又一个的电话：

"阿刘，叫三部拉土的泥头车将土倒在出村的大门口，堆高一点，将那辆装六十吨渣土的泥头车，开过来堵住进村的大门。别人问，就说是车坏了要就地修理，我会按台班付你费用。"

"阿水，你将大挖掘机开到村子大门口，在新倒的土堆上停下来。就说是车坏了要被吊车吊走，我不发话你不要离开大门。放心，你有事，按台班付你费用，你出事我负全责。"

"权老板，你要多派有力气的工人，在村子大门口守候，一定不要让执法队装载无证工人的车出门。你叫混子阿强，就是那个强仔，赶快过来帮我，让他帮我带领那些工人堵好大门，这些参加的人今天工资加倍。注意执法队他们带枪了没有，就是有，也叫他不要怕，做好了，我会现场发今天的奖励工资，今天给阿强三百元现金。"

"祝经理，你和我一起去，我们赶快到现场，也许你会帮上我的。"祝经理和管老板一起"咚、咚、咚"地连跳带跑匆匆下楼去了。

"主任，你们现在打算怎么办？"在这个紧张气氛里，吴悟敏也有点紧张。他也曾经听说过执法队查暂住证的事，看样子管老板这里是有人捅了篓子。他猜想，可能是管老板老拖着不给工人登记办理证件，要给他一个教训的原因。

"陈经理、吴总，我们现在去和执法队说说，看看能不能解决这事，你们就在这里等着。叫阿香等一会，事情办完了再上菜。我们去马上就会摆平的，摆平了回来吃饭。这事也让你们监里公司受累了，你们两个人就在这里喝茶看电视。"管老板这时又慌慌张张地上楼对吴悟敏、尧工和陈经理说完这些，然后又匆匆忙忙地夹着包下楼去了。

"小事，常见的事，小事情，喝茶！你们喝茶，我们出去看看。"余主任将公文包交给李主任拿着，两个人一起也要往外走。

"我也和你们一起去看看吧！"吴悟敏也想去见识见识这样的场面，是出于一种好奇，也想看看余主任到底是怎样摆平的！

"你最好不要去吧，吴总，我们监理方还是不要牵扯进这样的事情为好！"陈经理坐在原地，不动声色地说了一句。

"有危险吗，主任？"吴悟敏问余主任。他是真的想去见识见识到底是个怎么样的场面。

"危险可能不会有，麻烦也许有一点，没事的，你顺便去看看也好，我觉得你的主意不错，也许你真的有办法呢！跟我走吧！"余主任说。

"吴总和我们一同去看看也好，说不定可以替我们做一点说明是不是，老九？"村建设办李主任手拿着余主任的公文包，帮吴悟敏说了一句。

"是的，一块儿看看也好！走吧，走吧，啰啰唆唆！"余主任说。

余主任走几步又回过头对李主任说："李主任，你陪吴总去看看怎么摆平，我要回村委会去想办法，注意你的说话，不要把我们村委搭进去！"

余主任抢先走下楼去。

于是，吴悟敏跟在李主任后面，下楼朝事发现场走去。

这时，吴悟敏想起了阿香给他那张祝董的名片，他想，万一要是真的用得上呢？于是他从上衣口袋里掏出两张名片，看了看，边走边查找祝董的电话号码，并将这个号码放在手机面板的呼叫位置。

吴悟敏跟着李主任连走带跑地到了九排村前进工业园建筑工地的正大门前，他的后面紧跟着尧工。

工地大门正好和九排村村委会牌坊大门正对着，大牌坊下面是九排村唯一可通行大型车辆的通道。这条街道比较宽阔，来回四车道，中间没有设绿化带和隔离带，两家大门相互对望看得很清楚。管老板手下的那个郑老板正在那里对身边的工人们指手画脚。

街道大门是仿古牌坊式建筑，没有门，泥土车很快在牌坊大门内堆起了很高的一堆渣土。在土堆靠里的一面，横挡着一辆大型进口的新型泥头车，旁边压着一辆大型挖掘机，这些设施和泥土正好将村子的门口堵得严严实实。

一群没有穿着统一工作服装的工人们，有的站在土堆上，有的站在泥头车和挖掘机旁，还有的直接爬到泥头车的车斗里。大家都七嘴八舌地朝着执法队喊："把人放了！把人放了！他们都是建筑工人，他们不是流窜人员！把他们都放了！"

在街道的中段，三辆挂有"清理社会流窜人员，确保社会安定"标语字样的带篷大车，整齐地排列大街上。在大篷车旁的两边，有几个手持警棍的执勤人员，在警惕地来回走动着。

门内门外都挤着很多刚刚从工厂里下班的工人。这些看热闹的人，里里外外，不由自主地排成了几道人墙。

在牌坊外的街道上，还有许多穿着工装刚下班的工人们陆续经过此地，其中有的人停住了脚步，站在村子大门和围墙外围观，而且人越来越多。

在工地大门外不远处的街道上，有一队执勤的武警人员，身穿迷彩服，头戴防护头盔，腰间挂警棍，双手反放在背后，威严整齐地以小马步姿势站立着。

在工地大门的正前面，有几十个穿着统一工作服的工人手拉手站在大门外。在这些工人的前面，站着一个双手叉腰的管老板和警察执勤官，他们两位激烈地辩论。

祝经理站在管老板左边不远处勾着头，搓着双手，显得十分焦急的样子。

管老板右面站着强仔，强仔此时梳着时髦青年头，上身穿红花 T 恤，下身着紧身牛仔裤，脚上穿着阿迪达斯运动鞋。白净皮肤的手臂上文着花纹，配上五官端正、匀称强健的好身材，真是一表人才。他站在那里，双手有力地插在腰上，头脑不停地来回扭动看着四周，一条腿在那里不停地抖动着，用脚点着地面，像是在给别人唱歌打节拍似的。

执勤官正用手指着管老板，要他打开工地大门让执勤队进入工地进行检查。管老板歪着头摊开双手，在为自己极力辩护着。

吴悟敏手里捏着手机，跟在李主任后边向执勤官这边走去。他边走边看着，并在心里记下了两辆办公执勤车车门上的机关名称。同时，还一边走一边在电话里问余主任那两位执勤官的名字。余主任在电话里要吴悟敏找老李介绍一下。李主任边走边对吴悟敏说："高个子的姓郝，是街道执法队的队长，我们都叫他郝队长，矮一点的那个是执法队的主管，姓湛，科级警官，我们叫他湛科。"

李主任走到这两位执勤官相距不到十来米的时候，一个执勤官抬起手，又摆摆手，制止老李他们向前。

李主任又向前走了几步，停下来，招招手和这个执勤官打招呼。

高个子的郝队长全身迷彩服，着装整齐，精神很威武。他一只手摸着腰里的手枪套，另一只手前后摆动着，以军人的步伐走近李主任，生气地问李主任："老九为什么不来？"

李主任勾起瘦瘦的脊背，稍微低下头，手足无措似的一边搓着手一边说："余主任听说你们来我村'清无'来了，他正在召集村里全体干部到全村各个施工工地和供应商服务机构，传达村里'清无'工作的计划和要求。"

郝队长生气地追问："老李，这次全市统一开展'清无'工作的通知文件，昨天在街道办工作大会上我亲自发的，为什么昨天不开全村干部大会，今天要突击检查了才开会？"

李主任低下头，手里比画着说："郝队长，你看，我们村的经济发展这样快，我们村的工业总产值占到全市的五分之一，大大小小的企业和厂房，大大小小的建筑工地，还有街道旅店饭庄和公司，那么多的机构和公司，一天也是落实不完的。主任说，我们要先调查一番，心里好有个底，也好配合你们上级的工作。再说，文件上说的要我们村委先自查互查，然后上级再来抽查，没想到你们来得这样快。我们也是主动及时地配合来的，希望郝队长在局里和市里那里多包涵，以后这样的上级突击重点抽查的事，先叫你们局里的人给我们通一个电话，免得我们村委会被搞得措手不及，这对你们也是没好处的。"

郝队长说："算了吧！也是你们村委久拖不办，几千个工人都不办证，你要知道这是十分危险的！"

郝队长发现李主任后面跟着一个人，就面无表情地指着吴悟敏问李主任："老李，跟着你身后的这个人是谁？"

吴悟敏赶紧走上前去，给郝队长递上自己的名片，诚惶诚恐地说："我姓吴，吴工程师，是这个村前进工业园建筑工地和村街道整理工程的工程总监。和李主任一起来，是来配合他们村的'清无'工作。"

郝队长面无表情地例行公事地伸出手来和吴悟敏握了一下手，以批评的口气说："工程监理公司，你们应当主动极积配合国家和地方的安定团结工作，不能叫'三无'人员破坏我们安定团结的大好局面，一旦出了治安事故，我们会对你们的监理公司问责！"

吴悟敏毕恭毕敬地说："郝队长，你说得十分正确，我们监理公司会密切配合执法队方和村委会做好'清无'工作的。郝队长有空请到我们监理公司讲课，给我们的员工讲讲治安管理条例，那就再好不过了。"

郝队长不屑地说："我们经常给中小学生讲治安安全课，给公司里讲得不是很多，没有时间。"说这话时，郝队长的面部表情似乎放松了许多。他知道，在大企业里讲课的报酬是很丰厚的，而且很有面子。

正在这时，湛科和管老板对话的声音越来越大，火药味越来越浓。管老板说得天花乱坠、手舞足蹈。湛科怒火中烧，他一只手握住手枪盒，另一只手指向管老板的脸上，很生气很大声地教训管老板："你是这个工地的包工头，你阻止我们进工地清查三无人员，你要知道，你这是很严重的抗法行为！"

管老板说："科座，你们执法，我坚决支持，我是说了很多遍，不是我不想带你进去清查，真的是今天停电，都放假了，你今天先回去，明天我一定全部办好向你汇报。"

湛科说:"我要检查和核对你的工人名册,看你到底向政府少报多少在册工人!"

管老板:"管理人员都因停电上街玩去了,我带你去了也是白搭,查不到呀!"

湛科说:"全村都有电,就你的工地没电?你是在哄鬼!我劝你,你不要和法律对抗!"

管老板:"你不信,我也没办法,我说的都是实话!"

湛科说:"你不要辩解,你将街道大门口堆了那么多土,你这是诚心和我捣乱!"

管老板:"这事我真的不知道,我问过工人,他们都说是拉土车和挖土机都正好在那里坏了,碰巧了,实在是碰巧了,而且是巧得很。我们也不想这样碰巧,他们说他们正在那里修理车,真不好意思,是巧合,很巧!很巧!"

湛科吼道:"我现在就命令你将你们堆的土挖平,将你堵门的车尽快给我移开,否则,我将以防碍执法罪逮捕你。"

管老板:"科长,你就是逮捕了我,你的车也是出不去的。还不如将车上那十几名搞装修的工人放了,他们自会出来帮你的忙。你不放人,我也不敢做主,你将他们都放了,我马上亲自指挥给你清理道路。"

湛科吼道:"你还在这里给我提条件,我先逮捕你,看我敢不敢!"

管老板面带笑容:"我相信你敢,你有权力,但是,我就不指挥帮你清理道路,我就要看看,没有我的指挥,就看你的车队今天能不能开出这个村子!"

湛科吼道:"我就不相信你在这里造反?你不要看你的工人多,我马上调执法队来包围你的工地,将里面的管理人员和工人全数逮捕送返老家,将你逮捕入狱,看你出狱以后还能做什么工程!"

湛科越说越生气,边说边指挥执勤队要去逮捕管老板,同时还声称自己要和上级通电话,争取要求增加执法队的支援。

吴悟敏在这里看得真切,心里十分着急,倘若湛科逮捕了管老板,又调来了新的执法队支援,事情就真的闹大了,他的心里念叨着两个字:"化解,化解!"

吴悟敏赶快用手偷偷地拉了拉李主任,又指了指郝队长,再指指湛科,用手势示意要他出面化解湛科和管老板之间的火气。

李主任和郝队长对了一下眼色,然后都走到湛科面前,试图进行劝说。

这时,吴悟敏突然想起祝董名片上的电话。俗话说得好:山到险处必有路，人到绝处自逢生，别说眼前疑无路，转弯自有桃花源。于是就拨响了祝董的电话，但是，现场声音太吵，根本听不到，他就将电话一直开着。

此时，管老板和湛科之间都怒不可遏，李主任和郝队长都在慢慢地后退，已有两名执法队员要上前强行控制管老板，管老板将自己的身子使劲一摆，挣脱了挟持，转身就跑。

后面的执法队员高声喊着话："不要跑，逃跑是抗法，抗法，我就有权开枪了！"边说就要向前追赶。

这时，有几名工人也凑热闹跟着管老板身后跑，边逃跑边高喊："抓人了，抓人了！快跑哇！"一边跑一边找机会堵住了执法队员们的前进道路。

湛科见管老板要逃跑了，全场围观的工人也都在胡乱地高喊着，许多人在起哄，心中火冒三丈，便情不自禁地拔出手枪，抬起持枪的手，指向正在逃跑的管老板，吓唬地喊道："管老板，你再抗法，你再跑，我就真的打死你！"

一直站在管老板和湛科旁边没有动静的强仔，看到湛科拔出的手枪指向了管老板的后背，以为湛科真的要开枪了，就迅速用双手扑向湛科持手枪的手，试图将湛科持枪的手高高地举向天空。

郝队长、李主任、尧工此时都感到情况十分紧急，吓得手忙脚乱来来回回地跑在湛科和强仔的两边，用手扯住湛科的衣服使劲地向两边扯，试图分开他们俩。

李主任伸出双手，使足力气，想掰开这两个人都举得极高的那两双手。

尧工用双手拦腰抱住强仔，将强仔往后拖。

吴悟敏在这些混乱的人群里躲闪着给祝董打电话，似乎通了，但是现场太吵无法通话。

郝队长眼尖脚快，在人们混乱打斗的当儿，瞅准强仔的下裆飞起一脚踢去，强仔高喊一声："啊！啊！啊！我不行了！我不行了！"

湛科的双手被强仔死死地抓牢高举着，他心中一惊，确信强仔要来夺手枪的。情急之下手也在发抖，不由自主地将枪口瞄向天空，自然而然地单腿一下子跪地，毫无意识地扣动了手枪扳机，此时，"啪"的一声枪响，子弹在空中"嗖嗖"的响声可以明显地听到。

强仔此时放开自己的双手，"扑通！"一声重重倒地，脸朝地面趴着，浑身在剧烈地颤抖，四肢在痛苦地抽搐着，最后身子一挺，就不动了。

整条街道参与堵路的工人和围观的村民们都齐声喊了一声"啊"！有人高喊："强仔中枪了！执法队开枪了！打死人了！"

"假摔！假摔！假摔！"执法队员看得清楚，都在大喊："烂仔假摔！抓起来，把他抓起来！"

执法队里有人在高喊："他是混子强仔！是看守所里的老熟人了！毙了他！毙了他！"

执法队员们七手八脚地想扑过去活捉强仔。

强仔被湛科用脚有力地踩在地面上，想指挥其他的人给他戴上手铐，有人用脚踢着强仔。

正在这时，吴悟敏灵机一动，突然连声地高喊："湛科长！你的重要电话！你的重要电话！你的重要电话！"说着，就将已经拨通正在通话的手机拿给湛科听。

湛科长迅速将手枪和镣铐挂回腰间，用双手接过电话，边听边说："嗯！嗯！嗯！哦！哦！哦！好！好！知道了！明白了！谢谢你！"

湛科听完了电话，连手机都没来得及挂，将电话还给吴悟敏。接着，他又拔出手枪，向空中"叭、叭、叭"地又鸣了三枪。

这时，整条街道都安静下来，鸦雀无声。

湛科高喊说："大家都给我散去，再不散去，我真的就要抓人了，谁不走，我就抓谁！"

街道里，围在执法队身边的工人们和看热闹村民们都一哄而散，纷纷退到街边。

湛科长对执法队员们说："把车上看管的人全都给我放了！"

在大篷车上的工人们听到了执法队领导的命令，没等执法队员下令，便都高高兴兴地跳下车跑了。

"湛科长，把强仔也放了吧！"吴悟敏小声地问道。

"放了！快把他放了！他进出监狱太多次了，抓起来也是个麻烦。他是想到我们那里找饭吃的。在我们那里有吃有喝还管看病，他想得倒很美！放了！放了！"

这时尧工拿起一块大黑色塑料布将强仔全身盖住，指挥几个人过来将强仔像抬死猪一样地抬走了，不知被抬到什么地方去了。

湛科又以冰冷的脸色向吴悟敏命令地说："监理工程师，我命令你给我清理道路！"

"好的，我很快就会办好！"吴悟敏立即找到尧工，交代了一句。

尧工立即指手画脚地给施工队的各种人员不停地下令，大声地吼着，要求尽快清理好出村的道路。

不一会,只见村子大门里的大泥头车立即开到别处。大型挖土机只是来回地几下,就开辟了一条四五米宽的通道。

执法队的车辆和人员很快地撤离了九排村私人出租房屋商业区。所有的工人也都回到工地里去了。前后也不过是几十分钟的工夫。

吴悟敏从头到脚看了一遍监理员尧工,很佩服地说:"尧工,谢谢你!"

尧工笑了笑,对吴悟敏说:"吴总,不要说谢,这样的事又不是遇见头一回,我是见怪不怪。一会儿我多陪你喝几杯,给你压压惊!"

吴悟敏内心感叹道,如果所有的监理工程师都有尧工这样的能力和威望,可能就不会有豆腐渣工程了。能在危乱中指挥千军万马的工程师,既要有高超的指挥能力,又要有高尚的人格威望。

执法队的车队完全离开村子后,余主任回来了,他高兴地对大伙比画着说:"别逞凶!毛头仔!他还想搞我!让他回去做检讨去吧!他还想来突击检查我!不管他们。我们都饿了,已经下午两点了,我们吃饱了再说。"

管老板这时也回来了,和李主任握手,和吴悟敏握手,和祝经理握手,说:"好险!好险!"然后东张西望了一圈之后,自言自语地说道:"呀!强仔呢?"

尧工说笑道:"强仔为三百块钱来保你,被郝队长一脚踢到要害处,可能是为你去死了,就是勉强活着,不知他今后还有没有儿子生了!"

管老板下意识地用手抹抹自己的眼睛,掏了几把自己的裤裆,伤感地说:"好人呀,不可多得呀,我会终生地感谢他的!"

吴悟敏瞪大眼睛对管老板凶狠地说:"幸好你的工程进度款我还没有批,现在看来,是要等到你将所有员工的证件办齐之后,我才会给你批。你要是再顶风不办,那就请你只身离开工地,你也拿不到半毛钱。我们公司管的工程,你休想再拿到活做!听到了没有?"

余主任也厉声地对管老板说:"我坚决支持吴总!"

管老板吓得只是点头哈腰,说道:"请吴总放心,马上办!"

这时,小四川的阿香也赶来了,着急地说:"老九,你们这一群龟儿子,真的是让人捏一把汗撒!我的一桌子酒菜好几万元呢,眼看着就要倒给猪吃了!"

余主任骂道:"你这个女锤子!你说谁是猪?你才是猪,漂亮的瘦母猪!"

阿香立即回敬道:"你是一头老种猪,一头坏种猪!"

大家一通说笑,将惊恐和烦恼扫除得一干二净。

第二十六章　因祸得福

在"小四川"酒楼老板阿香的催促中，吴悟敏、尧工、余主任、李主任、管老板和祝经理等人急急忙忙地回到"小四川"酒楼包厢里。

阿香老板转身去招呼服务员为这里上菜。这时已是下午两点半多了。

吴悟敏从门口向内环视了一下包厢，陈经理不知去了哪儿。进包厢后，吴悟敏见到强仔坐在里面悠闲地独自喝茶吃着点心。尧工故意装出大惊小怪样子调侃道："哈哈，强仔！你还没死哦！"

强仔一个人坐在一个大沙发上，头也不抬地一边吃着点心喝着香茶，一边哼哼着鼻子腔，说："老尧哇！你就那么狠心盼着我死？我死了，我的赔偿金归我的儿子，你又拿不到一分钱哟！"

尧工说："哼！哼！你死了，你的赔偿金也未必有呢！我倒是要给你家里人发起募捐，你家的老小也好有点生活保障。"

强仔这时站起身，指着尧工说："现在我给你们说，他这个尧工，差点送我上西天！"

尧工一边口头解释，一边用双手抱住强仔的腰，在给大家做向后拖的回放动作，用手比画着说："哦！强仔！你说话要有良心！我好心好意地抱着你向后拉，是想让你尽快脱身，尽快逃跑。当时吴总和李主任还有祝经理也都在现场看到了，我今天算是好心当作驴肝肺。"

强仔一把抛开尧工，绘声绘色地表演着对大家说："他湛科拔出手枪，已是急中出错，万一他的手指不听使唤就有可能开枪。我就是怕他万一失误开枪，就是我不想死，别人也是要死的。我跑上前去是为了举高他那持枪的手，目的是将枪口直指天空。尧工，你这个傻逼，抱住我向后拖，那科长持枪的手是不是就指向了我？他若心里一慌呢？他是不是就会真的开枪？你知道吗？他湛科就是为了不伤到人，他立马一个膝盖跪地，确保枪口朝天。这样，一颗子弹直射云霄，而我被人家差点捉住。被捉住的结果，你们也是知道的。幸好吴总及时给他一个电话,湛科接了电话就放人了。你以为他真的是听了电话才走的吗?他是个聪明的人,他是借这个台阶就下了。"强仔边说边表演回放的样子,大家都在看强仔与尧工之间精彩的打斗表演。

尧工问强仔:"阿强!郝队长的那一脚,没把你的命根子踢断吧?"

"神经病!他又不是足球点球射门,我又不是木头人,还挺着我的宝贝就送给他踢呀!"强仔以蔑视的目光看着尧工说。

余主任招呼大家坐下来,说:"我回村里之后,立即给相关领导打电话,说时间就是金钱,我们村里的工业园是国家高科技工业示范园,是市里重点发展的保护项目,不要老是来我这里突击抽查什么证件呀资料啥的。要查,也得先拨下来三千万工程款以后再来查。市领导说他们会看情况安排。我真的没想到今天强仔玩得这么精彩。从今天起,你就到我们村里联防队当副队长吧!"

祝经理说:"多好呀!去吧,强仔!"

尧工说:"我看,强仔是自由自在生活惯了的人,到你们村政府去恐怕不会习惯的,别的且不说,就是那每天四次打卡他都受不了。我看他可以到我们公司做监理员,有事就做,没事就出去玩,不用上下班打卡,吃喝玩乐的什么都提供,好不好?"

李主任说:"好倒是好,只是强仔没有大学本科文凭,入不了你们监理的行当。"

祝经理说:"文凭不是问题,大街上卖文凭的小广告多了去,五十元一本。"

尧工说:"我们的行业准入一是要经过文凭验证,二是要经过国家统一资格考试的。考试前,文凭是要经过专门机构鉴定的,街上买的不好使。"

祝经理说:"算了吧,尧工!只要有人要你干,你就可以干,哪行不都是这样的?我听说你们监理行业考试的推荐报名表、文凭的鉴定,都可以一揽子给你办好的,交钱就好。大不了我借给他十万元,我替他买一本真的本科文凭还是没有问题的,保你去接受检验通过,至多工作一年就回本,你赚到了就还我,强仔,你说呢?"

尧工说:"祝经理,你说的那些都是不靠谱的瞎话,你也不要瞎说啦!说得我等行业的人都好没面子,是吧!"

祝经理说:"尧工你也不要这样说,我敢保证你这样的人是不需要花钱的。我在这里只说强仔,只要强仔愿意跟祝董干,文凭鉴定和报名全包在我身上好了。他这样的人才,我们祝董一定很赏识。如果强仔要一个真文凭,就到我们属下的一个培训公司去报一个名，大专一年内两千元拿证，本科两年内五千元拿证，研究生三年三万元拿证，可以随便上网查真假，包鉴定费。"

李主任摇摇头，说："你也做不了祝董的主哦！强仔也没有那么多钱哦！况且他也没那个耐心等两三年哦！"

管老板说："强仔，你要不要？你要是一定要，老兄就当着大家的面借钱给你！"

余主任看了看管老板和强仔，挑拨地说："好哇！强仔，你遇到贵人了，你就要了吧，看他咋说吧！"

强仔这时看着管老板，伸开双手说："管老板，你先不要耍空嘴皮子，你还没有给我兑现今天的酬劳哦！按老规矩，帮你一次是三百元，为了你这三百元，都差点趴在九排村这里永远起不来了！"强仔说完，大家一阵笑声。

管老板从他的手提包里取出一个工资袋递给强仔，说："强仔，你不要当着大家说我很小气，你看，我都给你准备好了，你先看看再说，后面我还有话要给你说，你先拿去吧！"

强仔接过工资袋，用手打开看了一眼，又"啪"的一声摔给管老板，不高兴地说："你这个屌毛灰！我今天的工资是三百元，你现在给我这么多干吗？这是五千元哪！你是笑话我人穷没钱是吗！"

李主任笑着说："管老板，你拿错了吧？这个工资袋是你要送给湛科的吧？"

管老板说："湛科他不要，我也没办法，我也不能硬给他丢进汽车里，那样会不尊重人家的人格，是吧！既然他不要，我也有新的用途。"他说着，又从手提包里取出一个小工资袋，连同第一个工资袋一起递到阿强手里，说："强仔，先头的话我还没有给你说完，你就给我下了结论。现在我给你说，你今天的三百元，一分也少不了你的，早就准备好了。这五千元，我是给你安排新工作的定金。"

余主任惊奇地说："哇！是一个月工资的定金吧！抵得上一个跨国公司高管了哦！"

强仔说："谁稀罕跨国公司高管！五千元也只不过是我半个月混的，还不算我收到的钱！"

管老板说："强仔，我的话还没有说完，你听我说，这五千元是我给你拿去帮我招工用的定金。过几天我有一个商居楼工程招标要到手，需要新普工五百多个。你招来一百个工人，你就帮我带这一百个工人来我的工程，做一百个人的活。你招来五百个人，你就把我工地的人工活全包了。工人所有证件你负责搞定，一星期按人头每人每天十五元生活费先发给你，够不够，其余由你自己办。工人的包工费按每月完成的工程数先发放百分之六十工程款，剩下的年底结算。这是现在规矩，你也是知道的。今天当着大家的面我说了，大家都为你做证。若你一个人也招不来，那你就还我这五千元，好不好！要不要立字据？"

强仔喜出望外，说："行，行，没有一点问题。我手下现在就有一千多个在册工人听我调遣，我将来要去工商局注册一家劳务公司，我现在就有三个工地六百多人，他们马上就要干完了，正好可以转到你的工地里来干。他们的证件和对外的一切管理费用都由我负责，我的价钱里必须包括你工程的小工具和零星材料费，合同要一口价，工程开始后再立字据。你的工程在公关方面的事，我都给你全部包下来了，保你万无一失。合同的事，我们接下来私聊。"

吴悟敏这才恍然大悟，强仔原来也是个不小的包工头，是个专门吃人头饭的人。高兴地说道："哈哈！从今天起，你就是阿强老板了，古时候有人说过，士隔三日当刮目相看。现在你是事隔半天，我们就要刮目相看了。今后你要多多请我唱歌喝酒哟！"吴悟敏觉得强仔的工作信誉度是值得称赞的，于是就和阿强开起玩笑来。

"吴总，算了吧你！你唱歌还用得上我来请哦！我请你，你去不去还是两回事哦！我请你去的地方，你看都懒得看哟！"阿强一句话扔过来，噎得吴悟敏无言以对，只好"哈、哈"地大笑几声，大家也都起哄地笑起来。

这时，阿香老板带着几位服务生，捧着几大茶盘紫砂壶和新渔村自产的高仿明代茶盏进来。陈经理也随同阿香老板进来，屋里的人都站起来给陈经理打招呼，陈经理客气地让大家坐下，然后自己坐下了。

陈经理说道："今天是有惊无险。虽然这样的事与我们监理公司无关，但我还是要向公司老总如实汇报。我向程董事长和王总做了详细汇报，他们说要以今天的事件为戒，监理公司总监也要抓好现场施工工人证件的办理。今后必须要求全公司的监理工程师对自己管理的工地全面地检查一遍，要亡羊之后必须补牢。最好不要为难政府派下来具体办事的人，他们也有为难之处。"

吴悟敏说："好！好！按程总说的办，那是最好不过了。"

吴悟敏还没有说完，阿香老板指挥着男服务生上菜、挪动座椅、开酒，女服务员给每一个客人的茶几面前上一把紫茶壶、一只紫砂茶杯和一盏新渔村自产高仿明茶盏。摆全之后，阿香说："老鸭炖虫草老火清汤外加八肺，里面还加了适量的人参和鹿茸，不烫不凉，正好喝，每人一杯，我送的，就算给大家压压惊，喝完了就上座。"

吴悟敏刚喝了一口汤，阿强就走到吴悟敏跟前，不由分说，拉起吴悟敏使劲地往洗手间里走。吴悟敏不从，两个人就离座扭打起来。吴悟敏几次推开强仔纠缠都无效，只好一脚踢向强仔的裤裆。强仔迅速躲过闪到一边，同时来一个扫堂腿，吴悟敏跳起躲过。这时，尧工立即站在强仔和吴悟敏中间试图和解，被强仔伸手一巴掌推倒在地。强仔顺势抓住了吴悟敏的胳膊，另一只手抓住吴悟敏的裤腰皮带，要把吴悟敏拉到洗手间。吴悟敏拼命地推脱，走也不好，不走也不好。还是强仔的力气大，也不管别人说什么，死拽活拽地将吴悟敏拽到洗手间，"哐当"一声关上了洗手间的门。

大伙看着吴悟敏与强仔之间一番打斗，也都一起瞎起哄，管老板喊道："啊哟，强仔，你也太性急了吧，现在就拉吴总去做爱，也要让人家吃饱有了力气再说吧！你知道人家是做零还是做一的吗？"

大家一阵哄笑。

刚进洗手间，吴悟敏就用力推开强仔的手说："你要干什么！这样影响很不好！别人会胡说八道，我是绝对不喜欢男人之间这样搞！"

强仔放开手，背靠着门说："吴总，我要给你说一件让你震惊的事情！"

吴悟敏向后退，退到洗手盆前，说："什么震惊的事情，在哪里不能说！非得要在这里说！"

强仔说："这里最隔音，别人不会听到。"

吴悟敏不解地问："吃完饭我们专门到楼下的广场说说也好，哪里都可以说，为什么偏要在这里说？"

强仔说："你和我是偶遇，我能吃你们这顿饭也是偶然。等吃完饭后，我们又是天各一方，也许很难再见面了。而且，我的身份不是你们这样的人可以随便在一起混的，我们如果在公开的场面说事，一旦被人家看到，再拍下照片，对你是不利的。"

吴悟敏说："好啦，谢谢你，什么事，你现在就说吧！"

强仔说："那天天不亮，我路过东海大道的岔道处不远，看到你们公司工程总监麦总开的小车被一辆大泥头车从顶上压过，泥头车就像没事似的飞快开走，接着又看到一辆交通救援大吊车，连小车带被压死的人一起吊装上车，很快地开走了。"

吴悟敏很惊讶，这事怎么让强仔看到了呢？但又装出无所谓的样子说："这事你为何一定要跟我说，这事跟我有什么关系呢？"

强仔说："这事和你要去上任的工地，你要去负责监理那个工程的大老板有关。据说，今天来我们工地搞清无的湛科也知道，他们三个人都是好朋友。

如今你去他们的地盘工作，那么，你也处在危险之中。所以你要小心，不要得罪他们，也不要和他们走得太近。据说那里先前也失踪过一位工程总监。今天你在危险关头救了我，事情办得恰到好处，是个处理危机事件的高手，以后我要向你学习。现在我把电话号码给你，万一你有事需要我帮忙，只要我能帮得上的，你打个电话，我一定办到。我有好几百个好朋友，我们以后就算好兄弟啦！"

吴悟敏将信将疑地问："这样重要的秘密你也知道？你是怎么知道的？"

强仔说："我介绍过一千多工人参加工作，又有几十个铁哥们儿分布在多个建筑工地。我是专门帮建筑工地工人讨要工资的，也帮土建小老板讨要欠款的人。按照当地的话说，就是帮债主追债。很多时候，也像今天帮管老板一样，我会在公开场合胡闹，目的是打出名气，对外人展示我的义气和胆识，会有更多的工人来找我要活做。这样，我可以在各个包工头那里拿到更多的人力包工订单。所以，我的耳目很多，今早十点钟，施工队、开发商、执法人员、相关部门里的代表和死者家属密谈协商解决办法时，偶尔被人听到，然后传递给我的。死者的家人对赔偿金额很满意，保证此事从此化解，永不提起。请你相信，我们是讲义气的人，就靠说话算话来办事情的，多交朋友是十分必要的。"说着从衣兜里取出一张纸条交给吴悟敏。

吴悟敏迅速拿起手机，记下强仔的电话号码，又回拨了一下，立即合上手机盖。然后将纸条撕碎之后扔进马桶，用水冲了下去，对强仔说："我们今天就说到这里，时间长了别人真怀疑我们怎么样了，万一传出去多不好。以后我有事找你帮忙时再说，后会有期，谢谢你，兄弟！"说完，抢着开了门，匆匆走出洗手间。

吴悟敏和强仔离开洗手间时，大家都已经在大餐桌周围坐好了，红酒、白酒、啤酒都已开瓶斟好，果汁和茶水都也已经摆好，服务生在忙着上菜，吴悟敏和强仔一上桌，大家就热闹起来。

陈经理笑着说："你们两个男人在一起玩得是不是很爽？哈哈！"

李主任说："这虫草人参汤的功效就这么好？才喝一口就见效果！你们一定要多喝点补补身子才好。哈哈！"

管老板打趣地说："看来陈经理是想体验一把哦！明晚我带你去一个很有名的'好好兄弟吧'爽一把，看你是要老头还要年轻人，是要老痴迷，还是要小鲜肉，消费我出了，哈哈！"

祝经理趁机调侃一句："原来管老板常去那些地方呀！现在这是潮流，叫断背，你没看看网上闹得很热火的，这叫作基情四射。"

吴悟敏感到很尴尬，不知道该说什么好，只是陪着大家一起傻笑。

强仔煞有介事地说道："你们都知道的，我小弟被郝队长刚才临门一脚给踢得骨折了，恐怕半年内是治不好了，请大家一定要同情我一回好吧！我可是个真正的处男，我只是叫吴总来监理监理，看看这个部位的工程质量是不是还合格，如果不合格，这个东西还可不可以经过整改之后达到合格标准。这也是符合建设工程质量监理程序的。"

吴悟敏正端起一杯茶水喝一口，被阿强的一席话和一个蛮认真的表情逗得"扑哧"一声笑出来，喝进嘴里的一大口茶水喷了身边余主任一身。

余主任也不生气，说这是洗礼，贵人出门见风雨，说是得了头彩，该发财了，决定今晚要去买马，相信一定可以多多赢点零花钱。

大家都被逗得哈哈大笑起来。

最后尧工打圆场，一边招呼服务员摆酒上菜，说道："已经下午三点多了，快吃！吃完了，吴总还要到工地检查和审批资料。小姐，上红酒和白酒，红酒要上法国拉菲七百五十毫升的。白酒不要茅台，喝得太多了，不喜欢那个味道，要上八〇年出厂的舍得酒，四百五十毫升的那种，每人各上两个大酒杯，要大杯，两杯一瓶的那种。XO就不要上了，容易上头，今天还要上班。今天点过没喝的剩酒，都寄在专柜里，下次来时再说，快点！"

酒过三巡，每人一小碗燕窝银耳糯米粥垫底，再每人上一个进口小木瓜炖鱼翅打尖，接着上一盖碗仿虫草海胆薏米羹炖盅。然后，大家相互敬酒。或两个人对饮，或几个人同饮。由于午饭时间拖得太久，吃饱是主要矛盾，大家都心照不宣，没有特别地劝酒，也不谈论菜的味道优劣和菜品是否新潮。

强仔给在场的各位敬过三杯酒之后，匆匆起身告辞而去。

第二十七章　指鹿为马

强仔刚出门，管老板的手机电话铃响了。管老板就拿起手机来，看了看，就又合上机盖埋头吃饭。饭还没有把几口，他的电话铃又响了，他看了看又合上机盖。就这样的又来了几次，管老板不得已接了电话："正在开会！等一个小时，我再打给你！"

电话那边好像很急，很大声，在座的都可以听得到，电话里说："快回来，我们公司的项目经理和现场工程师都在这里等着你，你快回来！在工程现场会议室里，区街道办基建科的领导欧阳南峰主任还有前进工业园董事长伍总也都在场。"

管老板好像很气急，大声地说："什么事？很严重吗？不就是浇灌厂房钢筋混凝土开工仪式吗？来这么多单位这么多人干什么？又不是排队抢小姐上床！哎呀！他们喜欢上哪个酒店你就安排他们去那个酒店吧！安排好了之后，我到那里去找他们！"

电话那边说得很大声，显得很着急："不行哪，管老板！我说了，他们说不行啦！他们说问题很严重，一定要你回到现场亲自解决才行！"

管老板心里火大了，说："哎呀！阿许呀！叫你在现场管事，你就是管不了！嗯！我要你何用？嗯！吵吵半天到底是什么事？这么高声高气地胡叫乱吼？"

电话那边的声音稍微小了一点，但还是能听得到："我们工地发生大事情了！是工程项目甲方的工程预算员到政府和前进工业园董事会那里告状，说我们前进工业园在施工时偷工减料，说我们在钢筋混凝土大梁里做手脚，少了一根钢筋。我们无论怎样解释都不行，他们要叫停我们今晚屋面浇混凝土的施工。混凝土厂方八千多方混凝土材料都已备好，我们不按时提货，就严重影响了生产厂方的工作安排，我们就要被迫付双倍的赔偿金！"

管老板这时心情反倒平息了，说道："哎呀！我当是什么大不了的事！你现在就给他们泡茶，叫他们多坐一会儿，快叫人开车去找做饭的阿姨，叫她赶快到超市再买些好水果回来招待他们。你先稳住他们，我马上就回来。阿许，尧工在不在现场？在？那就好！就叫他打电话给我！"管老板斜眼看过来，对尧工偷笑。

阿许回答："好，我现在就告诉他，叫他打电话给你。"

这时尧工的电话响了，尧工答："许工你好，我是尧工！哦，哦！是吗？问题这么严重吗？哦！我现在是在街道办装修工地，我会马上到你们这里滴！"

吴悟敏对余主任、李主任和祝经理说："我和尧工还有管老板，必须先走一步了，要赶到工程现场去看看，你们在这里慢慢吃吧！"

余主任说："我已经吃饱了，下午要去见几个领导，动员他们快点给工人办证件，买工伤保险，买社保，还有医保。可能政府下个月还会来抽查。听说要在街道上设卡，要对街道上的行人一律检查。工人们千里迢迢来这里做工，相当不容易，多办好一个算一个。祝经理，你拉我们去吧！我今天的司机有事没来。"

祝经理说："好的！"

吴悟敏对陈经理说："陈经理，你在这里吃饱之后休息一下，然后再到我们工地里去坐吧！我先坐管老板的车就行了。"

陈经理说："还是我送你和尧工到工地去要更好一些，不要让别人总看到你们监理工程师坐施工队的车。你们也不要坐祝经理的车，事情就简单一些。我已经吃饱了，我们走吧！管老板，谁买单？"

管老板说："我来点菜时就刷过卡了，发票已经给了尧工，你要是要发票，就另外给你开几张给你送来就是，反正我在这里天天有消费，我交代阿香开好发票，一会儿托人转交给你陈经理。"

尧工向陈经理点点头示意同意，陈经理给尧工一个笑脸，也算表示同意了。

一行七人下到酒楼的停车场，各奔各的车而去。

管老板正要上车，陈经理叫住管老板，耳语了几句。管老板和陈经理握握手又点点头，然后自己又站住，又给谁打电话："你在哪里？在银行！更好，准备四十五个红包，两千元一个，这回一定不要忘了伍董手下的每一个人，你不要小看他们手下的小办事员，对每一个人都要平等相待，你漏了他们中间任何一个人，不知道他们又会搞出什么别的招数，闹出新的乱子来。我猜，不就是上次没有当面给预算员发红包嘛！他的红包是按月发的呀，那天他又没有亲自来，我怎么发给他？看看，又搞了这样一个小麻烦，连顿饭都吃不安宁。你要快点，现金来不及？办卡也行，一人一个卡，快点！办晚了，银行就下班了。你最好先给银行的值班经理打个招呼，要他帮帮我们办好这些卡之后再下班。快去！"

管老板打完电话，就进到他的小车走了。

吴悟敏看了看自己的手表，时间是下午四点整。陈经理开着车，吴悟敏和尧工坐在后排。尧工说："真舒服，这是公司专门配给你的？吴总？"

吴悟敏说："我没有那么大的贡献专门享受这个。是程总专门给我配了这一天半，是急着在明天下午之前移交完工作手续。不过我要问你，这个工程队有偷工减料的习惯吗？"

尧工镇定而又自信地说："这里是项目经理负责制，经济成本与他们的利益毫无关系，他们从前有没有，我不敢说，只要是我在这里，他们是不敢胡乱来的，你相信我就对了。"

吴悟敏说："我是相信你的话。从今天你对他们的指挥来看，你在他们心中是有比较高的威望，说明你的人品很好，能力也服人，施工队的上上下下对监理工作人员都很尊重，这是平时一贯保持刚正的作风才会有的。"

尧工很诧异地看了看吴总，说："我倒没有你说得那么好，但我觉得要对得起自己的行业和工资，在学习这个行业规范时，我记住了自己的职责和责任，不要在工程完工之后被人骂就好。"

陈经理接着尧工的话，调侃地说道："看来，你是不想要施工队的红包了吗？"

尧工很得意地回答道："红包当然是少不了的，我不要，他们自然会塞给我。我的红包是应当得到的，我会写、会算、会画、会做电脑网络技术文件，工地上的各个工种操作我都熟悉。他们施工队大多数人的技术不全面，在我的指导下，相信质量和工程速度都大有进步，给我红包是他们心甘情愿的，而我拿到红包也是问心无愧的。"

吴悟敏问道："甲方的人为什么要说他们今天偷工减料呢？屋顶钢筋混凝土工程施工的验收工作，必须是市质量监督站的工程现场代表、工程设计院的结构设计工程师和现场代表、甲方现场代表、监理公司工程师和总监代表共同联合验收合格并现场签字才算通过。怎么会被说成偷工减料了呢？你通知了设计院和市质量监督站的人吗？你通知了工业园董事会吗？"

尧工很有信心地说："说今天有人偷工减料，这绝对是不可能的事！今天要浇灌的是厂房屋顶钢筋混凝土工程，每道工序先由施工方现场检查验收；验收完了就填表签字上报施工总包方工程部；再由本项目的项目经理带领总公司专业质监技术人员来进行自我复检，检查认为合格方可填表签字；然后再报请现场监理工程师和总监或总监代表组织终极检查验收；检查验收合格后，还要通知市质量监督站的现场代表、工程设计院的现场代表、甲方的现场工程师代表再会同各方联合验证检查验收；在这些单位的现场代表都认为合格后，监理总工程师才会填表签字确认工程合格。而且，这一切，都是在现场当面签字合格才验收的。这事我昨天都告诉过你，也通知了所有应该要通知的人，约定今天下午五点整先到工程队部集合，在您的带领下联合现场检查合格后才算正式合格。现在有人说工程偷工减料，下这个结论还为时过早。而且工程质量等级的认定必须是由总监来确定的，任何人无权随意对此做出结论。这次恐怕是有人对施工方有意见，无非是施工方上次发红包不平等引发的矛盾，或是把谁的红包给漏掉了，他们才来报复施工队，这种事情我见得多了。"

吴悟敏问道:"你亲自看过每一道梁的每一根钢筋吗?它们都符合图纸要求和设计规范要求吗?我相信你不会出现大的问题,只是怕万一有小的疏漏,会给人家带来不好的错觉,也可能是甲方他们看图识图能力不足,看错了,我们应当细心解说为好,千万不要有情绪。"

尧工说:"我一根梁一根梁、一根钢筋一根钢筋地看过了,应该是没有问题的。"

吴悟敏和尧工正说着话,车子已进入到工程现场会议室门口了。吴悟敏一行三人进到会议室的时候,已经有许多人坐在里面的椅子上相互议论着。

施工方的会议桌上摆满了水果,有新疆葡萄、山东富士苹果、海南香蕉和泰国的山竹,茶杯和茶壶摆满了桌子。在室内的空地上,铺着许多施工图纸和施工资料文件,有十几个人围在图纸周边,查阅工程队的图纸和施工资料。

一个二十多岁、头戴安全帽的年轻人走到吴悟敏跟前说:"我是许工,管老板带着甲方的人和政府的人上楼看钢筋去了,他叫我在这里等您、设计院的刘工、质监站的章工,等你们到齐了,就带你们上去检查验收。"年轻人将准备好的安全帽递给了吴悟敏、尧工和陈经理。

吴悟敏说:"哦,你就是许工?新上任的,年轻有为!好的!你们的项目经理师文经理来了吗?"

"文经理来了,在楼上的工程现场陪甲方和政府的人检查钢筋,有人说我们偷工减料,说是有一种大梁少放了一根钢筋,他正带人再看看去,刚上去。"许工说。

尧工从铺在地上一大堆施工图纸里选了两张,递到吴悟敏手里。年轻的许工偎在吴悟敏身后伸长脖子看。

吴悟敏接过图纸,展开迅速细看了一遍,点点头,接着从公文包里取出一支红蓝铅笔画了一个记号,然后又收起图纸,从手提包里取出一把自动卷尺和小不锈钢卡钳,说:"我们也上去看看吧!"陈经理将自己的安全帽放到桌子上的一边,坐下来享用水果和香茶。

吴悟敏、尧工、许工一同走出会议室,上到工程现场的楼顶,在扎满钢筋的施工楼面上边走边看,钢筋网在人们的脚下颤动着,发出咯吱咯吱的响声。

吴悟敏问尧工:"我们的工程监理机构现场不是还有一个做文件的小赵吗?"

尧工说:"听说村里有点事,借他去做施工文件去了。"

吴悟敏没有说什么,和尧工一起走上施工楼梯。此时,屋顶的钢筋绑扎已基本完成,几千平方米的屋顶密密麻麻地铺满了钢筋网,十分壮观。施工面上有几十个做钢筋的技术工人，或蹲，或走，或站，或叫喊着，在检查、整理着每一处钢筋。屋顶的边缘和楼梯部位，有不少木工在安装模板。混凝土浇灌工在钢筋网面架设混凝土浇灌大管道网。还有几个人开着电机，在测试电动混凝土震动板和震动棒。电器发出"嗞嗞"的轰响，这是在为浇灌混凝土做准备。

尧工对许工说了几句，许工一招手，来了两位工人，手里拿着钢筋扳手、钢筋绑扎钩和扎钢筋用的铅丝，跟在吴悟敏后面，准备听吴总的调遣。

楼顶上的一道大梁处，蹲着一堆戴着安全帽的人，都在勾着头，看着已扎好的钢筋网，听一个人在头头是道地讲着："大家看，这是主梁，这么重要，他们少扎了一根主筋，这道大梁的钢筋必须立即拆除重新扎过，否则就是豆腐渣工程！"

在一堆戴着安全帽的人中有一个人在附和着说："是的，我也看出来了，一道五十厘米高的大梁，为什么没有腰筋？这样的梁就不够力，这是很危险的。"

同时还有一些人七嘴八舌地附和着："是哦，现在的私人老板心就是黑哟，一定是层层转包的原因。这怎么行呢？先叫他们停工几天，等整顿好了再返工，返工，一定要返工！"

其中有一个人说："我们是不会错的，我们是按图施工的，要错也是设计院的错。"

"文总，吴总来了，他找你！"许工对这个说话的人喊道。

一个戴着施工方标志安全帽的年轻人，从蹲着的人堆里站起来，向许工这边看看，喜出望外地喊道："尧工、吴总，你们来得正好！你们也来看看，看这里是不是有问题！"

吴悟敏、尧工和许工朝着那一堆戴安全帽的人那里走去。这时，尧工走上前去，指着吴悟敏对大家说："这是我们工程总监代表吴总，他是从大型国企里出来的土建工程师，是专门管理工程质量的高级工程师，现在让他看看，是不是有错的地方，如果真的错了，我们的工程当然要全面返工的。"

这一堆戴着安全帽的人不肯站起来，七嘴八舌地指着这道扎好的钢筋大梁说："我们都看到施工队扎错了，少扎了一根钢筋，他们偷工减料还不承认，不信你们来看看！"

有一个钢筋工和那些人争议，吴悟敏大声喝斥这个工人："你做好你自己的事情，这里你不要多嘴，此事与你何干？"

那个工人就不出声了，管老板伸手一拳打在那个工人的脸上，那个工人被打倒在钢筋网上，然后又自己爬起来，默默地站到一边。

吴悟敏假装没有看到，蹲下身子，拿过手里的图纸铺开，手持一支铅笔，按照那个说扎错钢筋的人手指的地方看了看，又细心地看了看钢筋大梁的各个部位，用钢卷尺量了大梁的高度和宽度，接着量了量箍筋的间距和尺寸，再用钢卡钳仔细地测量了每一根主筋的直径，说："我拿图纸仔细对过了，也按钢筋绑扎加工的规范检查了，你们也看到了，是符合图纸设计要求的，也是符合施工规范要求的。本大梁的钢筋加工绑扎安装，都是符合施工图和施工规范的。大家说的腰筋问题与工程施工质量无关，本大梁有 A 型和 B 型两种，这是 B 型的。B 型梁的腰筋比 A 型梁的腰筋要少一根，这是符合施工图纸设计要求的，也符合设计规范的，这道梁有五十厘米高，减去上下混凝土保护层合计五厘米，净受力尺寸是四十五厘米，可以不设腰筋。再说，这道梁按其受力作用的特点看，其实算是道次梁，它的轴线长度比较短，而且没有挂小梁，这道梁的原有侧向抵抗扭动力已完全够用，没有腰筋是正常的。你们看，此施工详图的下方，有专为腰筋加工和设置数量而加设的文字说明，有横向受力的梁 A 型必须有直径十二个圆的腰筋一根，梁 B 型可以不设。这是设计院的设计，施工方施工的基本原则是按图施工，没有错，如果你们认为需要增加，可以向设计院申请，只要他们同意增加，我们支持。"

吴悟敏说完，转身对身后的工人大声地说："梁的箍筋间距再调整均匀一下就好了！"

两个工人齐声说："好的，好的。"都立即弯下腰忙碌了起来。

这一堆戴着安全帽的人听了，都鸦雀无声，然后又站起来看看吴悟敏。吴悟敏发现管老板也站在其中。吴悟敏对管老板说："你再带甲方和政府来的工程师到处去看看，看看还有没有别的工程质量问题。"

有一个白白胖胖的中年人说："我看工程质量还是搞得挺不错的。"管老板将手伸过去，和那个白白胖胖的中年人握手说："周委员，本工程搞得这样顺利，都要多谢你的支持！"

管老板又回过身来对吴悟敏说："吴总，他们说腰筋的事，我们是不是可以再加上去？"

吴悟敏说："原则上是按图施工，不能偷料，也不能随意增加钢筋。施工图纸的改变，只能在工程施工机构的工程监理会议上讨论通过之后才能改变，如果大家都认为非加不可时，施工监理现场的会议简报上可以用书面的文件形式向设计院提出修改图纸的意见，然后再由设计院讨论核算考虑修改与否。如果他们设计院认为真的需要修改，他们也会以文字和图纸文件的形式给出正规的修改图来，然后我们才能再按照新的修改图进行施工，'严格按图纸施工'是你们施工方的基本责任和操守，对于这一点，你是知道的，今天，设计院马上会来看钢筋的，由他们来做决定吧！"

正在说话时，从楼下又上来好几个戴安全帽的人，踩着钢筋"嘎吱、嘎吱"地响。原来是市质监站和工程设计院的人上来了。走在最前面的高个子瘦男人，是市规划设计院高级结构工程师刘工，刘工后面一个稍矮但很壮实的男人是质监站的现场代表章工，其他的随员或拿着图纸，或拿着卷尺，或手捧大本子跟在后面。

吴悟敏、尧工、文工、许工和管老板都走上前去和设计院及质监站的人握手，客气地打招呼，表示欢迎。

吴悟敏小声地对刘工和章工介绍了刚才关于腰筋的争论后，刘工小声地对吴工说："这个腰筋就不要加了，我们都核算过了，没有必要。"

质监站的章工说："我们再看看其他部位有没有需要整改的地方，如果没有，我们就到会议室再查查施工程序资料是否完整合格，如果资料都没问题了，就可以浇灌混凝土了。管老板，你的混凝土都准备好了没有？"

管老板说："万事齐备，只欠您的东风！"

章工对吴工说："吴总，你看呢？"

吴悟敏对尧工说："你看呢？"

尧工对管老板和许工说："快给混凝土厂方通知送混凝土吧！到了规定时间就开始浇吧！要给混凝土厂说好，这次是房顶，是要防水混凝土，不能搞错。还有，坍落度不要太大，粉煤灰的量不要超比例，你们一定要安排专人用量筒检查他们的坍落度，坍落度不好的就及时通知混凝土场方整改，否则，会按照采购协议扣除合同中厂方的相关责任性费用。你们的钢筋安装，我们还要再检查一遍，其他的问题等发现了再说！"

管老板就对身边的许工说："好的，好的！阿许，快给混凝土厂打电话，叫他们按时、按质、按量送货，快点送来！"

许工说："你放心，我和尧工都安排好了！"

管老板一挥手说："大家在太阳底下为我的工作把关，大家都辛苦了，大家都去工程会议室坐下来讨论吧，吃点水果，喝口茶！"

吴悟敏对尧工说："你带工程师们去查验施工资料，我陪设计院和质监站的工程师还有文工他们再查一查其他部位的钢筋绑扎得怎样。许工，你再叫两个钢筋工和我们一起走，你和尧工一起配合验收施工资料，你看看有没有漏签的，等一会我们看完钢筋，我就来签字。"

"好的，许工，我们走吧！"尧工说。

许工连忙喊了两个钢筋工技师跟在吴悟敏后面配合，自己和尧工一起领着现场几十个戴安全帽的人下到地面进入工程会议室。等大家坐下来吃着水果喝着茶时，管老板站起来高声说："今天既然是甲方的人说大梁钢筋少了，我看还是加上好，这样稳当些，工程越牢固越好，趁着设计院、质监站和监理公司的人都在场，就叫他们出个变更，我加上去，好不好，大家说！"

在场的人一片沉默。

沉默几秒钟之后，有一个六十多岁干部模样的人大声说："算了吧，管老板！你屁股还没翘，我就知道你要拉什么屎。你加一根钢筋，加上这个费那个费，又是几十万的签证要我们签，你们这些老板的高额利润不都是从签证里来的吗？"

管老板笑着说："哎哟喂！我的预结算工程师大人！高额利润，不要说得那么难听！我们总得有点喝茶钱，是吧！要不，大家来了都只能干坐着说事，我看你们谁也不会再来了。"

那个老干部模样的人也大声地说："我倒是想批给你的，只怕书记也不会同意的，你的签证量早就突破国家规定要求的最大量了。"

管老板回敬说："只要是为了工程质量保证的需要，书记他也不敢说不给呀！他也怕出豆腐渣工程呀！是吧！我们将签好证的资料备好，再向市里报一个计划说明原因就行了。"

这时，办公室外传来"轰隆隆"的混凝土搅拌车震天响的声音，夹杂着混凝土泵车"轰隆隆"的试车声，整个办公室里的空气都被震动起来。

有一个更老一点的干部模样的人大声说："好啦，你别扯淡了，你都要浇混凝土了，还跟我们说签证。"

管老板说："只要工程没有结算，都是可以签证的，这事，你也该是个明白人，你也是过来人。"

这时，许多人都吵吵嚷嚷地说："别再扯闲了，该吃饭了，去哪里？管老板？"

管老板胸有成竹地说："已经准备好了，在新渔市凯旋门大酒店。那里的房间大，由许工带你们去。明天早晨九点，都来这里参加工程封顶仪式，这个工程是市里定的重点示范工程，区长和街道办主任都会来参加剪彩，这可是我们的大事，我在这里等你们，都要来哦！"

会议室里的客人一窝蜂地走了。会议室里留下尧工、陈经理、管老板和一些忙着整理办工资料的年轻人。

五点多的时候，吴悟敏、文工、刘工、章工一行人马下到会议室，尧工和管老板迎上去，问："怎么样？可以浇了吧？"

吴悟敏问章工："可以浇了吗？"

章工说："我看，绑扎得挺好的，只是有的地方马墩少了一点，要加上。"

文工说："是的，我已经交代了，等一会，我再上去监督落实。"

管老板说："大家都到凯旋门大酒店去吃点便饭，然后唱歌轻松一下，明天早晨九点在这里举行工程封顶仪式，村委和区政府的人都会来庆祝，欢迎你们光临添彩。"

刘工说："明天的封顶仪式我们不去了，凯旋门也不会去了，我们说好了，章工的人和我们的人都不会去了，你和尧工、文工去陪他们，吴总就陪我们到'小四川'简单吃点就行了。吴总刚才对我说，他有具体事情要和我商量。"

吴悟敏补充说："是的，我和刘工有事情要单独商量。"

吴悟敏说："管老板，你去忙你的吧，我和章工、刘工在一起聊聊，尧工也跟我在一起吃饭吧，我今晚有重要的事要安排给他，对不起！"

管老板说："那好吧，你们都去'小四川'吧，我会派人去结账，顺便也有点辛苦费，明天的红包和礼品，我们会给你们分头送去。"

刘工、章工和其他一些人都说："多谢！多谢！"

尧工笑着对设计院、质监站的人说："别看他对你们说得天花乱坠，今天没有抓住他的把柄，还帮他说了好话，他今天本来要花费一大笔费用，就这样给他节省下来了，他顶多给我们开几个零钱而已。"

"管他呢！我们也不靠他那点红包，给不给在他，他总有求到我们的时候。"大家七嘴八舌地自嘲一会。于是，这些人都走到门外，各人乘车走了。

管老板一个人继续在打电话："喂，我说阿春！昨天说的给每张银行卡里打两千元，你打钱了没有？还没有来得及？是吧！那就好，那就很好！那就在每个卡里打五百元。再买四十五块神渔牌电子自动手表，要漂亮一点的包装盒。明天搞完封顶仪式后，参会的每人一个红包加一块手表，把霉气全送走，送他妈的终，让他们都不要再来了！就这样，不要搞错了，快去办吧，阿春！"

工地上，震天响的机器声，夹杂着工人们的喊叫声，震撼着整个夜空。

在"小四川"饭店的门口，吴悟敏和尧工跟着陈经理从车里出来，在门前等候。设计院和质检站的工程师们都从车里出来，章工留在车里。刘工走到吴悟敏跟前，欲言又止的样子。陈经理和尧工看到后都自觉走开。陈经理就站在自己车子旁边，这里看看那里瞧瞧，好像是要检查车子的样子。尧工走得更远，站在那里玩手机。

刘工对吴悟敏说："你说有重要的事情问我，我们就在这里说吧。"

吴悟敏说："到饭桌上我们边吃边说吧，大家都忙碌了一天，该吃饭了。"

刘工说："我今天还有两个工地急着要去验收签字。现在设计院的业务太多，虽然不是我们设计院设计的，只是私人挂靠，但是，我们院里给人家盖了章收了钱，我们得去认真监管一卜，不要等到真的出了事再去看，那就来不及了。我们来日方长，在一起吃饭的机会会很多。"

吴悟敏说道："那好吧，我就问你一个事情。听说你们市规划设计院有个叫吴晓龙的工程师，是搞建筑设计的，你认识他吗？"

刘工说："一个单位的，经常见面，怎么不认识呢？"

吴悟敏听了很高兴，也许就能找到自己儿子的下落，说不定还可以见面了，就问道："你们这个吴工程师，现在负责哪个工程项目设计？"

刘工说："他现在负责市里一个新开发的项目，工程具体的名字我记不准了，你打听他有什么重要的事情吗？"

吴悟敏说道："我在市里一个新的规划设计书里见到过他的名字，我负责该计划的工程概预算，有个具体数字和详图的问题想和他当面探讨。"

刘工说："哦，原来这样哦！不过，他老伴最近身体不好住医院了，领导批准他亲自守护，他暂时没有时间出来办事。"

吴悟敏问道："这个吴工今年多大了？"

刘工说："已经五十多岁了，副教授级高级工程师，今年被提升为设计院经营处副处长。"

吴悟敏这才知道不是自己想要找的儿子，心情一落千丈。他用手抓了抓自己的头发，很惋惜的样子说："原来这个吴工很忙，我就不打扰他了。刘工，你快去工地吧，我就不耽搁你了。"

"好的，再见，吴总，我们先走啦！"刘工说完就和章工一起开车走了。

陈经理和尧工见吴悟敏谈完了，就走过来陪吴悟敏一起到饭店大堂，找个位置坐好，管老板已订好餐，几个人匆匆吃完饭，陈经理问："吴总，我们现在去哪儿？是送你回宿舍吗？"

吴悟敏说："今晚只能到工地监理办公宿舍过夜了，我要先到监理办公室查看尧工今天的监理日志，审阅今天的工程验收会议纪要，还有今天的工程验收资料补签等等，我还要看原来的监理工作日志、监理周报以及安全监理周报、月报和施工安全报表等等。这些，我都要看，基本上没有问题之后，再签字交给尧工分装入档案保管。所以，我们办公室的人今天都要加班，你送我们到工地办公室之后你就可以回家，明早九点以前来这里，我们一起吃早餐。"

陈经理说："那好！"

由于路程很近，几分钟的车程，他们很快来就到了。当陈经理开车将吴悟敏和尧工送到工地监理办公室门口，吴悟敏离开车子时，陈经理又将吴悟敏叫到面前，小声地说道："刚才我们吃饭的时候，程总打电话来叫我转达你，你发的那些寻人帖子，他已经找专业人士花钱删除了。你寻找儿子的帖子还保留着。"

吴悟敏说："好的，好的，让领导费心了，真的不好意思。谢谢程总和你的关心！今天累到你了，你早点回家休息。明早过来时我出钱请你到茶庄喝茶！"说完就招手向陈经理示意。陈经理一踩油门，车很快地开走了。

九排村前进工业园工程现场监理办公室，就在施工方工程会议室旁边，是组装式工地办公标准活动板房办公室。这是由一排几个房间组成的办公室，每个房间都是二十平方米左右大小。有监理会议室兼工程监理资料办公室，有监理工程师平时工间休息间，有晚间值班时的生活宿舍间，而且都是相互连通的，厨房、睡房和会议室里该有的一切生活设施和用品都齐全。

这个会议室兼办公室的中间部位有四张办公桌拼起来的会议桌，只有八张办公桌都与墙体走向垂直布置而整齐摆放着的。这里只有办公座椅，没有沙发。每张工作台桌上都有一台电脑，桌上都摆满图纸和文件。打印机、复印机、网络服务器、无线路由器和纯净水机放在门口两旁。房内和门口都有监控摄像头。

在门口向里靠右手的地方，有一个通向监理工程师平时工间休息和晚间值班时的生活宿舍。宿舍里两张公用的席梦思床，两张衣柜和两套三联的沙发，空调和电风扇都安排得很得体。宿舍里面是卫生间，有坐便器、洗手盆、淋浴花洒和梳妆台。

吴悟敏打开监理办公用的电脑，自己动手打了一份报告，用自己的办公QQ传给了王总，王总回信说可以，正式书面文件要过两天由专人送到工地。

尧工将办公桌收拾干净后，从文件柜里取出所需要的文件，整齐地摆放到吴悟敏面前的办公桌上，然后再给吴悟敏递上一沓文件稿，对吴总说："吴总，这是你今天要检查签阅的文件报表，我要到混凝土浇筑现场去巡视检查一下，换小赵下来休息。这是小赵写的屋顶钢筋混凝土工程验收会议的会议纪要，你看后再审阅修改一下，明天就打印出来盖章发出去。"

吴悟敏接过文稿放到桌子上，说："我们一起去楼顶看看吧！"

尧工说："吴总，你就不要去了，我去看看就行了。我主要是去看模板下面是不是牢固安全可靠，一旦发现问题就及时整改，检查完模板安全支撑系统之后，我再到楼面看看混凝土浇灌现场的钢筋施工保护措施，看看有没有现浇灌的混凝土和钢筋网被人踩坏。你就坐在这里，将一些字签了就算交接完成，明天你好安心到别的工地上去检查了。"

吴悟敏说："这样也好，你要注意安全！"尧工说："我没事的！"说完，就戴好安全帽出门去了。

好不容易搞到儿子吴晓龙在新渔市规划设计院的信息又中断了，原来市规划设计院里的吴晓龙竟然是一个老头子，这使得吴悟敏很失落，他想坐下来平静一下自己的心情。

第二十八章　泡妞风波

吴悟敏习惯用工作来解除生活上的心理压力。他坐下来先阅读当天的工程现场监理会议纪要草稿，就在文稿上边写了"同意打印下发"几个字，放在小赵的办公桌上。然后审阅工程材料进出场记录表、隐蔽工程验收记录表、分项分部工程质量评定表、工程现场月份安全报表，一个多个小时过后全部批签完成，同时再将这些资料分门别类地装进文件盒里，整齐地放到尧工的办公桌上。

这时，他突然想起下午强仔给自己的电话号码，强仔手下那么多朋友，何不让他查找一下儿子吴晓龙的信息呢？于是他从衣兜里掏出手机，翻到强仔的电话号码，用手机给强仔发了一条短信："帅哥小强，你好！我是监理吴工，这是我的电话号码，向你问好，以后多联系。"吴悟敏在掏手机时带出了一张名片，他一看，是酒楼老板给的公关小姐名片，就顺手放在自己的办公桌上。

吴悟敏突然又想如果能找到公安部门的熟人，最好是户籍管理部门的负责人帮助查找儿子吴晓龙的信息，也许是小事一桩。此时吴悟敏想到了湛科长。但是，自己和湛科长只见过一面，怎样才能拿到湛科长的联系方式呢？他站起来来回走了几步，突然回忆起湛科长说过的几句话："放了！快把他放了！他进出监狱太多次了，抓起来也是个麻烦，他是想到我们那里找饭吃的，我们那里有吃有喝还管看病，他想得倒美！放了！放了！"如果自己推断没有错的话，强仔一定有湛科长的电话号码。吴悟敏决定给强仔打个电话咨询一下这件事。

就在他正准备给强仔打电话时，"叮咛咛"，他的手机铃声响了。拿起手机一看，喜出望外，正是强仔来的电话：

"吴总，这么晚了，你是在休息呢？还是在睡觉呢？"

"强哥，我在工地现场办公室里值班。休息和睡觉还可以区分吗？"

"区分大了。休息是指一个人在床上躺着，睡觉是两个人一起在床上躺着。"

"我没有躺着，我现在是一个人在屋里坐着。感谢你打电话来关心我。"

"看来你是一个不会开玩笑的人，以后我就不跟你开玩笑了。"

"没有关系的，我也要学会开玩笑，也要与时俱进。我想请你告诉我那个湛科长的手机号码，你有吗？我有急事找他。"

"这个小事一桩，我马上在短信里给你传过来。"没有过多久，强仔将湛科长的电话号码传过来了。吴悟敏说有事先要办，一会儿再找强仔聊聊，然后挂了电话。

过了一分钟，吴悟敏就给湛科长发一条短信息。他近两天读到了一条新闻，说是市公安局要建一座戒毒所，估计这事湛科长会知道，于是用这个理由大胆地发了一条短信过去："湛科长，你好！我是国家注册监理工程师吴悟敏，我想和你合作承包你主管的监理项目，请相信我会为你增光添彩。"对方暂时没有回信息。

当吴悟敏发完信息的时候，手机里的信息铃声响起来了。吴悟敏细心一看，是强仔来的信息："吴哥，我是强仔，感谢你今天的救命之恩。若请你吃饭，你也看不起我的饭局。若给你钱，你也未必看得上那么一点点。以后你有什么事要我帮忙的就说一声，或给一个暗示，我就会立即照办。"

吴悟敏想起阿强说过自己是"吃地盘工人的人头饭"的人，他也说过麦总之死的现场和处理结果，那么他应该可以找到冉存军的下落，如果找到冉存军这个人，或许可以找到儿子吴晓龙的消息。于是，吴悟敏就给他回复了一条信息："阿强，这两天我都很忙，不能和你一起喝酒，等过两天有时间，我再请你在西餐厅里好好叙叙。你说这个地方有许多朋友，可不可以帮我找一个姓冉，叫冉存军的男孩子，陕西人，二十五岁左右，中专文凭，一米七左右的个子。他做过监理员，离职不知去了何方。我到处找他，你手里如果有这个人的信息，请介绍他来找我，我会重谢！"

　　没想到，信息刚发过去，强仔的信息立刻回复了："吴哥，好巧，我工地里有个叫冉存军的，一米六五高，他是不是陕西人，是不是做过监理员，我不清楚。我叫他马上到你那里去见你，当面看看是不是你要找的人。那小子人不坏，也很讲义气，来回打的费用你出了就行。"

　　吴悟敏喜出望外，说："好，叫他马上过来吧，就说我在九排村前进工业园工地大门口等他。"

　　强仔回复："好，他几分钟就可以到了，他回去时，别忘了给他打的费！"吴悟敏回复："好的，没有问题，我等他！"

　　过了不一会儿，工地门口的汽车喇叭响了几声，吴悟敏赶紧向工地大门口走去。看到一个年轻小伙子已经快步地走到门卫处。他两手插在裤兜里，对值班室的老头说："我姓冉，叫冉存军，我是强哥叫我来的，我要找你们监理公司的吴总。"值班室老头看了看这个年轻小伙子，又看看正往这里赶来的吴悟敏，说："你等着，来的那个人就是吴总。"

　　吴悟敏从门里走出来，和年轻小伙子握了一下手，说："你是强仔介绍来的冉存军吧，你等一会，我去付车费。"说着就到的士跟前付了车钱。

　　的士开走后，吴悟敏回头对年轻小伙子说："你就是小冉吧，到我办公室里去坐一会，办公室里就我一个人，来吧！"说完，又对门卫招了招手，自己先进门去。年轻小伙子走进门后，跟着吴悟敏进了监理办公室。

　　吴悟敏搬来一张凳子，要年轻小伙子坐在他办公桌对面，等他坐好后，吴悟敏又用饮水杯给他泡了一杯热茶水，端到他的面前。

　　这个年轻人很拘谨，只是睁大眼睛看着吴悟敏不说话。吴悟敏仔细地看了看这个年轻人，头稍大，肉肉的，圆脸，不像是陕西男人那种清瘦的国字脸，身体显微胖，短短的寸头显得脸比较大，根本不是监理资料里冉存军的工作照片上的样子，从相貌到体形都有点对不上。

　　"我是强仔的好朋友，你也是强仔的好朋友，今后我们也是好朋友了。我姓吴，你叫我吴工好了，我是从陕西来的，我有一个亲戚叫冉存军，昨天和我失去了联系，强仔说你就是冉存军，所以叫你来见我，很好，我们见面了，我们好好聊聊，等工程师下班后，我请你一起去吃夜宵。"

　　"吴哥，我和你都是强哥的好朋友，那我就不瞒你说，我不叫冉存军，我姓姚，叫姚来喜，是哪里人就不说了吧，你叫我来喜好啦。我一星期前从外地来，想在这里混一混生活。有一天晚上，我在公交站台附近捡到一个钱包，里面有一张暂住证复印件，我想正好有用，就拿出来装进衣兜里，别的都扔掉了。第二天，我就拿这个身份证复印件到强哥的建筑工地当门卫，强哥见我会一点拳脚，把我介绍到祝董那里做物业管理处主任。"

吴悟敏说："好，不遮不掩，实打实地说话，我喜欢这样的人。我们做工程师的，只能用数字和法规说话，一是一二是二，说假的就搞不到饭吃。那你和强哥他们主要是靠什么收入来维持生活？"吴悟敏见他喝完了杯子里的茶水，就再给他续上。

姚来喜边喝茶边说："吴哥，你的茶叶真好喝哦！很贵吧！不瞒你说，像我们这样的人，主要是靠信誉来吃饭，答应别人的事就一定要做到。具体地说，我们的收入主要有两项，一是帮大款收钱，二是帮工人讨工资，帮人介绍工作，收取中介费。"

吴工问："那么，你们不是很容易富起来？"

姚来喜说："看起来钱是很多的，来得太容易，去得也快。做成了一件事，都是要按行规、按等级来分的。一般分到钱后，弟兄们都是要轮流坐庄去酒吧或歌舞厅高兴一回，还要一同去开房泡妞。如果再有好赌的，就去赌场赌几把。大家都知道你的手头有多少钱，你的钱必须花完才可以罢休。结果，到头来也是两手空空，图的只是一时潇洒和痛快，爱的就是人生快活。干这一行，不做老大是富不起来的，没有理想也是存不起钱来的。"

吴悟敏又笑着逗他，问："我看你是一个有理想的人，一定存了不少钱吧！"

姚来喜有点沾沾自喜地说："我跟着强哥走。强哥是个有理想的人，强哥没有不良爱好，他做事很讲规矩也讲义气，对弟兄们出手也大方、公平。所以，不瞒你说，我是搞到了一点钱，等到够买一间商铺的时候我就收手，回家去娶妻生子养老尽孝。强哥说他要做大老板，要用钱注册一家劳务公司，名正言顺地帮助工人讨工资。当有一天劳务工行业正规化了，老板不敢拖欠工人工资了，他就堂堂正正地带大家去做工赚钱。我不想做大老板，那样很累，也很危险。强哥自己本可以买房买车的，他暂时还装穷，主要是帮助工人讨要工资，歪门邪道的活儿，我和他都已经不做了。"

吴悟敏说："你和强哥既然都是有理想的人，为什么不去学点技术考一个技术资格呢？"

姚来喜这时显得很兴奋，说："你说得很容易，像你这样有文凭有资格有能力的人多了去，为什么不开公司？还不是没有那么多的钱？还不是没有后台？还不是拿不到大工程？我们不想做工，我们不想白花那个冤枉钱。"

吴悟敏问："老板们都跑路了，你们怎么能帮他们拿到工资呢？"

姚来喜说："我们在每一个工地都有卧底，有的是小包工头，大多数是大老板身边的管理人员，他们和我们合伙，有钱大家赚。"

吴悟敏装出很惊奇的样子说："那你们的兄弟一定很多哟！"

姚来喜兴奋而自豪地说："那是！人少了不行。有时，开发商也要找我们帮忙。"

吴悟敏真的感到很惊奇，问："开发商也要你们帮忙？"

姚来喜说道："那是！他们有时想多向政府要工程款，就以工人讨工资为借口，组织队伍搞游行、静坐，甚至搞群体冲突，然后请人写新闻稿登报纸，叫人家来他那里搞采访，这一招很管用，真的！"

吴悟敏问："随意搞游行和静坐是要被追责的，有人愿意去吗？"

姚来喜不屑地说道："只要有钱拿，谁不愿意去呢？按工地工资的三倍，当天结清，多好！万一被关进了局子，辛苦费会按坐局子的天数照给。所以，一招手就有好多人报名，还有人专门养着这些人，事成之后会有分成。轻松赚大钱，何乐而不为？"

吴悟敏装作震惊的样子问："这样的话，至少需要几十人呀！你们真的有这么多人吗？"

姚来喜很自信地说："几十人算什么！有一次强哥他组织了几百人到机关门前静坐，晚报和新闻网络头条都上了！"

吴悟敏不由自主地说道："看来强哥是个了不起的人呢！"

姚来喜顺口地说道："那还用说！"

姚来喜说到这里，将话题一转，说道："吴哥，你不是要找那个叫冉存军的小伙子吗？我明天和强哥细心布置一下，你把资料从 QQ 里给我传来，不愁找不到他。"

吴悟敏感激地说："好，你就帮我找找，男孩，二十岁左右，北方人，一米七的个子，大概在建筑监理和建筑施工行业里。先谢谢你啦！"

姚来喜说道："别客气，朋友间的事，我不帮谁帮！"

姚来喜说到这里，又问道："吴哥，你们的洗手间在哪里？我喝了不少茶，尿涨了！"

吴悟敏手指监理宿舍的门内说："去吧，在宿舍最里边。"

姚来喜急忙起身要去洗手间，他起身看了看吴悟敏办公桌，本想到桌上去取手纸，却一眼看到了公关小姐的名片，于是顺手抓起来，将名片带到宿舍里的洗手间去了。

姚来喜进到洗手间里后，大声地对吴悟敏喊道："吴哥，你们这里的生活条件真好，我都想在你们这里冲个凉睡一觉！"

吴悟敏说："没问题，床位有的是。这些同事今晚加班，他们天亮前都不一定回得来，你就在这里冲凉睡觉吧！"

姚来喜在洗手间里哗哗啦啦地搞了好一阵后，好像又在休息间给谁打电话。姚来喜打完电话后走出来对吴悟敏说："吴哥，我在你桌上捡到一张外招服务的名片，我相信你认识的女孩子一定很漂亮，我按照上面的电话号叫了两个女孩子，她们马上就来，我们一人玩一个，不玩，我睡不着。"

"我不用的，我也不喜欢这一类女孩子。两个人来了都归你玩，这叫二凤戏凰。"吴悟敏对姚来喜不打招呼就招来这些麻烦事，心中极不高兴。但事已至此，也只好按下心中的怒火。对待这种人，说理是说不通的，只能观风驾船。于是，他假装平静地对姚来喜说："你先到睡房去，先把人家铺好的床单拿开，铺好报纸再搞，不要在人家工程师们的床单上抹糨糊，把人家的床单搞脏了，人家就会收拾你的。"

"怎么可以这样不相信我呢？我又不是人生第一次！我去啦，吴哥，她们人来了就叫她们进来。"姚来喜说着就进了监理师的房间。

姚来喜刚进屋，就有两个花枝招展的少女径直走到吴悟敏面前，其中一个有礼貌地介绍她们的名字："我叫春妮，她叫春花。这位老板姓吴吧？刚才是你打电话叫我们的吗？你这里是监理办公室吗？"

"你们怎么能进到这个工地来？不是有门卫吗？"吴悟敏虽然话语说得很平静，但显然又露出心中的不快。

"这是你们门卫告诉我们的，你也姓吴，他说这个电话可能是你给我们打来的。前进工业园建筑工地里有不少人是我们的老客户，门卫是我们老乡，也是我们的客户，你不用担心的。要是你看不上我们可以再换人，直到你满意为止。不过，每换一个都是要付费的，就是不服务，也要付叫号费和交通费的，五十元一个，你给我们一百元，我们就回去交差，会再派两个过来，直至你满意为止。我们妈咪不是吃素的，相信你们也惹不起。"这个说话的女孩带着笑脸说完后，又对另一个女孩笑笑，那个女孩也微笑着对吴悟敏说："琴姐说的都是真话，其实我们都不容易，请多多照顾。"

吴悟敏边听边打量这两个少女，年龄不过十八九岁，身高都在一米六五左右的样子，身材苗条匀称，服装花艳，搭配合理好看。在灯光下，大小合适的脸蛋上，虽然看起来不是很白嫩细腻，五官身材在浓装下还是十分可人的。他默默打量后向房内一指说："找你们的老板不是我，他在里面等着你们，那个人是大老板，快去吧，我是给他看门的第二门卫。"

"这位老板真会说笑，嘻嘻！"两个女孩子就进到屋里去了。

吴悟敏正心烦意乱，他拿起一本施工技术资料的书打开看着，还没五分钟的时光，就听到里间睡房里的人们在吵架。

只听女孩子大声说话的声音："快给钱，哪有买完东西不给钱的道理！"姚来喜的声音："为什么向我要钱？是你们自己动手脱掉我的长裤和外套的，我的内裤都没有脱，又不是我要求你们这样做的！"一个女孩子在说话："我们两个人都脱光了，我们的东西都给你看了，我们都是为你脱的，所以你必须给钱。"姚来喜的声音："我都没有把东西放进去，这等于是你们商家自己在超市展示产品，顾客不要买，你们还要强买强卖不成！就算是说我进了超市，我不买，我又出来了，超市里也绝对不会向我强行要钱的吧！"女孩子说："反正我们到你这里来了，就算是你买了我的东西，你都得付钱！"姚来喜的声音："就是不给，又怎么样？我又没有亏理！"女孩子说："你想不给钱是吧，你要不要叫我们妈咪和老板来？"姚来喜的声音："我又没有用你们的产品，我怕谁！你们做生意也得讲一个商业精神吧！是不是？你知道我是做什么的人吗？我怕你们？"

吴悟敏觉得双方各不相让，这样下去会把事情闹大，就喊了声："小妹，你们两个人出来吧！多少钱？我给你们！"

两个女孩子从屋子里走出来，对吴悟敏说："一人一百元，就两百元，那个老板都不肯给！又不是你叫来的，你凭什么帮他出钱？"

吴悟敏说："不是他不给，他是老板，我是他的保镖兼财务经理，他不给你钱是和你们开玩笑，我现在就付你们，一共给你们二百二十元，拿去吧，十元是打的费，另外十元钱吃两份炒粉，辛苦了，走吧！半夜里要小心！"说着给这两个少女掏出二百二十元给了她们，招招手示意她们快走。

其中一个姑娘拿出自己的名片递到吴悟敏的手上，说："老板，我知道你是在做好人，你不用骗我们，我们是做兼职的。我是搞水泥销售的，她是开成人用品店的，这是我工作单位的地址和电话，有空来坐坐，一起喝茶。"

两个少女走后，姚来喜从睡房里走出来，说："吴哥，不是我不给钱，是我今天真的没有放进去。"

吴悟敏没有好气地说："阿喜，不放进去更好，免得将我们的床单搞脏了，免得满屋子的都是臊气。"

姚来喜说："床都整理好了，我是出来混的，知道这一点小事还是要做好的。"

吴悟敏开玩笑地说："阿喜，说实话吧，是不是你那个东西不行哦，进不了门哦，嘿嘿！"

姚来喜说："吴哥！你现在落后了哦！现在是'大家一起来看的时代'，

眼球的欣赏享受价值高于所有实际的享受价值。你还不知道哦！现在的小伙子们对女孩子玩的是'眼球福分'，在乎看到多少个样品，看到多少个样式，这才是有本事的男人。真男人根本不在乎真的要塞进去，懂吗，大哥！"

姚来喜觉得还是不能说服吴悟敏，于是就给他讲了一个故事："我给你讲一个真实的故事，是我亲眼看到的。上周星期天，我在一条大街上的转角处看到好几个人围在一起，不知道他们在看什么。我走近一看，原来是一个很有钱的帅哥，对一个胸部很大的女孩说，你让我摸一下我给你一百万元，那个女孩马上就当众解开了上衣。然而，那个男孩只看了一眼转身就走了，围观者们都一哄而散。这女孩子也没有法子，只好穿好衣服整理一下口红，自己悻悻地走了。现在时兴的就是这个，你知道吗？"

"你们这些人真无聊！"吴悟敏听了这个故事后十分生气，就一把抓住姚来喜的衣领，对他怒吼着说："你看我会不会揍你个半死，让你享受一下武打演员的快乐？"姚来喜被吓得"扑通"一声跪在地上，给吴悟敏磕头作揖，口喊大哥饶命。吴悟敏没好气地又把姚来喜从地上一把抓起来，对他吼道："好啦！好啦！今天我饶过你，赶快离开这里！滚！"说完，他从自己兜里拿出二百元钱递给姚来喜，说："今天是我叫你来的，我不会亏了你，这是你出门的费用，拿去！快滚！"姚来喜也不客气，接过钱就装进自己衣兜里，笑嘻嘻地说"吴哥，这些钱我来日定要加倍地还你。你要我找冉存军那个人，我两天内给你找到，就算是给你的回报。"

吴悟敏说道："好啦！好啦！不要只说好的给我听，你还得要做好才可以过关！相信我会有考验你的时候！"

姚来喜信誓旦旦地说："吴哥，请相信我，后会有期。"说完就走出工地大门扬长而去。

第二十九章　大失所望

姚来喜走后，吴悟敏一颗烦乱的心总算平静了下来。

他看看手表，已是凌晨一点多了。办公室外，一片灯火通明，工地上的混凝土车和混凝土输送泵的巨大轰鸣声，工人们和工程师之间的吵嚷声，相互交杂在一起。尧工和两个监理员都没下来，一定是工地里多少有些不顺的情况。吴悟敏觉得自己应当上去看看才好，于是，穿好长筒水靴，戴好安全帽，手拿钢卷尺和笔记本，准备到正在施工的工地上去。

吴悟敏刚走出办公室的大门，正准备关灯锁门时，尧工和小赵、小王他们回来了。吴悟敏赶紧迎上去，看看小赵和尧工，问他们："还顺利吧！没出什么事吧？混凝土浇灌捣得好不好？"

尧工说："今天还好，什么问题都没有出现。"

小王，三十岁左右，言语不多。小赵是南方客家人，二十岁左右的样子，中等个子，面庞清瘦，身着比较中性，白色长袖衬衣，黑色的休闲裤，脚穿白色球鞋，大学刚毕业一年，是由政府派到监理公司来的。他的办公桌上摆了几本考证的资料书，见吴悟敏和尧工坐到他的桌旁，赶紧将那几本考试资料拿起来塞进抽屉里，嘿嘿地笑了几声。

吴悟敏看到和自己儿子年纪相差不多大的小赵，不免有些动情，他觉得小赵很懂得礼貌，温文可爱，就说道："考国家资格证是很好的事情，我是支持的，争取多考几个。北方的工程师们，他们一天到晚不停地考各种资格证，考了一个又一个，我见到资格证最多的人有八个国家级的资格证，他还在考呢，你打算考几个？"小赵问："有一个就够一辈子吃饭了，要那么多干啥？"

"古人云，艺多不压身嘛！据说还可以放到别的公司挂靠，一个资格证一年少则几千元，多的几万元挂靠费，就像聚宝盆，年年岁岁，岁岁年年，取之不完，用之不尽。"吴悟敏感慨地说。

小赵好奇地说道："吴总，那么您考了不少的资格证啰！"吴悟敏说："像我们这个时代的人，技术资格职称都是由国家评聘的，工作转行叫调动，由上级主管部门开调令才能用你，工作岗位和工资的评定不是按资格证多少来确定的，就算考了多少证也未必有人用你。"

吴悟敏说着说着又转移了话题，说道："我们交个朋友好不好？你当我的老师好不？"

小赵自嘲地笑着说："您没搞错吧，我当您的老师？扣女？你肯定是老手比我强，过来人经验多多，姜还是老的辣。打麻将、玩电脑、玩游戏？您又不玩。开车？您有老板派的司机和专车。您是在搞笑哦！"吴悟敏笑着说："你教我说客家话和白话，好不好？"尧工一旁听到感到好笑。

两个人正在闹时，尧工的电话响了，是施工队许工来的电话，说是叫吴总、尧工和小赵他们一起出去吃夜宵。尧工说:"吴总,不要逗小赵了,我们还是出去吃点夜宵吧!离这里不远的三号街,有一家潮州菜馆不错。"

吴悟敏、尧工、小赵和小王出门一起步行到潮州菜馆。

这时许工手下的三个包工头已经先到了。因为夜里凉快,不冷不热,就将一张大的桌台安放在菜馆门外的场地上。此时门外的场地上早就摆了好几桌,好多顾客在吃夜宵喝啤酒。听口音有说北方话的人,也有说南方客家话和潮州话的人。

许工见吴悟敏他们来了,就站起来和吴悟敏打招呼。当吴悟敏、尧工、小赵和小王坐下时,桌下已摆了两箱啤酒,一箱客家黄酒。桌上的菜也摆好了,清蒸大个对虾一盆、红烧鲍鱼一盆、烧烤扇贝一筐、红烧大龙虾肉一大盘、湛江白切鸡一大盘、海南焖狗肉一大钵、惠州烧白鱼一盆、潮州红烧猪蹄一盘,潮州打冷一大盘、客家红烧大马鲛鱼块一大盘。七个人围坐在一张大台边,埋头吃喝一会儿,再经几圈客套话相互恭维之后,感觉啤酒不够了,又加了一箱啤酒。

一个黑壮的包工头双手捧着酒杯站起来,用带有长沙口音的普通话给吴悟敏敬酒:"吴总,我是这里的木工组长老张,今天一定要敬你一杯!"

吴悟敏也端起酒杯站起来说:"张老板你好,你别先敬我,你应当敬你的老板许经理,其实是你们辛苦了,你先坐下来,我们对饮一杯好不好?"吴悟敏举杯和老张一碰酒杯,两个人一饮而尽。

老张又给吴悟敏满上,也给自己满上说:"在老板许经理那里,我肯定是要敬的,但我要先敬吴总,大家说是不是啊!"大家都举起酒杯,都朝着吴悟敏一起碰杯,说:"是哦,来,我们都敬吴总一杯!"

"好,我先干为敬!"吴悟敏举起酒杯和大家逐一碰过后一饮而尽。

老张说:"许老板,昨天下午的大场面,我活到四十多岁都没有看过,执法队都开枪了,那么多的人围着喊叫。人家吴总一句话没说,只给湛科递一个手机,那些人全退了,群众也清场了,真的是个英雄豪杰。我站在工地楼顶上看得很清楚。高人!连领导都听你的。吴总,我再敬你一杯,我先干,你随意,我们今后交个朋友也好,你做我的偶像也好,总而言之是好,是吧,大家说嘛!"

老张拿起装满酒的酒杯先一口干掉。满桌的人都附和着老张的话和吴悟敏碰杯。吴悟敏只好拿起酒杯一饮而尽,喝完后就说:"我哪来那么大本领,其实我也想逃掉,算是运气还好吧,都是上天的造化,不知你们信不信运气,我是相信运气的。"

许工和大家都开始讨论运气的事。

一个白胖的包工头举起手中的酒杯对吴悟敏说:"吴总,我敬你一杯,我干了,你随意!"说完一饮而尽,自己又斟满酒,又给吴悟敏斟满,看着吴悟敏干了,就竖起大拇指说:"吴总豪爽!昨天下午的事我也看到了,吴总心肠好,工人的事其实与吴总毫不相干,如果帮人帮不好,自己是要吃大亏的。这样的人现在恐怕是找不到了,我是佩服的,以后吴总有什么需要的,只管说一声就行。"说完伸出手来和吴悟敏握手。

吴悟敏边握手边说:"谢谢!谢谢!当时我也没有想那么多。"

许工说:"我佩服吴总为人正派善良。我们大老板说,吴总从来都不给我们工程出难题,也从不敲诈我们,这样的好人当今不多了。有的总监敲人敲得很厉害,连我这个工程师他们都要敲,你们也经历了,你们看我说得对不对!"

"有一天,我和一个监理工程师去出差,工程师说他没带钱,叫我帮他们交车票钱,我就帮他买了,最后他没有还给我钱。"瘦一点的包工头说道。大家笑了,吴悟敏开玩笑地问尧工:"是不是你?"

"我才没有那样下贱!我也不缺那样一点点钱。"尧工笑着说。大家又一阵乐呵。

老张说:"来,我们大家都敬吴总一杯!"尧工、小赵和其他的人都举起酒杯和吴悟敏碰杯,大家喊着叫着说着,快乐地举杯畅饮。

七个人几经劝酒过后,就开始互相对饮起来,酒一喝多,大家的话就多了起来。尧工和老张谈支模的问题。小赵和许工谈工程资料的问题。吴悟敏听到另外两个包工头谈到工地出事故死了许多人的事情。

一个白胖的带四川口音的包工头小声说:"搞笑撒!春城大国际的工地,前天刚刚接受区安监站的检查给了合格评价书,昨天就发生了吊塔断臂事故,死了五个人,北京来人了,施工方的项目经理和工程总监都被抓了,工地被勒令停工,工程工地办公室全部被查封。死者家属要求政府每人赔二十四万。"一个说:"工程总监是不会被抓的,你说得不对。"另一个解释说:"这个总监是挂靠的,他在外地上班,去年刚考上国家注册监理工程师资格。当工程事故发生后,市领导视察工地见工程总监没有在场,就下指示一定要见到工程项目监理总工程师。结果发现只有注册监理工程师的证件在册,而总监本人过了两个多小时才姗姗来迟。当他一到,就被机关里的熟人认出是挂靠兼职人,市长一怒之下,就命令公安局局长当场拘捕起来。该他倒霉。"

"哈哈,这人的运气真是太好,中了六合彩,撞到枪口上了,哈哈哈哈!"

全场一片笑声。

　　另一个黑瘦的包工头小声说："前天来这个工地视察的安监队伍，听说是市安监站站长亲自带的队，人家说这个队长是瘟神，检查到哪儿那儿必出事故。"说完，发出一阵嘿嘿的笑声。一个包工头小声说："吹你的壳子，你怎么知道得那么细吗？"另一个包工头小声说："是冉存军给我说的，他是我的小舅子，你也晓得他的撒，他是在甲方里面做电工，我哪里会哄你！"

　　吴悟敏一听到有人说起冉存军，立即就兴奋起来，就打断了那个包工头之间的对话，问道："请问这位老板，你们都认得冉存军？"

　　"冉存军和我同在一个工地，他是甲方的电工，刚来这里不久，听说他还在一个工地里兼职过监理员，他经常来检查我们的电表，我认得，他也认得。"那个白胖的带四川口音的包工头指了指黑瘦的包工头小声说。

　　黑瘦的包工头说："是的，在春城大国际工地当电工。吴总，你也认得他？"

　　吴悟敏拿出照片说："我有个亲戚叫冉存军，年轻男孩，二十一岁，最近失踪了，我正在找他。你看看这张照片，是不是他？"

　　白胖的包工头从吴悟敏手里接过照片，看过后又给了黑瘦的包工头，对吴悟敏说："有点像。"

　　黑瘦的包工头看了一眼照片又还给吴悟敏，说："好像是的。"

　　吴悟敏问道："你们能不能把他叫来和我见面？"

　　白胖的包工头说："没办法，吴总，我是叫不来的，人家是甲方的人。不过，我可以告诉他的工作单位和生活住址，他的电话号码我这里记得也有，你再去找能人将他请过来，也许还行。"说完，就翻开他自己的手机，翻出一条信息给吴悟敏看。

　　吴悟敏立刻拿过白胖包工头的手机，先将里面的那条信息转到自己的手机里，然后立刻从背包里取出自己的手机，翻到刚才那条关于冉存军的信息，证实没有问题后，他立刻将手机还回包工头手里。按照往日的习惯，吴悟敏自己又从背包里取出小笔记本和签字笔，将冉存军的详细信息做了备份。

　　这个意外得来的信息，让吴悟敏有了惊喜，又不免有点心急。此时，他突然想起姚来喜和强仔，这两个人在许多建筑工地都安排有卧底的人，也许他们认识并且会找到这位年轻人。于是，吴悟敏就分别给强仔和姚来喜打电话进行沟通。结果，令他意想不到的事情发生了，姚来喜受强仔的委托，用车正拉着冉存军来见面，真是喜从天降。

　　不到二十分钟，一辆的士开来了，姚来喜和一个身材消瘦的年轻人一前一后地来到吴悟敏面前，相互握手。

　　姚来喜和吴悟敏不由得又高兴地亲热地寒暄一番。

　　姚来喜拉着那个年轻人到吴悟敏面前，对年轻人说："他就是监理公司的吴总，管着好几个大的工地，吴总要见你，一定是有好事要找到你的。"

　　姚来喜又给吴悟敏介绍道："他就是你要找的那个冉存军工程师。"

　　吴悟敏和冉存军相互握手之后又交换了名片。从冉存军的名片上看，他是一家地产公司属下物业管理公司的水电助理工程师。

　　吴悟敏将冉存军拉到一边，单刀直入地问麦总的事情。冉存军直言说道："麦总连人带车被大型工程土方车压扁了的事是真的，这件事已经摆平了，他家人觉得处理结果很满意，他的妻子和家人同意不再对任何人提起此事。我是麦总招来的私人助理，也分到了封口费。吴总，你和强哥、姚哥是好朋友，我对你说了，相信你也不会说出去。"

　　吴悟敏拉住冉存军的手说道："冉工，谢谢你，麦总这件事让我老惦记着，现在终于放下了，谢谢！"

　　这时，许工高声地招呼吴悟敏、冉存军、姚来喜快坐下来，一起喝酒吃菜。大家边吃边喝边聊，聊工作，聊地方风情。酒过三巡之后，吴悟敏问道："冉工，我向你打听一个人，你应该知道的。"

　　冉存军说："吴总，你说吧，看我知道不知道。"

　　吴悟敏直接问："吴晓龙，男孩，今年二十一岁，年龄和个子和你差不多，你应该认识他。"

　　冉存军说："不认识。"

　　吴悟敏更加具体地问道："你给监理公司的麦总当过兼职监理员吧！"

　　冉存军说："当过，但没有几天工夫。"

　　吴悟敏说道："冉工程师，我不是问你这个，我是看了你的身份资料，你用一个叫吴晓龙的身份证复印件，贴上你的头像然后再复制的，是吗？我们都是搞工程的人，说话要实打实。"

　　冉存军显得有点胆怯，说道："吴总，你要干什么？是想调查举报我吗？"

　　吴悟敏解释道："我只是向你打听一件事情，我是吴晓龙的父亲，我在到处找他，请你帮助我，说说他在哪里？我会重金感谢你的。"

　　冉存军情绪慌乱地说："我真的不认识吴晓龙，这张身份证复印件是我从网上花五块钱买来的。"

吴悟敏再次问道："冉工，你说的都是真的？"

冉存军指了指姚来喜，说道："姚哥完全可以给我做证。"

姚来喜说道："吴总，他不敢在你面前说假话，你和他都在这里搞工程，你们早晚都会碰到一起的。"

吴悟敏虽然很失落，但是，毕竟澄清了自己的误会，心情也有一点坦然。于是从衣兜里取出两百元，给姚来喜、冉存军一人一百元，说道："辛苦你们了，这是打车费和明天的早餐钱，别嫌少，我们以后都是朋友，以后有什么事找到我，只要我能做到的，都会尽力而为。"

这两个人嘴里说着"不要，不要啦"！但手里并不推辞，拿了钱起身叫了一辆摩的，两个人一起坐着走了。

姚来喜和冉存军走后，不远处传来吵闹声。几个喝酒的人都向那里望去，在闪烁的霓虹灯光下，一个披着长发、穿紧身上衣和超短裤的女人，正在和几个男人之间相互撕扯，几个男人将女人向前推着走进了一家宾馆。另一边许多人围着一个躺在地上的女人议论着，有人说："你想捡尸哦！那就把她捡回家吧！"

吴悟敏不喜欢讨论这些扯淡的事，感到心情有些不爽，眼前的酒菜一下子没有什么味道了，于是他说："许工，各位老板，我还要回去看一看工程资料，我先回去了，我去买单。"

许工说："吴总，现在三点多了，回去也睡不了多久，我们还是去水吧泡一泡，让人家按一按疲劳的身子，然后在那里躺一下到天亮，吃点早点，喝点果汁，九点钟来工地参加工程主体封顶仪式，凡参加者每人一块名表和一个大红包，然后一起到世纪广场大酒楼参加庆功招待宴会。"

吴悟敏说："小赵、尧工还有小王明天会代表我去参加的，公司还有要紧的事等我去办，谢谢许工！"

许工说："吴总实在太忙，那就先回去休息吧。"

吴悟敏起身要去买单，老张说："吴总，单我买过了，你就回办公室休息吧，有时间我还要找你问个事，我叫个的士送你回宿舍。"

吴悟敏说："那好，我现在先回了，小赵、小王和尧工，你们陪他们喝酒吧！"

小赵、小王和尧工都说他们也要回办公室休息。于是四人一起坐上的士离开了酒桌。

许工和其他的几位包工头随后离席，说他们要去桑拿房洗脚按摩过夜去了。

第三十章　海归博士

凌晨五点多，混凝土的浇灌工程全部完成了。机械和车辆都完全撤出工地，工地显得非常安静。施工方的管理人员和工人们都休息了，监理工程师们简单地洗漱一下坦然睡去。

尽管睡得很晚，早晨六点多的时候，吴悟敏照常醒了。儿子吴晓龙的行踪似乎有了方向，但是瞬间又成了谜。这个谜底也许一时半会儿还不能解开，幸好亲友们不停地来电来信安慰他，只好暂时放一放了。他轻轻地洗漱穿戴完毕，走出办公室来到门外场地上活动一下身体。被高楼大厦圈成井口式的天空，早晨没有看到朝霞，只是天空的蓝色越来越浓，没有微风吹拂的感觉，但有一种很惬意的凉爽。四周没有机器轰鸣声，是一个难得清静的黎明。

吴悟敏在门外独享了一会儿轻松，又回到办公室内。他收拾一下办公桌上的公文包和公文袋，再走到镜子面前察看一会自己的发型，没有乱，然后坐下来拿起一本桩基础工程建筑技术规范的书，细心地翻阅，这是他从前没有接触过的一门新技术。这时，从工地的大门方向传来了小汽车开进工地围墙里的声音。

吴悟敏抬头看去，见到管老板从车里出来，他手里提着大公文包，径直向监理办公室走来。

"吴总，我猜到你每天都起得很早的，特意过来请你喝早茶。"

"管老板，你今天起早是要主持工程封顶仪式呀！要不然，你是在桑拿房里睡过头了吧！"

管老板也不答话，在吴悟敏的对面坐下来，将公文包往吴悟敏办公桌子上一放，然后说"好，别的不说了，你们陈经理约我和你们一起吃早餐，你要不要去叫尧工他们一起去？我建议你还是去问问他们好一些，他们要是不愿意去也就随他们的便。"

"好的，我去问问。"吴悟敏说着就进休息室去了。

此时，管老板迅速地拉开吴悟敏公文包的拉链，从自己公文包里取出整捆的五万元塞进去，又将拉链迅速拉好，然后从衣袋里掏出古巴雪茄香烟，悠闲地抽起来。

吴悟敏回到办公室，对管老板说："他们都起来了，正在洗漱，马上就出来了。"说完又坐在管老板对面，和管老板聊起强仔的往事。

管老板说："这些人都是靠给工人讨薪和给小老板收账生活。他们手下的工人真多，在城里土建工程做临时工的，几乎都和他有联系。像我这样的土建小老板，一旦新工程到手着急要用人，都要找到他们要工人。他们与各个工地的包工头都是相互串通的，每推荐一个工人上岗，他们就能拿到工人工资的百分之二十作为回报。当然，他们必须保证被推荐的工人顺利拿到工资，工人们也很乐意和他们合作。"

吴悟敏对此信息很感兴趣，问道："大型土建老板的用工，就不会采用他们的人吧！"

管老板说："大型和特大型的工程公司用人，有的是直接从总公司注册地调工人来。平时只发给工人们饭钱和零用钱，全年工资结算要等到年终回家时或离职时才拿到手。而大型国企公司的工人录用，主要由专业的劳务公司提供。劳务公司和工程公司有合同关系，这些劳务公司会保证工人的技能培训、证件发放、劳动保护费用的发放、工伤处理和工资的发放等相关项目的保障。在这些公司里上班的工人都是经过考核合格后持证上岗的，工资都能按月结算，一般都不会被欠薪。"

吴悟敏突然想到一件事，就问管老板："哎，管老板，今天早上九点，你的工程不是要召开封顶仪式吗？你怎么现在还在这里磨叽？"

"我挂靠的那个总公司副总经理和国家注册项目经理今天亲自主持这个仪式了，所以，我可以不参加。这些庆功者们吃的、喝的、拿的、送的，我都给他们安排好了，由现场的施工员一手去执行就对了。"管老板轻松地回答。

这时，尧工、小赵、小王都来到办公室。他们和管老板相互打了招呼，然后就找个凳子坐下来。管老板给他们每人发了一条"金新渔"牌香烟，大家打开香烟静静地品味着特供烟的滋味，满屋子里都是浓浓的香味。

门外一声小车喇叭声的长鸣，打破了办公室里的沉静。吴悟敏抬头向门外一看，原来陈经理的车到了，他转头过来就对管老板说："陈经理来了，我们一起去喝早茶吧！"

吴悟敏自己一边说着一边提着公文包向外走，快到门口时感觉自己公文包重了许多，他明白了包突然重了的原因。不过，此时也来不及处理，于是就和管老板一前一后地向停车场走去。

两辆车都点火要开动了，管老板问陈经理："今天去哪儿喝早茶？"

陈经理说："已经订好了酒店座位，去新旺角海天大酒楼，在那里喝早茶最好。"

两辆车一前一后向大街上开去，车子转过几条街道之后，就停到了一座大楼前。在这座大楼的醒目位置，有一块"新旺角海大大酒楼"的大招牌，门前停的车很多，服务生过来给他们找了两个停车位。

由陈经理打头，一行五人经过大堂，再乘电梯，到了五楼505号包房门前。陈经理和尧工、小赵都进到包房里，吴悟敏故意留在门外，等候走在最后的管老板。

吴悟敏在门外见到管老板，将管老板拉到离门远一点的地方，小声地对管老板说："管老板，你不要这样吧！趁人不注意这样做太不地道。这事你至少要经过人家的同意才对，你这是不道德的行为。"

管老板一边赔笑一边辩白地说："吴总，你那样忙，你的马仔都随时供奉伺候在你的周围，你看我哪有机会对你说明白呀？我现在不就是抓紧机会对你说明白吗？这两天你帮了我的大忙，我多少对你表示一点也是应该的。有许多人什么事都不帮我做，还要我每月给他们开会员卡打卡，一出手就是要六位数的，我不得不给。你帮了我那么大的忙，你不收也是不公平的。再说，也许我还有别的事情要求你帮忙的，你要相信，我不会白白地给你的，你也不会白白地拿我的。人家向我一要都是六位数，相比之下，你基本上算是没拿我一分钱的人，反而都是我欠了你很多的人情。"

吴悟敏说："那也不是我专门要帮你的，你放在我这里的东西不拿走，我以后就不会再帮你了！"

管老板满脸歉意笑着说："有你的吉言，那就谢天谢地，昨天那样的事，希望老天爷不会再找我了，从今天起，你就是我的新朋友，好不好？"

他们两个人正在那里小声打嘴仗，走廊上有三个人向着这边走来，其中有余主任和李主任，还有另一个三十岁左右、衣着很随便的男人，吴悟敏似乎在哪里见过，但不认识。

管老板迎上去说道："老九，你们这么早来喝早茶，也是难得的哟！"

余主任说："我每天都起得挺早的哦！今天我和陈经理打电话，他说吴总要来这里喝早茶，我就来了。原来你也在这里，你们工人的工作证件都办好了吗？再不办，问题就更难对付了，以后就是别人捉你进监狱，我也不会管你了。"

管老板急忙岔开话题，指着他身后的人，看看余主任又看看李主任，问道："这位先生是谁？"

余主任正要介绍，这时陈经理从包房里出来，对大家说："都先进来，都坐下再说啊！"于是门外的人都鱼贯而入，进了包厢，围坐在圆形大餐桌周围。

服务生赶紧上前摆餐具、倒茶、倒果汁、倒红酒、递热毛巾。陈经理和尧工等人与楼面部长一起商量着点单。

余主任站起来，指着那个三十岁左右的男人，大声说道："来，我给你们大家介绍一下，这是海外《前进新世纪时代日报》长驻我们新渔村的记者余先生，是我的本家侄子，叫余凡。几年前出国留学，专攻法律和新闻写作，现在是法律学博士后，正在美国和英国的几家媒体做特约记者。"然后余主任又向记者余先生介绍了陈经理、管老板、尧工、小赵、小王和吴悟敏等人之后，自己就坐下来。

余主任坐定之后，《前进新世纪时代日报》记者余先生站起来，有礼貌地给在座的人分发名片，然后举起斟了红酒的酒杯说："今天和各位工程上的老师见面很高兴，学生我在这里向各位老师敬一杯！"说完就抿了一口，放下酒杯坐下。余主任和吴悟敏等人也都礼貌地举起酒杯抿了一口，放下酒杯。

《前进新世纪时代日报》记者余先生说道："现在中国的经济发展很迅猛，但是，我们不要忘了争取自己应该得到的民主权利，就像我们这样的工程技术人员，更应该去争取自己应有的民主权益。我们都要有尊严地活着，失去了自己的权益和尊严，等于是失去了活着的人生意义，这比失去什么都可怕。我这里有许多网络大V和海量的粉丝，可以控制许多报纸和网络等新闻渠道，我们可以使得任何一条新闻在一星期内达到两百万以上的阅读量。此外，我们还掌握着与许多电视台合作的新闻空间资源，我们的力量很强，你们如果需要推广自己的产品和思想，国内外有许多组织和团体都可以帮到你们。"

小赵问道："我姓赵，余先生，如果我想出国深造，你们机构可以帮助我签证吗？"

余先生说："哦，赵先生，像你这样年轻的知识分子是很有前途的。如果你能在我们旗下的机构里兼职，写出一定量的新闻稿件，或提供一定量的新闻信息，努力工作到一定的等级，我们会考虑你免费出国深造的问题。我们年年都有这样的奖励出国旅游和出国留学的指标。我们的总部在国外，分支机构和工作小组在全国各地都有，只要为我们工作，我们都会给你们报酬的，有钱大家赚，何乐而不为？大家说，是吧！"

吴悟敏说："正好我有一事相求，不知你可不可以帮到我？"

余凡很感兴趣地问道："争取民主、平等和自由，是每一个人的权利，请问，你有什么事情要我来帮你？"

吴悟敏听余凡先生说他名下有各种报纸和网络媒体，还掌握着许多电视台的资源，这样的条件，要寻找一个新近失踪的年轻读书人，应该是很容易的事情，于是就说道："您好，余先生！我想寻找一个人，一个在校大学生，最近突然失踪了，不知道你是否可以找到他？"

余凡说道："在校读书的大学生失踪，从我们机构的调查数据分析来看，有可能是为爱情私奔，也有可能是他在学校过得比较失意，最大的可能是他在学校里受到了政治迫害。现在年轻人对民主、自由、平等和理想的追求已经成为一种新的社会力量。然而，这种力量受到了压制，他们正在试图挣脱这种压制。这样的话，可能就会有人受到迫害，而我们正在为支持他们争取民主自由而努力……"余凡口若悬河，说得滔滔不绝。

吴悟敏举手打断了余凡先生的讲演，说道："余博士，您好！你说的也许有道理，但是，我和我的家人都希望在你和你的团队帮助下找到这个年轻人，我们一定会感谢你的。"

余凡问道："这个年轻大学生的家庭政治背景和个人的政治背景是怎样的？他平时参加过什么样的政治活动没有？"

吴悟敏说道："余博士，您好！这个孩子他家庭的政治背景应该与他的个人主张没有必然的联系吧！他参加过什么社会活动，家里人一点都不知道。正如您说的，现在的年轻人都很独立，这个年轻人也不例外，他绝对不会和家里人商量他所要做的事情的。"

余凡问道："我们完全可以对此提供帮助的。请问，这个年轻人是男的？还是女的？多大年纪？是受迫害了？还是自由拼搏去了？这都是没有问题的，我们都可以对你们提供帮助尽快找到他。"

吴悟敏回答道："男孩子，在读大学生，今年二十一岁，没有和家里人打招呼就离校出走了。"

余凡不屑地说："大学生？在我们组织里注册的多得很，他们都是中国新世纪追求自由和民主的年轻人。不知道他有什么特长？他是什么时间出走的？"

吴悟敏说道:"大四在读生,建筑设计专业,去年在学校得过年度设计大赛二等奖,最近几个月失去了联系。"

余凡说道:"好,我可以帮你查找一下。"

余凡说完之后,又思索了一会,说:"吴先生,你这事不可以着急,你要先将他最近的生活彩照和身体特征状况资料一并发给我的电子信箱,不过,我要告诉你,我主要是负责搞维权事件新闻收集的,希望你能帮助我们,也为我做点兼职的事情,主要是写些社会上不公平不民主的信息源,或是大家的思想和经历。我们会将这些稿件发到国内外网络媒体上刊登,然后会付给你稿费,同时,我们会派人来帮助进一步采访和调查,然后再联系一些团体来协助解决这些事件和人员的实际问题。"

吴悟敏说道:"余博士,我姓吴,是监理工程师,我会将寻人信息发给你,你帮助了我,我会感谢你的,其他投稿的事,可以慢慢地来办,目前暂时还没有写稿的信息,等到有了,写好了,我会及时发给你。"

余先生似乎有点不高兴的样子对吴悟敏说道:"哦,你就是吴总!久闻大名。我见过你一面,我认识你,你就是那天喊'我是、余书记、派来的'那个人吧!你演戏演得不错,你应当去做社会运动的领导人,可惜你只做了赚点小钱的监理工程师。"

余主任也听余凡话音里不太友好的味道,想出面调和一下。余凡话还未落音,余主任急忙将话接过去,说道:"余凡,那天吴总的行动,都是你伯伯我主持的,是我指派他去做的,也是在你制定的大策略下进行的活动。我们新渔村会感谢你和你们海外媒体的帮助。不过,过去的事情请你不要再提起。"

余主任的话刚落音,余凡的手机响了,余凡走到包厢门外接电话,接完电话,转身对在座的人说:"我有急事,要先走了,如有想参加我们机构的朋友,请在我们《前进新世纪时代日报》上搜索报名通信地址,只要有努力,一定是会有回报的。"说完就大步流星地离开包厢。

这时,早茶的早点、小菜、大菜及粥、饼和海鲜陆续地上了一大桌。大家一边吃着菜,一边喝着茶和啤酒,一边聊起来。

管老板开头说道:"老九,你今天叫我们来,就是为认识那个《前进新世纪时代日报》记者余先生?"

余主任回答道:"我给你介绍个屌毛,我是在路上碰到他的。他是我的亲侄子,他爸爸妈妈早年在我们村里做事,现在移民海外。我们村现在要做海外生意,都会求着他们来着。余凡他说要来,我也不好说不让他来,那些人我们得罪不起。他们自称海外媒体人,什么话都可以往网络上和报纸上写的,只要你沾上了，没有的事他们都会给你胡编一通，谁知道他们是不是海外媒体的，不管怎么说，我是不想得罪他们。"

管老板问道："那么，你来这里做什么？"

余主任说道："我是来向吴总学习技术的，你管老板想反对吗？"

管老板嘲笑地道："拉倒吧，老九！你还要学什么技术，搞笑！"

李主任接过话题说道："还不是你们这些土建老板惹的事情？今天说这个施工图有问题要修改，明天又说那个施工方案不好要修改。施工图修改了，施工方案也修改了，你们又说施工招标上施工材料不好要更换，还说原有建筑设备不能用，都要更换厂家和产品牌子，还要更换外观设计，还要更换装修设计等等，搞得我们成天晕头转向。一条公路的招标费用都被你们翻了好几倍。"

管老板不屑地说道："这都是你们业主和开发商们自己找的好专家，大会论证了又小会研究讨论，最后得出的所谓程序结果。我们施工方只能提出问题，结果都是你们甲方最后来做结论，给不给钱还不是你们业主方做主！你们可以不更改呀！你们可以不讨论呀！"

李主任叹了一口气，说道："是呀！你们只要一提出有问题，我们甲方就怕了。一旦真的出了质量问题，一旦村民们真的有意见了，我们谁敢站出来承担这些责任呀？其实，外形的修改、内部材料的更换，还有重要的风水问题，都是没有人敢反对的。尤其是风水一旦不利，那就更糟了。"

"哈哈哈哈！"管老板一阵狂笑，说道："你们再别说风水的事了，一说到风水，我又要笑死了。要不要我说个故事给你们听听？"

"说吧，快说吧，我们都想听听。"尧工好奇地催管老板讲故事。

"那是三年前的事，是我亲身经历过的两件事情。那时，我还是个小包工头。有一天，我参加一个风水大会仪式。为这个仪式，公司事前准备了一个月，请了当时最著名的风水师签了风水费用合同，接着风水师画出了十几张风水图表，我们在工地上按照风水师的设计图搭建了几个大台子，还建了几个水泥坐标。开发商请来了政府各级大员和社会各界贤能显要，风水大会开了一整天，花了两百多万元。结果第二天，开发商最喜爱的接班人和开发商的母亲还有几个家人，在回家的路上，一整车人都钻进了一辆大货车的车盘底下，一个没剩。"大家都感到不是什么好笑的事情，就没有人出声说什么。

管老板说完喝了一口茶水，又讲了第二个故事："有一个开发商的高管刚上任，老板很喜欢他，给他一幢别墅办公。那个高管请来了当地著名的风水师，在别墅里给他设计了办公家具摆放的地点、方位和时辰，当然是为他自己设计办公桌的风水放置。结果没到半个月，公司来了一位大老板更喜欢的人顶替了他的位置，让他回家了。"大家听完这个故事之后，各自以不同的方式大笑了一阵。

余主任这时说道："别听他在那里瞎扯淡，不知道从哪个鬼地方听来的故事。我们还是言归正传，说说工程方案修改的事情。管老板你挂靠的那个总公司昨天来了一个函，说我们村 12 号公路全标段的路基土质不符合原施工图设计的要求，不能保证道路长期安全使用，建议要修改路基土质。我们可不可以不改？吴总你说出你的意见，我喜欢听你说话。"

吴悟敏严肃地说："具体能不能不改，不是我说了算的。这条公路的施工组织方一共由二十一家单位组成，主管方单位主要有国家公路局、市政管理局、市工程建设局、新渔市经济开发总公司，当然还有公安交警系统等等，大大小小的投资商就不必说了，你们村委只是其中一家。工程建设中工程技术的修改，主要靠讲究程序，就是按照工程建设法规和规范进行会议讨论和论证，只要程序一旦启动，一切都要按照程序进行，直到得出了结论，然后按结论进行操作，当然，施工方提出的问题是讨论的主要依据之一。"

余主任问道："吴总，你们监理公司不能出面阻止他们吗？有没有这样的先例？"

吴悟敏回答道："我们从前所有工程的技术修改，都是由本系统技术专家组根据科学数据来决定的。只要工程技术人员有足够的说服力，我们的意见就会直接上报领导，就有可能改变技术修改讨论的进程。现在的工程管理，修改程序是要由各种不同资质的高等级工程师组成的论证会来进行论证的，这些专家是从市里的国家人才库里随机抽来的，这种论证有国家注册资格的单位才能组织的，政府领导不能直接参与和明目张胆地进行导向的。因此，绝对没有哪个人愿意阻止这种论证站出来承担责任的。再说，工程质量的好坏，一般来说总是和基本投入成正比的，只要花钱花对了，就是多花钱也是件好事情。只要会议上通过了的文件，基本能通过国家机关的审批，自然就会追加投资。没有谁没事找事自己站出来阻止增加工程投资，万一出事了呢？谁敢担保？再说，钱都是国家的，多的是。"

余主任毫不惊奇，问道："如果要让一个技术方案的论证不能通过，我们最常见的方法是什么？吴总你说说。"

吴悟敏说道："从我参加论证会的经验来看，让一个技术方案或一个投标函的技术标在论证时不能通过的基本方法有：1.需要参加论证的专家中大多数专家不同意通过；2.需要有专家发现并提出该方案所采用的规范不能适用，或者是此方案在技术计算过程中公式有明显的计算错误或使用了不确定符号和算式；3.要在关键的段落里发现重要错误表述和较多的错别字，或是文件中的文字表述与施工图和施工现场状况明显不符；4.必须事先有人恶意地导向串通和掌控，要求各方不得通过。"

吴悟敏为了佐证自己的观点，又给大家讲了一个故事。说是某飞机场在建设一座检测试飞行模拟实验室。总施工方派出的项目经理是博士后学历资质等级，而其他单位技术人员的学历资质都没有他高，这个博士后在和甲方、监理方的人员交往中显得有些傲慢。于是，甲方的工程技术负责人决定捉弄他一下，在讨论总施工方提出的一个技术方案时，甲方和监理方的十八个工程师在方案里找到了十二个错别字和一个计算符号打字不规范，于是当场用话语羞辱了这个博士后，使得这个方案不能通过，从而使得工程延期三个月，造成了巨大的经济损失，这个损失完全由乙方承担。最终，总施工方只得撤换了这个博士后工程项目经理。

在场的人听了都吓得脸色煞白。

吴悟敏说道："这个故事千真万确的，我亲自参加过这个会议。"

李主任问道："一个博士后写的文件还会有错字和计算公式错误吗？"

吴悟敏说道："他哪有时间亲自写文件呀！他那样资质的人兼职那么多，睡觉都不知道去哪儿挤时间，哪有时间去审核什么施工技术文件呀！现在施工方的那些技术文件都是由公司文员参考别人的文件编写而成，然后再由项目经理盖上自己的注册章，不出错才怪呢！其实，施工方的许多技术文件都是互相抄袭和复制的，也是可以通用的技术，这都是施工中的常规事件，这个文件是可以用的，只是因甲方的工程师们事先恶意串通而不得通过而已。"

"那，你们也太那个了吧！"尧工笑着说。

"甲方项目机构领导发话了，我们监理机构不得不从。"吴悟敏认真地说。

管老板听了吴悟敏讲的故事，深有感触地说："余主任、李主任，难怪我去年那个海边公寓大楼的投标书被专家们否定了，我花了二百五十万的前期费用，都被你们打了水漂，原来是你们和别人一起在搞恶意串通。"

李主任说："我们能串通得了吗？十个专家都是市招标中心在大会上随机选取并立即通知的，另外一个专家就是我们这个工程的原工程总监理钱工。十一个专家里有七个都说你们的技术不达标，不能通过，这怪不了我们村委。"

余主任说道："老李不要和管老板争了，那都是过去了的事情，辩论明白了也毫无用处，不如节省点力气。管老板，手掌手背都是肉，后来我不是又给了你一个大工程做补偿吗？你也用不着花那个驴脑子想马屁股的事。"

管老板默不作声，只是低头吃点心喝茶水。

李主任问道："余主任，我们新渔村 12 号道路的施工队提出技术改进措施是要全线路基换土，部分标段还要换填毛片石，如果这个方案修改获得通过，工程施工费用将要翻一倍，你看是不是可以否定这个修改方案？"

余主任说："老李，否定它做什么哦！吴总说的你没有听明白吗？工程质量是和金钱的投入成正比的。我还没死，我不想将来有人因为公路质量不好来骂我。我觉得这是设计院、地质公司、市公路管理局和中标单位总公司相互沟通过了的，监理公司也不敢坚持反对意见，反正钱多得很。路修好了之后，我们村子在道路两头再加上收费站的栏杆，我收它几年钱，那就是两台印钞机。他们要修改就修改去吧，只要工程质量有保障，又不是我们村一家多拿钱，各单位都要按照比例多拿钱，也是公平的事。我们不说了，以后有事情再说，抓紧时间喝茶！"

吴悟敏趁别人喝茶聊天之际，拿出余凡的名片，给余凡发了一个关于吴晓龙相关资料的短信，希望余凡帮忙查找一下吴晓龙的信息，当然又强调了自己不能接受兼职邀请的条件，工作太忙，实在抽不出时间来写新闻稿。

余凡迅速回了信息："如果不是维权和产品推广的事宜，我们机构一般不会受理。不过，你的事情我可以格外帮忙。你先打三万人民币的慈善基金到我名片上的银行账号里，我会尽量地帮你。"

吴悟敏将余凡博士的短信拿给余主任看，余主任说："别理他！"

吴悟敏又给余凡博士发过去一个信息："您好！我和你伯伯是好朋友，希望你个人帮我打听一下吴晓龙的信息，成功了，我会补缴这三万元，另外还有重谢。"

第三十一章　　意外升迁

吴悟敏的信息发出去之后，将手机放在餐桌上，就和身旁的人聊其他话题。"嘟、嘟、嘟……"放在桌子上的手机发出震动声，吴悟敏以为是记者余凡的电话，他迅速拿起电话一看，来电显示是湛国庆，原来是那个湛科长来的电话，赶紧一边走到门外过道里，一边接通电话。

湛科长那一头说道："我看到了你给我发来的信息，我已经查阅过，你就是昨天在身边叫我听电话的人。你有什么事吗？"

吴悟敏毕恭毕敬地说："是我，我是吴悟敏，我是国家注册监理工程师，听说您分管公安系统新戒毒所建设工程建设项目，我想承包里面的监理工程，所以就给您发个信息。"

没想到湛科长问道："你说的是哪一个工程？"

吴悟敏想起自己前几天上网时看到有关这个城市戒毒所的话题。有一个记者在新闻稿件中说新渔市新建完成并投入使用了两个戒毒所，并建议再建一所现代化人性化的戒毒所，还提出了具体建设地址设在大涌村区域的建议，于是鼓起勇气对湛科长说："大涌村戒毒所土建工程规划设计完成了没有？我想就这个工程的建设监理项目和您谈谈。"

没想到湛科长立刻就回答说："施工图设计都完成了，我们正打算寻找一家信得过的监理公司来帮我们全面监管。不过，我现在调到城市社会稳定管理局任副局长，这个工程的监管权目前已经移交出去了。我看到你的信息就知道你想和我谈这个，所以就告诉你一声。"

原来他不是科长了，升任副局长了，是城市社会稳定管理局副局长。那么，这个城市的临时户籍管理自然也归他管理了。吴悟敏觉得湛副局长这样放开说活，一定是因为工作职位的提升心情很好，吴悟敏大声祝贺道："恭喜您高升了！"

湛副局长谦虚地说："这是上级对我工作的肯定和嘉奖，也感谢你对我工作的帮助。"

吴悟敏趁机说道："这是因为您工作思路敏捷，办事干脆利落，年轻有为。我看您是前途无量，我可以请您喝一次酒吗？"

湛副局长说道："我们有纪律，不允许私自结交朋友唱歌喝酒，你有事就到市公安局副局长办公室来面谈。副局长有好几个，你可以从门口牌子上的名字找我。你准备好你们公司的资质复印件和法人委托函原件加盖单位公章到我这里来，我会找相关的人来和你具体谈工程的事宜。那个负责人是我的岳父，我可以向他介绍你，他可能会认识你。"

吴悟敏感到很奇怪，直接问道："老太爷也认识我？太荣幸了！为什么呢？"

湛副局长说道："其实也没什么，还不是那天，我岳父有事去找公安局局长，局长正在办公室里观看我这里的现场监控视频，他就坐在局长的身旁。你拨电话拨到我岳父的手机上去了，他在视频中看到你在打电话，估计就是你打给他的，他就直接要我赶紧回撤。其实，我也是打算回撤的，你给了我一个机会，在几秒的时间里，我想到了我应该采取的最佳方案，所以得到了公安局局长的赏识。"

吴悟敏高兴地接上话题，说道："太巧了，真是太巧了，您岳父也是在市公安局里供职吗？"

湛副局长说道："他两年前就退下来了。现在他承包了公安系统的土建工程。那个戒毒所扩建工程也归我岳父负责。土建工程项目承包的事，来说话的人已经很多了，现在定下来了。不过，监理工程项目机构虽然找的人也很多，还没有最后定下来。下周五之前和我联系，我负责将你介绍给他，但是，我劝你最好不要争取这个工程，因为，我现在负责的事情比较多，连户籍收录和暂住人口的收录管理也归我管，也许我没有时间和你见面的，所以也不可能帮助你办成这件事。"

当吴悟敏听湛副局长分管户籍收录和暂住人口登记管理的工作，心里灵机一动，就随口说道："湛局长，我有个亲戚的儿子叫吴晓龙，他读大学时突然出走，家里人为了找到他都快急疯了。他可能在我们这个市里做临时工，您能不能帮助核查一下，可以吗？"

湛副局长回答："这个完全可以。不过，你得先到公安派出所报案，再由派出所立案，然后我会重点提示他们优先办理此事，可以进行全国通报侦查。如果没有报案和立案，我们无权插手帮助你。"

吴悟敏一听说要先到派出所报警，而且还要全国通报侦查，这样对吴晓龙来说就是一个污点记录，心里感到不是很爽，只好对付地说道："啊，啊！好，好！"心里想，还是不找湛副局长帮忙的好。不过，他还是打算去见湛副局长一面。毕竟他已经升任市里的副局长了，说不定会有什么意想不到的收获。吴悟敏还想说什么，那边的电话关机了。

"叮……叮……"吴悟敏与湛副局长的电话刚说完，余主任手中的电话又响了，余主任赶紧接通，大声地喊道："喂，喂！我是老九，你赶紧过来，李主任和陈经理都在这里等你，快过来坐下喝茶。"

吴悟敏赶紧回到包厢里和余主任坐在一起。

不一会，就听到有几辆小车开到楼下的声音，一会儿进来了一大帮子人，都是新渔村的人，一边进屋，一边笑着和余主任开玩笑说："老九呀！你在这里哦！"

来人当中有人高声说道："哎，哎！都八点半了！你们看，今天的天气多好！我们的主体工程封顶仪式九点开始，我们都一块去吧！"

余主任说："我们村里已派了几个女同志和妇联上的领导去参加剪彩了，我和李主任要去市里申请工程款转批的事项。"

正当余主任、管老板和他们新渔村里的人见面聊天之际，吴悟敏和陈经理一起走出了包厢。

余主任问道："吴总，你们怎么走了呢？"

吴悟敏回头有礼貌地回话："对不起，我们工地的人在等我们去处理工作，今天由尧工、小赵还有小王他们陪你，以后我会有大把时间陪你喝茶，再见！"

"好，好，好！那么尧工、小赵和小王挤一挤，就坐我的车回工地，我送他们回去，其他参加封顶庆祝活动的人恐怕已经到齐了，他们都在等你们！"管老板说道。

"好啦，我们也该走啦！"其他的人一边说着一边起身离开餐桌走出包厢。

第三十二章　　*QQ* 丝巾

"我们现在去哪里？"车发动了，陈经理问吴悟敏。

"我们去佳娜歌达红枫地产的加州风情之丽尚花园，那里的老总多次催我去她那里，说是有要事相商，她一定要我去见她。"吴悟敏回答。

"好吧！"陈经理发动了汽车，穿过两条街道，进入一条宽阔的新道路，再跑十几分钟，就到了一个依山傍海的商居建筑群区。车子再绕过几个吊塔林立的在建小区工地之后，就来到了这个挂着"加州风情之美丽春天花园"金色大字牌坊的工地大门前停下。

这个小区的工地大门、小区的门楼和售楼部，以及围墙等装饰得很气派，中西结合之中，又有一派北美风情。大门两边名贵花木盆景一溜儿排开。各色广告彩旗在微风中飘扬，地面十分整洁。门前有两排数十个身着天蓝色保安制服、个头高挑的保安分列大门两边，他们双手靠背，严肃地挺立着，十分威武，给小区带来了高贵而又安全的气氛。大门外，豪华的进口大巴进进出出，满载外地前来看楼盘的高贵客人，整个售楼部热闹非凡。

　　吴悟敏从车里出来，背好自己的工作包，走向工地大门。一路欣赏着四周美丽的人造山海微雕景色。这是连片开发的高档商居专属区，在所有的建筑小区中，加州风情之丽尚花园的地形最好，它与大商业开发区直接相连，基本沿着市区观光大道的两边连绵地建设着。当陈经理来到吴悟敏跟前时，从工地大门外不远处同时开来了几辆高档豪华小轿车。

　　这些车刚到大门口时，打头的那辆奔驰加长公务越野车突然停下，后面的那几辆也紧急停车。一位三十岁左右的中年女子下得车来，只见这中年女子体态丰润而貌美，衣着打扮很漂亮、气派、时尚，而又有些威严的样子，在她后面一个女孩随即下车。这女孩二十岁左右的样子，身着粉红连衣裙，袒着双肩和纤细胳膊，从那中年女子手中接过手袋，随时跟在这位中年女子左右。两个高大壮实的男保安撑着花阳伞，分别给两位女子遮着阳光。从后面的小车队里又出来一群穿着整齐黑色细毛料制服打着领带的男青年走过来，跟在这两个女人身后围成一个半圆形保护圈。

　　吴悟敏估计那个高贵而美丽的中年女子就是祝董祝骊蓉。

　　那中年女子离吴悟敏不远的地方站住，说道："您好！你就是吴总吧，我是祝骊蓉，叫我小祝好啦！听说你要离开这个工地去新的地盘去执勤，我特地来看您。"说着就伸出手要和吴悟敏握手。

　　吴悟敏看到如此美丽贵气而又如此大气有礼貌的女子，联想起他在"小四川"酒楼接到的名片，立刻伸出手和她礼貌性地握手，说："哦！祝董事长！您那么忙，还专程来看我，真的担当不起！"

　　"干吗都在这里站着，吴总，上我的车，到我们的会议室里喝茶吧！"祝骊蓉说着，用手指了指她的车说："吴总，请上车吧！"

　　这时，陈经理走过来，见到祝骊蓉，赶快走上前去和她握手，打招呼说："祝董您好！我陪吴总到您的工地里来进行交接班，总公司已经派他去新的工程项目担任总监了。"

　　祝骊蓉说："那就正好，帅哥陈经理，你也来了，你就和吴总一起到我办公室喝茶吧！"

　　在祝董的邀请下，吴悟敏和陈经理一起坐进了祝骊蓉车后舱的前排，祝骊蓉坐在副驾驶位，车门被车外的男青年关上。红连衣裙女孩将手中的手袋还给祝骊蓉后，坐到另外的一辆车上去了。两部车，一前一后，开到花园的售楼处大门外停下来。

　　祝骊蓉向坐在后排的吴悟敏打了招呼，然后走下车，在离车不远处招了招手，几个年轻的男保安人员走过来。

祝骊蓉很严厉地一边用手比画一边对其中一个小头目似的人说："今天，副市长要到我们这个小区调研，这关系到我们企业品牌的提升和扩张计划。所以，你们一定要接待好，不能出现半点差池。我刚看到工地大门外不远处和围墙的四周都有许多小业主在晃悠，好像还有许多职业搞事的帮手在活动。你们要从其他小区多调一些保安过来，安排好市区领导的调研路径，同时还要向村委治安办公室求援，这次千万不能出事。如果出事了，小心你们的年薪。我有要事和监理吴总谈话喝茶，政府的调研团来了马上通知我。"

祝骊蓉说完一挥手，那个小头目点点头，转身带着他的部下离开了。

祝骊蓉回到车里，说声"走"，车子直接开向公司总部门前。

这时，从总部门前走过来三个帅气的工作人员，打开小车的三扇门，帮助吴悟敏拿出背包，请祝总和吴悟敏及陈经理走进办公室。

祝骊蓉先是客气地请吴悟敏和陈经理坐在大沙发上，自己坐在他们正对面的小沙发上。她一挥手，办公室里的工作人员都离开了。这时，一个模特儿似的女侍者给祝骊蓉递上一大杯带有吸管的果汁，祝示意她放在茶几上。吴悟敏在书上曾看过这种果汁的制作方法，是一种叫"梦幻天空"的彩色分层高营养果汁。

这时，两杯五彩柱形的高级营养果汁端上来，应该是由世界级兑酒大师亲手制作才可以享受到的特色果汁，名字叫作"伽农神柱"的，男女不同款式，这两杯是男式的。

女侍者将一杯果汁放在吴悟敏面前，另一杯放在陈经理面前，很礼貌地问："祝总，客人喝这个果汁可以吗？"

祝骊蓉说："我们有事要谈，请给他们每人再来一大杯青果参茸汁兑台湾冻茶，冰块请打碎。"

女侍者说声"好的"！转身出去了。

祝骊蓉说："这种果汁可以缓解疲劳，对男人有很多好处，口感也不错，这份果汁，是我专门为调研团特意准备的，你们正巧赶上了。"

"祝总，不好了！"一个保安员大步地走进来，看了看吴悟敏和陈经理。

"简单点，没什么大不了的事，说！"祝骊蓉面对员工威严起来。

"祝总，小区的业主已经集结到工地大门前，他们已经拉开条幅，还有闲散人员试图围堵大门，说是搞维权。保安队长在应对，他叫我来问您，咋办？"保安员说。

"你去告诉他，如果人不多，就调机动保安队过来，迅速将这些维权者请到安全隐蔽的地方，好好地招待，多说客气话，三对一地和他们谈，等调研团走后再说别的。如果人多，再来汇报，去吧！"祝骊蓉手一挥，那个保安员飞也似的走了。

吴悟敏问："祝总，看样子，是有领导要来您这里参观什么的？您要是很忙，我们就改天找您喝茶吧。"

"吴总，这些人天天在闹事，我已经见怪不怪。如果你有什么好的建议，你说出来我听听。"祝骊蓉说。

吴悟敏说："这是你们公司的私事，我们不可以多嘴，但是我们是合作单位，你我又是朋友，我还是给你建一言为好。"

"说吧，不必顾虑！"祝骊蓉微笑地看着吴工。

"立刻打电话给调研团队领导，就说工地出了一起小小的安全事故，要祝董你本人亲自及时解决，什么时候摆平了，什么时候就马上告诉他们再来，叫他们今天不要到此地来调研，以后有更合适的时间安排会更好。"吴悟敏轻描淡写地说。

"万一他事后要追问此事呢？"祝骊蓉有点担心。

"这样的事，他们避之唯恐不及。如果他一定要将事情的原委和处理的具体办法弄清楚，那就转接我的电话，我会给他们解释得天衣无缝而又明明白白。"吴悟敏口气十分轻松地说。

"好！好！好！"祝骊蓉连说三个"好"字之后，她离开座位来回地踱了几步，打开手机和谁通了几句电话，然后又回到座位上合上手机，高兴地说："OK！已经搞定！"

祝骊蓉这时手一挥，办公室里所有的工作人员和服务员都走了。陈经理借口有急事要办，独自出门去了。

这时，办公室内只剩下吴悟敏和祝董事长两个人，场面暂时安静下来。没有其他的人在场，祝骊蓉便说道："吴总不愧是大型国企来的，处事大气简明，处变不惊。看来，我该请你来兼职，月薪按我们信息部副总的工资等级支付，明天就开始，报酬按月打到你的工资卡里。我聘请你为个人顾问，顾问顾问，顾得上就问，顾不上就不问，你可以不必问我，多数时间是我来问你，工资照拿。"

"工程师可以兼职？我好像从来没有听说过哟！拿几份工资，这在我们国企里是不可以的。"吴悟敏很惊诧。

"原来吴总还是个大山里出来的土老帽呀！在这座城市里的人，只有傻子和死人才不兼职。多少有点能力的人都在跨行跨界找兼职的活干。办公司的人，一人可以跨行业办多家公司。技术人员可以身兼多家职务。就我知道的几个监理工程师都在走穴，一个人身兼几个监理公司的工程项目，日夜操劳。你在我这里兼职一个顾问合情合理，又是轻轻松松的事情。"祝骊蓉为说服吴悟敏，说得很激动。正当她滔滔不绝地说下去时，却看到吴悟敏闷着头木讷讷地没有表情，就戛然而止，不说话了。

吴悟敏感到太突然，又不好当面拒绝，怕惹恼了祝董不好，很可能对监理总公司的业务发展不利。他只好装出十分认真地听对方讲话的样子，见到祝董不说话了，就说道："祝总，我们只是第一次见面就委我以重任，是不是有点仓促。"

祝骊蓉说："吴总，我对你说出去的话是不可以收回来的，你在我这里兼职顾问工作的工资银行卡都开好了，你很快就可以收到，就这样定了。理解就履行，不理解就慢慢地理解加履行。我的表妹阿香老板给我讲了你的传奇故事，知道你为人正直和处事睿智，我们之间应该是老相识了，我看好你。"

"以往的那些事情，都不过是个意外，不可以说明一个人的全部。"吴悟敏解释道。

"不要推辞了，我已经确定了。我找你还有另外一件更重要的事，你要帮我办，也一定可以办到。"祝骊蓉语气肯定地说道。

"祝董，什么事这么重要，非得要我来办才行。你先说出来，看我可不可以办到，万一办不到也不要责怪我，好不好！"吴悟敏一头雾水，觉得将客气话说在前面为好。

"这件事对你是手到擒来。"祝骊蓉笑着轻声说道。

"请祝董说出来。"吴悟敏内心真的有些迷惑不解。

"我不和你兜圈子了。我说的是一条真丝纱巾，一条带有 QQ 号码的真丝纱巾。是有一天在一个发廊门口，一个漂亮的女孩子送给你的那条真丝纱巾，那天有好几个人都见到了女孩子给你一个小包，里面包的就是一条带有 QQ 号的真丝纱巾。那个发廊老板还对我说，你抖开来仔细看过。这件事情的经过我都知道。"祝董的语气说得很坚定，但语气里带有怨恨和仇视的成分。

吴悟敏感到事情并不简单，于是思考了一会儿，找到了结束这件事的最好回答，他说道："啊，我想起来了！是有一个女孩子给了我一个小纸包，我没有打开，我不知道里面到底是什么。我是一个十分守旧的男人，不喜欢那些发廊女，更不喜欢发廊女送我的东西，我不喜欢这样的脏东西，我把它扔到离发廊一百米左右的垃圾桶里去了，恐怕当天晚上就进了市里的垃圾焚烧炉了。我可以用我的人格作证。"

"如果是这样，倒也很好。万一不是这样，也许就会有不好的事件发生。这个女孩子不是一个普通的发廊女，她是某机构特意安排到我名下公司里搞卧底的人。这个公关公司是我手下专人管理的，有个人给我汇报了你收到丝巾的事情，所以希望能追回那条纱巾。既然你将它扔了，我也就不再往下追了。我相信你拿它也没有什么作用。这件事，我们到此为止，我相信你的为人。这个女孩子有可能还会和你见面的。好，我们现在谈另一件事情吧！"祝董主动换了另一个话题。

第三十三章　小试牛刀

这时，工地大门外传来多辆汽车发动机的轰鸣声，听到一个车队的车辆离开了这里。一群工作人员进到屋内站立在吴悟敏座椅的后面，面对着祝骊蓉，其中一男青年对她说："我们的保安队和村里面的保安联防队都撤了。"

祝骊蓉说："很好！今天来我公司本小区的领导可能很忙，改计划了，你们辛苦了，回到你们的岗位上忙工作去吧！"

"是！"工作人员一哄而散。

祝骊蓉将其中一个工作人员叫住，说："小刘，你把姚来喜叫来！"

"好！"那个人就连走带跑地出去了。

正在吴悟敏怀疑祝总叫的那个姚来喜是不是那天晚上冒充冉存军的那个人时，姚来喜手提公文包走进屋里来了。

姚来喜一进门就看到吴悟敏，立即走到吴悟敏面前伸出手要和吴悟敏握手，被祝骊蓉制止了。姚来喜就喊了一声："吴哥，你来了！"

祝骊蓉对吴悟敏介绍说："这是我们的姚主任，我们这个花园小区的物业管理处主任，原来你们认识哦！"她显得很高兴。

吴悟敏想开一个玩笑以免尴尬，于是说道："山不转水转，地不转人转。原来姚小弟在这里混得不错哦！一日不见，刮目相看。我觉得你现在就应该是买东西付得起钱的人哦，哈哈！"

"那是我们初次见面，我有所防备，说一点假话，也是无奈之举。当初小弟欠你的情，小弟是不会忘记的。"姚来喜笑嘻嘻地凑过来握着吴悟敏的手不放，面对祝骊蓉说："祝总，我们是老朋友了，我们兄弟相称。"

祝骊蓉这次请吴悟敏来谈事，其中一件重要的事就是花园第一期业主大闹工程质量问题，这件事已经造成了社会负面影响，有传媒机构多次来这里要求采访。事情虽然被一一化解了，但是总觉得有被人敲诈的感觉。万一第二期、第三期和第四期出现类似的事情那就更不好办了。祝骊蓉已经无计可施，对眼前这个物管主任的外形就很不爽，现在又见他对人轻浮的样子，心里很是不高兴，就说："姚来喜主任，你是怎么管物业的，你已经是内外交困了，今天你不给我拿出个解决问题的好办法，明天你就提着行李包走人。"

吴悟敏抽回自己的手，坐下来说道："新建的花园物业管理，是个新生事物，困难在所难免，我看许多花园小区差不多都有人在闹事，闹事的情况、规模大同小异，只要是商居楼类型的房产，都会有这样的普遍问题，如果想要解决好这些问题，恐怕也不难。"

"祝董，吴总脑筋真的好使，我见到过他的厉害，相信他会有好的办法，所以我特别向您推荐他来帮我们。"姚来喜对祝董赔笑地说道。

祝骊蓉现出高兴的样子，对吴悟敏说道："原来你们是好朋友，那么，我在这里也是多余的了。吴总，我们花园有许多事情要请教你。现在由姚主任具体向你汇报，县官不如现管，我是个外行，我有急事先走了，由姚主任全权代表我向你请教，再由姚主任将你提出来的方案汇报给我，然后我就会亲自落实。"

吴悟敏说："祝总你就先去忙吧！我会尽力而为的！"

祝骊蓉礼貌地笑着对吴悟敏说："好，吴总坐，姚主任好好地学习，我先走了。"边说边一挥手，站在门外的工作人员前呼后拥地出了花园大门上车走了。

姚来喜坐到祝骊蓉原来坐的位置上，向一位刚从外面进来站在他旁边的女侍一招手说："沏茶！"

女侍者过来收拾着茶几，问姚来喜："现在应该用什么茶？"

姚来喜大声说道："问客人！你不懂吗？"

吴悟敏马上阻止说："什么茶都不要上了，我今天也有重要的事情要赶回去做，时间紧迫。姚主任，先办你的事好啦！"姚来喜对侍者说："那就不沏茶了，来两罐乔布仕加州红牛汽水、两杯伦敦伊丽莎白奶茶！"

吴悟敏因为找儿子转到找冉存军，因为找冉存军转到找强仔，因为强仔惹上了这个姚来喜，现在因为建筑工程质量的问题又遇到这个姚来喜。原来这个世界上有些事情就是循环折腾。

此时的吴悟敏心有不爽，对姚来喜说道："姚主任，那天夜里，我们在潮州餐厅吃夜宵的时候，那个冉存军说那个身份证复印件是从网上买来的，我有点不相信他说的话，是不是他从哪儿搞来的？"

"他这个人说话绝对是真的，这个我可以担保，他工作的公司和我现在的公司是一个总公司下的兄弟单位，我们早不见晚见，他不敢在我面前说假话。"姚来喜表情很认真。

"你和他那么近，那么，他那个身份证复印件寄来的地址你也是知道的啦？"吴悟敏进一步追问道。

"这个我知道，是从一个城市里的地址寄过来给他的。"姚来喜认真地回答道。

"具体是什么地址，你还记得吗？这个快递封皮还在吗？"吴悟敏追问。

"我记不得了，那个快递封皮早让他扔了。你要找这个复印件的地址干什么？"姚来喜回答。

"这个身份证复印件的男孩子最近失踪了，据他家里人推测，可能来到了这个城市了，他的家人正在寻找他。"吴悟敏显得有点着急。

"这事，我倒是有一个建议给你。许多大学生刚来这里人生地不熟，钱花完了还找不到工作，就先到建筑工地里干活，有吃有住，等拿到工钱就到旅店里住下来再慢慢找工作。据我所知，许多年轻人来这里以后先到娱乐场所里找工作，根据他们各自的特长，有当保安的，有在酒吧、餐厅里当驻唱歌手的。那里的工作好找，只要能唱能喝，为人随和讨人喜欢，不问出处，不看证件，工资收入又高，工资是随时结算的，如果和那些鸡婆打上交道，说不定还有别的大收入，捞到一把就走人回家。你们做监理工程师的，天天有人请你们唱歌、洗桑拿、开房什么的，你可以随时打听一下，说不定歪打正着地找到了呢？"姚来喜说得天花乱坠、口水直流，随手扯了一片纸巾擦了擦。

吴悟敏觉得姚来喜说得有点离谱，但是又有些道理，就不再提身份证复印件这件事情，就问姚来喜："你们公司有什么事情要问我？快说给我听。"

姚来喜先给吴悟敏递上一杯白奶茶，然后自己端上一杯白奶茶边喝边说："好，先说事，说完了，我就请你去酒店喝酒唱歌。"

"事情是这样的，这个花园小区一期许多楼房的一二层出现墙面开裂、厕所漏水，这些业主天天到电视台、报社和社区办投诉，有时还在大街上拉横幅扬言要索赔，有许多小报的记者来我们这里要求采访，每次我们都要支付一笔辛苦费他们才肯离开。最主要的问题是，业主们没完没了地闹，记者们也就没完没了地来采访。我们对业主们说可以换房，可以原价退房，他们不同意，他们只在大街上向买楼的客户们宣传，不让他们买我们的房，而他们自己又不同意换房和退房，只要求双倍或多倍地赔偿。祝董说这个头我们不能开。"

吴悟敏问："他们为什么不愿退房？"

姚来喜："这里的房价天天看涨，退房只退原价，退房不如卖房。"

吴悟敏问："他们又为何不卖？"

姚来喜："这里的地理环境和风水很好，涨价比其他地方快，一天一个价，他们绝对是不肯卖的，谁卖谁吃亏，所以只闹着要开发商给他们赔款，闹一次就拿到一次小费。"

吴悟敏问："谁给他们的小费？"

姚来喜说："我们物业管理处呀！"

吴悟敏问："电视台、报社和社区办里的人来过没有？"

"客户们去找过电视台和报社，他们对这些客户说，在国家正规媒体上说事需要申报资料，还要有申报程序，还必须要有专家的鉴定资料。电视台和报社自己不会主动去制作这些资料和文件。所以小业主们只好来闹我们。"姚来喜说。

吴悟敏问："他们闹事影响到新客户了吗？"

姚来喜说："影响很少，我们的新客户主要是用大巴从其他城市拉来的，闹事的人见不到这些人的。这些远方来的客户喜欢这里的环境和投资价值，而本地土著居民大多数都在这里开小商铺，他们要做生意，没有时间闹事，有时间闹的都是那些从外地来新渔市创业的自由职业者。"

"他们组织了业主委员会了吗？"吴悟敏问。

"有，他们带头闹事，业主委员会里的主任和秘书长每月都向我们要工资，工资是从物业管理费里拿给他们的，主任每月两千元，秘书和副主任每月一千元，委员每月五百元。"姚来喜说。

吴悟敏用不屑讨论的口气说道："既然祝董请我当她的顾问，我就提一些建议，你代我转给祝董，你现在用笔记下来。"

姚来喜高兴地说："没有问题，文字记录加录音，同时转给她，决不会走样，你不要说得太快了。"说着就拿出录音笔和电脑笔记本，同时启动，吴悟敏边说，姚来喜边打字。

吴悟敏简单地说道："所有开发商为了节约成本，基础持力层大多数都没有建在弱风化岩层或更加坚实岩石承载力学的层面。这样的楼房建成之后有一年左右的整体沉降期，在这期间是不可以卖房的，更不可以入住。然而开发商为了资金尽快周转，房子还没有开建就将房子卖了，小业主房子一买到手就火急火燎地入住或出租了。这样，楼房在整体沉降期内出现个别地方墙面开裂而破坏房屋装修层的美观在所难免，但是这些墙面开裂现象都会在一定的期限里自动停止。所以，应对业主的方法有三条：一是对于早期入伙的小业主投诉房屋开裂或漏水的，可以免费给他们修复。二是对于不同意修复而反复闹事的小业主，就让他们随意地闹或去投诉甚至是上诉法庭，反正祝董有常年闲着没事干的法律顾问，由他们去应诉正好有点事情做。小业主的这些事都会不了了之。原因是，科技规范上容许浇筑物的钢筋混凝土构件可以在合理的范围内带裂缝工作，小业主们不会胜诉。三是建议你们的二期、三期或更多期花园工程，无论是高层或是多层的楼房，在以后工程基础的地质持力层设计都要放在地址微风化或者更加坚实的岩土持力层上，就可以规避这样的事件发生。"

吴悟敏说完之后，姚来喜高兴地说道："吴哥，你又救了我一次，我一定会报答你的。"

吴悟敏对姚来喜说："姚主任，今天我对你说的话，你都要用笔记写好，再用文字打印成文件汇报给祝董。另外，我建议她花园二期桩基础的承载面放在微风化岩层上，平均每个桩基再加长六米左右，折进每平方米成品房里，成本每平方米只会增加二十元左右，再将这一技术改进公布于众，可以使这里的房价比别人的房源单价提高百分之二十，你们的楼价会迅速飙升或翻倍增长，而你们反而减少许多麻烦，别忘了！"

姚来喜把电脑笔记本里的记录拿给吴悟敏看，随后又播放了录音笔里的录音给吴悟敏听。吴悟敏看了也听了，觉得姚来喜还是做得不错，就点头示意，同意把这些文件立即发给祝董的 QQ 里。

这时，吴悟敏的电话铃响了，是这个花园的二期工程工地监理办公室来的电话，问吴悟敏什么时间到，吴悟敏看看手表，已经到上午十一点过了，吴悟敏回答，马上就到。姚来喜见吴悟敏要离开，急忙地站起来对吴悟敏说他们公司手下有几个保龄球馆和一个高尔夫球场，要给他拿一个 VIP 卡随时随地去消费，说是监理工程师们都喜欢去那里玩。吴悟敏说很忙，没有时间去玩，就推辞了。

吴悟敏对姚来喜说："姚主任，我有急事现在先走了，你要按我说的话去做。我自己也会和祝总沟通，支持你的工作。多花一点小钱，让业主们多买一些安全值，双方都是有利益可图的，这叫多赢的商业理念。不过，你要帮我留意一下，如果有机会看到吴晓龙的话，你就好好地照顾他一下，最好让他和我见面，拜托！"说完就直奔大门外停车场而去。

姚来喜追赶到门外大声地喊道："吴哥，放心吧！"

第三十四章　物归原主

陈经理按照吴悟敏的要求，开车将吴悟敏带到佳娜歌达红枫地产的加州风情之丽尚花园二期工程监理办公室门口，他自己没有下车，对着正要下车的吴悟敏说："现在已是十一点多了，我已经在永和酒楼订餐了，你将工作交代完以后，就给我电话，我来接你们。"

"好的，你去吧！"吴悟敏用双手提好公文包下车，朝着监理办公室里走去。

在加州风情之丽尚花园二期工程的监理办公室里，办公桌沿着墙面在窗户下面等间距整齐地摆放着。在房子的中间，是由四张办公桌拼在一起的长方形会议桌，会议桌上面用一块大红绒布盖着，显得很庄严。一大堆文件盒和报表整齐地排在上面，三个男工程师坐在办公桌前，眼巴巴地望着门外，等着吴悟敏的到来。

吴悟敏一进来就将公文包放在办公桌上打开，拿出总监图章往文件盒的旁边一放，然后自己在凳子上坐下来。

这时，张工要给吴悟敏取饮料，吴悟敏迅速摆手制止了，笑着说："张工，不用客气了，我让大家等急了，咱们流水作业，我签字，一个人给我传文件，一个人帮我盖章，一个人装档装盒入文件柜，总公司的陈经理去为我们订餐位了，我们做完了作业就去吃中午饭。"大家一阵轻松，就紧张地忙碌着。

当资料和文件批到最后一份时，吴悟敏突然停下来，独自想了一会儿，又站起来在一堆文件盒里抽出一个盒子打开，拿出一份文件仔细地比较，看了又看，然后将张工叫到身边，说："张工你看！错了，错误在这里，有一批进场的水泥不符合政府最近下达的新规定，是不能入库的，而你们签字通过入库了。张工，是你同意它们进场入库的，看，这是你批的材料进场记录和材料文件送检记录，我发现这里有错误。那么，这批水泥的送检程序就是错的，是不够送检资格的，而你却送检了，所以这份文件我不能签字的，也不能盖我的总监章。张工，你看怎么办？是不是将原来的文件作废后再重新审查制作？如果是真的，就立即下通知让施工方进行整改。"

这时，张工和王工都赶紧走到吴悟敏身边，一脸的惊讶，都瞪大了眼张大了嘴，十分紧张地反复翻看摆在桌面上的资料，僵持了许久。王工抓抓自己的头发，呆呆地思考了一会儿，然后又再次仔细地抽出一份份资料，看过之后再重新整理了一回，再递吴悟敏看，一边说："吴总，我拿给你看，这是水泥制造厂商国家注册的资质资料，是盖了红章的。这是这个牌号和等级的批次水泥各项国家规定的技术指标实验检测数据合格的认证文件，是厂家和检测机构的红章原件；这是这批水泥经销商国家注册资质的证书资料，是有红章的；这是这批水泥经销商确认进入我们工地时的数量和厂家资料核对时确认质量保证记录，是红章；还有我们张工在对这批水泥随机抽样的样品取样时有甲方、施工方和监理方代表现场作证的监理日志记录，都是准确无误的。所以张工签的这份资料是没有问题的。"

吴悟敏顺手从一个资料盒子里拿出一份红头文件，说："你们看，这是市政府刚发来的文件，禁止在土建工程基础和主体里使用立窑水泥，你们不知道吗？市里规定是在这次水泥进场之前的一星期，规定立窑水泥是不准用于房屋基础工程和主体工程的。当然，这批水泥也是不能用于本工程桩基础工程上的，你们批的这一份资料里有一份水泥供应商报来的立窑水泥的原始资料，你们看怎么办？"

张工和王工两个人又面面相觑，几分钟之后，张工说："王工，这份文件什么时候来的？怎么没给我看？"

王工说："我当时告诉你了，你说以后看，可能因为忙你就忘了看吧！"

张工赶紧拿起这份文件查找立窑水泥停止使用的日期，然后又和自己已签名的这批水泥材料进场报告时间和材料抽检送检时间进行细心核对，然后大叫一声："啊，好险！是资料放错地方了，那是本工程北面山脚下建设挡土墙工程所要用的水泥资料。放到这个工程里来了！放错了！放错了！"

王工说："对不起，是我放错了。"

吴悟敏毫无表情地说："小王，你都吓了我一跳。这次该打你的屁股。"

王工脸一红，嘿嘿地一笑，显得很尴尬的样子。

张工又翻出一个文件盒子，打开从里面取出资料，是一份昨天进场的桩基工程水泥进场的监理方文件，放在了挡土墙的水泥审批资料里了。张工和吴悟敏对手中的资料一一核对过后，吴悟敏长吁一口气，说："张工，好险啦！马虎不得哟！要不，这栋楼房的质量就会因一张纸被你放错文件盒而被彻底否定了，从今天起，本工地的一切工程施工水泥都必须全面禁止立窑水泥，免得因小失大毁掉整个工程质量的评定。"

大家齐声说："好！就这样办！"

"张工，那就赶快写一个这方面的监理通知书迅速通知施工方，本工程所有项目今后都不得采购和使用立窑水泥。"吴悟敏说。

"好的，我现在就写，你签字盖章，我马上发下去。"张工迅速打开电脑，写好监理通知书，打印出来一式五份。吴悟敏当场签了字盖了章，交给年轻的王工保管。

正在这时，基础工程的包工头管老板来了。管老板带着一个施工工程师进来，那个工程师姓向，张工和王工都和他开玩笑叫他"相公"。向工平时被大家调侃惯了，也乐在其中。

管老板进门来就大声地呼喊道："吴总，还在忙啊！先吃饭吧！走吧！"一进门就伸手和吴悟敏握手，然后又拍拍张工和王工的肩膀，说："都该吃饭了，一起走吧！"

吴悟敏说："我们的中午饭已经安排好啦，是陈经理安排的，我们工作完了他就来接我们。"

刘工走进来说："他们搞工程交接，吴总要调走了！"

"哎呀！吴总要上吊了呀！"管老板开了一句玩笑，逗得大家都哈哈大笑。

管老板说："吴总上吊了，他要去管理特别大的工程去了，这事我早就知道了的。刚才陈经理专门打电话给我说的。你们今天中午在永和酒楼吃饭，我和向工是专门来祝贺的。我和陈经理都说好了，今天由我请客，我和这个饭店老板通电话了，我买单。"

吴悟敏趁这个机会对管老板说："你放错了几个东西在我的公文包里，我现在就还给你吧！"

管老板说："男子汉，刚强一点，别那样婆婆妈妈的，对谁都不好。"一边说着，一边迅速地离开屋子向外走，一边走一边喊："向工，你催他们快过来上车去吃饭，我的肚子都饿了"。

向工一边答应着，一边催吴悟敏和王工、张工、刘工等人和施工队里的周老板出来，然后分坐管老板、向工驾驶的两辆小车往永和酒楼驰去。管老板身后紧跟着手下施工队的泥瓦工班领头干老板、钢筋工班领头金老板、混凝土工领头詹老板和挖桩工领头常老板的四个专业包工，这些人都有自己的专用小车。

当吴悟敏一行进入永和酒楼包厢时，里面的沙发已经坐满人了，最令吴悟敏感到奇怪的是姚来喜也在里面。姚来喜身边坐着房地产开发公司的工程现场代表赖经理。姚来喜亲热地拉着吴悟敏坐在他和赖经理之间，让陈经理坐在赖经理的那一边。

赖经理和吴悟敏握了手，大惊小怪地对吴悟敏高声喊道："吴总，我见到了你的儿子了，长得和你一模一样。"

吴悟敏心头一惊，怎么这么巧，他知道建筑施工程工地里的人都善于开玩笑，也许是逗自己玩的。想到这里，他马上平静下来说："是吗？怎么不把他抓来见我？抓过来，本人请你去香格里拉。"

赖经理带着点嬉皮笑脸的样子，半真半假地说："昨天，市地质勘探设计院来了一位二十多岁的工程师到我们工程部资料室收集资料，面相和身材都很像你，他和你简直一模一样。我想和他聊聊，打听他的姓名，但是，人家很忙，不和我说话，办完事就走人了。我又怀疑你二十多年前是不是在这里工作过，所以留下了你的种子。我看，你当年的风流韵事，可不可以在这里向我们透露一二？"

吴悟敏听到这话后哈哈大笑起来，对赖经理说："你不要高抬我了，我哪有你赖经理这样的能耐，我尽管努力学习想改变自己，也不会变得这么快的。我初来乍到的，要造出一个二十来岁的人，没有时间也是做不出来的。我要是女娲也许可以，可惜我不是女娲。请你给我一些时间来改变自己好不好，拜托！"

姚来喜跟着大家一起笑得前仰后合，他笑完了，正儿八经地对吴悟敏说："真的很像，我也看到了，连我都怀疑是不是你的亲生子。传说中的赖经理对扣女很在行，没想到他对挑逗美男也是情有独钟的。"

吴悟敏认真地问姚来喜："真的很像我吗？"

姚来喜说："真的很像！"

吴悟敏赶紧地追问："当时你没有问他在哪里工作？"

姚来喜很失落地回答："一闪而过，没有来得及问。"

吴悟敏心里也是有点猜疑，也有点惊喜，是不是儿子真的就在自己管辖的工地里藏着呢？他沉默了一会儿，稳定了一下自己的情绪，无事一般平静地笑着说："听说女娲当年造人时，时间紧迫，就只做了一百个品种和规格，这个两千多万人的城市里，长相相同的人一定是多了去。"

赖经理说："不是我眼花，真的很像！"

吴悟敏说："你说他是在市地质勘探设计院里的，是吗？在哪个科室？我也想去看看。"

赖经理说："我也只是好奇，我问他，他什么都不回答，连看都不看我一眼，很快就离开了。"

吴悟敏说："说明我这个人长相太普通了，相像的人太多罢了。"

在吴悟敏对面站着的，是施工队泥瓦工班领头干老板、钢筋工班领头金老板、混凝土工领头詹老板和挖桩工领头常老板四个专业包工头，平时大家都管这四个人称为管老板的"四大金刚"。"四大金刚"都来给吴悟敏递来香烟，吴悟敏示意不会抽，说了声多谢。吴悟敏和他们都很熟，因为他们时常在工程现场见面和交流。这些包工头也和向工、王工和刘工他们热情地打招呼，王工、张工、刘工和向工就在这些包工头之间找个位子坐了。

陈经理一边看足球赛，一边叫客房值班经理吩咐安排上酒、上菜、上果汁、摆香烟，说："快点！我们人都来齐了，快上桌摆好！"

包厢里几个男女服务员忙碌起来了。

满屋里的人先是热情地敬烟，然后就聊起最近各自的风流韵事。

服务员来回地添小吃，添香烟递茶水和果汁。

吴悟敏和包工头们招招手，然后和赖经理握手，说："赖经理，听说你很忙，今天怎么也有空来这里坐坐？"

赖经理对吴悟敏笑着说："听我们的姚经理说，吴总你要高升了要发财了，要上吊了，要去市里的重点工程当总监了，大工程，肥差呀！我赖某人特来祝贺，那里比这里肥多了，恭喜，恭喜！"

吴悟敏也笑着回答："肥牛瘦猪都和我无关，肥水都流进甲方高管的兜里去了。监理工程师的工作特点就是被调来调去，都是被甲方指定的服务生，都是要受到甲方老总的监督管理，注定是给你们当马仔。如果我占了施工队的便宜，你们还不掐死我呀？"

赖经理一本正经地说："吴总，话也不能那样说，比如说我们开发公司的大老总都要听你的指示。"

"你这话哪里说起？"吴悟敏问。

"吴哥，你对我们花园工作的建议，祝董都同意了，她特意叫我和赖经理前来向你道谢。祝董说，以后你就是她的技术顾问，她要请你常来陪她喝茶。"姚来喜赶紧插话进来。

吴悟敏一阵大笑："原来是这样啊！顾问，这个工作职务不错哦，顾问顾问，顾得上就问，顾不上就不问，哈哈哈哈！"大家也跟着一起哈哈大笑。笑声未完，陈经理起身说道："饭菜都上来了，请大家都入座！"

圆盘大餐桌上，各式南北大菜、白酒、红酒、果汁、酸奶、鲜奶和香烟已经摆得整齐美观而又满满当当的。

姚来喜推着吴悟敏和赖经理坐在上位，姚来喜坐在赖经理旁边，姚来喜又请陈经理坐到上边吴悟敏身边。

管老板、陈经理客气地请其他工程师和包工头老板坐好，然后，陈经理说："我今天做东买单，大家都要好好地喝上几杯。"

管老板接过话题说道："陈经理你今天做东不假，你的地位最高，你说你今天买单那是太客气了。只要是我工程上的事情，这里的菜单和酒水的账单按老规矩办，酒店他们都是和我按月结的，这个你是知道的，现在你是假装糊涂充大方。大家看还要什么就自己点什么，都照实算。今天是专门为吴总高升摆酒洗尘，我们大家都好好地敬他几杯。"说着自己站起来举起酒杯一饮而尽，说道："吴总，刚才我喝的这一杯，是祝你高升发财。今后有什么好的工程信息别忘了我老管，我到你管工程的地盘找你要饭吃的时候，你多帮我说说话。"

这时向工站起来举起酒杯也先一饮而尽，说道："祝吴总高升发财，今后请多多关照！"

坐在向工旁边的四个包工头先后举杯给吴悟敏敬酒，说是请吴总到了新工地时要多多地给他们介绍一些工程做，有钱大家赚。

姚来喜紧接着站起来也用手高举酒杯："祝吴总身体健康、工作顺利、财源旺盛、全家幸福美满！"

刘工、王工、张工也先后站起来举起酒杯："祝吴总工作顺利、财源旺盛！"

吴悟敏觉得施工方有什么事情要自己帮助，关老板都把"四大金刚"搬来了，只好站起来举起酒杯和大家一一碰杯，也礼貌地请陈经理和赖经理碰杯，说："谢谢管老板，感谢大家的热情款待，这次只是工作平级移动，还不是上吊，哈哈！还在工程项目监理部里，还是要和大家常见面的，还是要和大家一起工作的，今后还要大家多多支持。来，为我们大家天天都是好朋友，干杯!"说着就一饮而尽。

陈经理说自己要开车,只是端起果汁杯表示了一下。赖经理说他不能喝白酒,就端起红酒象征性地喝了一口。随后大家都互相敬酒,以酒叙旧,酒杯来来往往,饭局进入高潮。白酒、啤酒和红酒被服务员不停地打开,跑来跑去地一一斟酒。

陈经理和赖经理小声地聊起物业管理,聊着花园二期工程交房时间和房价的走向,也谈自己炒楼盘炒房的喜怒哀乐。姚来喜在一旁认真地听着,不时地招呼服务员来加酒和果汁。

管老板手下的工程师向工,不停地向在座的几位监理工程师敬酒。管老板随着酒劲上头,高声地说起工程设备增加和涨价的苦恼,说起工程款被拖欠得太多,说起工程资金周转不开,说起家里儿女们的学费、房子装修、买房入户、劳保医保的种种困难,说起许多工人拿不到工资在工地里闹事也无济于事的苦恼。

吴悟敏和工程师们一边听,一边发表点看法或提点合理化的建议。

主管挖桩的包工头姓常,个子高,外号叫肠子,与长子谐音。肠子举起酒杯对管老板说:"管老板,刚才你说到二期工程的人工挖孔桩设计深度加深了,你叫我按新的设计图继续向下挖,这样,工程量会增加不少。加工程量是好事情,我们不反对,只不过是这挖桩的深度加深了,挖的难度加大了,单位成本也就自然提高了。每米工程单位进度也会变慢,工程的提升机要换成电动的,井内的通风机也要加大了,每米的工程单价也应该适当地多少加一点了吧?还有,你那里还有六十多万工程款没有支付,现在多少也应该给个十几二十万的救救急吧!我手下工人的孩子们要上学要交学费,家里人要买东西要看病,你看怎么办?今天你多少要给一些,剩下的什么时候给,你给我一个说法,管老板,这一杯酒我干了,我看你那一杯酒你也应当干了,咋样?"说完举杯一饮而尽。

管老板自己给自己斟满酒,举起杯说:"肠子,我是欠了你的人工费,我不是不想还给你,我也不是单单欠你一个人的。在座的老金头、詹哥,还有干老弟,你和他们都是很早跟我闯江湖的人,他们都是我的老乡,都是从一个家乡出来的弟兄,都是一起提着一个砂浆小桶干到现在的哥们。我当老板了,他们还在帮着我干,我欠他们比欠你的多多了,我都没有办法还他们的欠款。你是外省人,每次我给你付的比他们都要多一点,没有办法,他们都说我偏心。你也知道,我前几年修了四条市政道路,合计二十二公里,基本费用合同成本价是三万一米,你说多少钱?这全是我自己借钱垫资修的,甲方最后只给了我几块偏远山脚下的地，我想快点便宜地卖出去，但就是卖不出去一块地。开始，人家说我那是生地，要整成熟地才能要。我只好再花钱又炸山又填海地整平它。好了，成熟地了，人家又说土地交换还要认证、注册、申请报批、挂牌、拍卖等等手续，这样搞了又是好几千万，最后还是没有卖出去。我每年都要交付土地闲置费，我的房子、家产、土地和施工资质都被银行押着。"说到这里，管老板一脸的怒气，又带有一些歉意的样子。他将自己酒杯的酒再斟满，举起来，大声说："来，对不起大家，我在这里再和你们同干一杯，就算是感谢哥们弟兄这些年同甘共苦帮了我，今后还要大家来帮我。我觉得，我的这些钱，他们早晚都会还给我的，这地价是年年看涨，一旦我的地卖了，等钱来了，我会连本带利地偿还大家。"说完一口干了。

包工头们纷纷举起酒杯陪管老板干了。

那个矮胖的干老板说："管老板，你放心，我们都会跟着你干，相信你那些钱一定会到手的，他们是一定会给你的。"

姚来喜举起酒杯和管老板碰了一杯，调侃地说："管老板，你现在改做房地产施工了，你的钱是每月都有拿的哟！你还在叫什么苦呢？"

管老板给自己斟满酒，又叫服务员给姚来喜斟满酒，举起自己酒杯，和姚来喜的酒杯"当"的一声碰了一下，自己先干掉，说："小兄弟，你也是从工地上过来的人，你也是帮工人向我讨工钱的人，我的难处你知道的。说起来，钱是有的拿，但实际上也很难拿到手的。工程搞了快一年，连合同里的工程预付款到现在还没有给完，工程进度款连一个月都没有拿到，合同里白纸黑字写着，说是每月的进度款要按照实际进度的百分之七十付款，但是每次进度款申报，都被你们现场工程部压在那里不上报。就是上报给批了，工程款付款推了又推，现金迟迟拿不到。我上个月的进度款申报，为何没有批下来？我问赖经理，他说就是没有批下来，那又怎样？我去问祝董，她说你们工程部还没上报给她的总部，她说会叫你们工程部马上上报。赖经理，你说你这是什么意思？"

赖经理的眼睛贼一样地盯着吴悟敏，支支吾吾地小声地说："监理方还在进一步核实工程量。"

管老板说："我看到监理方都已经批过了，我在你们工程部看过资料，他们是同意支付的，吴总在这里，是不是？"

吴悟敏说："我是批过了，我也只是签字而已，但是，付款的最后决定权全都在甲方。"

赖经理一下子来了精神，说道："吴总说得对，决定权最后在我这里，不是说你管老板想拿钱就能拿走钱的，不是说你管老板想拿多少就能拿多少的。"

管老板说话的声音越来越大："还有这个月的工程进度款，监理公司都批过了。你为什么不给批？你到底想怎么样？"

赖经理不紧不慢地说："监理前天刚刚报上来，你总得要给我们项目部一个审查核实的时间差吧！一个数字一个数字地核查，你又没有数数有多少数字需要核对的吗？没有一段时间能搞出来吗？随便一个字，搞错了我会掉饭碗的。"

管老板说："那些数字还用你来算吗？都是由你手下工程师们来算的，你会不会算还是个疑问。"管老板自己给自己斟满一杯酒，举起来对赖经理说："赖总，你说你一贯是做君子的人。我管某人虽不是君子，但是做事说话算话。我会按照我们之间的君子约定，按工程款实数给你兑现，绝不欠你一分钱。你回款快，我就兑现快。我不会先预付你的回款，如果那样，我会死得更快。你得先批款上报，我有了现金到手，就会立马按到手现金数量的百分比给你回款。我的工人天天要吃饭，他们都是有家有小的人，他们都必须要吃饭要花钱。还有，我的材料供应商不会让我白白拿他们的东西不给钱，人家也是要吃饭的。你们项目部其他的人都说了，只要你签字，就会马上上报公司总部。这一杯我先干了，你也得干了！"说完就一口干了。然后又带有一点醉意的样子走到赖经理身边，给赖经理的酒杯倒满红酒，用手逼着赖经理喝。赖经理没法子，也只好一口干了杯中的红酒，然后对管老板说："你放心，我迟早都会给你办的。"

这时常老板也走过来逼赖经理喝酒，说道："赖经理，桩基础的设计加深了，挖桩的单价也应当要提高了，我现在已经把报告拿来了，你现在就批一下，我个人也不会少了你的分红，我会按照以往的规矩给你好处费，我们是有钱大家赚。"

管老板给自己和常老板斟满了白酒，又给赖经理的杯子倒满了红酒，逼着赖经理喝酒，管老板和肠子举起杯一饮而尽，赖经理也没法子，只好一口干了。

管老板说："肠子，挖桩单价要提高，一定要提高。但是，卷扬机更换你拿钱，通风机和电的费用还有通风工人的工资按定额是要甲方出钱，工程例会已经同意了，赖经理当时也是表态同意了的，他说他会签字的，现在他就会签，快些让他签字。"

赖经理双手搓着酒杯，说："我们总公司和你们总公司的施工合同里是将工程费包死了的，你不要想加就增加！"

管老板喝了不少酒，脸都有点红了，听了赖经理的说话后就很生气地说："赖经理，你这是在放屁！我们包的是原有施工合同里已经确定了的施工图里的工程量，你现在施工图变更了，单位工程的施工量增加了，单价和总价就要随施工图的变更而增加，这些你都不懂吗？你是在装傻吧？你在这里信口开河！"

赖经理听了也不爽，回敬管老板："我不懂？告诉你，我是土建专业硕士研究生毕业文凭！"

管老板用不屑一顾的眼神看着赖经理的脸反驳："哼，你那一张文凭最多值一百元，满街都有卖的，五十元一本。你当我不知道？有记者调查过，现在开发商手下绝大多数高管的文凭都是假的。有报纸报道说，有一个很牛的金融单位，经查，百分之九十七的员工文凭是假的。"

吴悟敏赶紧插嘴说道："管老板，我们今天有事说事，不要说一些没用的话。"

陈经理悄悄地离座去沙发上独自看球赛去了。

这时向工从他文件包里拿出一些报表交给管老板，说："这是我们今天要甲方签的报表。"

管老板醉醺醺地接过这些报表，拿到赖经理面前说："签吧，你签了，我下午就陪你去工程项目部盖章，明天报到你们公司总部，赖总，你签字吧！"

"快签！快签！"施工队的泥瓦工干老板、钢筋工金老板、混凝土工詹老板、挖桩工常老板的四个专业包工头和向工一起都站在赖经理后面，叫赖经理快签。

赖经理开始有点胆怯，也有点些恼怒，有点醉意，他就趁着醉意大声地说道："管老板，你今天到底要我怎么样？我不签，你又敢怎样？你今天想空手套白狼吗？"

管老板高声说："我今天特意一分钱都没带，就是要空手来套住你这只白眼狼。你不签，今天就休想走出这个包厢！"说着伸手要去抓赖经理的衣领，被赖经理用力挡开。

姚来喜问赖经理："你们平时签字时，是说好要给多少现金的呢？"

管老板摇摇晃晃地贴近赖经理的面前，指着他的鼻子说："他每次要我先拿出五万现金，工程款到了我的账上，再按百分之十给他回扣款。可是，每次我给他五万块钱了，他的进度款却迟迟批不下来，我今天就是一分钱都不给，我还得要他给我签字，我再也不想这样惯他了。"

赖经理感到自己被羞辱，便狠狠地捅了管老板胸膛一拳。

管老板被赖经理这一拳推了一个大趔趄，身子晃来晃去差点要倒下去，幸好扶着桌子站住了，看来他已经大醉了，双拳直奔赖经理的脸，被赖经理用力一推，管老板又差点摔倒在地。

四个包工头赶紧跑过来，扶管老板到座椅里坐下，然后就围在赖经理四周，怒气冲天地要打赖经理。赖经理想跑，四个大汉子将他拦在中间。

管老板双手趴在桌子上，用瞪得大大的眼珠看着赖经理说："你想打死我是不是？没门！你今天不签，要不你死，要不我死！"说着从裤腰里抽出一把水果刀，对着赖经理挥舞着。吴悟敏赶紧扑过去夺下管老板手里的水果刀，随手扔到包厢的拐角处。

赖经理很是害怕，恼羞成怒，他向后退缩着，又装出毫不畏惧的样子，急忙拿出手机要说："我要报警！"他正好退到吴悟敏身边，吴悟敏顺手拿过赖的手机，说："你好像有点醉了，别把号码拨错了，我帮你拨，是不是要报警？是拨110吗？"这时，吴悟敏手里拿着的手机又被向工夺走，说道："吴总，我帮他拨110。"说着顺手将赖经理手机塞进自己的裤兜里。

赖经理也从裤兜里掏出一把黑色的藏式折叠短刀，打开边挥舞边说："我这才是真的杀人刀，你们不让我报警，我就自杀给你们看，要你们这些人都脱不了干系。"吴悟敏眼尖手快，迅速扑过去夺下赖经理手中的藏式短刀，突然感觉像是橡皮玩具刀。吴悟敏也不声张，悄悄地用手摸一摸刀片，真的是橡皮的，而且刀片是可以收缩的舞台艺术刀具。吴悟敏偷偷一笑，收好这把刀装进自己的工作包里，看到了自己公文包里管老板送的五万元现金。赖经理感觉到吴悟敏知道刀具的真相了，于是有点服软的样子。

坐在赖经理身边的姚来喜，赶快拿出一支签字笔给赖经理说："赖总，签吧，反正总是要给他们签的，还不如现在就签了，也算是做个人情。你也知道，管老板每次喝醉了酒就要出状况的，你是为公司好，但也要照顾你自己的安全才是，谁知道管老板他们接下来会做出什么莽撞的事情来呢？他今天来了那么多人，你是打不过他们的，你这样简单地处理，这对你对我对公司都不利。"

赖经理本来就喝多了，加上这一争吵，气得满脸通红。他是酒力一上头，头脑就一片糨糊。他不理姚来喜，将脸扭向门外。就在这一瞬间，看到门外走廊里有许多头戴安全帽的民工向这里看着，觉得情况不妙，就顺手拿起一条凳子走出门想和民工们拼了。

吴悟敏从赖经理后面一把抓住赖的裤腰带，将他拖回到饭桌旁坐下，说道："赖总，人家管老板是个讲信用的人，人家早就带了五万现金，刚才是给你开个玩笑。"

赖经理醉醺醺气呼呼地问："在哪里？在哪里？他拿出来给我看！他给了我，我就签。"

吴悟敏立刻从自己的公文包里拿出五万块钱摆在赖经理面前说："拿去吧！我替管老板给你，马上就签吧！"

这一瞬间，管老板和全屋里的人都惊住了。

赖经理急忙将五万块钱装进自己的公文包里，然后从姚来喜的手中拿过笔，开始签字。

签完字，将笔往地上一扔，再踩上三脚。起身提着装满钱的公文包就往门外走去。向工上前去拉着他，想留他再多喝几杯，赖经理摇晃着身子，将手一甩说："管老板都喝醉了，再和他喝没意思，我走了。"

这时，管老板向工人们用手一挥，门外的众多民工立即散去。

赖经理边走边喊说："姚经理，我们也回去吧，跟他们一起纠缠没有什么意思。"几个土建包工头和姚来喜一起将赖经理塞进小车开走了。

赖经理和姚来喜走后，吴悟敏关心地问管老板："怎么样？不要紧吧？先喝点醋吧！要不要服用解酒药？要不要去医院？你那一把刀是真的刀，不要这样玩了。"

这时，管老板从酒醉状态瞬间改变过来，哈哈大笑地说："吴总，我酒醒了，他们走了，来，我们现在好好地喝几杯。这小子，我们不收拾他，是办不成事的，这次是你救了他。他今天少挨一顿打。"

管老板说到这里，又走过来一把抱住吴悟敏说："吴总，我知道你都是为了帮我。吴总、吴哥，你的情，我会还你的，今后我都听你的，今后你有事只要打一声招呼，或是一招手，我都会尽力而为的！"

吴悟敏只是轻轻地说了句："管老板，这次纯粹巧合，今天这事你知我知，过去了就过去了，以后请不要向任何人提起！"

陈经理接过话题说道："吴总，你可是不知道，我是清楚得很，赖经理是个泼皮，不打不签字，只要有回款拿，你即使打伤了他，他也不会吱声的，他说他要报警，那纯粹是在表演，他已经习惯这样办事了。"

管老板听懂了吴悟敏的话，也听懂了陈经理的话，若无其事地说："陈经理也是见得多了，每次他签字都要赖，我们都要揍他一顿。吴总，今天你在场，我们就算是很客气地对他了。"

"哦，哦！是这样！哈哈哈哈！你们不是都看到了，赖经理他也有把刀哦！要小心哦！哈哈哈、哈哈哈！"吴悟敏装作大彻大悟的样子大笑起来。

监理工程师们和包工头们都哈哈哈地大笑起来。

第三十五章　神秘卷尺

　　大家在一起说笑了一阵，施工方的工程师们细心地收拾着签证资料。监理方也收拾好已经签字的复写文件。施工方人工挖孔桩的包工头忙着打电话给下面小包工头布置任务。一阵忙碌完毕，已是快到下午施工队开晚饭的时间了。

　　陈经理提议各自收兵回单位，吴悟敏则提议到挖孔桩的施工现场去看一看再说。于是，施工方的车在前面引路，后面陈经理的车拉着吴悟敏和监理工程师们到了人工挖孔桩工程现场的门口下车，直奔挖孔桩施工现场而去。

　　在人工挖孔桩的工地上，井下操作的工人们都在陆陆续续地收工，有的工人已经上升到井面上了，还有的在井下用卷扬机提着吊桶清理渣土。有的工人班组在工地比较平整的地面上已经摆上了饭菜，一盆回锅肉炒菜、一盆汤和一盆米饭，再有几瓶廉价的白酒。工人们准备开晚饭了。收工早的工人三四个围在一起，高兴地开始享用他们的晚餐，他们客气地招呼着路过的工程师们一起喝酒。

　　这时，井口上的卷扬机、电动鼓风机、移动式电力开关箱都在挖井工的忙碌下收拾整齐。只有施工方、监理公司方、地质勘探公司方、设计方及甲方现场代表组成的验收组织和各个井号挖井工的代表们，在一个个地验收记录着已经完成的桩井质量检测值和桩井深度值。

　　验收组见吴悟敏来了，都停下手中的工作和吴悟敏打招呼，并让开一条路，让吴悟敏上前观看井底出土的岩土材质和他们记录的挖井成品数值记录，以及他们已经确定的最后井深尺寸数值表的记录。

　　吴悟敏仔细地看了这些表格里的数值，并和图纸上的数值比对，满脸很不高兴的样子说道："他们挖桩的深度都比地质施工图的要求深那么多，这是怎么回事？"

　　施工队的工程师说道："可能是桩的设计与实际地址有较大的差异。"

　　吴悟敏也不回答，就自己从公文包里取出米尺，量了量该井口的净直径，没有表示态度，只是叫监理王工乘坐卷扬机下到井底。等王工下到井底喊了一声"到了"。卷扬机停下来。吴悟敏又从公文包里取出一根染有颜色刻度的细绳子和一个直径大概有五厘米大小的圆形电子球。

有人问道："吴总，你这是什么高科技产品？"

吴悟敏说道："这是人工挖孔桩底部岩土探测器。我将它拴在有尺寸标度的细绳子顶头，然后慢慢放到井底，轻轻地抖动，当它碰到孔桩底部的岩土底部时，它会像人一样说'到了'，我们就知道这个孔桩现在到了多少深度，提上来之后读一读数值，就知道这个桩底是否到了施工图设计的岩土层。"

吴悟敏听到井下王工的喊声之后，等了一会，就大声地对井底王工喊道："好，我现在要将土样材料小桶和深度探测器放下来了。"

王工大声喊道："你放下来吧！"

吴悟敏将这个圆圆的小东西系在绳子端头，并在绳子的端头拴上一个小材料空桶，拴好后就亲自将绳子慢慢地放下去。不一会王工喊一声"小桶和小球都到了"！同时，有一个电子声音也在说"到了"。吴悟敏大声说："王工，采样吧！"

王工在孔桩井底采完桩底的岩土样品装进采样桶里后，说声"好了"。这时吴悟敏轻轻地提了提细绳子，听到电子声音说"到了"之后，就慢慢地提起绳子。当材料小桶和那个能发出电子人声音的小圆东西都上到井面时，就先看看采样小桶里的岩土样，并用手抓起一把岩土样看过，然后又给大家看过。在场的人都说："不错，岩土层已经到了设计的要求土层。"然后，吴悟敏又拿出自己的工作卷尺量了量这根细绳子，大笑之后，又对着验收组里拿着大卷尺的施工方现场验收工程师说："请你把量尺拿给我看看！"然后又指挥卷扬机手，将井下的王工提上井面。

管老板转过身去给花园小区的物管主任姚来喜打电话，叫他赶紧过来帮忙，说桩基的工程测量之事被吴总监发现，赶快来救火。姚来喜回答说马上就来。

吴悟敏接过大卷尺，抽出很长的一节看了一眼，然后又给在场的所有工程师们一一看过，说："我测量到的实际数字和地质施工图上的数字基本相吻合，是不是你们的量尺有什么问题？"

吴悟敏拉出来几米的尺头给在场的工程师们看。开始看到的是从零开始的，没有发现问题。吴悟敏叫人拉住钢卷尺的零数字处向后不停地退，当那个拉尺子的人向后走了五米时，问题发现了，原来在五米与十米之间的尺子被人剪去之后，再将五米和十米的刻度直接接上，然后再用这种假量尺测量桩的深度，这样，整个工程的每根桩都多量了五米。

吴悟敏说道："这个尺子被人工剪去五米，然后再重新接起来的，看起来尺子的起点数值仍然是零，但是在五米后直接就是十米的深度，整把尺子比正常的尺子短了五米，而我们每一根桩的工程量就白白地多了五米。这种招数我从前见过，所以我很快就发现了他们的鬼在哪里。我们的桩数是一千贰佰三十五根，这要多算多少工程量哦！而更加要命的是，将错误的计数进入工程质量统计之中，这不单单是工程计量增加和工程成本增加的问题，这样的虚假深度数字直接否定了原始施工图的设计数据，还会影响到质量检测系统的数据判定错误，这种错误后果是十分严重的。"

吴悟敏叫过管老板，指着他的鼻子说道："管老板，你的心也太黑了吧，每一根桩你都多报五米，你不知道这每根桩在浇筑完成后还要进行小应变、大应变和静载实验的吗？那个实验对桩深的测量误差不超过一厘米，你这个虚假的工程数据最后和测量数据与设计数据相差如此之大，你知道你对工程的质量定性有多大的伤害吗？"

管老板被吴悟敏批评过后用一只手蒙着脸，假装羞愧难当，又立即转过身去抓住那个拿假尺子的工程师的衣领大骂道："你狗日的杂种，他妈的给我抹黑！"说完便伸手一拳朝着那人的面部狠狠地打去。那个工程师顿时鼻孔鲜血直流，支持不住身体，猛然倒在地上。管老板气急败坏地用脚狠狠地踢了几脚，同时还指着这位工程师骂个不停。

其他的人有的在劝管老板，有的心痛倒地的工程师，有的将自己的脸扭过一旁默默不语。

管老板发过了脾气，又来到吴悟敏面前，赔着笑脸对吴悟敏说道："吴总，你看怎么办？我不会亏待你的。这样错误的事我保证绝对不会再犯了。我也保证今后不会再发生此类事件，只此一次。请你在进行桩基正式验收会议上要多多地谅解和通融。"

吴悟敏毫不理会，将监理工程师王工叫到跟前说道："给他们的工程总包方发停工整改监理通知书。先由施工总包方自己提出整改办法和处罚办法报工地监理组。同时由施工方配合监理方细查这次事故的原因和事故的实际程度，针对已经验收的桩基，再从头一根根地测量一遍，直到全部查清此类事故的数据，再进行详细认证整改。对于那些已经验收通过的桩基假数据，更要重新测量过，由我来亲自验收，杀一儆百，不得姑息。这样，由此产生的一切费用和负面影响都由工程施工的总包方承担。"然后对陈经理说："我们走吧！"说完，收拾好公文包，一挥手，叫监理们回办公室里去签发监理工程通知书。

这时，姚来喜匆匆地赶来，把吴悟敏拉到一边小声说，桩基的事，你就按照监理规范尽管对施工方严罚，这事管老板有不可推卸的责任，但是主要还是桩基人工包工头搞的鬼，只要纠正工程数据就可以了，反正钱是甲方出的，只要工程质量没有被伤害，也就是万幸的事。姚来喜拍胸脯说，他会动员一切力量，也包括管老板的力量来帮助吴悟敏搞清楚儿子吴晓龙的信息。

吴悟敏一听到儿子吴晓龙的事情，心情顿时就不爽，他也不理睬姚来喜，转身对监理工程师们说："今天大家都很累了，这件事明天在开工程监理例会时与项目工程现场各方机构一起讨论处理,这个会我就不参加了。"说完这些，他一个人黑着脸快步离开现场。

管老板见吴悟敏黑着脸离开工地，就赶紧边追边喊："吴总！吴总！我给你解释，吴总！"姚来喜拉住管老板，给他耳边说了几句悄悄话。管老板就走过去招呼所有参加联合验收的工程师们一起去酒店吃饭。监理工程师们都向监理办公室走去。其他相关单位的工程师们也都灰溜溜地走出工地，各自回单位去了。

吴悟敏独自一个人快速走出工地直奔停车场，叫陈经理开车送他回到分公司的监理工程师宿舍楼。他想好好休息一下后，就开始准备新工作的相关事宜。明天是星期一，要去新上任的工地现场查看巡视，为后天自己在新工地亲自主持召开第一次监理工程会议做一些必要的准备。

第三十六章 针锋相对

"新渔市文化建设开发创意和发展中心建设施工工程"项目工程监理例会时间规定设在每周星期二上午九点整开始。

八点半，一辆黑色奔驰公务车将吴悟敏送到工地办公临时工程楼首层会议室门口，这是陈经理开车送吴悟敏来的。监理公司董事长兼公司总监王总自己驾车一起随行。一同开车到达临时办公楼前的，还有本工程土建施工总承包方业务副总经理徐总和新渔市市政府建设办工程现场负责人林主任。

当吴悟敏提着公文包和手提电脑包从车上下来，走进会议厅大门以后。陈经理、王总、徐总和林主任都没有下车，这三辆车再打回头弯道，开向另一个办公室的门口去了。

吴悟敏在接手这个工程的总监之前，曾经来这里简单考察过。

"新渔市文化建设开发创意和发展中心建筑施工工程"项目，是综合全市、全国乃至对全世界开展国际文化艺术交流发展与文化商业创新开发的重要基地和国际市场。它包括针对全国及全球文化科技技术创新发展与交易的基地和市场、文化图书珍藏与阅览加销售的基地和场所，还包括国内外音乐、戏曲的交流演出、文化交流和展出的论坛基地和场所，以及全市市民文化娱乐的公众场地和场馆等等。该场馆建筑物有八到十二层的各种大型建筑二十六栋、大型活动场地二十个，总建筑面积超五十多万平方米，总造价合同书面值接近两千亿人民币，有各种投资公司、各种建筑承包商及材料设备供应商等合计超一百六十个董事机构单位参与其中。

这个工程工地的工程监理例行会议都在施工工地临时办公楼内一层的主会议厅进行。

施工工地临时办公楼是一幢三层的可随时拆卸和组装的钢结构与活动板式结构相结合的建筑物，首层有五个大的会议厅，主会议大厅在中部，业主方办公会议室、施工方工地会议室、监理方工地会议室和工程监控总控制仪器操作管理室等四个会议室在主会议室的两端左右，它的空间都做了特殊的大空间力学结构处理。在南面大门处，即对着停车广场的那一边，做了简易而得体的装修，显得庄严凝重。

二层是各专业功能小会议室，分别是工程相关投资单位驻工地现场办公室和休息室、本市工程质量监管单位驻工地现场办公室和休息室、主要供应商工地现场办公室和休息室。在各自办公室的门口处，都装有醒目的单位机构门牌，显得整齐、美观而庄重。

三楼的中间是现代化临时大餐厅，两端是各种专业会议的小型特殊餐厅，用于合作单位临时招待用餐。

吴悟敏走进会议厅时环视了一下会议室的布置，觉得这样布置算是比较标准化的，也有许多新颖的设计。

　　这是一个十分宽敞的会议厅，足有四百多平方米，四周摆满了漂亮而华丽的工程标志，形象美丽，标准高档，设计大方而布置得体，配得上这个市重点工程的形象。

　　在大厅内的最深处，正对大门特制的照壁墙上，醒目的金色工程名称由十几面红旗簇拥着，金色的大字下是工程建设目标的口号文字，这些文字的下面，是由高大的南方发财树和火炬大盆花衬托着，给人以积极向上的力量启示。

　　左面大墙上，合理布置着工程总平面图、各标准层施工图、工程施工计划图解、工程施工总进度图解。右面大墙上，合理布置着工程材料与工程部位各项目试验检验图解、工程各法定责任部门单位和部门及其法定负责人图表、工程立项批准书彩复大图、工程建设项目批准书彩图大样、工程施工建设批准书彩复大样、工程形象透视彩图等等。

　　会场的正中，由几十张仿红木会议桌配套仿红木座椅摆成一个大方框，方框的外面摆了近百张仿红木靠背的主题座椅，方框里摆着万年青和大叶红掌盆花。这一切，都是以会议厅的中轴线对称环形双层排列布置的，在正式会议桌的主座椅后面，还放有好几层座椅。整个会场足以容纳五百多人同时参与会议。

　　会议桌上摆满了各种高档香烟、顶级水果、时鲜饮料和时髦的茶壶茶杯。穿着统一工程单位标志服装式样的男女工作人员，在会议桌四周忙来忙去。

　　会议桌四周的主题座椅位置早已被坐满，有的在吸烟吃水果，有的在大声争论着什么事情，有的还在指手画脚，气氛好像很不融洽。而在外圈的人又坐了三圈，这些应该都是工程师和工程管理人员。还有许多人员坐在这些人外圈的凳子上，这些人大概都是设备供应商和技术供应商的人员。只有总监该坐的位置空着，在这个位置的左右两边，分别坐着工程现场施工工程师和监理工程师。

　　吴悟敏注意听了那些吵吵闹闹的对话声，大都是在讨论和交流市内各商业楼盘的价格、风水、商业价值、升值空间和买楼关系户人的名称及联系电话等内容，有许多人在为楼盘价格的内幕信息差异激烈争论和辩解。

　　吴悟敏坐到总监的位置，总监代理和施工方国家注册项目经理分别坐在他的左右，他和手下几个专业监理工程师经过简单的交流之后，从公文包里取出一沓文件，并打开他的电脑，然后大声地说："本周的工程监理例会，现在开始！"

　　整个会场顿时安静下来。接着，吴悟敏作了自我介绍："我姓吴，口下一天，我是一口遮天。因马上还有一个十分重要的会在等我，时间紧迫，现场在座的就不一一介绍了，下到工地现场解决具体问题时，我自然就会有很多机会当面向你们请教和沟通。"

会议厅显得有点混乱，有些人在轻轻议论着。

吴悟敏拿出一张文件在空中晃了晃，又拿出一枚长方形的图章高高地举起来，说："我被任命为本工地的工程项目总监工程师，总监代表还是黄工不变，其他各专业工程监理工程师人员和职责不变。原来的工程总监被调离另外任用，今天工程例会的会议程序按规程不变。现在，由总监代表黄总主持今天的工程例会！"

总监代表黄工翻开他的会议记录本，宣布会议议程："一是施工方工程项目经理先汇报上一周的进度、下一周的工程计划，提出需各方解决的问题；二是现场监理工程师和总监代表对施工方上周的工作做出评价，并对施工方下周应当做出的整改提出要求；三是业主方代表、政府质监部门、安监部门代表、设计院代表分别对工程的施工和监理方提出本周工作的相关要求；四是其他参加会议的单位代表发言；五是最后总监做会议总结；六是会议记录现场签字认可，会议记要明天上午下发在座各单位和工程师。"

"现在请施工方代表发言。"总监代表黄工宣布会议开始。

施工方工程项目部的陈经理站起来，用目光四周一扫又坐下说道："吴总说了，时间紧迫，那么本周的进度、计划和质量整改报告暂时就不念了，我们已经发到大家手中的各种表格和文件里都写得很清楚了。我这里只给本次会议提两件事，第一件事是我们新的工程总监吴总今天走马上任，我今晚邀请在座的各位到香格里拉酒店南海大厅为吴总接风。酒店的业务老总回电说他们已经安排妥善，现场各位去酒店的路线位置和包厢订座位置的信息，我们会群发给在座各位。"

"好哦，我可是要和吴总好好喝几杯，一决雌雄，谁叫他自称一口遮天！"

"太好了，我们都找他碰杯，听说他是北方来的，很会划拳，到时候和他划几下试试。"

会场一片叫好声。

吴悟敏站起来拍了两下手，又向会场挥挥手，会场又安静下来，吴总坐下来向项目经理陈经理指了指。陈经理向吴悟敏点点头，继续讲道："第二件事是按本工程进度计划，今天为文化艺术交流中心单位（Ⅱ）工程1-24轴的A-J轴土建主体封顶时间，该主体屋顶的钢筋混凝土模板和钢筋工程已完工，混凝土的预拌计划一星期前已下达给了混凝土预拌厂，混凝土厂方公司已来函告知，所需材料的筹备和质检完全到位，并已完全进入日生产准备状态，混凝土将要开始搅拌，我公司现场施工人员已做好全方位的准备，装载混凝土的十四台搅拌车已开到搅拌厂正在等待浇灌命令。混凝土厂方来电话请求吴总下令马上开工生产和运输。"

"今天的混凝土坚决不行浇灌！"一个工程师举手大声地表示反对，他姓李，是业主方一个重要投资商派来的技术负责人。

"陈总，你不要管他，不要和他啰唆！"

"陈总不要管他，你直接给工地下命令就是了，混凝土车已在工地外等着了！"有好几个人在高声喊话。

"李工，你说为什么？"陈经理显然是在控制着自己的情绪，他耐心地问。

"我是本工程本工号施工现场甲方技术总工，我说不能就是不能！"李工程师坚定地说道。

"第一，你不能全面代表甲方，甲方是由好几十个单位机构组成的合作单位总称，这是施工总合同上写明了的，政府所派的法定代表人才能代表甲方；第二，你没有讲出理由，也没有提前拿出具体的文件，这是工程程序的错误，而且你也听到了，大家不服。你现在简明扼要地说说你的理由吧。"陈经理举起一只手在空中比画了几圈，然后抓起一瓶饮料狠狠地喝了一口，打开手边一个工程资料盒看了看说道："今天的钢筋混凝土浇灌工程所有前期工序的验收合格记录都在这里，你们甲方各个机构代表都已经签字'同意浇灌'，所以，你现在的投诉无效。"

"我们抗议的原因是在签过字以后，又发现了你们质量问题的新证据，第一，本工程在上一工序某些部位的混凝土质量检测报告不合格；第二，直径十四厘米以下的小直径钢筋检测试验都要复检或二次复检才能合格使用；第三，因建筑功能需要改变施工图的图纸设计，甲方已经口头知会你们施工方总部的项目经理部。因以上理由，本工程需要立即停工。"李工程师站起来用两只手比画着说完这些，然后坐下来据理力争。

"关于第一点，你提出'本工程在上一工序混凝土质量检测报告不合格'一事完全不存在，因为混凝土生产厂家的试块在标准条件下养护实验检测中已经全部合格，而同条件试块我们备有两组，第一组是标准状态下养护的试块实验结果，其检测数值中有部分试块不符合施工图设计和施工规范要求。但是，我们还备有第二组试块，我们建议监理工程师在总监的亲自监督下重新见证复检。关于第二点，你提出的关于'直径十四厘米以下的小直径钢筋检测试验都要复检或二次复检'问题，建筑法、建筑施工规范和建筑材料检测规范都没有说一定要将小直径的钢筋进行复检才合格。关于第三点,你说'因建筑功能需要改变图纸设计'只是一个意向,在新的变更设计图完成正式下达到我施工现场的工程经理部之前,我们必须坚持'按图施工',这是唯一正确的措施。"陈经理对李工提出了批驳。批驳完之后,陈经理又说道:"代表甲方在施工现场管理的不只是你李工程师一人,正好你到'新、马、泰'各处的国际重要旅游景点出差去了,你的工作已按照甲乙双方的合同规定,另外特派了现场代表,他也是业主方正式派来的工程项目代表,他带领所有甲方人员到现场验收并签字。因此,目前本次工程该部位一切有关质量的检验验收合格记录都已在案,我们施工方的程序是正确的,工程质量也是信得过的。"陈经理说到这里用眼睛对所有甲方的工程师扫了一眼,然后高声问道:"甲方其他的工程师们,你们不同意我说的,就请举手反驳!"

一时间,会场内许多人交头接耳,杂乱的议论声嗡嗡地响起,没有人应答。

"好,既然大家都没有反对意见,我的提议就通过了。"陈经理高喊道。

"你这样说话是没有理由的,你是在胡搅蛮缠,而且还带有人身攻击。"李工程师高声插话。

"我攻击你什么?"陈经理问道。

"你说我们去新、马、泰出差,我们是去休假的。"李经理反驳道。

"出差一说比休假一说更有理有利有节一些,难道我说得不对吗?哈哈哈哈哈哈!"陈经理说完之后,忍不住大笑起来。

"哈哈哈、哈哈哈!"全场一片笑声。

这时总监代表黄工高声打圆场:"现在是开会讨论,请在会议上摆明各自的理由和数据。"

"现在施工方总是以程序来说明工程质量,而我要说的是你们实际的工程质量。我在本工程部分楼层进行了细致检查,找到了许多质量问题,我已经对这些质量问题部位拍了照片,并将这些照片送到市工程投资方谢总那里。他的意见是在未确定前期已施工的分部分项工程部分的工程质量之前,先立即暂停施工。谢总说他不想看到这个工程变成'豆腐渣工程'。"李工程师说得斩钉截铁。

"我们公司的工程质量是完全信得过的。我公司三次拿到国家工程质量最高奖,你对这些奖项不应该怀疑,你李总说的话要有依据,不可信口开河!"陈经理寸步不让。

"难道你还怀疑投资方谢总不成?"李工程师也咄咄逼人。

"你不要拿投资方谢总来吓唬人,你说他有过指示,就请你现在拿出他签字的书面文件给大家看。现在你是空口说白话，而我们要听的是普通话。你给我们的是'莫须有'的说辞，而我们要看的是白纸黑字的谢总签字文件。我们不怕谁，停工？谁敢停？相信在座的人都没有这么大的胆！"陈经理举起手臂，又捏紧拳头挥动着。

会场一片哄闹之声，气氛开始紧张起来。有人在梆梆地敲着桌子。

这时，吴悟敏高举起双手，在空中猛击两掌，会场顿时安定下来，然后说道："请总监代表黄总发言！"

总监代表黄工接住话题说道："我对甲方有人提出在工程现场质量问题的争论方面说两点：一、甲方代表提出的问题十分重要，请投资方迅速拿出书面文件，我监理方会认真按照监理规范、按照本工程项目监理大纲和监理细则进行调查处理和落实。甲方的现场代表在施工现场中检查发现了一些在质量上属于施工方需要改进的部位，不管存在与否，监理方都会对此问题下发监理通知到现场相关各方，请施工方会同相关各方和我们监理方一起到现场认真核查，如果确实存在问题，应当立即提出整改措施进行整改，并在两日内将整改结果报监理公司工程项目组织，我们将会按照程序认真地进行处理。所以，今天这个会议，没有讨论此问题的议程程序。"

"吴总监的态度是什么？"李工问道。

"黄总说得很对，甲方李工提出了工程的质量问题，又提到了投资方谢总的重视并提出工程停工要求，很好。但是，这些数据的鉴定和最后处理意见的确定，还需要按照建筑合同规定的程序条款来进行。我们必须在掌握足够正确资料的情况下做出结论。李工暂时还没有拿出相关的有效文件。因此，今天的监理例会上暂时还不能对此进行讨论也不能够做出结论。总监代表对此次会议程序安排很具体，我们现场的各方都要认真服从。"吴悟敏说到这里，用眼光投向了质监站和安监站的两位代表，然后说："对于谢总的指示，我们还是要倾听市质监站和安监站的代表们发表具体意见。"

"我们是来监督工程施工建设中的程序和法规的，具体工程质量应该由本工程机构各方按照工程建设程序和法律法规执行，本工程质量控制的责任方在工程总监方，我们不做具体表态。"质监站的刘工程师发言很平和。

"我同意质监站刘工的意见，我已将此次会议记录在案，我们只是监督程序的合理性，具体事项原则上不会介入。"安监站的武工程师跟着发言。

"大家说到工程总监的责任问题，我应该说三点！"吴悟敏面带微笑地说道："第一点，工程项目的分部分项工程的质量确定，我是法定负责人和协调人。投资方重视并提出工程停工的要求，很好，那么由甲方李工程师先拿出一个停工申请报告，然后由投资方谢总批示签字之后交到我这里，我在收到这个报告后会立即组织会议研究讨论，如确实有停工必要，我们会在做出工地停工准备后，立即向市政府工程办提出本工地的正式停工申请。不过，这些有效的停工申请文件还没有出现。"吴悟敏停了足足一分钟，然后又从公文包里取出一沓文件，说："不过，我要说到第二点，今天的混凝土六千三百五十多立方配料已全部到位，材料经配置完成，而其他的工地的工程是不可以使用的，如果不能按时使用，这些配料会被作为废料处理。加上已验收的模板和钢筋工程，再加其他已验收的隐蔽工程，工程直接成本总量超七百多万元。若停工，时间最少三个月，本工程的停工费用再加上相关其他损失的直接费用和管理上的间接费用总量超一千二百多万元，若马上停工就是一个大的浪费。我们在场的人没有哪个人能负得起停工损失的责任。况且这里有本次要施工部位的分部分项工程的全部质检资料和程序资料，我都看过了，该项工程负责签字的都具有合法资格，他们都已经签字认可，说明这次工序前的审查和检验都是严肃和认真的，是符合施工条件的，现在如果有谁能站出来签字同意承担停工所付出的一切经济责任，我可以宣布立即停工，有没有？请举手！我倒数五个数，五、四、三、二、一。"吴悟敏说完，微笑地环视了一下，整个会场鸦雀无声。

"我！"有一个人站起来大声地喊道。

"请过来签字！"吴悟敏客气地说道。

"我尿涨，我要去上厕所！"那个人认真地说道。

"哈哈哈、哈哈哈！"全场的人都被逗得前仰后合。

吴悟敏见此情景，高举起双手"啪、啪、啪"三声击掌，然后立即严肃地说道："既然大家都没有不同意见，我是这里的国家注册总监理工程师，我说了算，今天的混凝土工程浇灌马上开始！"

"吴总，我们的工程材料款什么时间批下来？拖了快半年了！"坐在后排的一个黑大胖子大声喊道。

"吴总，总承包方半年都没有给我们工人发放工资了，本月的进度款没有批吗？"这个高声喊话的人有点像强仔，因坐的距离较远，又坐在背光处，看不清到底是不是强仔。

吴悟敏没有管这些人的问话，只是对在座的工程师们挥了一挥手，说道："这些事情都好办，明天来找黄总就行了，散会！"会议厅全场响起一片笑声和掌声。

陈经理和他的几个助手来到吴悟敏跟前想说话，吴悟敏先上前握了一下陈经理的手，板着脸小声说："辛苦了，晚上你要好好和李工他们交流一下，多敬他们几杯，陪他多喝几杯。这次混凝土浇灌施工质量一定要抓细，不要再留下话柄。"

跟陈经理说完，吴悟敏赶快走到甲方项目工程现场代表李工程师、质监站代表刘工程师、安监站代表武工程师、现场总监代表黄工程师、现场各专业监理工程师和其他工程师们面前和他们一一握手，大声地道辛苦，微笑地说："现在我有急事要办，今晚咱们在香格里拉好好聊！"然后就背起工作背包和工作电脑包大步流星地离开会议大厅。

第三十七章　糖衣炮弹

当吴悟敏在中心会议厅主持监理工程例会的时候，新渔市神渔建设管理公司副董事长兼监理公司董事长王总、本项建设工程总承包方副总经理兼法人代表徐总和政府建设办工程现场代表林主任三人在西边工程项目专业会议室里议事。这是一个工程项目建设视频监控室兼专业会议室，在这里，除了开会喝茶，同时可以从视频里细致地观察到工程项目方方面面的现场操作细节。对于刚才工程监理例会上发生的情况，坐在这里的人自然会看得清清楚楚、听得明明白白。

在工程施工质量监控厅里，四周的墙面上整齐地排满了各个分部分项工程施工操作暨安全展示的显示屏，一共有二十四个显示屏，同时又可以拼成一个超大视频，可以看到施工操作的每一个技术动作和钢筋表面绑扎的铅丝数量，至于会议桌上所放的文件题头名称，那是一清二楚。靠东面的视屏中心，还专门安排了一个大的主屏幕，其他屏幕画面可以随时切换到这个屏幕上。在监理例会开完之后，主画面从会场被切换到施工现场。画面里正播放着一群工人在紧张地浇灌混凝土，头戴不同单位机构标识头盔的工程师们，在现场有条不紊地指挥着。在其他的视频画面里，也正在展示着各个施工重要位置操作画面的细节特写。

监理公司董事长王总用调控器不断翻看着整个施工场景的直播现场，他重点观看施工现场施工工程师和监理工程师们工作状态的直播画面，有时又切换到混凝土运输车向高空泵机输送的混凝土质量现场检测画面，还专门看了操作测量混凝土坍落度时助手记录数据的画面。

徐总过来，一把将王总拉到饮茶的座位，说道："这又不是电视穿越剧，也不是三级片直播，有什么好看的，你要给你手下监理工程师们一点做事的自主空间好不好！快，快过来喝茶要紧。上次八千八百八十八元的茶叶，说真的，真的没有这次的味道好。当然，这就是一分钱一分货哦！这一盒茶叶是大不相同的。品茶是要专心品才能品得出来的。工地内外有十几个工程师在现场把关，还缺你那一双眼睛吗？工程质量又不是你这个监理公司领导操心的事情，也不是我们施工公司领导操心的事情。多拿项目，才是我们两个单位头头的主要目的。就算是甲方，他们的主要目的也不只是为了工程质量，而是为了政府的主要业绩，每年上缴更多的财政，为了更多的 GDP 能在各个地区经济排位榜前面而努力。林主任，你说呢？"徐总不满意地对王总唠叨起来，然后吩咐管理人员关掉所有的视频。

"徐总说得也有些道理，但是还不够经典。我认为，经典的提法是'以经济建设为中心，全面建设小康社会'。经济发展是核心，其他的都要服从这个主要目标的。经济发展是纲，纲举目张。"林主任笑着补充道。

"好！说得好！政治家必定是高瞻远瞩。"徐总赶快为林主任的说法鼓掌。

"徐总，工程合同里关于质量的重要承诺，你是要实现国家优质工程哦！我也是在帮你成名哦！"王总坐下来后讥讽地说道。

"拉倒吧，王总！你帮我扬名？每一个工程完工后在建筑物上刻着国家项目经理的名字，又不刻法人代表的名字。再说了，有了名气又会怎么样？国家建筑法规里又没有条款说，谁有了国家质量大奖就可以不投标招标直接拿国家的大工程给他们做？工程质量是工程师们的事，我们施工方总部主要任务是多拿施工项目。只要得到了施工项目，我们都是大爷，不管怎么吹牛皮都有人相信。如果手中没有施工项目，你的质量再好又有什么屁用，连手下人都会骂我们是狗熊。工程质量的高低主要在于投资的多少，设计图不尽人意，那没有关系呀，花钱多修改几次，总是能修改好的！有钱就有质量，质量是由金子堆积而成的。工程项目不是有钱就能拿到的，需要天时、地利、人和才能拿到，而天时、地利和人和都掌握在林主任他们手里。我们有了他们的帮助，你们才跟着我们有事情做，而你主要的任务就是帮我们批好工程进度款。"徐总回敬了王总一大堆话。

"徐总，这算是你说对了，我们就是要用进度款来牵住你们的牛鼻子，也包括质量、安全、工程进度等，这是我们的法宝。你们想的都是不干活就可以拿到进度款这样的好事，你们的进度款都拿到合同款项的百分之八十了，而工程实际进度还不到合同总量的百分之五十。"王总边喝茶边说。

"谁说的？你去问你们万总，把他叫来当面对质！"徐总眯着眼斜看了王总一眼，显得有些生气。

"万总被调走了，这是吴总在接手时整理出来的统计数据。吴总他是受政府邀请来的，专门派到你们工程工地来把关的，恐怕你比我清楚。"王总两眼只是看着手里的茶杯，不屑一顾地回答道。

"吴总的来头我们不好评价。其实，他接手这个工程，也是因为你们有了新工程。你们也在开发房地产，而且还不只是一个省份。所以万总他们被调走是应急之作。王总，刚才我说的这些话就算没说，你就算没有听到啦。"徐总说过之后，给王总沏了一杯茶水。

"政府和出资方有人说工程项目设计得太土气，会被外商瞧不起，主体和外观的形象需要重新进行设计。市政府原来要求工程按照一百年不落后的理念来设计，而这个设计方案只考虑了六十年，我看是需要重新修改规划设计和施工图设计。如果真是这样，我们的工程进度款不是拿多了，而是完全没有拿够。我看工程最好是停下来，甲方现场总工程师说的工程质量问题，也需要通过停工来处理才好，这样就有时间好好讨论我方提出的问题。你也知道的，我们还有一个二十亿工程量的城市开发项目，希望你们公司要及时地跟进，两千五百万的监理费，我想你们可能放过它吧。"徐总走到王总身边，先是拍了拍王总的肩膀，然后再坐下来，面对着王总说道。

"我们外地的房地产开发项目，是总公司董事会主席个人的事，他的后台你想都想不到是谁。再说，你说的那个开发项目我们是知道的，只要是新渔市的项目，监理责任人非我们公司莫属。你们想做手脚给别的监理公司也是万万做不到的。至于本工程某些单位工程的主体和外观装修要修改的事可不可以做？这是吴总他们的事情。吴总是项目总监，本项目有关工程进度控制、工程资金控制、工程质量的控制和认定等大事都由他主持，权力在他手里，主意都在他的脑子里，我是鞭长莫及。"王总委婉地找一些理由，笑着对徐总说道。

"王总，你不必将事情推得一干二净。吴总是你的老下级，据说你们的关系很好很铁，这事我也听到别人说过一二，你对他也是有掌控力的。我今天专门找他来喝茶，好好地聊聊这件事情，就算是你帮我，好不好？"徐总软中带硬地说道。

随着一阵均匀有力的牛皮鞋脚步声传来，吴悟敏在工作人员的带领下，从门外走了进来。他很客气地到三位领导面前和他们握手，说："让领导久等了！"然后就打开了施工视频的屏幕，很认真地看着这些施工现场视频，接着又关了屏幕，感慨地说道："震撼！第一次看到这样的高科技应用在土建工程施工上。不错！真不错！"

林主任仔细地从头到脚打量了一下吴悟敏，然后用手指了指空沙发说："吴总，请坐，你辛苦了，工作很干练嘛！"

"哪里，哪里！"吴悟敏身子微微向前倾，作了回礼，然后又坐下来，微笑着说："谢谢领导关心，每天都是这样，不会费力的，如果有疏忽之处，还要请领导多多指导，多多包涵，多多关照。"

这是大厅中央小型专业高级会议兼休息喝茶的地方，高仿皮单人沙发摆成长方形的一圈座位，座位的中间是整面大理石特制的会议桌，桌面上安装了视屏操纵界面和操作触摸屏按钮，桌上有现代化高级电动泡茶设备。吴悟敏和三位领导围坐在茶桌四周。

"请！吴总！不要太客气，在一起工作，都是要相互支持的。"林主任很诚恳地说。

"会开得不错，现在是我们喝茶的时间，吴总绝对没有喝过这样的好茶。"徐副总经理一边泡茶，一边介绍茶叶的特色，一边分茶水，说道："王总和林主任，他们也没有喝过我这种茶，这是我刚刚得到的。"

林主任说："徐总的好茶是顶级的，在我们这座城市都是没得说的。我想喝好茶都要找他。今天他是专门招待吴总的，以后吴总要常来，我也好托你的福，和你一起喝到他的好茶。"

"有空我会去您办公室拜访。这是我第一次做政府部门的监理项目工程，请多指示。"吴总喝了一口茶后放下茶杯。

"先不要说工作，先品我的茶，这茶叶是昨天招商会上的朋友专程跨海带过来的，比王总和林主任上次喝的仙岛高山茶要好得多。"此时，徐总忙着换茶叶、冲杯、过水、沏茶、分茶。

林主任坐到王总身边，和他小声地争论着什么。徐总趁这个机会小声地和吴悟敏聊起来。

"吴总，你买了几个小区花园的房产呀？"徐总很关心地问道。

"我还没有考虑过这个问题，我也没有那么多钱来买房。再说，我家里有房子住，是单位卖给我们的，买房钱也是象征性的，很便宜，按照你们这里的说法是白菜价。"吴悟敏感到买房子这事有点尴尬。

"我给你介绍一套，地理环境特别好，有很大的升值空间，市里的公务员们都抢着买。我给你写个条子，你直接去那里选一套签合同就行了，首期我先借给你，你看怎样？"徐总关心地问道。

"据说，这里的房价首付最少都要二十万，我刚来这里不久，二十万块钱要一年不吃不喝才能挣到，我没钱还你的。"吴悟敏的脸色很尴尬。

"我没说要你马上还钱呀！先从我这里拿去，我叫财务做一个账目就消了。"徐总很认真地对吴悟敏说。

吴悟敏沉默地端起一杯茶慢慢地品着，默不作声。

这时，林主任的手机铃声响了，原来是市里新闻记者们要来现场采访了，要请林主任带路和指导，给市里领导安排最佳的镜头位置进行采访拍摄。

"徐总、王总、吴总，你们要不要和我一起去现场走一走，到混凝土浇灌现场，市里新闻记者来采访施工现场，市建设局的领导在那里，我们都去看看，和他们一起留个影。"林主任大声地说道。

徐总说一定要去的，王总说自己不去了。徐总与林主任一同走出项目工程施工总监控室。

吴悟敏见工程监控室里只有自己和王总两个人，又说起儿子失踪的事，希望王总给他一点时间，好到本市各个单位找一找。没料想，王总轻描淡写地说道："你儿子没事的，不必多操心。我们现在是在工程现场，最好只谈工程上的事情。"

吴悟敏没想到当年的老上级、忘年交、好朋友现在如此陌生。也许是两个人之间的地位太悬殊了，也可能是金钱把人情冲淡了。世界真的在变，吴悟敏心头感觉有一阵寒气袭来。

王总移坐到吴悟敏的身边，和他认真地聊起工程来。

"吴总，你在监理例会上说的那些话，暗示本工程质检部门可能有人为操纵的嫌疑，你的话语可能会挑起事端，你有可靠的资料做证明吗？"王总将脸贴近吴悟敏耳边小声地问。

吴悟敏没法避开王总的谈话导向，于是就认真地说道："是的，王总，我的推论源自我掌握的证据：第一，我发现甲方现场代表提交我关于现场质量的样本，纯属单方面在工程验收机构联合检验之后再找的无效样本，这样就违反了质量样本选取随机性的原则，他们敢公开违背科学原则和规则这样做，工程师的背后必定大有来头。第二，在他们提供的某些工程部位混凝土检测试验报告和小直径钢筋检测试验数据里，经我汇总表作图并对照来看，根本不是实验机械做的结果，而极有可能是人为作假。第三，据我和施工方国家注册项目刘经理私下聊时，他说谢总和徐总关系相当不错，他们私底下交往甚密。但是，在公开会议上，他们两个人从不打照面。如果我的猜测是正确的话，那么，我觉得此工程可能会有重大的人为变动预期，或者是故意挑事严重拖延工期，或者是故意制造原因追加天价的投资。"

王总说："如果该工程的工期拖延和追加投资，按照监理合同，我们的监理费也会相应增加的，也是一个不错的选择。"

吴悟敏说："据我初步看了前面进度工程款的批准数字，按照合同签订数字相比照，从数字对比来看，施工方的工程合同进度款已经拿到百分之八十，这就是说，工程建设的主要款项已经用完而且超拿了百分之十，而工程的实际进度才完成不到百分之五十。从合同管理的法规来看，属于合同管理严重失误。此事一旦披露于众，我们监理公司的信誉和上游投资方的信誉都会受到严重影响，政府里分管领导很有下课的可能。"

王总说："我们从哪里开始着手进行反制呢？"

吴悟敏说："关键是要从材料检测实验数据求证开始，我们只要掌握确凿的突破点，我们就会占据主动，可以抵制一切试图违背施工原合同的意图，然后再谈工程进度款的抑制和合同进度的抑制。"

王总说："材料检测实验数据求证这件事一旦完成，你要注意保密，而且还要做好协调工作，不可张扬，总投资方也不要去张扬。市质检中心实验室资料管理科科长是我们监理公司程总的老婆，查明数据，是很容易办到的。这件事我可以帮你。你要迅速整理出工地工期拖延状况和进度款超发的数量及出处，将数据列表给我。"

"关于混凝土试件检测的原始数据和我在计算检测时所用的数据计算公式，还有图表以及计算结果的相关结论等等的电子文件，今早七点钟时都已经发到您的QQ了，您有空可以在手机或电脑里查看。"吴悟敏说道。

吴悟敏刚说到这里，门铃响了，原来是徐总与林主任从工地回来了。但林主任没进监控室，只有徐总进来了。

徐总对王总说："王总你来，林主任要找你说几句话。"

王总随即站起来走向门外，徐总帮关好大门。他们都没有走远，从大门的玻璃向外可以看到他们两个人说着话。

徐总走进屋内，关掉了所有的监控视频和总开关，然后坐在吴悟敏身旁微笑着，他先拿出三沓崭新的百元现钞塞进吴悟敏的办公包里，说道："我知道你很辛苦，这是点零花钱，拿去吃早餐，人不吃早餐是不行的。工程质量上的事，你怎么管都与我无关，那是你的职责和饭碗。但是，你的健康我必须关心，因为我们之间是事业上的搭档和朋友。"

接着，徐总又拿出一张银行信用卡模样的电子卡递给吴悟敏，吴悟敏只扫了一眼没有伸手去接。徐总将这张电子卡硬塞进吴悟敏的手里，以下命令式的口吻说："放心，这里只是一个卡号，里边没有一分钱，只要你去所有的娱乐场所里，或是到此卡背面指定的超市里去消费，在刷卡的同时它会自然地付账，消费的账目会立即出现在我的另一个付款账号里。这个付款账号会自动甄别并自动连接我另外的卡号付款，它会自动出现密码提示，但不会出现你的名字，你也不需要记住密码。这样很方便，很安全的，你出门买东西是不用带钱的。"徐总说完之后，又小声地说道："工程进度款的追加，吴总要手下留情。还有工程设计图的修改，工期的延期修正，你也要在监理例会上直接支持并提倡大家给予获得通过才好。有钱大家赚，我们公司、你们公司，还有你都有钱赚。这件事办完之后，我会派财务人员陪你去楼盘登记一套七十五平方米以上的商品房，帮你付全款。房产证的户名是你的名字，你就可以有三个入户指标，到时候，你可以将老婆和孩子接到这个城市里来享福。"

"这个工程我刚刚接手，我会认真考察他们上报来的资料，我会看着办。"吴悟敏怕推来推去会被人看到不好，又怕外面有人进来看到就更尴尬，只好接过徐总的卡，装进自己的衣兜里，然后离徐总的座位远一点。

这时，徐总喊了声："你们进来吧，我们今天专门为吴总洗尘接风，我们早点去吧！"王总和林主任一同开门进来。

王总笑言："是你又想到宾馆里的那个小妹了吧！情绵绵而心悠悠！"

林主任也接着"嘎、嘎、嘎"地笑起来。

徐总小声地说："商品社会，哪里来的情调和情感？都是交易。做完一件事就当场付清账目，一拍两散，皆为路人，简单而快乐。想要了就再另外说吧。跟那些婊子们讲什么情爱！许多人就是这样栽倒的，我才不做那样的傻子。"

"千万注意，不要让小冤孽生出来，那就害死人了，灾难会没完没了地找你。"徐总再一次强调。

"那你办事前多准备几套方案，多预备几个性爱备胎，怕就怕你会一时激动，忘记了自己的套路！"林主任接着徐总的话说笑。

于是大家就嘻嘻哈哈地出门上车，沿着大道奔驰而去。

第三十八章　师生重逢

徐总一行四人被酒店大堂经理带到包房里，包厢大概有六十平方米大小。房间四周墙面设有服务用品箱柜和客人用品柜橱，箱柜和橱柜的外面都有木质保护门坊，工艺装修中西结合，切入复古格调，显得落落大方。直径近两米的大型仿红木餐台上早已备好碗、碟、杯、勺、餐巾和新渔市新渔村产的名牌香烟和高档名酒。

四张铁红色真牛皮沙发围住的中间，是一张大汉白玉烫金图案茶几，茶几中间装有一个数字触摸屏幕。屏幕与茶几表面相平，四周有几个带中文标志的按键。

见到包厢里的客人陆续到来，年轻漂亮的女服务员们放下手中的活儿，小碎步快步过来，在汉白玉茶几旁按了一下，立即有帅气的男服务生进来，在茶几上摆上新渔村产的细丝干熏黄牛肉柳沾酸奶、去核新疆小青枣内填腌制的哈密瓜片、柠檬汁腌制的酸爽青牛油果切片、糖腌南美玛咖裹阿胶细颗粒、开口夏威夷坚果和大粒黑色蓝莓果混装的果盘。

女服务员再按一下桌面上的键，从外面来了一位年轻漂亮的餐厅茶道女经理。

女经理首先说道："徐总、各位老板好！请先用茶吧！你们需要喝什么茶？我们这里有台湾阿里山铁观音、潮州乌龙茶、武夷山大红袍、浙江龙井、太湖碧螺春、秦岭雾毫、黄山松针、云南三十年普洱、尼泊尔虫草冲剂茶、二十年红砖茶、冰糖白杭菊茶，都在小菜单上，点菜单 C2，你们要不要看？"

"吴总，你们看呢！"徐总说完，又看了大家一眼。

"今天是为吴总接风，由他做主好啦！"林主任用手指指吴悟敏。

"我不是很懂得茶的，还是林主任做主为好。"吴悟敏赔笑着说道。

"好，那么就用小粒的速溶普洱加虫草速溶片茶，稍加点黄色土岩石蜂蜜，一人一杯，不要大壶，先上来。上完菜后再上福建武夷山大红袍，要老树野生茶制，和上次的一样，就这么定吧！"林主任发话。

"很好，就这样，快上来。"徐总对女经理交代。

"好的！"女经理回答后在桌面键盘一按，女经理的步话机立即响起通话声："好，马上就到！"

两分钟后，服务生推着茶水茶杯进到包厢，按人分配好茶具和茶水后离去。

女经理又按一下茶几面板上的键，外面又进来一个男服务生，给女经理送上来一张菜单后转身离去。

"徐老板，这是郭总监帮您订的菜单，您看一眼，看看还要不要再调整？"女经理将菜单递给徐总。

徐总接过菜单仔细地看过后说："要调整，要调整。第一，鲍鱼要注明是深海鲍鱼，要八头的。第二，昨天你们鱼翅木瓜里的鱼翅很像粉条，太粗，又不柔软滑溜，这次给我改成鱼翅粥、百合莲子燕窝粥、银耳鱼子粥各一份。第三，将土茯苓煲龟中的土茯苓改成虫草人参煲龟，虫草在使用前要先拿给我看看，人参用东北野山参，剂量不要太大。第四，片皮鸭要在餐厅里当面表演着片，八个小包厢都要这样。其他大包厢里的菜谱不变。酒全部用我们公司运来的，开瓶费就不必算了，这事和你们总楼面经理说好了的，就这样吧！"

"好的，我现在就去调整！"女经理笑容可掬地离开包厢。

"吴总，今天我们大家都为你接风，你看要喝点什么酒？马爹利、拉菲、茅台、五粮液、舍得，还是新渔村特制干红葡萄酒？什么样的酒都有，我有一个专门的私人酒柜放在这里，喝酒就要有自己的品牌和品位，要让朋友们来这里玩得很方便。吴总下次来直接在菜单上签我的名就行，签单量在一万贰仟元以内即可。"徐总兴致勃勃地说着，又对大家啰啰唆唆地谈起了他存酒的品种和年份。

"谢谢徐总！"吴悟敏听得有点烦，但还是感激地说了一句，毕竟这样的场面他是第一次经历，很新鲜。

"吴总，你看我们今晚喝点什么酒？"徐总问。

吴悟敏从前喝过的酒品种很少，都是一些乡村烤酒，他惭愧得脸有点泛红，不好意思地说道："我不是很会喝酒，徐总还是问问王总和林主任他们吧。我喝过的酒品种不多。你刚才说的那几种酒里，我只喝过舍得酒，感觉比较浓度适中。"吴悟敏说完带一脸歉意的笑。

"这个酒，不错，开瓶有喜，每一瓶里有一美元小礼，林主任也很喜欢这个酒，我们这次就多开几瓶，我们四个人开十瓶吧，图个吉利，林主任，你说怎样？"王总半开玩笑地说给林主任听。

"王总不要搞错，今天是为吴总洗尘，不要拿我开心好不好。"林主任笑着回敬了王总一句。

"好的，今天就喝舍得，来十瓶一斤装的。"徐总打圆场地说道。

"我们现在一共四人，要十瓶，每人两瓶，还有那两瓶给谁喝吗？"王总问道。

"一个神秘人物今天会来给吴总陪酒，你见到此人后一定会大吃一惊。"徐总说完就哈哈一笑，然后又看看吴悟敏，然后自己傻笑。

其他人都像不认识似的看着吴悟敏，而吴悟敏却平静地说道："我都算是走南闯北的过来人了吧！什么样的人我没见过？今天我就看看徐总会拿出什么秘密武器来。"包厢里一片笑声。

"徐总，那人来时，你先给我们介绍一下，以后就在一起合作就好了。"吴悟敏郑重其事地说。

"她就是我最新任命的本工程现场经理部总监郭总，她在加拿大读完学士刚回国，我就招聘过来了。今天晚饭就是由她全面负责安排的，这是给吴总的接风酒宴。"

"徐总好，大家好！"徐总刚说完，一个很有气质很靓丽的女孩子进走包厢里来。大家不约而同地将眼光一齐投向这个女孩子。

女孩身高一米六七左右，剪一个既古典又现代的短披肩发，双耳戴蔻式钻戒耳坠，佩戴一串无挂坠的大粒珍珠项链，纤细的身段，上身着掐腰蓝色毛料大开胸西式工作服，内衬乳白色低胸衬衣，双排银扣，配显眼的银色胸别针，下穿紧身休闲式深蓝色毛料九分裤，脚穿白底红带花的阿迪达斯女士皮鞋，里衬一双雪白底上带蓝点的袜子。整个穿戴打扮给人一种干练、大方的年轻女强人形象。

"坐，坐，坐。郭总辛苦了，先歇口气，喝口茶，然后给你再介绍一下在座的上级领导。"徐总分别做过介绍以后，示意郭总监坐下。

郭总监用注目礼和这些人一一地打了招呼。当她的目光和吴悟敏相视时的一刹那，双方都很快就移开了。然后，郭总监将目光看着地面停留了几秒，这一细节被徐总看在眼里。

徐总找了一个话题说道："那七个小包厢和四个大包厢里的人都到齐了吗？来齐了就叫上菜上酒，我们这里也马上开始。大家吃饱了就唱歌，要他们尽兴地玩。我们这些人就不去打扰他们了。还有，要给公关部先打个招呼，这些人唱歌的时候是要有人来服务的。还有，钟点房要先开好，每一个饭场配两间钟点包房，将房号提前告诉他们，好让他们自己做计划安排，各自临时休息一下。要去大厅听歌和跳舞的人，他们的消费要他们自己去刷卡，每个人卡里的钱我都安排人打过了。甲方那方面都要用法国正装进口的 XO，质监、安监和监理公司那里一般都用茅台，工程公司和分包商那四间大包房都用五粮液和法国蓝带啤酒，从前这些都是阿林的事，现在都由你来管。这要你多多劳累了。"

"还要再开两间有门警的钟点房包间，查一下，要注意看看里面一定没有监控设施的房间，房门钥匙要由我们自己掌管，不能让服务员掌门钥匙。"徐总又加了一些要求。

"徐总您请放心，这些事包括工程上的事，我都已经安排妥当了。"郭总语气很坚定，是为了给徐总一个信心。

"郭总，说到工程，我就告诉你一个好消息，昨天甲方专门调来了一位新的总监理工程师，这个总监原来是国家大型国企的土木工程专家，将来他就是你的顶头上司之一。我从你的简历上看到，你上大学之前，也是在这个国企里长大的，所以都具有国企的背景，他就是坐在你对面的吴总。"徐总故弄玄虚。

"你好郭总。叫我吴工就好，不算上司，只是工作伙伴，我是工程师，请多关照。"吴悟敏站起来将手伸过去和郭总握手后，想说些什么，欲言又止地坐下来。

王总、林主任、徐总于是就一齐鼓掌起哄。

郭总监很平静地说："刚才徐总说到我和吴总出道于同一家国企，没错，我在高考时，我爸爸还请吴总到我家专门给我辅导过作文，他出的作文题目与高考作文题目几乎一样，所以我的作文得了满分。我应当叫他吴老师才好。"

"基本算不上辅导，只是自己编了一些高考模拟题叫你练练而已。那是当年某名牌大学附中的老师邮给我的，我们曾经是同班同学，他那一年参加全国高考出题，这是他进入封闭环境之前编的几套题库内容，他给我手写了一份，托他的好友快递给我的。所以要求你在我家里做了两遍，没有让你拿出去做，题目只给了你和晓龙做过，其他的人都没有告诉。"吴悟敏做了解释。

"难怪我高考写作文时，下笔千言一挥而就，流畅至极，连我自己都感到震惊。"郭总监一脸的自豪与感恩。

"既然是师生关系，从古至今都有师生情深的传说，那么吴总和郭总以后有没有书信或是别的方式联系过？比如辅导知识或思想感情的交流沟通？"徐总开起玩笑来。

"对呀，你们说说你们之间的事，我们也好好开心哦！"

"是哦，是哦！"王总和林主任也趁机开起玩笑来。吴悟敏倒是显得很淡定。

"每次都是我爸妈带我去吴老师家里的。说实话，我爸我妈很喜欢他家的晓龙，我父母他们想和吴老师做儿女亲家，我比晓龙大两岁，他高一我高三。晓龙那时还还懂事，我是暗恋晓龙的，晓龙只把我当姐姐而已。吴老师他们两口子也反对这门婚事。当年考上大学后，第二年我就考过了雅思，也就留学加拿大了。从此，我和吴老师一家再也没有联系过，没想到今天在这里见到了吴老师，真的是缘分。有时间我会专门去看你的，吴老师。"郭总监深情地说着。

包厢顿时响起一片掌声。

"哦，这么热闹哦！"从外面进来一位油头粉面的中年男人。这是酒店执行董事兼总经理的胡总叫胡开华，进来后就与吴悟敏、郭总监相互交换名片，握手问好。

"胡总，怎么现在才到，你今天特别忙哦？"徐总有一点埋怨。

"我再忙，也得来看望你，谁叫我们是老朋友呢！"胡总赶快接过话题打圆场。

"我猜，你们这里又有重要的会议在开，是吗？"徐总正经地问道。

"上午市招商局在二号会议厅开会，全市的开发商老总都来了。下午，是来本市检查创建全国文明城市工作的汇报会。我虽然很忙，你徐老板的事，我们还是要认真地做好的。"胡总显得很深情地说："这样吧，我们把酒瓶开了，我敬你们每人一杯。"

"我们领情了，来。以茶代酒，我们碰一杯！"徐总赶紧给胡总倒茶，在给胡总递茶杯时，指了指郭总监说："这是我的代言人，以后在这里的结算就由她负责。"

"很好，我们还是月结吧！"胡总说。

"胡董事长，过去都是年结呀！我们之间的账目还是比较好算的。我想，你们酒店也不只靠我的这点小钱经营，这事你是明白的。"徐总说。

"你们工程款的回流状况我是知道的，都是政府按月给结款的。你看这物价一直飙升。你坚持年结，那就在月结记账结算时增加几个百分点的利息也行，只要你五个点怎么样？"胡总说道。

"这些都是小事，结算的事不应该在这里讨论的，我们俩找个时间细谈！"郭总岔开话题后，喊一声："上菜！"同时按了一下茶几上的按键。

服务生开启了十瓶舍得酒，十张一元美钞自然都归了吴悟敏，服务生摆上六个四两装的玻璃杯，斟满酒，开始上菜。

在酒席间，大家第一杯都是一口干了，然后就免不了一番客套，相互举杯敬酒和祝福。同时，又免不了互相显摆一些酒席上听来的黄段子，大家相互取乐，哈哈地大笑。

"对不起，小弟我还要去照顾一下各层楼包间的生意，我先走了，希望各位吃得高兴。"胡总经理起身离席匆匆而去。

"各位老总，我也要到其他几个包间里去照顾一下了，看看他们还有什么事需要我办的，这里就少陪了。"郭总说完也出门了。

吴悟敏想到要去看望监理工程师兄弟们，施工方的工程师们，也应该去拜访甲方及政府部门来的相关人员，还有市设计院、市质监站、市安监站、市设计院、市地勘察质院的工程师们也必须去看望。至于那些重要供应商的代表们，他觉得都要去敬酒才好，借此酒会留下好的印象，以后的工作会更顺利一点。于是他就对徐总、王总、林主任说道："我也要去看望一下大家，敬完这些同事们的酒就来敬你们。"

"那么多包厢，那么多人，你走一圈说几句也得很久才能回来。我们吃好了就撤饭桌，找几个女孩子陪我们唱歌，你快点回来，好不好？"徐总特别提醒道。

"好的！"吴悟敏连说几句谢谢，拿起酒杯，顺手拿过一瓶酒，走出包厢。

他走过几间包房，看到每个包房的房间都很大，特别是城建局、财政局、规划局、土地局等部门工作人员的房间更大，足有九十多平方米，里边摆了四张大桌。他们一边碰着盛有马爹利酒的高脚杯，一边在高谈阔论，比较着市内各大楼盘的位置和未来升值空间，相互交换小区花园楼盘业主的实力和发展前景，交流着楼盘销售代理商和承建商的信息。还有的交流自己听来的黄段子，都乐得哈哈大笑。也有的讨论到哪里去报考在职研究生和在职博士生，在哪里报名文凭比较容易通过，如果派别人代学需要多少费用等等。还有的同事直接讨论着如何请人去代自己考试。

一进到施工部门、监理部门和材料供应商们用餐的小包厢敬酒时，吴悟敏感到场面很拥挤，成筐的茅台白酒和新渔村鲜啤酒空瓶子堆满墙角落，工程师们在大喊大叫地猜拳比酒量。

转了一圈之后，吴悟敏到歌舞厅西边选择一个空座位坐下，假装看表演稍作休息。正巧，郭总监也来到这里休息，两个人面对面在一张桌子两边坐下来。

"郭总监，我们原来公司的老领导王总，你应该是认识的，为什么你们不搭话呢？"吴悟敏好奇地问道。

"是工作需要的原因吧，王总和我之间不闲聊，所以即使见面也不必说话，我们之间有事都是用 QQ 联系。这事我说给你听而已，你也不是外人，这叫作'工作纪律'。"郭总监回答之后又转移话题问道："吴老师，我妈说，晓龙从学校里突然失踪了，你特地来这里寻找他，这是真的吗？"

"是的，这是真的。这消息是你家里人告诉你的吗？"吴悟敏回答道。

"是的，晓龙有了确切的消息吗？"郭总监问道。

"我还没有得到他的确切消息，你和他现在还有交往吗？当初我反对你们交往都是为你好，这是我们这一代人的生活习惯，你也不要太在意。"吴悟敏有些尴尬。

"吴老师，这个我懂。从高中出来以后，就没有再和他联系过，我现在也有了男朋友，他在加拿大一家银行里当主管，兼职一家开发银行理财系统员工。我理解你和阿姨当年的初衷，如今晓龙都快要大学毕业了，你还不相信他吗？我听说国际青少年建筑设计大赛前期在新渔市举办，参加这次大赛的所有参赛者都必须接受全封闭竞赛的规则，初选获胜者将到上海进行决赛。他是学建筑设计专业的，又在实习期间，很可能被学校推荐来参赛。也许，他就在这里比赛呢，你不用着急。如果他在这里参赛，比赛结束后，他自然会来找你的。现在的大学生，当他不急着需要钱花的时候，他是不会联系父母的，更不用说常常交流情感。"郭总监说完后又悄悄对吴悟敏耳语："吴老师，关于吴晓龙失踪的事，我第一次拜访王总时就听他说过。不过，他说这件事不必挂在心上，吴晓龙应该没有什么安全问题。他还叫我见到你时要安慰你一下。"

吴悟敏本来有些疑惑不解，为什么原来与自己关系这么好的王总会变得毫无情感，这下恍然大悟起来。原来王总早就知道晓龙不会有什么问题。吴悟敏赶紧回话道："如果真的是这样，那倒是很好的事。"

"吴老师，我再告诉你一个消息，我们谢总在加拿大注册了一家投资公司，眼下正在加拿大收购矿山。最近他可能从国内投资公司中积极套现投向加拿大的新产业，他们还在继续疯狂地策划炒股套现。我是他的经办人之一，我的男朋友是投资公司的业务经理之一，也在帮他们搞金融运作。你可以向徐总推荐晓龙去他开的矿山里上班，做个矿山城区设计主管是没有问题的。"郭总监的声音很小，小到吴悟敏刚刚能听得见。吴悟敏听到这个消息后，就联想到徐总提前套取工程进度款而拖欠供应商材料款、拖欠工人工资的事情，他沉默了好几分钟，感到王总和小郭之间似乎有着某种不可告人的神秘交往。

"吴老师，你在思考什么？"郭总监觉得他有点奇怪。

"哦！哦！我今天喝多了一点，超出了往日的酒量，我得回包厢了。"吴悟敏说完起身要走，忽然又想到一件重要的事情，于是取出自己的名片和一张字条递给郭总监，说道："这是我的联络电话和工作 QQ 号，字条上是晓龙的 QQ 号，请在你方便的情况下，帮我打听一下晓龙的信息。以后，我会抽时间找你详细聊聊，也许向你请教金融资本运作和金融投资方面的学问，也许是学习炒股方面的经验。郭总监，下回见！"吴悟敏说完向郭挥挥手，回包厢里找王总去了。

第三十九章　*K* 歌跳舞

包厢里，在徐总的指挥下，唱歌的准备工作正在进行着，很快就一切就绪了。

　　几个男女服务员过来收拾餐桌，清理地面，又将各种小吃盘、水果盘都摆在茶几中间，同时送来罐装意大利黑啤、法国拉菲、美国柠檬鲜榨汁和意大利蓝莓鲜果榨汁，女服务员熟练地按比例调配装进大的酒扎里，再用酒扎将酒分到小酒杯里。

　　每个沙发前都有一个数字自动点歌台的茶几，中间一个大茶几，四套高仿敦煌墨玉高级塑料色子和色盅放在茶几的四个角上。每个茶几旁都有一架麦克风支架和一只手麦，客人们可以根据自己的习惯自由自在地歌唱。包间的服务生正忙着调试各种音响，调试宽屏幕的色彩，调试室内灯光和选歌屏的亮度。

　　楼堂夜场总值班副总经理、楼层夜场值班总经理、酒店公关部经理和妈咪们等，走马灯似的先后进来与徐总沟通、交流、磋商。

　　不一会儿，十二个年轻女子，在女公关部长的带领下，进到包厢里排成一排，供客人挑选。徐总将手一摆，这队女子被全部否定而退出包厢。不到一分钟，女公关部长又带来十二个年轻女子在包厢里一字排开，这时王总又一挥手，全部不合格又被退回。立刻，女公关部长又带来第三批十二个年轻女子进到包厢里一字排开，林主任、徐总和王总各自挑了两个，左抱右搂，其余的都由这个部长带走。

　　这时，吴悟敏刚好回到包厢。徐总见他来了，叫他坐下来，然后按了一下茶几上的铃声。女公关部长很快带来第四批十二个各具特色的女子进门站成一排，吴悟敏第一次见到这样的阵势，站起来不知如何是好，看了很久，只是将自己的头扭来扭去不知说什么好。他不喜欢这样的场面，想立刻退出这样的场合，但是，他忍住了。他觉得这样直接退出，是对别人的不尊敬，毕竟今后大家还要在一起工作。只好站在那里呆呆地傻傻地笑着，只是不开腔说话。

　　"吴总好雅致哦！是要古代的冰西施？还是要现代的火金枝？挑一个你喜欢的吧？"徐总开起了玩笑，打破尴尬。

　　"吴总正在找一个既知心又喜欢的人。但愿两厢情今日与共，不必日后相望共婵娟。就让他多多地挑选好啦！"王总随声附和，包厢里一片笑声。

　　"吴总的品位很高，部长，是不是再换一拨人来让他挑挑？"徐经理正经地说道。

　　"好啦，好啦！又不是挑新娘子结婚过一辈子，在这里面挑一两个欢乐一晚就行，又何必那样万里挑一呢？"带队的女公关妈咪不耐烦地说着俏皮话。

"这当然要比结婚挑新娘子更认真呀！挑新娘不合适，还有几十年的时间来磨合，而挑小姐是没有时间来磨合的哟！所以要更加高标准严要求的。"王总接上妈咪的对话。

"那就谁愿意来我身边吧，一个也可，两个也行，和大家一样。"吴悟敏不想僵持下去，他感到只好这样地办，做事要入乡随俗。

两个女孩子主动快步走到吴悟敏身边，一左一右坐下来，双手搭在他的肩膀上。吴悟敏习惯性地将她们双手一把推下来，两个女孩子开始有些点惊愕，随后就嘻嘻地笑了起来。

"好啦！祝大家玩得高兴！"女公关部长高兴地带着其余的女孩子们走出了包厢。

几个被挑中的女孩子都将自己的名片一一发给包厢里的每一个人，然后又各自坐在点她们的客人身旁。在征得客人同意之后，点了自己喜欢吃的饭菜，很快就大吃大喝起来。

在女孩子吃东西的时候，徐总、王总和林主任在包厢服务生的指导之下一起点歌曲。吴悟敏茫然不知所措，不知道做什么好，他自己不会点歌，只好呆呆地坐在一边听别人唱歌。他身旁的两个女孩子，一个喂吴悟敏吃东西，另一个就喊吴悟敏玩色盅，吴悟敏说想听听别人唱歌，他说有好多歌从来没有听过，要好好地欣赏欣赏好好地学习学习。

徐总、王总和林主任点了第一拨歌曲后，各自高亢激扬地唱了几首拿手歌曲，先过了唱歌的瘾。女孩子分别坐在他们身边，和他们一起双双对对地唱深情脉脉的情歌，然后就边闹边唱边玩。有的在玩色盅斗酒，有的陪客人唱歌斗酒。几个女孩的嗓音各具特色，或对唱或合唱，唱完之后几个男人就大声喝彩鼓掌，然后再向她们敬酒，唱一首敬一杯酒。

当徐总、林主任和一群女孩子一起玩得开心的时候，吴悟敏给王总小声打个招呼，他俩走出包厢，到歌舞厅门内简单地聊了几句。

吴悟敏给王总谈了徐总在加拿大投资的事，王总点点头说："好的，谢谢你告诉我这些重要的信息，工地上你就看着办，工地上的具体事情我管不了，工地以外的事情你也管不了，到时候自然有人管，我们还是去唱歌去吧！"说完，就转身向包厢走去。

吴悟敏听不懂王总说些什么，他站在原地静静地想了两分钟之后，还是感到没有头绪，也向包厢里走去。

包厢里有的人在高声唱歌喝彩，有的人在摇色子斗酒，一会儿在玩男女调情游戏，一会儿再猜各自内裤的颜色和胸罩的颜色，输了的男人就数钱给女孩子，猜对了颜色客人一次付女孩五百元，猜不对颜色客人一次付女孩一千元。有一个女孩子根本没有穿内裤，所以客人一猜就错。其他的女孩就为这个女孩子鼓掌祝贺。输了的女孩子就要被男人在身体上摸一把。男女互相动手动脚，一时纸币横飞，整个屋内一片嘻嘻哈哈的快乐景象。

吴悟敏刚刚坐下，他要的那两个女孩子就紧挨着他身边坐下来，微笑地邀请他一起摇色子，他觉得没有意思，就说自己不会玩。女孩子们又问他喜欢唱什么歌，要给他点歌，他又说不喜欢唱老歌，新歌又不会，最好不要唱了，最后吴悟敏被女孩子逼得没有办法，急中生智地说道："他们唱歌，我们一起来跳舞吧！"

吴悟敏将手伸出去邀请一个女孩子跳舞，那个女孩子一脸难色地说："我不会跳舞！"显得很尴尬的样子。

吴悟敏问另一个女孩子说："你会跳吧！"她认真地摇着头说："我也不会跳舞，干我们这一行的，会跳舞的基本没有。我们又不是高级歌厅里的挂牌女优，高学历，高技能，会几国语言，上过舞蹈专业，搞过节目主持，练过瑜伽，一次出场费都要好几万，开一次房要好几十万。我们这样的人都是没有上过学的，很小的年纪被介绍人拉进来就出台，只要进到这里，老板就要我们天天出台陪客人，根本没有时间学东西。而且你们这些客人都是一见面就在我们身上摸来摸去，然后就猴急猴急地要人家脱裤子上床，没有一个是讲情调的。我们白天要休息睡觉，晚上要来上班陪客人唱歌，唱完歌还要陪人家上床做功课，哪里有时间学这些没有用的东西。"

"那好，我今天就趁这个时间教你们两个跳舞，绝对不会影响你们的工作，好不好？"吴悟敏说了，那两个女孩子也不好说同意或不同意。

吴悟敏先邀请她们中的一个站起来，他自己主动地拉起手来，给这个女孩做示范动作，让另一个女孩子看着。他一边示范国标舞的走法，一边解说道："你们会唱歌，就会跳舞，简单地说，跳舞就是按照歌曲节拍走体操步。也有许多人排着队在歌曲的节拍之中走操，也有人在舞台上按照歌曲的节拍排着队走操，那叫跳集体舞；好多人排队在广场上走节拍体操的舞蹈，那叫跳广场舞；而一男一女两个人在一起有节奏地走舞蹈体操，这就叫跳交谊舞，或叫跳国际标准舞。只不过是两个人面对面地走体操，这叫'音乐爱情健身操'。我们两个面对面，我出左脚你就出右脚，我进你退，我退你进，两个人同进同退，就这样简单。走顺了之后，再显摆你的花样技巧和美丽的身段，那时候，走花样也就简单了。"

女孩子毕竟年轻聪明，其中一个很快学会了"音乐爱情健身操"，另一个迫不及待地要求吴悟敏教她跳"音乐爱情健身操"。

两步四步的节拍舞步一会儿就练得差不多了，吴悟敏又教她们跳起三人恰恰舞。两个女孩一起上，都站在吴悟敏对面，相对着吴悟敏进进退退地走着，二打一，两臂使劲地摇着，三个人玩得很开心。女孩们边跳边说："哈哈！这就跟那些大妈们跳的广场舞差不多，好玩！"

"基本没有多少区别，只是看参加的人多不多而已。"吴悟敏附和着。

吴悟敏和女孩子一边教着学着，边跳边聊："你们那个时代的人，好像人人都会跳舞。"

"也不是人人都会，国营单位工会在业余时间里会组织公开的舞会，我上大学时，跳舞活动较多，参加工作之后，工会的业余活动也是每天跳舞，这个省钱，喜欢活动的人愈来愈多。现在兴时集体跳舞，这东西很简单，玩多了就会了。"

吴悟敏觉得自己和这些女孩子混得差不多了，就问道："在这样的娱乐场里，有外地的年轻男大学生来求职的吗？比如说本科生和研究生。"

"这样的工作场所只适合女孩子，男孩子没有人要。想吃这碗饭的男孩子都到同性酒吧里去混了，而且都是不喜欢读书的男孩子。有技术在身的男孩子，他们不会来陪唱的，而是在总后台管理音响和电器，而且太年轻了不行，这里是需要有高超的音响操控技术的，刚毕业的和没有毕业的生手不会要。公司总部里也有男部长，但是大多是老板的亲戚或者是好朋友，而且是本地人多。现在有文凭的年轻人很抢手，许多好单位都需要这样的人，像这样的地方，那些有文凭的男孩子是不会来的。"一个女孩子说道。

"在这里当保安的都是男孩子，但是他们都不会有文凭，更不用说具有大学高文凭。"另一个女孩子说道。

吴悟敏轮流地带着女孩们跳三步圆圈舞，在包厢内满场转着跳，还真的有效果。开始，吴悟敏和女孩子边跳舞边讲解，渐渐地都走顺脚了，跳完一曲，就换一个女孩跳，后来就可以边跳边聊天了，大家玩得很开心。

其中一个女孩子和吴悟敏跳慢四拍舞步时和他聊起来："吴老板，你是刚来这里玩的吧？"

"怎见得？"

"那几个人我们都见过多次，其中有一个老板姓徐，他们公司控股的几个大酒店，我都去服务过。这个酒店是上市公司，他们不控股，只占百分之十五的股份。我们这些人是在全市范围内调动服务的，我常来这里上班，以前好像没见过你，今天是第一次见到你。"

"你和徐老板很熟吗？"

"我们老板是徐总公司名下的一个公关公司，加上我有一个男朋友叫强仔，是专门为工地打工仔催收工资款的头头，所以对徐老板的情况比较了解。"

"好巧！我是徐老板工程项目的监管人员，所以有机会和他在一起玩。你的男友强仔，听说是一个胆大蛮讲义气的男人，现在生意很火，你们打算结婚吗？"

"我和强仔只是朋友，他的女朋友很多，没有结婚的缘分。他和你一样有远大的理想，不会要我们这样的女孩子做老婆的。现在强仔生意很好，大老板们欠工人的工资很多，所以强仔的生意自然很火爆。听说，徐老板最近资金十分紧张，他们操纵炒股被人发现后，又到外国去收购矿山，搞美元回来赚国家的补贴。强仔手下有人在徐总那里干活，去年一年的工资都没有发，他们的经理都说，这次来了一个新的总监，监理方开始管得紧了，这是不是真的？"

"哦！是吗？我只管具体的工作，不知道这些事情，我没有听人说起过。"

"我也是听强仔说的。"

恰恰舞曲刚过，不知谁点的歌也有圆舞曲的味道，于是，另一个女孩要和吴悟敏一起学三步的圆舞曲，他们又在包厢里蹩脚地旋转着。

这几个练跳舞的人正玩得开心，徐总走过来给了吴悟敏两个牌子，说道："吴总，这是我们钟点房的房号，如果你觉得累了，你就先上去休息吧，这一个牌子归你，你将另一个房号牌给王总，去吧！"

"好的，谢谢！"吴悟敏转身就去找王总，先将房号牌给了王总，然后又将郭总监说的事情和舞女们说的事情简单地给王总汇报了。王总要他不要外传，说流言不可信，今天就好好地玩一夜，明天就去上班，就当什么话也没有听到过。

吴悟敏说："没问题！"

吴悟敏手拿房号牌心里很高兴，终于可以好好安稳地睡一觉了，于是拿着房号牌准备离开包厢上楼去。他身边的两个女孩子跟着要一起上楼，说这就是开房，谁点的女友必须带上，否则，工钱怎么算？

吴悟敏从来没有经历过，不知真假，就转身问徐总，说自己想休息一下，不想带她们去，该怎么办。徐总叫这两个女孩子留下来坐在自己身边，先给了两个女孩子每人数了五百块钱，又对她们说，留下一起玩也行，想下班走也行。她们都说还要继续玩。

这时，一个白胖的妈咪走进来，带来几个大胸女子，徐总和林主任都高兴地和妈咪打招呼，要大胸女子们都坐下来，说是要玩时髦的新花样。

徐总挥手示意吴悟敏，要他自己上楼去开房。吴悟敏转身就上楼去了。

第四十章　神秘包房

吴悟敏上楼找到他要休息的房间号后，用自己手环上的钥匙开门，同时，先将"无人"的牌子翻过再挂上，就成了"请勿打扰"的牌子。房门口两边各有一个穿酒店保安服的小伙子，身材标致、精明能干，直直地站在那里一动不动，目不斜视。吴悟敏觉得他们至少是经过正规专业训练的人。

吴悟敏开门进房去，屋里微微粉红的灯光即自动打开，他赶快反锁房门。

他环视了一下房间，双人特大床，宽敞明亮的全玻璃隔断洗浴间。几张沙发围着茶桌，茶桌上亮着红、绿、黄三色指示灯。一人多高的酒水柜、小吃货架和小用品货架靠在房门一边的墙体上。地面铺着红色地毯。两面墙上，有一面挂着白色的影像屏幕，另一面是大屏幕的平板电视。更为奇怪的是，房屋天花板墙角处有微弱的小光点，闪过之后就看不到了。

吴悟敏感到十分疲劳，他连衣服都不想脱，就想倒头好好地睡一觉，但当他看到有那么好的洗浴间，又想何不享用体验一下呢？再说，用热水冲洗一下全身睡觉会更轻松，睡得更香。

洗浴间和洗手间是各自独立的房间，都是用半透明的毛玻璃隔开，安装有落地窗帘。他脱光衣服鞋袜，将所有的外衣和内衣都放在大床上，只披上厚厚纯棉白色大浴巾，穿上一次性拖鞋进到半透明的洗浴间。他试图拉上落地窗帘，但是没有拉动，也许是使用很少的原因吧。独自在这个套房里休息，外人是进不来的。再说，万一它质量不好，一下子被拉坏了，也许会惹来麻烦，所以他也就不再拉这个帘子。

在洗浴间里面，有专业的桑拿淋浴区、浴缸洗浴区、冷热水冲水花淋浴区、大型的红花岗岩梳妆台、电吹风和其他洗漱用品应有尽有，都是在电视里看到的国际名牌。他决定先在浴缸里泡泡之后，再好好地搓一搓，再用热水冲干净之后就上床睡觉。浴缸很大，注水需要一定的时间。他取下身上披的大浴巾，裸着全身，一边等着浴缸注水，一边到梳妆台上去取沐浴露。这时，包房大门突然被打开了，令他大吃一惊。更令人惊讶的是，一个女孩子伸手按了门旁的开关，满屋里就灯火通明起来。

吴悟敏光着身子，感到很尴尬，也很恼火。他觉得，私自开锁进屋里来的人一定不是什么好人，何况又是一个女人。他去拉动落地窗帘，还是丝毫没有作用，他用眼光迅速地在洗浴间里搜了几遍，也找不到任何防身的武器或者工具，哪怕是一根小棒子，他赤手空拳，不知所措，呆呆地站在那半透明的毛玻璃隔断后面，用双手捂住自己下身的敏感部位，无奈地看着房门口。

一个身材窈窕少女模样的女人进到门内，又将房门反锁，然后款款地向赤条条的吴悟敏走来。吴悟敏用身体姿势做出要迎击对手的样子，脸上展出愤怒和凶狠的表情，他嘴里喊着："你是谁？你怎么进来的？"他赶紧把淋浴间的门关好。但是，淋浴间的外隔断都是半透明毛玻璃的，他身体上的一切都清晰可见。

那个女孩子走近他，在毛玻璃隔断外面低声地说道："不要怕，我是来给你服务的人，我是这里的公关部长。我叫尚丽娜，你见过我，在一个发廊里，那天我还送了你一件礼物，是一条真丝纱巾，上面印有我的 QQ 号。请你不要紧张，你洗好了再出来，我在你床边等你。"

"你怎么进来的？"吴悟敏生气地问道。

"这里所有钟点房我们都有权随时进来，是为了保障客人的安全。"尚丽娜说。

"为什么不事先告知就进来了？"吴悟敏还是有点不满地问道。

"谁叫你这样着急呢？"尚丽娜回答。

"我着急？凭什么说我着急？"吴悟敏问。

"这里是钟点房，客人进来后一定是先坐下来，先按电铃呼叫公关部长，由公关部长呼叫妈咪，再由妈咪呼叫服务小姐，由你亲自挑选今晚共度春宵的佳丽。然后男女才能双双对对共进洗浴间，然后再进行爱情的肉搏较量。你倒好，自己先洗上了。嘻嘻，快去穿衣服吧！"尚丽娜笑着说道，然后又回到吴悟敏放衣服的床前站着。

自觉无趣的吴悟敏，只好快步地回到床前去取外衣，赤裸裸地站在女孩面前，尴尬地穿衣服。尚丽娜又转过身，坐在吴悟敏的对面，一边认真地看吴悟敏穿衣服，一边冲茶水，看到吴悟敏那尴尬而泛红的脸色，只是嘻嘻地笑个不停。

吴悟敏穿好衣服之后，尚丽娜去开房门，又回来站在吴悟敏的身后，用步话机叫来了十二个年轻的女孩子，由妈咪带队，站在门里排成一排。尚丽娜问，你选哪一个？

吴悟敏心烦地用手直摆动，意思是叫他们都快走。

尚丽娜叫那些女孩子走了。然后又来了一队十二个女孩子，由另一个妈咪带队，进门来对着吴悟敏站成一排。

吴悟敏心里更加烦躁，大喊一声："滚！"

那些女孩子和妈咪都快快地走了。

尚丽娜不再叫小姐来面试了，她自己微笑着走过来，坐在吴悟敏对面的沙发上，一边帮助吴悟敏冲茶，一边等待吴悟敏消气。

喝了几杯茶水，过了十几分钟，看到吴悟敏的脸色逐渐好了一些，就说："你还认识我吧。"

"我不认识你，更谈不上应该认识你。"吴悟敏除了有点尴尬和疲劳之外，有点精神紧张。

"你有没有想起，曾经有人给了你一条真丝纱巾，这条丝巾上有一个QQ号。" 尚丽娜说道。

"我忘记了你的样子，但我不会忘记那条真丝纱巾，我也不会忘记那条纱巾上的QQ号码。我们没有在那个QQ里聊过，我打开你的QQ聊天室，你很快就关闭了。在我的记忆里，你是我来南方见到的第一个从事这行业的女人，而且年纪又那么年轻。我和你又在这里见面，真的很意外。"吴悟敏说。

"这不叫意外，这叫巧合，相信我们有缘。我们相识，并不是因你那次无私相救而使我春心萌动，也许还有你不可知的原因，也许日后你就会明白。那次你本可以不出手相救的，正因为你出手相救，我认定你是个好心人，好人应该有好报的。但是我告诉你，我今天不是专门来报答你的。你要明白，生产毒品的老板不会自己吸毒找乐，开妓院的老板自己不会去接客赚钱。在这些行业里，需要有卧底和捕捉信息情报的人。在这里，我可以给你一生最想要的东西，也叫你体验人生可以有许多新的选择。你是过来人，我说的话你应该懂的。

"我叫尚丽娜，今年二十五岁，我家乡在杭州，研究生学历，会英语、日语和法语，白话是很精通的。我是真心爱你的，我希望将我的终身托付给你这样的人，对于我来说，也许这只是一个梦想。我喜欢你的思想单纯和个性的善良，所以，我希望将来可以做夫妻。也许是命运的安排，你和我又有见面的机会。因工作的关系，我有一个公关分公司在这里，如果你想单独注册监理公司的话，也许我能帮到你。先说现在你想要喝点什么？除了茶，咖啡？饮料？还是各种滋补熬汤？还是更刺激的东西？在这个房间里应有尽有。万一没有的，可以叫外卖送来。你们进到这个酒店的一切活动，包括唱歌、跳舞，包括各种动作都有录像记载。你们进到酒店的一切活动等于在直播演出。"尚丽娜说。

"我们唱歌、跳舞都有监控，那么我们包房里的所作所为也有监控吧？"吴悟敏问道。

"嘻嘻！不但有，而且很多。这里四周都是针孔摄像头，还有红外线摄像头。即使屋里全部关灯了，你的形象也能看得清清楚楚。我们现在两个人的谈话都应该是有录像和录音的，不过我知道它的开关位置，先关闭了。如果有别的时间再相聚，这些事我可以慢慢地给你聊，我先泡茶给你喝。"女孩尚丽娜自信地玩起了茶道。

"来消费的客人知道这里有录像，那么酒店不就很难办了吗？"吴悟敏感到很新鲜，边喝茶边问起来。

"一般来说，客人是不知道的。只有某些特别高层的人才知道。本房间是酒店最安全的套房之一，是专门用来招待高级人员的套房，门外有经过武术特训过的保安站岗执勤，房内所有服务设施一概齐备，而且安全可靠。酒水和小吃应有尽有，另有特殊外卖可以通过茶桌上的按钮电话求得，包括你所要的各种男孩子和女孩子。现在时兴男少年和老帅哥，都可以上门为你服务。"尚丽娜又换了一种茶叶，给吴悟敏斟茶。

"既然这样，还要这么多先进的摄像设备和影像记录干什么？"吴悟敏好奇地问。

"作用很多，主要是安全度和保密度极高。如果酒店的控股老板有自己最好的朋友来消费，这里是有安全保障的，任何可疑的人都接近不了这里。

如果心怀不轨的人来到这里，只要按下报警器，三十秒钟以后，保安就会到这里擒拿。相反，如果将事业竞争对手和合作高官安排在这里，这些人的色情录像就被记录下来，一旦需要，价值连城。"尚丽娜解释道。

"谁在控制整个监控过程？谁在掌控这里的监控资料？酒店的老板？还是相关部门？"吴悟敏边喝茶一边不解地问。

"你不必知道这些事情，对你说了也毫无益处。"尚丽娜边表演茶道，边明确地说道。

"你怎么知道得这么详细？"吴悟敏好奇地问道。

"这些事你也不必知道。"尚丽娜带着说笑的口吻回答，然后对吴悟敏说道："还有，像你这样干坐着是不合情理的？你来这里必须做事，每做一次必须留下一个装有精液的避孕套，然后由我上交，不上交的不能在这里陪客，我们要用这些证据来证明我们对客人服务的多少，从而取得相应的报酬。"尚丽娜认真地说道。

"为什么？"吴悟敏好奇地问道。

"不为什么，这是我们上级的硬性规定。"尚丽娜认真地说。

"如果有人不愿意交出自己的套套，或许，像我们俩今夜没有玩那个，带精液的套套去哪里找呢？"吴悟敏认真地问。

"很简单，买呀！"尚丽娜不屑地回答。

"买？哪里有？怎么买？"吴悟敏问道。

"我们专门收集有愿意自由捐精的男人名单和他们的联系电话，随叫随送来，五百元一只，我们扣一百元，四百元打在他们的卡里。看来，你今晚是一定要买的，你打算买多少个？不如我给你建议一个数目，十个！"尚丽娜认真地说。

"怎么要那么多？"吴悟敏不解地问道。

"到这里来的客人都是有身份的人，都是公费消费，或是老板买单，或是朋友给现金来消费的，既然来了，就是想要好好地玩个够，这里面的项目不玩够就可惜了的。"尚丽娜说道。

"不怕你笑话，我是第一次糊里糊涂来到这样的场所，我现在只是想好好睡个觉，休息一下，我现在就走，可不可以？"吴悟敏有离开的想法。

"正因为是第一回被别人带到这里，所以，你的朋友一定给了你足够玩的现金。你不想在这里玩，别人会怎么想？你以后的工作将如何开展？他们会说你是小气的人，会说你是个龌龊的人，会说你是个不顾大局出卖朋友的人，他们可以说你是一个性冷淡。在这样的一堆头衔之下，你还可能有在高端职位上工作的机会吗？今后还会有支持你的朋友吗？你如果现在就走，我会用各种不同的身份和借口报警处理你，尽管你是正确的，那你也要到公安部门做笔录。你有千张嘴也洗不清你自己。到那个时候，你自己会怎样想？你的朋友会怎样想？你的上级和同事会怎样想呢？所以，既来之则安之，不想劳累，钱还是要花的。你花钱了，你想怎么做都由你，我们的公司会对你负责保密。你不做那些事情，至少可以看看那些来这里的人都玩些什么，看看别人在这里曾经玩过什么，这样，你也不虚此行。何不乐而为！"

尚丽娜侃侃而谈，打动了吴悟敏的心，接着又将话题一转说道："你不玩也可以，只要你按这里的规矩付费，我是不会多向你要钱的，我的收费都是要做报表的，我只拿提成。我帮你算一算你这次最少要花费多少钱。你看，就算我们两个人之间只玩两次好啦，还有屋子事先为你备好的十六种器械玩法，你就算只玩玩八个就好，合计就要付我十个套套钱，还有每次要付给女方五百元小费钱，合计一万元。"

"我不想看那些稀奇古怪的演出，我也没有能力一晚上玩上几十次，最多的，我一晚上可以玩七次！"吴悟敏难为情地笑着说。

"你也可以玩得更多的，这屋里有特效口服药剂和西药针剂，还有喷剂和涂抹药剂，每用一次，可以包你玩两个小时。这药你虽未用过，也得取来三到四个品种，拆开了再丢弃，就算是你已经玩过了，免得人家说你做假。万一传出去你在做假，你有口难辩。"尚丽娜认真地说。

"要多少钱？"吴悟敏问道。

"一千元一份，就算四个，共计四千元。"尚丽娜认真地回答。

"一共多少钱？"吴悟敏问道。

"合计一万四千元，这个消费客人必须现场付钱，不能打卡，也不能记在消费卡里，以防止信息意外泄露。"尚丽娜说完就给外面打电话。不一会，十个带精液的套套从窗口传进来。

幸好，徐总给的现金在公文包里，吴悟敏取出两沓，数好一万四千元给尚丽娜的手里，然后又数了一千元给尚丽娜算作小费。

尚丽娜装好钱，先从专柜里取出一些东西撕开后再丢进垃圾桶，然后又在小吃柜里取出一些糖果巧克力装进自己的手提包，正准备离开包间，她又突然走到吴悟敏跟前，对吴悟敏说："我有个好东西，必须要卖给你的，只问你要一万元，你拿去可以卖到十万元甚至是一百万元。"

"什么东西这么值钱？"吴悟敏不解地问道。

"这是几个人开房视频的备份，你可以卖给他本人，你向他要二百万元，他也会心甘情愿地给你的。不过，这只是某机构必须要得到的宝贝，只可能由你传递给他们。我相信你会做到，所以我在这里给你，也是信任你。"尚丽娜神秘地说道。

"我没有钱！"吴悟敏想将事情拖过去。

"凡是来这里消费的客人，身上有多少钱，我们都一清二楚，交钱吧！"尚丽娜不屈不挠地向吴悟敏伸出双手来。

吴悟敏看到她纠缠不休，也想及早摆脱她，于是又掏出一万元给她。尚丽娜接过钱，递给吴悟敏一个优盘后，向吴悟敏招招手说："千万要注意自身的安全，我们后会有期！"转身出门去了。

"机构需要？"是哪个机构？吴悟敏被尚丽娜说得迷迷糊糊。他觉得在新渔市，自己没有和任何机构有来往，他只想到了王总。他知道王总是有组织机构的人，现在又开大公司，这也算是另外机构吧，而此时的他，只是看着她神秘地快步离开。

送走尚丽娜，吴悟敏看看手表，想不到已是深夜两点钟了。他伸伸懒腰，正准备去洗浴间认真洗一洗，这时，他的手机电话响了。

第四十一章　水吧受辱

给吴悟敏电话的人是王总，王总说："徐总喊你快点下来，一起去楼上的水晶宫泡泡澡，然后再到贵宾厅喝茶小憩，天亮前离开这里，下来吧！"

吴悟敏赶紧下楼到包厢里，先来见徐总和林主任，和他们打招呼，客气地请求指示。徐总说："刚才我玩累了，不知道你玩得怎么样？你在工地上工作，体力比我们好，应该不会太累的。我们都去泡泡水吧，走，我们先到贵宾包房休息，我们四个人在一间，你在水吧泡完水了就下来躺一躺，喝喝茶，看看新闻。泡水是个人自由活动的时间，这里有四个大的水吧，正好我们四个人一人去一个地方，私密度高。这是你要去的水吧间牌子，你拿去，是在'扬州西丽湖水吧'那一间，去吧！"

吴悟敏从徐总那里接过牌子，然后对徐总和林主任说："谢谢，我先上去了！"说完之后他又走到王总那里，背对着徐总和林主任，将他在钟点房里一万元买来的优盘迅速塞到王总的手心，又用手指按了按王总的手指头，说道："这是我给一个朋友设计的小洋楼全套施工图，里面的布置要求极其苛刻，我一定要请你帮我品评一下，然后给我一个修改意见，你今天回办公室再做修改，千万别给别人看，那个人说，他不想让别人盖同样的'克隆'别墅。"

王总已经体会到吴悟敏说的是什么，赶快接过优盘装进贴身衣袋里，说："别在这里啰唆了，先去洗澡吧，泡一泡澡，对身体有好处，快走吧！"

这时，几个服务小姐进来，给每一个客人都上了三种饮料，一碗热燕窝银耳粥，一小碗虫草人参清汤，一瓶高档矿泉水冷泡福建白牡丹凉茶，又在桌子中摆了些潮州精制无糖小点心。

吴悟敏站在那里喝了一杯茶，吃了一点小点心，一边在嘴里嚼着食物，一边转身上楼去水吧。徐总又把他叫到身边，顺手拿出一块新手表送给吴悟敏，并给他戴在手腕上，说："我看到你那块手表不行，不能见水，我专门为你准备了一块高仿劳力士全自动防水手表，是我一个朋友经营的，市场价三万元，成本只要一千元，你现在就带上去泡澡，比看手机里的时间方便，既显身份，又不会误时间。你戴着它，也是顺便给我的朋友打广告。"

"谢谢，真的谢谢徐总想得这样周到，我先去泡澡去了！"吴悟敏微笑着，急急地上楼去了。

"扬州西丽湖水吧"在本酒楼的第二十九层。当吴悟敏走进服务大厅时，仿古的彩色吊灯下，在铺着中国红纯毛地毯的通道两旁，各有二十个穿着唐代宫女服装的漂亮女孩，向来往的客人们发出温馨的问候，客人们大多衣着高贵华丽、打扮入时，三三两两在通道里进进出出。咨客师们都彬彬有礼，或给客人安排休息座位和分发手牌，或带领客人结账，或送客人走出大门，再道一声"欢迎再来"。

主通道的两旁设有宽阔的休息厅，按照男左女右安排的是两个中西结合豪华贵宾休息厅。客人们进进出出，到处坐得满满的。在这两个贵宾休息厅里，有十个唐代装束打扮的美少女亭亭玉立，有如雕塑般面带微笑。

吴悟敏走到前台出示了自己的号牌，一个小姐就带着吴悟敏走进水吧服务生工作室，又有男服务生带领吴悟敏走进一间独立的更衣室之后，这个男服务生主动退出。

吴悟敏进来环视了一下，男性更衣室里有钢化玻璃浴衣更衣柜，柜子里面展示着各种品牌的男士浴衣；衣柜旁边有放饮料的饮品柜，还有带密码锁的客人服装储藏柜，客人很有安全感。室内正中的位置有小桌和座椅，一个显眼的角落，放有整盒的避孕套。客人脱衣和穿衣都不需自己动手，由服务生来帮助的，彰显贵族气派。

吴悟敏觉得自己更衣可能会降低费用，另一个原因是不习惯别人给自己脱衣服。当他正要脱衣时，一个身穿透明外套单衣，可以看到衣服里面全裸的更衣服务生，向他走近，并要帮他解衣。这个男孩子大概二十多岁的样子，中等个子，身材苗条，皮肤嫩白。吴悟敏谢绝了他的帮助，自己转过身去脱了内裤。这时，服务生打开衣柜，给吴悟敏取出一件无纽扣手撕活动式的浴衣，提起来从后面给吴悟敏穿上，同时让吴悟敏转过身来。就在吴悟敏转过身来之际，男孩子迅速地撕开吴悟敏浴衣前襟，急速地俯下身子，用嘴含住吴悟敏的下身……吴悟敏顿时怒火中烧，照着他的头想一巴掌灭了那个熊男孩，但是，看到那男孩和自己儿子晓龙年纪差不多，又有些不忍，于是就克制住自己的性情。事已至此，吴悟敏感到万分羞愧，他用手掐他的脖子但是又不忍心掐死他。此时，他想到要找手机报警。

男孩子赶快地解释说："叔叔，你想报警就报警吧。我叫阿亮，这里是扬州西丽湖水吧。不过报警的话，将会让你付出更大的代价。你手机现在锁在保险柜里，你要报警我可以帮助你。不过，我要先声明，凡是来这里消费的客人都习以为常，基本都是相互情愿的。我们服务生的工资不多，主要收入来源是靠小费的收入。小费，你可以多给，也可以少给，也可以不给。一旦你要报警，会给整个泡吧带来不快，我们的服务生和来这里消费的客人都会坚决地站出来帮我做证，他们都会厌恶你。所以，你在这里报警是没有人相信的，就算你报警了，一定会被媒体公布出去，你在同事面前又怎样解释呢？再说，我是做这一行的，你报了警，我们老板绝对会保护我而不会放过你。你还想在这座城市里工作吗？不如随行就市顺其自然，大不了你下次不来这里消费了。话又说回来，'天下的玫瑰都扎手，不如我们交朋友，世界就是这么小，山转水转都见到。'不如我们做一个忘年交，也许有一天我会帮到你的。"那个男孩很镇定又很有礼貌地说完这些之后，用双手给吴悟敏递上一瓶保温的热鲜奶，说道："先喝吧，不急的，我们聊聊，你不喜欢我哪里？"然后迅速取了一件干净的长浴衣再给吴悟敏换上，自己去搬一个凳子，又取了一瓶酸奶，坐在吴悟敏对面低着头喝着。

　　吴悟敏看着低头喝饮品的男孩子，他觉得自己随便来到这里，也是一种人生的无奈。在城市里生活，处处都是金钱的陷阱，没有走过坎坷就没有平坦的感觉，没有细节的精彩就没有梦想的成功。只怨自己甘心情愿地来到这个污浊的场所，为了找自己的儿子，这又有什么可抱怨的呢？他看着和儿子年龄差不多的男孩为了谋生不得不如此低贱地生活着，心里一阵酸楚。这孩子也是为了生活才这样做，他虽然很反感，但是内心的怜悯让他反而有些同情。

　　"你们这样做，一次要收多少钱？我不想再见到你！"吴悟敏从公文包拿出两张一百元的人民币递给男孩子，说道："拿去吧！"

　　男孩子张大了嘴，看了吴悟敏好一会，说："叔叔，太多了，一张就够了。"

　　吴悟敏想收回自己拿着钱的手，但还是给了那个男孩子，同时问："你们在更衣室收小费有规定吗？"

　　男孩子说："没有硬性规定，客人想给就给，给也就是几十块钱。港客一般五十，你们北方人就五元十元不等。客人如果主动要求服务的，每次收一百元，而且这些钱都要全部上缴，月底按比例提成。叔叔你看，我们的工作服是没有口袋的。"

　　吴悟敏问："你读完高中没有？"

　　男孩子说："初中读完了，没读高中，没有那么多钱交超生费，我有兄妹三个，我是老二，还有一个姐姐和一个妹妹。这里的部门经理是老乡，他说不会读书的孩子还不如出来学习赚钱，他叫我出来在他承包的水吧里赚钱，我妈就叫我来了，出来两年了。"

　　吴悟敏问："你还想读书吗？"

　　男孩子说："玩惯了，已经不会读了，想读也读不好了。我去问过，只拿文凭不进学校的学校，要钱很多，我也拿不出，我爸我妈也不会给我那么多钱。"说着就将头扭向窗外，然后又低下头去，又用手抹抹自己的眼角，然后又扭过头来看着吴悟敏。

　　吴悟敏说："我有一个亲戚家的男孩子和你差不多大，不过，他是独生子女，他爸妈很惯他。他读大学却跑到南方来打工了，不知去了哪里，他家里人很着急。他很可能就在这座城市里，我如果找到他，就叫他来教你好不好？"

　　男孩子低着头，突然带着哭声说："你们那些孩子的命真好，我不想和他们交朋友。叔叔，你也是一个好人，你是我出来赚钱遇到的第一个好人。

说实话，这次不是我要这样做，是有人要我来试试你喜不喜欢男孩子。我看你是个好人，是个善良的人，以后我们若有缘再相见，你有用到我的地方，我会帮助你的，只要你向我招手，我都会听你指挥的。我叫阿亮，工号是 7003 号。"

吴悟敏一听，头都蒙了。世界上还有人这样变态地测试自己。自己只不过是一个普通的工程师，有必要测试吗？是谁在测试自己？他大感意外。瞬间，他若有所悟，也不想再追问下去，他知道自己现在应当说什么了。

他自己取了一杯冰水慢慢地喝了几口，沉默了一会儿后，灵机一动，又拿出一张百元大钞给男孩子，并对男孩子说："阿亮，按照这里的规矩，这是给你的小费，我多给你一点，你上交之后说明你的业绩比别人好。如果你有衣兜，我会再给你多一点。我还要谢谢你。帅哥，我真的是喜欢上你了，我喜欢漂亮的女人，也喜欢帅的年轻男孩子，我不拒绝一切形式的爱情。我们之间相遇是缘，就算交个朋友吧，我现在要去泡澡去了，再见。"吴悟敏说完之后自己都有点恶心想吐的感觉，同时也深感被人绑架纠缠的恐惧。他拿好自己的公文包，在手腕上戴好自己的牌号，走进水泡吧大池中去，他要真正洗浴一下自己的身体了。

第四十二章　危机四伏

水吧的水疗大池很宽大，在进门处挂有"春海闺房"四个字的匾额，好像原来是有题字落款的，只不过在题字人落款的地方留下一个不太明显的痕迹。

进到"春海闺房"门内，有如步入东海龙宫。鲜活可动的海洋贝类雕塑与海洋礁石垒砌的水吧之岸相映成趣，霓虹灯伪装成闪光的明珠和翡翠，活灵活现。礁岸四周外面，有高矮不同的仿真椰子树，与仿真的海草相间环绕着。LED 的魔影彩灯光的设计，将树、花、草、池岸和水结合得如梦如幻，将池水和水岸连接在无形无影之间。看看水面，给人一种来到大海岸边的感觉。

吴悟敏脱去浴衣，光着身子，浸入水中。水中已经有了一些全裸的男人在游动，他躲开这些人，独自去安静地体验一把。他游进泡水区，光是泡水区就足有两百多平方米。在平静泡水区外的三个方向，设置了三个不同的水岸区域：雨林高温区、南极探险低温区和游泳海浪区。

他先进入雨林高温水区，高低错落的喷泉群，水珠密集地从不同的高度洒落下来，像真的进入了热带丛林的感觉。接着游入水平如镜的南极探险低温水区。水面浮着碎小的冰碴，有着冬泳的特色。最后进入波浪翻腾的游泳海浪区。水浪自动地拍打着，有自然摩擦着皮肤的味道，软软的痒痒的，似乎在江河流域里畅游。

每一个水区边，都有一个灯光梦幻小岛。先来的客人中有几个游累了，裸体地坐在小岛上聊天，喝着果汁。

这个水吧，一眼望去，像一个真实而又梦幻色彩的小海湾。许多客人们在水中或畅泳，或静谧，或嬉笑，或沉思，显得十分惬意。

吴悟敏从低温游到高温水域，又从高温游到低温水域，这样来来回回地游来游去，然后又到海浪水域和喷泉水域体验一番，也是为了洗去刚才所遇到的不快。

吴悟敏体验过水吧以后，觉得有些累了，就游到池边，站在那里欣赏其他的设施和设备。

泡水区的前面，有蒸气桑拿室、炭火干爽温疗室、专业理疗按摩室、专业搓澡室、专业修脚理疗室和净身冲洗室等等，每处都有年轻的服务生在服务。泡水区的后面，是客人小歇处。这是一排可躺可坐的躺椅，每一把躺椅前有各自独立的电视屏幕和电脑、音箱，客人躺在沙发上可以欣赏自己喜欢的节目。每两张沙发之间，都站着一个年轻的男服务生。有的在调试电器用品，有的在和客人聊天，有的则如雕塑般挺立着。在各排沙发之间，还有许多配送物品和食品的服务生在忙碌着。

在各个专业服务室与泡池之间，有藤条座椅和竹质茶桌供客人休息。在竹制的茶桌上，摆有茶水、咖啡、果汁、牛奶、矿泉水和多功能饮料，可以随意享用。

吴悟敏上岸穿上长浴衣，感到有些疲劳了，就坐在竹制茶桌旁的藤条椅子上，身子稍稍向后靠了靠。

这时，一个穿着背心、短裤工装的年轻男服务生走过来，服务生皮肤白嫩、干净光滑、小头小脸、五官端正，擦了擦茶几和其他的座椅，拿过一把椅子，想坐在吴悟敏旁边，弯下腰客气地询问吴悟敏需要什么。

吴悟敏想到更衣间遇到的事情，心有余悸，将自己的座椅向后挪了挪，摆出了严肃的面孔对待这个男服务生，随口要了一壶龙井和一碟杭式点心。

服务生立即摆了两套茶杯，边熟练冲茶泡茶边说："这位先生，要不要我陪你品茶？"

吴悟敏木然地说："我随身没有带小费。"

男服务生说："在泡洗区域，一般的服务是不用给小费的。我们的主要收入就是从客人的消费价格里提成。你的每一次消费都有登记条码，用过之后，前台会按件计价，计入你的消费卡里。你用得越多，说明我的服务质量就越好，我的回扣就越多。我看你一个人刚泡过澡又有点累，和你说说话，或许可以让您轻松一下，你喝的茶水就是对我的回报，所以，我总是希望你开心愉快。"

吴悟敏随口说道："好的，你就坐下来一起陪我品茶吧，不过，我请你坐到我茶几的对面。"

"为什么？"男服务生感到很怪的样子。

"我很怕你们这里的男孩子在我身旁，你应该是懂的。"吴悟敏说道。

服务生知道吴悟敏所指的是什么意思，说道："很多男孩子都喜欢大叔，如果你喜欢我，我会满足你，反正你来这里都是花别人的钱，你体验一下新奇的人生也是件好事情。如果你觉得不爽，就是免费也没有关系，反正我是喜欢大叔的人，只要你下一次直接点我的工号就好，我的工号是7101号。我们讲究业绩，顾客点名也是业绩。"服务生说后，还是坐到茶几对面去了。

吴悟敏感到自己思想已经落伍了。但是，他又觉得坚持自己的生活习惯也未必不好，说道："我喜欢你们这样的年轻人，但是，我不喜欢你们这样的动作和爱好，我简直是受不了，难道这就是代沟？"

"大叔，这是人生的一种情调而已，多享受一种情调，也是一种生活积累，欢迎你体验体验。"服务生坐下来边说着话边冲茶泡茶。

吴悟敏不想和他继续扯这些事，就岔开话题，问道："这里场面这样大，好像是大众澡堂子吧？要是有贵客来了，贵客和平民都挤在一起泡水，那就不方便了吧！"

男孩子笑着说："不会不方便的，我们这层楼的下面还有两层泡吧，那里就有几十个贵宾小水池，是封闭服务的，比这里的服务更为周到。万一有贵客提出来要泡大池的，就会提前告之，用'临时有故障需要清场'为借口，将大池内的客人转移到其他场所。有时因为招商引资陪伴贵客来这里消费大池，会所就会提前告知我们的水吧，他们会包场。在大门厅放大幅告示牌，告诉大家，因特殊情况暂时停业一天，散客们就不会来了。"

吴悟敏问："包一次场需多少费用？"

男孩子说："这事除了老总和会计，谁都不会知道。不过，有一次真的出事了，水吧停了一天没营业，我在师傅身旁，听到大老板训斥水吧老总，他说，停一天各项直接费用损失合计近百万，还不算管理费和利润。这样的话，我估计包一天要二百多万吧。"

他们俩正聊着，从搓澡室里走出来一个中年男人。泡茶的年轻服务生看到后，对吴悟敏说了声"再见"就很快离去。

男搓澡工等到那个男服务生走后，就走到吴悟敏身后，客气地问道："你搓澡吗？包修脚和理疗按摩。男女搓澡技师都有，有帅男仔也有漂亮老头，他们的服务都很周到。还有年轻的男女生学徒工，都可以点名来服务。他们是外地艺术中专或艺术学院的在校学生，是学校送到这里来学徒和实习的。"

吴悟敏问："学徒工，他们会吗？"

男搓澡工笑着说："会，他们都是经过我们专门培训过的，很听客人的话的，你想咋地就咋地。"

吴悟敏问："那么，搓一个全套要多少小费？可以刷卡吗？"

男搓澡工说："这个要现钱，男的八百，女的五百，不能用银行卡和电子消费卡。"

吴悟敏问："为什么男孩子还贵些？"

男搓澡工说："男孩子不太好找，比较少，而且玩的方法比女孩子多。"

吴悟敏看了看手表说："好的，下次一定来找你。你帮忙找几个，这次时间不早了，再见！"

男搓澡工说："好的，欢迎下次来时找我，我的工号是 7515。"说过后就转身离去。

正在这时，泡吧的总台派人来喊："谁叫吴总！有个徐总打来了电话，说要转给吴总，说是王总也在那里等他，叫他到他们订好的贵宾休息室喝茶吃早点。"吴悟敏只好站起来，到了更衣间换好衣服，向楼下的贵客休息客厅包房走去。

在贵宾室里，徐总、王总和林主任都躺在各自的沙发上。沙发拉成床的模式，有一张空床可能是留给吴悟敏的。每张躺床前有一台电视机和一副高级耳机，床边的小食品架子上摆着各式茶水、酒水和小点，两个服务生在来回忙着。

吴悟敏过去与王总、林主任一一地打着招呼，然后就到徐总身边。

徐总用手指了指他身边的空床，吴悟敏顺势到那里半躺着睡下。一个服务生过来弯腰问吴悟敏要喝什么，吴悟敏要了一杯冻豆浆和一小块奶酪芝士，边吃边喝。

徐总问："吴总，今天玩得怎样？开心吧！"

吴悟敏故作开心状，微笑地说道："真的很爽，男女都有，今生头一回尝试，很刺激，很惊奇，真想不到。真是不虚此行，你真是我的贵人。"

徐总笑着问道："你说的都是真的吗？"

吴悟敏说："真的，我见到的事情真是太少了。我原来以为我们单位是国家大企业，一切服务设施都是全国一流的。今天体验过后，感觉到我们那里简直是土包子乡巴佬一个。"

徐总说道："吴总，这就对了！古人说道：'人生能有几回乐，错过天堂自蹉跎。'过两天我吩咐人给你收拾一套公寓，你就不要再回宿舍了。在那里，要什么有什么，是我们公司员工专用的。这套公寓暂时给你住，只要与我们合作继续，你就继续住，住够十年，产权就自然地归你。下个月，我给你办个国际商务签证，派你去新、马、泰出差，去欣赏一下你所没有体验过的人生。去马尔代夫畅享辽阔而安静舒适的海岸之旅，去欧美红灯区，去体验什么叫人间极乐世界。"

吴悟敏故作惊叹道："徐总，幸福这个词原来包含着这么多美好的意义呀！我要怎样来感谢你呀！"

徐总说："在同一个工程项目里共事，不存在感谢，只要互相帮助就行了。你只要和我合作，我保你生活富贵无忧。我们公司是大牌上市公司，我也是董事会成员之一，我也有权提议你来入股。如果你不要股份，我可以给你一些股票单号去炒着玩玩。如果你想赚钱，我给你提供内部操作的可靠消息，保你赚得富甲一方。不过，我看你是一个守身如玉的人，你如果继续坚持你的旧有原则，那你的思维就太落后了，这在我们土建这一行里，你可要变一变才好。过分地清廉，恐怕也会有许多麻烦事情来找你。你可听说过'水至清则无鱼；人至察则无徒'的古训没有？"

吴悟敏不知道自己应该怎样回答才好，下意识地看了一眼自己手腕上的高仿劳力士手表，这时已经是凌晨五点了。他忽然想起家乡的一个习惯说法"过分热情必藏有祸心",于是心里升起了一点不安的感觉,想到应该要早点离开这里才好。于是他对徐总说,自己必须回工地去看看。徐总没有再说什么。

吴悟敏又走到王总身边,说道:"王总,时间不早了,我该去工地视察去了。"

王总说道:"工地刚刚浇筑完混凝土,大多数人都在休息,你去了也没有多少事干,还不如回宿舍里好好地休息一两天,工地的事由总监代表与你电话联系沟通就好了。"

"是的,吴总,你还是回宿舍去好好休息几天吧!监督工程也不只是靠你一双眼睛。"林主任附和着说。

这时,吴悟敏又礼貌地走到徐总的身边和徐总握手,道声再见。

徐总说道:"你们王总已对你说了,今天就不必去工地视察了,我们的工程也没有什么事情需要你去两把火三把火地烧,小心几把火烧焦了生活和快乐。你还是回你宿舍休息几天吧,叫我的司机小王送你回工地吧!"

徐总说完拨了一个电话,司机小王就进来了。徐总给小王司机做了一个手势,小王点了一下头,带吴悟敏下楼。他们来到一辆小车旁,小王让吴悟敏坐在副驾驶位上,说是送吴悟敏回监理工程师宿舍楼。

在路上,小王边开车边对吴悟敏说:"吴总,你这次来玩,让徐总觉得不是很高兴。"

吴悟敏说:"不会呀!我是很认真地玩的哟!是徐总叫你告诉我的吗?"

小王边开车边说:"是我见他在随身监控器上看监控视频时脸上有不悦的表情出现,整个水吧他有一套独立的监控系统。"

凌晨市里的车子很多,时不时地堵车。小车在路上走得少停得多,吴悟敏感到很不舒服,他忽然想乘坐公交车或许人会少一些,于是,有了改乘公交车的念头。

"既然这样,那我就坐公交车回去了,天都大亮了,你快回去交令,免得徐总等得着急。"吴悟敏说着就指着前面的公交站台,示意要下车换乘公交,司机小王同意了。

站台上等车的人不断地增加着,挤公交车上早班的人越来越多。吴悟敏本来是想等经过宿舍楼那一路公交车的,可一辆可以经过工地的公交车刚好停在他面前,而且看到那一班公交车上的人比较少,于是他忽然改变了主意,要回工地里去看看。待车上乘客下完后,吴悟敏立即上了这路车,这辆公交车就很快就要开走。

就在公交车启动前行时，吴悟敏刚才乘坐的那辆小车正对面，突然有一辆逆行的大卡车呼啸直面而来。那辆小车紧急闪停迅速向右躲过可怕的一劫，之后又迅速转了一个弯，拐到另一条岔道开走了。那辆逆行的大卡车迅速地转弯开走了。路上的行人都被吓了一大跳，都惊呼"这太可怕了"！

第四十三章　莫名追尾

公交车沿路每一个站台都要停靠，到吴悟敏要下车的站台时，时间已经过了将近一小时。他看看自己的手表，刚好早晨六点半多一点。

吴悟敏想施工工程师和监理工程师昨天晚上都睡得很晚，他不想打扰别人的休息时间。于是，他决定先到工地各处检查一下，看看是不是有不符合施工规范的地方需要及时纠正和整改，从工人的食堂伙食状况、材料加工、工地现场材料安装到工程材料的吊装等都应当去看看。这样，自己心里对工程的监管才可以更加有把握。

按照通常的工程施工惯例，钢筋混凝土工程浇灌完成后，需要给混凝土表面充足的凝固休养时间段。施工方在这个时间段工作也不紧张，监理工程师可以晚一点到工程现场。

在工程现场干活的施工方工人每天都起得很早，如果不是工程紧急三班倒地施工，工人们都在六点前起床，六点半就会吃完早餐。今天早上，除了加夜班休息的工人外，到工地上干活的工人们都早早吃完早餐上班去了，只有少数管理人员在慢慢地朝工地上走着。

吴悟敏决定先去看看工人的食堂和工人伙食的情况。

当吴悟敏走到工地食堂时，大部分工人已经吃完早餐离开饭堂了，只有少数工人在饭堂里用早餐。今天的早餐和往日一样，是稀饭配咸菜，餐厅里的稀饭盆里还可以看到少许稀饭剩在那里。餐桌上，还剩有下饭用的咸菜和廉价咸鱼。菜盘旁，堆着一摞摞净洁的碗筷，等待后来的工人们来用餐。工人食堂厨房里的保洁工们，在收拾工人们吃过的盆碗，进行清洗工作，有人在用高压水龙头冲洗着油汪汪的地面。备餐间，厨师们正在准备中餐材料，摆在肉案子上的都是一些冻猪肉块、冻猪蹄、廉价冻鱼和豆腐制品。中餐和晚餐通常是三菜一汤，有鱼有肉。大师傅们都在忙碌着，吴悟敏和大师傅们聊了几句。师傅们告诉他，午餐和晚餐一般都有青菜骨头汤、猪肉炒青菜、煎鱼、回锅肉或猪肉酿豆腐等菜式，各一大盆，分量是足够的，米饭是管饱的。他转到厨房门外，墙上都整齐地挂满了相关机构对工地食堂的要求和规定展示牌。这些展示牌制作精致漂亮、图文并茂，整齐地挂成一排，显得十分美观。

看过工人食堂之后，吴悟敏就转到工人宿舍去看看。

工人宿舍都是简易活动板房搭建的两层临时房。每间房里有四张双层单人钢架床，除了电风扇和几个为手机充电用的电插座，没有其他的设备。公司安全管理规定，在宿舍里不得使用其他任何用电设备。各个房间里，都有昨晚加夜班的工人在睡觉，也有个别人坐在架子床上用手机看电子书或者玩手机游戏。工人们见吴悟敏来了，都和他轻声地打招呼，他也不好出声说什么，只好匆匆地走出门外。

吴悟敏在一栋工人宿舍门外，遇到了几个刚下班的工人要去冲凉。在离工人宿舍不远的地方，有专门的冲凉房。工人的冲凉房是设在公共厕所里的。在厕所靠墙的一侧，成排的装有花洒的自来水管可以提供冷水淋浴。另外，在成排的花洒旁，还有许多塑料提水桶，需要热水的人可以自己到厨房里去提热水来厕所冲热水澡。

吴悟敏走出宿舍区，就进入到施工场地区。工人的宿舍房屋附近就是施工工地，两者只有一墙之隔。到工地去上班的工人们，在垂直电梯和施工材料电梯前排队，等候乘坐施工电梯进入施工层。

吴悟敏第一次到这个工地正式以工程总监的资格来检查和巡视的，进入工地区域后，大家都戴着各自单位标志的安全帽，挤在一起，也不方便说话。机车上升得很快，工人们都在不同的层次下车进入各层工地岗位。

电梯运行到最高处，就是施工队昨天加班加点地浇筑钢筋混凝土新的楼层表面，吴悟敏专程来到这一层看看。工作面上的混凝土已经凝固，测量工在那里细心地放线，用尺子、红油彩和墨线标划着施工标记。钢筋工们有的用在焊接钢筋，有的用螺栓套筒连接粗大的主筋，有的用粗大的钢扳手在调整移位的钢筋。木模模板工正在一边调运木板，一边开动木板割机，在那里划线、加工和安装，切割机巨大的响声震撼着大楼和楼上的整个天空。

吴悟敏想找到施工方的技术负责人或是项目经理聊聊，但一个人都没有见到。他又觉得没有必要去问别人，因为这只是自己个人在视察，而不是监理机构来检查工作。况且，现在工地上，一切都显得那么井然有序。

正当吴悟敏要从工作挎包里拿出图纸和笔记，想和那些搞主筋套筒连接的工人做技术交流时，他的手机响了，他一看，是工地项目监理组的总监代表黄工打来的电话，声音显得很急。

"吴总，你在哪里？"

"我在工地，我在视察新工作面的工作情况。"

"你不是坐徐总的车回宿舍楼去休息了吗？怎么又跑到工地上去了？也不通知我一声，我好陪你一起上工地检查。"

"昨天晚上大家都睡得很晚，堵车太严重，我就中途改乘公交大巴来工地看看，我没有回监理工程师宿舍楼。"

"都说你出大事了，看你好像没事似的！"

"本来就没事呀！你这是怎么啦？"

"许多人都说，你坐的小车被大车刮了，虽然不那么严重，但是，这也是很吓人的。我们看到电视新闻里的司机对交警说，那辆泥头大车是迎面逆行对冲而来的，幸好小车质量好，高度灵活，躲过一劫。你还不知道吗？"

"我真的不知道！"

"昨天晚上，王总的车和你的车不都是和徐总一起开过去的吗？"

"是呀！怎么啦？"

"王总开的小车也被泥头大卡车追尾了，电视台都去采访了，你快回办公室看电视，每个小时都要滚动播放一次！"

"那么，王总怎么样了？"

"正好他找人代驾，当那个代驾来到面前时，王总发现他好像喝了酒，觉得不安全，就安排那个代驾把车开到监理公司车库里去，于是王总就搭出租车回单位了。"

"你怎么知道的？"

"是王总打电话来告诉我的，他特意叫我问你怎么样，你赶紧到办公室里来，不要忘了快给王总回电话，免得他着急。"

"好，我马上给王总报一个平安。真的是太危险了，在一个时间段里，两辆车怎么都会遇到大泥头车呢？你在监理办公室里等着我，我马上去你那里。"

吴悟敏马上给王总通电话报平安，然后乘电梯下到地面，直接回到了工地项目机构监理办公室。

第四十四章　追讨工资

　　回到工地监理办公室，监理工程师们都在观看办公室墙上的电视节目。大家都静悄悄地看着。吴悟敏进来时，谁也没有注意到他。他就站在监理工程师们后面看。电视屏幕上显示的时间是上午九点，是早新闻重播的时间。

　　随着电视台播音员的解说，电视画面出现一辆大型工程泥土运输车追尾小轿车的不同场面：小轿车被重型泥头车撞的画面、路人在拨打110报警的镜头、追尾泥头车车牌号特写、肇事司机被公安干警控制、交警和辖区派出所干警们当场处理疏导车流、肇事司机在公安局做笔录、小车司机受伤严重、120救护人员急救、泥头车被拖车拖走、道路护理公司迅速清扫路面的画面。播音员最后说道：经过公安部门、交警部门迅速认真地侦查，从相关证据和肇事司机笔录供认的资料中初步认定，交通事故属于人为故意，肇事司机单位的法人代表兼董事被警方约谈，案件还在进一步审理中。

　　"那个被约谈的人徐总！就是我们的徐总！"施工方人员惊叹地大声说着。

　　"不会吧！你怎么这样断定？"有人在反驳。

　　"泥头车的车型和车号都被电视台披露出来了，这是我们公司独有的常用车型，车号我见过，到这个工地来过，没有错！"有一个包工头解释说。

　　"这个司机也真他妈的笨，连个车号牌都不摘下来，就是用纸板遮起来也好呀！一查一个准，还有你的好吗？"另一个包工头在抱怨。

　　"那个车牌号本来就是假的，你过去就没有看出来吗？我都看出来了。其中一个英文字母是反过来的，这样，交警就查不出来了。而且这种车近来在我们市里，已经有很多公司买过了，不要大惊小怪的。"其中一个包工头说道。

　　"我看他是真的笨，难道司机连自己头上的工作帽都来不及取下来吗？这个帽子样式全市只有我们公司独有。"又一个包工头也在抱怨那个司机。

　　"这倒是真的，可能是时间太急，工作帽忘了调换过来吧。"其中一个包工头有点惋惜地说道。

"好啦！我们要工作啦，大家都各就各位，回岗位上去工作吧！"吴悟敏接着说了一句，是想让他们尽快离开这里。

"吴总来了，吴总你好！"大家这才看到吴悟敏在他们身后站着。施工队的工程师和包工头们对吴悟敏打过招呼以后，恋恋不舍地离开监理工程师办公室的电视大屏幕。

施工方看电视的人刚离开，监理办公室的座机电话铃突然响了起来。监理工程师黄工接起电话，问了一声"你找谁"？然后就大声地喊："吴总！施工方工程项目部来电话，叫你赶快去，他们说办公室被讨薪的民工包围了，还点名工程总监吴总一定要到场！"

"就说我马上到！"吴悟敏大声说道。

黄工放下电话，说："吴总，民工讨薪与我们监理工程师没有多大关系，我看你还是不要去的好。"

吴悟敏一边整理衣服一边说："既然别人点名叫了，那就去吧，去一下也许对我们的工作有好处。你们做好今天的工作记录和文件，收拾保管好办公室的所有文件资料，要注意观察意外动向，防止有人来故意找事。需要我签字的会议记录和批复文件都要保管好，等我回来之后再签字。"说完就离开监理办公室朝工程施工项目部走去。

这时，施工项目部办公室内挤满了身着打扮工人模样的人。办公室门外，还站着几十个头戴安全帽的工人。这些人戴的安全帽有新有旧，色泽深浅不一，安全帽的佩戴方式也不符合工程安全管理的规范标准，很随意。在这些人中，有人耷拉着头，默默不语；有人在互相讨论着，眼睛却贼溜溜地东张西望；还有的伸长脖子看着屋里的人，并不是很着急的样子。吴悟敏站在这些人后面好一会儿，只有几个人好奇地打量了一下吴悟敏，也没有说什么。吴悟敏确定这些人一定不认识自己，他也感到这些人很陌生，肯定不是在本工地干活的工人。

吴悟敏给强仔打电话，问讨要工钱的工人是不是他派来的。强仔在电话里说不是他派来的人，吴悟敏又给姚来喜通了电话，问讨薪的人是不是他派来的，姚来喜也说不是的。吴悟敏立马关机，把手机装进自己的公文包里。吴悟敏从人群头顶的缝隙处看到办公室一些人在争吵：

"都半年了，你们当我们是做义工吧！我们的工钱为什么还不发下来？"一个粗壮的大个子在问。

"关于你们工资的事情，我们和你们包工头之间有白纸黑字合同，都是在一个项目工程完工之后再结算，而且是跟你们老板结算的。你们的工钱他怎么办都与我们无关，你们要工钱应该找你们包工头老板去，别在这里找我们要。"施工经理部里有人这样回答。

"我们是人，是要吃饭的，是要抽烟买牙膏牙刷的，是要买衣服买被子用的，你们和我们包工头老板之间的合同我们不管，总之，我们要活下去才能干活，我们就只好找你们，大家说，对不对？"粗壮的大个子挑起话头。

"对呀！对呀！我们要生活费，还要工钱！"人群里有人在响应着。

"我们每周都给你们按人数发了伙食费和零花钱。这事你们都是知道的。"施工经理部的人回答着。

"我们还有妻儿老小，他们还要不要活命？小孩子还要不要上学？上学的学费是不是也要交？他们生病要不要吃药？你们大伙儿说说！"粗壮大个子说得慷慨激昂。

"是呀！是呀！我们还要不要活命？你们只知道叫我们干活，是不是很缺德？"有人接着粗壮大个子的话喊道。

屋内屋外一片"对呀！对呀！他们都很缺德！"的喊声。

"我跟你们说，你们项目部今天不发钱就别想我们离开，我们就一直守在这里，我们今天就是不走了！"粗壮大个子说完举起双手向空中一挥手，大家都跟着起哄喊着"不走了！不走了"！

"你们不走也没有用，工程项目总监在监理例会上说过，这次进度款他说暂时不批，你们想要得到工资钱，你们都去找监理吴总向他要吧！"施工项目部的一个工程师说道。

"你们把他叫过来，看他敢不敢来和我们对话！他不批，我们就活活地打死他！"那个粗壮个子大声说道。

"打死他！打死他！"有几个民工样子的人在小声地喊着。

"我已经打电话叫他了，他回答说一定来，你们直接跟他要工钱就是了，不要再缠着我们了。"施工项目部的一个工程师用哀求的口气说道。

"我来了，李工！"这时吴悟敏大声说话了，并向屋内招了招手。

屋外这些民工们惊讶地扭过头去看着吴悟敏，为他让出一条通道。

当吴悟敏走进屋里，走到那个粗壮大个子身边时，几个人走过去将吴悟敏包围起来。施工项目部的工程师们都退到房屋里间去了。

屋里人多，气温和气氛逐步地升高。民工们有的卷起了衣袖，有的敞开外衣，有的干脆脱了外衣，有两个壮汉的胸部和胳膊上的龙纹和虎纹很清晰。

"你就是大名鼎鼎的吴总?"粗壮大个子挽起袖子后抱起文着虎纹的双臂问道。

"我姓吴,叫我吴工就好。请问你贵姓大名?"吴悟敏挺立身板,将自己的双手插在自己的裤兜里,满脸微笑地反问。

"别这么假客气,说,这个月的进度款为什么不给施工队批?"粗壮大个子咬着牙说话,睁得圆圆的两眼露出凶狠的光。

"他们的工程项目进度款已经领到明年六月了,从账目上看到,这些款项都全部打到你们施工方的账户上了。我们公司有发票收据和盖有施工方公章的复印件可以证明,这些文件都可以给你们大家看,也是可以到市政府财务网那里核查的。"吴悟敏仍然很客气地回答。

"哦!……"屋里屋外发出一片拉长声音,惊讶地小声议论。

"我们不会听你骗!我们也不会听你编故事,我们今天就是要拿工钱,要现金,要孩子和父母的生活饭钱,还必须要小孩子们上学的报名费!要现金!"粗壮大个子高声地喊道。

"施工方他们给不给我们的工钱,我们不管,反正你今天就得给我们的工钱。反正你这个总监的权力大得很。我们今天就是要向你要钱。今天你不帮我们搞到现金,你今天就给我们躺着抬出门!"另外几个汉子也在附和威胁着。

"你可以先拿出钱来垫着,你可以再从施工队那里要他们还你,不拿现钱不准出门!"粗壮大个子威胁得更具体。

吴悟敏稍微思考了一下,轻松而客气地说:"好,我们都有妻儿老小,我们都有一份养家的责任。我现在就答应你们的要求,给你们现金。但是,我不知道你们有没有造好你们拖欠的账目明细表?表上有没有每个工人拖欠的钱数?你们必须有一个具体的明细表,没有数据和文字说明,我怎么知道他们欠了你们中哪些人的钱呢?我怎么知道你们每一个人各自应得到的钱数呢?如果有的话,就请拿出来,我给你们想办法要!"

满屋里的人面面相觑,都是一脸的无奈。

等了好一会,见没有人出声,吴悟敏接着说道:"好!既然你们一时还拿不出来明细表,也没关系,我这里就有工人工资明细空白表格,可以代用。只要你们在这个表格填上身份证上的姓名、身份证号码和常用的电话号码,写上你们施工队名称和包工头的真实姓名,写上他们欠你们款项的总数,要写上是在哪个工程中欠的。我这里有你们老板的电话号码,我就有权当场叫施工队老板和包工头们拿现金来这里当面还给你们。"说着,吴悟敏从自己的公文包里取出一大沓表格在手里晃一晃，然后说："这里人太挤，大家现在都到门外排好队，一个一个地进来填表，好不好？"

吴悟敏说完之后，就用让人听得到的声音在一个工程师的耳边说道："你们办公室内外的监控器和监控电脑是开着的吗？"然后瞅了这些讨工钱的人们一眼。

"二十四小时都开着，这是业主和公安局的要求，我们办公室门里门外都安装有，二十四小时都开着。"那个工程师小声地认真回答道。

施工工程师此话一说出口，除了那个粗壮大个子和几个汉子外，其他的人都一个个地挤着走出门外，然后又一个一个地悄悄溜走了。

那个大个子见到许多人都走了，感到事情不妙，就改了话题，说道："这些走了的人，他们都将权力交给我了，我现在写出他们每个人的数量，你当场给钱！"

"我是工程师，我只能用权力帮助你们要钱，我手里是没有现钱的，这你是知道的。"吴悟敏说道。

那个大个子双手叉腰，睁大圆眼，露出着急而无奈的神色，怒吼道："你没有现钱还说你给钱，那你说的是个屁话！"

吴悟敏说道："你要相信我说的话。开发商那里的现钱多得很，你们的那点钱在他们那里只是九牛一毛。我带你们去开发商总部，我有权力有能力叫开发商老总传唤施工队老板给你们如数还钱。那里都是你们的人，只有我一个人是外人，你拿不到钱之后再惩罚我也不迟，好不好！"吴悟敏以商讨的口吻对大个子说道。

"这样也好，我们一起走吧！那得坐我们的车去才行！"其他几个人和粗壮大个子悄悄商量了一下，大个子装作很生气的样子回答道。

"我不想坐你们的车，我坐了你们的车，还会有人说我拿了你们的回扣，你们老板会借故不给你们的钱，那就很难办了。我有专车，是带有专业司机的车。"吴悟敏说完就给公司机关小车班的人打了一个要车的电话。

"你想跑？你敢？"粗壮大个子恶狠狠地说道！

"跑？我是在册的国家监理工程师，我是跑不了的，我也没有必要跑。我看你们有两台车，你们可以用一辆在前面引路一辆押后，怎么样？"吴悟敏说道。

粗壮大个子说道："我们的车都在前面带路，你的车要跟紧些就行了。"

十几分钟之后，一辆监理公司公务车来接吴悟敏，是总公司董事长专车和专车司机陈经理。

吴悟敏对大个子说道:"你们的车都在前面带路吧,满街都有监控,我们跟在你们后面跑不了。"

"吴总,好的,我们都在前面领路好啦!"粗壮大个子说完用手一招,他们几个人就抢先出门上了汽车。

吴悟敏一边走出门一边挑选了两个工程师,说道:"你们两个也做个证,上我的车,来吧!现在离中午下班还有一个小时,我们一起快走吧,还来得及。"

施工方两个施工工程师跟着吴悟敏出门上车。

粗壮大个子和几个汉子们启动车后就快速前进,吴悟敏的车紧紧地跟随。三辆车向开发商总部奔去。

第四十五章 风云突变

这时的街道上车辆很多,将道路挤得严严实实。领头的那两辆讨工资的民工车,在车流中见缝就插,拐来拐去地急速地抢道前行。吴悟敏乘坐的车紧随其后,生怕跟丢了。因为道路上的车太多,搞不好就会被别的车挤到后边去了。

反正车也走不快,坐在车里的人就聊起闲话打发时间。在他们车后面,有一辆大货车紧随其后,一会快一会儿慢,不抢先也不变道。

吴悟敏问陈经理:"今天你怎么有空来接我,很荣幸!我要车的电话是打给公司小车班的,相信小车班不会直接向程总说我要车吧!"

"程总在开会,我在停车场里等待,是他亲自打电话告诉我,特地叫我开车来接你,我就来了。原来你真的是要车,这么巧!"陈经理边开车边随意地回答着。

"巧合!太巧了!程总真的是孔明再世,真的是神机妙算呀!"吴悟敏半开玩笑半认真地答道。

"我们公司施工工程项目部被几十个讨工资的工人包围,他们说是开发商总部点名要他们来找吴总签字盖章,要逼签进度款,说是不给就收拾他。"

一个施工工程师说道。

"你确定这都是开发商指派来的人吗？这就怪了！这不是在和自己的下属部门作对吗？"吴悟敏感到好奇，顺便问道："这消息可靠吗？"

"我只是听到办公室里的人在议论着，他们可能是为了难为一下工程总监您吧，可能是您这次没有签字批准工程进度款的原因吧，这是我猜测的。"那个工程师小声地解释道。

"那么，你们为什么不将他们劝回去呢？"陈经理问道。

"这些人话中暗示他们是开发商派来的。如果真的是开发商派来的人，我们是惹不起的，我们的头头也就趁机叫吴总来亲自处理，也是给吴总一种压力。我们都是聘来的，只能是服从命令。"施工工程师回答说道。然后他又话题一转："不过，吴总来了几句话就打发他们走了，吴总你真行！为什么你一说话他们就走了呢？"

"很简单，第一，你们工地里所有工地和宿舍我都去看过，今天来的这些人都是我从来没有见过的。第二，我见到他们中的大多数人，并不积极配合领头人的指挥，别看他们人多，看起来似乎都是局外人。第三，我看到这些人的身上都文满了龙虎纹，一般的建筑工人绝对很少见的。我肯定他们是被人雇来的混混，也可能是被临时雇佣来帮助闹事的人。从以上考虑，我觉得他们不是真正的讨薪工人，他们心绪不稳定，是因为邪不压正。当我要求他们登记身份证时，他们就怕了。有个成语叫'作鸟兽散'，就是这个样子。"吴悟敏说完，微微一笑。

"太神奇了，不愧是吴总！"施工工程师大为惊讶，说道："他们商议好一定要打伤你的，说是要给你一个下马威，我都很担心你的安全。"

"奇怪的是，程总为什么主动要派你开车来接我，而我的用车电话是打给分公司小车班的，即使马上派车来我们这里，至少也要一个小时的，而你的车来我们这里时离我打电话只有十几分钟，真是帮了我一把。"吴悟敏自言自语地说着话。

"这也许就是个巧合吧，世界上许多事情是有巧合的。"陈经理边开车边说道。

这时，前面道路上由远而近地传来警车喇叭开道的声音。开车的陈经理大呼一声："糟了！"

"怎么了？"其他的人赶紧问道。

"前面就是南海大道，是通往开发公司总部的必经大道，已经被公安交警临时封路，可能有重大事件发生，我们要绕到海鸿大道才能到达佳娜歌达红枫实业公司大楼。"陈经理说:"那要绕很久的。"

"要绕道,这也是没有办法的事,只要能与开发商当面说清,让开发商按时偿还工人的工资,把今天的事情落实下来,我们可以假戏真演,给我们建筑工人真正做一回好事,把事情办好就行了。"吴悟敏安慰地说道。

前面又是一个红绿灯十字路口。

"引路的车被我跟丢了!"焦急等待绿灯的陈经理懊恼地说。

"可能是他们故意将我们甩丢的,说明他们的确是有人派来闹事的,既然他们躲了,那么,就不如掉头送我们回工地去算了,多一事不如少一事。"吴悟敏对陈经理说道。

前面就是一个可以转弯掉头的标志。

"那好吧!"陈经理一边回答,一边就变道,迅速地向有车道转弯的标志处开去。

"哐当"两声巨响,吴悟敏后面那辆大货车猛地撞上了前面那辆走得很慢的小车。整条大道顿时被拥堵成车海。

"好险!再晚转弯一秒钟,我们都会被那个家伙撞死。"陈经理听到声音后到抽一口凉气。

"天佑平安!陈经理的技术好得没得说!"吴悟敏夸奖道。

"听!听!听!不要说话了!今天真有大事发生了!"陈经理打断车里人的聊天话语,紧张地说道。

车里几个人安静下来,听到收音机里一个男播音员播着新闻:"今天,北京时间十三点整,本市警察局二百多名全副武装的武警,包围了新渔市佳娜歌达红枫实业公司大楼,公司董事会主席和多名董事会成员及法人代表高管因涉嫌操纵股市、走私外汇、工程非法外包、严重拦截工人工资的同时,试图蓄意毁灭证据、蓄谋杀人以及多起案件犯罪嫌疑人的身份被公安部门要求合作接受调查,这些人员已经被公安部门带走。"这段新闻播完之后,广播里又播放着悠扬的歌声。

"公司总董事会主席刚回国办公的第二天就被控制,徐总是董事会董事之一,也被控制了,法人代表肖总,去年被纪检机关秘密立案调查过,他也曾因违反经济法规被市领导约谈过,这次不知道又是有什么重大刑事嫌疑麻烦缠身。"陈经理自言自语地说道。

"昨晚徐总还跟我们一起娱乐呢,不会是也有他吧!"吴悟敏有些惊奇。

"这么大的老板说抓就被抓了,而且还一次性抓了那么多人。"施工工程师似乎有点不相信。

此时电台里一个女播音员的声音："在今天凌晨四点，某娱乐场所里的一个年轻女公关，因传递出一个具有重要信息的优盘之后遭到刺客的刺杀未遂，刺客被酒店的保安迅速抓到并报警。警察在审问刺客的第一时刻，一个神秘人物向警方提供了一个优盘，通过这个优盘里视频资料的解读，一起集体谋划的重大杀人嫌疑案犯终于浮出水面，警方迅速控制了相关嫌疑人员。目前案情正在审理之中。"女播音员播音停止，电台里悠扬的歌声又轻轻地响起来。

"优盘！优盘！优盘！"吴悟敏自言自语几句之后又仰头良久，然后又恢复到自然状态，最后又不由自主地高叫一声："哦！也许就是那个女孩子的优盘吧！"

"女孩子！哪个女孩子？好哇！说出来听听！"车里的其他人都奇怪地扭过头去看他，大家都哈哈地大笑地看着吴悟敏那怪怪的样子。

陈经理一边熟练地打着方向盘，一边扭过头吴对悟敏说："哈哈！吴总，你昨晚上玩得很疯狂吧！竟然对一个风尘女子念念不忘！"

"是呀！太刺激了！回工地吧，陈经理！我真的要回去睡一会，昨晚真是玩累了，这是我一生中的第一次。不是很爽，而是很累！"吴悟敏装着很困的样子对陈经理说。

"哦！又有一个人生的第一次！那就太爽啦！就是累死也值得。古人都推崇宁为花下死的美好境界。"施工工程师的一席话，说得大家都哈哈大笑起来。

"好的，没有问题，我送你回去，好好地休息吧！"陈经理边说边加大了油门，小车迅速而敏捷地穿过汽车群，再经过两次变道夺路，驰向施工工地工程现场的监理办公室。

第四十六章　　真相大白

当吴悟敏的车快到工地监理办公室时，陈经理的手机响了。他戴上耳机，说了声"好、好、马上到！"就摘下耳机，手里开着车，头也不回地说道："吴总，程总叫我马上送你去他那儿。"

"好的，麻烦陈经理把王工他们送回工地去，反正顺路，也快到他们的办公室了。"吴悟敏回答陈经理说。

"OK！"陈经理说话时，车已经到了工地的大门口，汽车减速停稳，发动机还在开动着。等施工队工程师下车后，陈经理就一踩油门，车子就快速上路。熟悉路况的陈经理绕过有红灯的大路口，选择车流人流少的社区街道，向监理总公司办公大楼飞奔而去。

二十多分钟左右，车就停到了公司办公楼下的停车场。陈经理对吴悟敏说："快上去吧，程总说，有重要客人在等着你，我还要去别的地方办事，不陪你了。"

"谢谢陈经理！再见！"吴悟敏背好公文包，走出停车场，走台阶上办公楼大厅，再搭乘电梯来到程总的办公室。

程总办公室的大门是敞开着的，从外面可以看到程总、王总，还有一男两女三个中年领导模样的人。五个人围坐在办公室茶桌四周，伸着脖子看着吴悟敏。吴悟敏在门口停了几秒，整理了一下自己的衣着和头发，然后走向茶桌。

程总将自己的座椅向旁边挪了一下，指了指身边的空椅，示意吴悟敏坐下来。

吴悟敏将办公包放在自己身后的地上，然后坐下来，向程总、王总和三个客人问好。王总指着坐在程总身边女领导，摆着正经八百的面孔，对吴悟敏说："吴总，我告诉你，这个人是我们程总的直接领导。"

吴悟敏赶紧站起来伸出手和那个女领导握手，说道："领导好，您好！我姓吴，叫吴悟敏。"

那个女领导没有起身，和吴悟敏握过手之后，另一只手捂了一下嘴，嘻嘻地笑出声来说道："吴总，请坐，请坐！他们开玩笑了。"

这时，大家都哈哈地大笑了起来。吴悟敏看了大家一眼，有点不知所措。

"这是我老婆。"程总笑着说："在市质量监察站的材料试验检测科负一点小责，也算是一个主任吧，她姓吕，你叫她吕姐好啦！"

"吕姐好！"吴悟敏用尊敬的声调喊道。大家又哈哈地笑了一番。

程总指着那个男领导给吴悟敏介绍道："那个领导是你吕姐的领导，是市质量监察站牛站长，很牛的那个牛。"自己严肃不笑，又举起手伸出了一个大拇指，别人都哈哈地笑了起来。

"牛站长，你好！请多多帮助！"吴悟敏赶紧站起来伸手和坐着的牛站长握手。

"吴总，这是我的顶头上司，但不是你们王总说的那一种领导，我们单位许多事情都得向她汇报，听取她的意见。她姓王，是我们单位的常年法律顾问。叫她王律师好啦！"牛站长指着自己身边的中年女人，笑着说道。

"她是我们新渔市市建筑协会的常年法律顾问。"王总补充说道。

"王律师，您好！"吴悟敏要站起来和王律师握手。

牛站长示意吴悟敏不要站起来，说道："别客气，吴总，我早就知你的大名了，今日特地来看你。"说着，从自己面前的茶桌上拿起一包新渔市产的顶级"金神渔"香烟，取出一支递给吴悟敏，然后又收起香烟盒，将自己的打火机拿出来，做出要伸手给吴悟敏点烟状。

吴悟敏用双手接过香烟，礼貌地放在自己面前的茶桌上，然后摆摆手客气地说道："对不起，我不会抽烟。"

"不抽烟，很好的习惯，来，我们来喝茶吧。"牛站长一只手举起一杯茶对吴悟敏说道。

吴悟敏用双手举起面前一杯茶说道："好，借花献佛，祝领导们生活快乐，工作顺利！"

大家一番客气地连饮几杯茶之后，吕主任就对吴悟敏说："吴总，你通过王总转给我的关于你们那个《工程主体混凝土同条件环境试件检测数据不成线性相关的数据统计和计算报告》，我认真地看了，并找到专家进行复核验算，确定你的算法和推测是符合科学数据的。我立即和牛主任一起进行了认真商讨，做出了可行性的对策。首先找到了实验室已经封存的原始实验数据，与你交给我们的那些虚假数据进行了仔细核对，又到混凝土生产厂家的实验室找到了该工程 '标准条件下养护试件'的原始检测资料，一一地对比。我们发现你结论是正确的。这个数据录取组长并没有采用检测实验机器和仪器器具的原始数据，而是自己编造假想的数据。这个人还对好几条国家公路的混凝土检测资料进行了凭空捏造，混凝土试块根本就没有制作送检试件，我们现在已经组织了新的混凝土检测机构，由新的人员来接管原来的检测组，这个组长已经被秘密逮捕，他可能要面临十年以上的刑期外加数百万元的罚款。"

"改一些数据，也会被判刑吗？"吴悟敏感到很吃惊。

"一旦此次假设数据弄假成真，我们这个几千亿元人民币的工程，就有可能停建，或重新评价。如果要打掉此工程并重新设计建设，需要再投资数千亿元，造成工程建设重大经济损失，市委的主要负责人将要承担重大的政治责任。"王律师说道。

"那么，为什么不公开审判呢？"吴悟敏不解地问道。

"吴总，这是一个政治层面和国家安全层面的事件，这样处理也是有法律依据的。"王总解释道。

"他们只是私下赚一点红包，不会是故意将一个这么大的工程搞垮重建吧！"吴悟敏很惊讶地问道。

"有红包的因素，也有人为的破坏因素，可能还有更深层次的因素。当他们在商谈这个计划时，被人录像录音制成了资料优盘，这个优盘已经被传到警方，他们要杀人灭口，犯了故意谋杀罪。因此，他们已经被立案调查，很快就会正式逮捕。"王律师解释道。

"听说他们命令大型土建工程车司机以制造交通事故的方式，企图搞死三个传递优盘的相关人士，但是谋杀行动未遂。"程总插话。

"这三个人现在怎么样了？"吴悟敏担心地问。

"好像一个女的被刺轻伤，另外两个男人无意中逃脱险情，其中有一个人至今还被蒙在鼓里。好人命大，完好无损！"王总说完就哈哈仰天大笑起来。

大家都哈哈地大笑起来。

吴悟敏莫名其妙地跟着这些人大笑起来。笑过之后说道："哈哈！你们吓我了一跳，没事就好！"他也不知道这些人到底在笑些什么，只是觉得这些人有点好笑就随和地笑起来。

"喝茶！喝茶！来喝茶！"吕主任手持茶壶，一边给在座的每一个人的茶杯里斟上茶，一边说。

"吕姐说了，大家都端起茶来庆祝一下！"王律师附和着说。

"好！两位领导都说话了，我们就听领导的，来，我们一起干杯。我们今天要感谢监理工程师们的工作，来，一起干杯！"牛站长举起茶杯说道。其他人也都举起茶杯碰杯，一饮而尽。

"嘀嘀！嘀嘀！"程总手机里的短信铃声响了。

程总拿起手机一看，就对吴悟敏说："吴总，反正这几天工程已经走上正轨，就让总监代表代你看好现场就好了，要学会运用别人的力量，不要老是过分自信而单打独斗。有事你就用电话遥控他好啦！你就回宿舍好好地睡一觉吧，好好地休息几天，工地里还有王总在帮你，难道你还不放心吗？你放心休息，你辛苦了。我安排陈经理开车送你，你这几天就等待王总的通知吧。"

"好的！"吴悟敏赶忙起身和各位握手，背起自己的大公文包向楼下走去。

第四十七章　风雨欲来

吴悟敏回到宿舍楼的宿舍后，按照常规，向老婆和岳父岳母逐一汇报寻找晓龙的进度，问候一下身体状况，祝福他们身体健康生活快乐。只是他越来越觉得老婆和岳父岳母对晓龙的事情不着急了，反而安慰自己不要着急。平时爱叨叨骂人的老婆似乎也没有责怪自己了，这让他感到压力骤减，心里轻松起来了。

打过电话后，吴悟敏感到有点累，关好门窗，拉上窗帘，也来不及洗澡和换衣服，立刻躺在床上伸手盖上被子，呼呼地睡着了。

当吴悟敏一觉醒来时，已经是第二天下午六点多，一觉睡了那么长时间，自己也感到有点吃惊。此时，他觉得肚子有点饿了，公司食堂晚饭的时间都已经过了。吴悟敏打算到楼下的街道上去找点吃的。他一直听别人说新渔村文化广场很大，四周的商场很多，正好自己今天的心情很好，决定去那里走一走。

新渔村文化广场是特大的具有吃喝玩乐开会加体育赛事综合功能的大众公园。文化广场有各种体育馆、影剧院、超市、人造湖，也有栽满奇珍异树的林间休闲天地，这些设施都被七彩斑斓的霓虹灯装饰得如仙境一般。广场上，有高大的柱灯强光，有串珠式的路灯柔光，有各色各式萤火般的地灯，还有凉亭外形的装饰灯，树林的树枝上悬挂着彩灯，加上饭店、商铺的霓虹灯，组合在一起，让广场的每一栋建筑和设施都格外美丽。据说，最吸引游人的是娱乐广场，有表演卖艺的小舞台。这些舞台有时拍卖廉价商品，有时表演歌舞文娱节目，也有搞慈善宣传活动。

吴悟敏听说这里二十四小时都会有不同的年轻人来游玩，他们或交友，或娱乐，或谈情说爱。他希望在这个年轻人云集的场所里，可以捕捉到儿子的身影，或许遇到他的同学和同事。如果自己运气好的话，甚至可以当场捉住他。于是他匆匆忙忙地洗了一把脸，换上了一套干净的休闲服，背好背包，走出宿舍，走下楼梯，向广场走去。

中心广场很大也很气派，像开放式的园林建筑。一眼望不到边的场地上，有一个巨大的喷水池。许多园林休闲设施和雕塑小品间隔设置，将广场划分成一个个排列整齐的方块，一簇簇绿树红花在方块间高高低低或连或断。在广场一边靠近绿色小山处，有"新渔村的村委办公大楼"的广告牌高高耸立着。村委办公大楼的前面，有一个四级台阶的方形大讲台，靠办公楼的方向竖有十一根高大的旗杆，旗杆上分别升挂着国旗和十个在新渔村投资建厂的跨国公司的旗帜。在广场的另一边，高高低低的商业设施，在霓虹灯的点缀下如梦如幻。

吴悟敏先在广场中心的喷水池站了一会，然后四面张望了一会，觉得肚子确实有点饿了，不管什么事，先吃饱了再说，于是就径直向卖小吃的地方走去。

一群年轻人结伴嬉笑着从他身边走过。这些年轻人大多都是在工厂里做工的工人，有穿工作服的，也有穿休闲装的，个个单纯而又阳光。可以看得出，有的是下班直接过来的，衣上还留有细小的机油斑点；也有的是梳洗后打扮后才过来的；有男女两个人相拥前行的；也有三五人边走边说笑的；也有不少独自散步的年轻人。

先到广场中心的人，有的直接去公园广场四周的餐厅唱卡拉 OK；有的就静静地坐在树林里或树旁的草地里；有的干脆双双对对地走进光线较暗的树林里拍拖；有的独自地坐在混凝土凳子上似乎在等待什么人；也有的围坐在草地上聊天唱歌；还有超浪漫的男女，一起躺在草坪上毫无顾忌地亲昵；也有的紧紧相拥在树荫里动也不动；也有单独一个人到处散步游荡。大家都互不打扰。

吴悟敏在中心广场慢慢地踱着步子，毫无无目的地观赏着这里的富庶和和豪华，一扫自己这几天工作上的疲劳和紧张情绪。

广场公园的草地外围，是露天的或半露天的卡拉 OK 和大排档，吴悟敏接连看了好几家，大体上都是差不多的餐厨设施、供应食物种类和标价。

唱歌的地方基本都是一套普通的大功率低音炮音响，两只来回传递的麦克风，唱的基本都是流行歌曲。一个大的电视机前面，摆着几十个小凳子，标价是唱一首歌一元钱。

　　大排档属于平民餐厅，一个炒快餐的炒锅或者是一张麻辣烫的桌子，或是一个作烧烤炭炉。烤一串肉串和烫一份麻辣烫都是五毛，要一份炒粉则分为三元、二元、一元五、五毛不等。摊点上的顾客随时来去，大多数座位都爆满，消费者年龄大多在十五六岁到十八九岁之间。这些人并不在乎有没有人欣赏自己，这就叫作"见怪不怪"。

　　吴悟敏走过几家卡拉 OK 摊点，来到一家挂有"潮州粿条店"的餐馆。在熟菜案上有不多的酱鸭、酱鹅、酱猪肉和卤鸡蛋，餐牌上写有炒粉、炒粿条、白粥、砂锅粥、炒菜心、潮州卤水，绿色透明的玻璃瓶装的啤酒和白色透明玻璃瓶装的可口口乐，都是可以退瓶子的。店前的门口边都摆着几张矮方桌子，桌子四周放着几个小方凳，大多数都被年轻的食客坐满。

　　有一张桌子旁坐着几位穿不同厂服的女孩和一个记者模样的女人。女人手里拿着录音笔和相机，身后背着录像机，不停地给在座的女孩拍照、问问题、录音，说是要写一本有关中国女工现状的书，为这些女工们争取平等权利。两个穿着厂服的年轻男工站起来，叫那个女记者不要采访和拍照，看样子好像要抢那女记者的相机，女记者立即掏出两张百元大钞给男工，男工接过钱之后要求她尽快离开。

　　那个女记者和这两个男工争论一番之后便离开了，然后她又去找别的女工采访。女记者走后，男工用一百元买了饭菜和啤酒，另一百元给了其中的一位女工，拿到钱的女工说，明天下班她请大家去茶餐厅坐坐，她请客。其中一个男工告诉大家说，这几天不要出门，可能会有群体事件发生，如果被卷进去不好，会丢工作的。

　　吴悟敏见有一张桌子刚刚空出来，就拉过一条小凳子在桌子旁坐下来。这时，店里走出一个二十岁刚出头的小老板，穿一身黑色便装，瘦瘦的，中等个子，脸上的白色皮肤显得干净，两眼温和。店里似乎没有其他的帮手，吴悟敏看这个小老板和自己儿子大小差不多，这么小就独自撑起了自己的事业，真的很了不起。

　　这个小老板走到吴悟敏近旁，操着广东普通话问吴悟敏："大哥，你要吃点什么？这里的卤水很靓，切一盘喝啤酒很好的，你要多少，我给你切得薄薄的。"

　　吴悟敏随口问道："老板今年多大？有没有二十岁？"

　　小老板回答道："大哥，你好眼力，我今年正好二十一岁。"

吴悟敏感叹道："啊！和我儿子一样大。他还在上学，你就当老板了！"

小老板说道："我也想上学呀！可惜我又不会读书，家里也供不起。我们村子里和我一般大小的孩子们，有的父母当了大老板，有的上了高等学校，有的出国读书，他们的祖坟埋得好，他们有钱，那是没得说的。"

吴悟敏好奇地问道："老板，你有没有帮手？"

小老板回答："我供应的半成品都有专人加工按时送来，我只是用配料做给客人吃，一个人就够了，需要其他的东西时，只要打个电话就可以送来。"

吴悟敏又问道："我看市里的饭店和这里的大排档里都有年轻男孩跑堂，会不会有大学生也来这里赚点学费什么的？"

小老板回答道："绝对不会有。这里跑堂的工资都很低，大多都是那些学习不好不想读书的学生仔，出来打工混生活。在工厂里做工的基本都是这样的年轻人，在流水线上和服务大堂里，你绝对找不到大学生在那里打工。那些有钱的年轻人和会读书的人，只要拿到高文凭，自然有光鲜的工作做，绝对不会出来打工。"

吴悟敏觉得自己问话的内容没有意义了，就改了一个话题，问道："老板，我想问问你们，你们这里的粿条是什么样，能不能指给我看？"

小老板说："大哥，我姓林，叫我林仔好啦。粿条，我拿给你看。"林仔就拿来一筐和吴悟敏老家凉皮差不多的食品给他看。

吴悟敏问："林老板，粿条可以凉拌吗？我喜欢吃凉拌的，你可不可以给我整出来？"

林仔说："我们都是卖炒的，凉拌的还没有做过，不过，我可以给你整点凉拌的试试。"

"他们的粿条比凉皮厚，凉拌了不好吃，还是吃他们的炒粉吧，我常来吃他们的炒粉。肉和菜都放得很足。"一个声音从吴悟敏身后传过来，他扭头一看，是一位二十多岁的男青年，穿着工厂服装，体形消瘦，中等个子，皮肤不白，但是两眼显得很机灵，看年纪和自己的儿子吴晓龙差不多。

林仔对吴悟敏说："他是做服装的曹老板，是我们店里的常客，我们俩同岁，都属龙。大哥，你是第一次来，我给你优惠，多放点肉和菜心。"

吴悟敏一听林仔和曹老板两个人都属龙，和自己的儿子是同一年出生的，一下子就来了精神，于是就开了一个玩笑说道："我是属猪的，你们两个属龙，这是叫作'二龙戏猪'哦！"说得三个人一起哈哈大笑起来。

林仔又补充一句，说道："大哥，你刚才说你儿子和我们一样大，那么我们就是三龙戏珠了。"三个人都说得兴高采烈的样子。

林仔对吴悟敏说："我的炒粉真的很好吃，曹老板每次来都是吃我的炒粉，不吃别人的。"

曹老板马上接过去说："没错！没错！"

吴悟敏说："好，今天我就和曹老板一起吃炒粉好啦！"

曹师傅说："不要那么叫，喊我阿曹就好。林老板给我们来两份炒米粉，要贵的，一元五角的，再来两瓶可乐。今天我请客，出来挣钱，就是为了吃嘛！我们厂里的工人，他们出来吃炒米粉都是吃五毛钱一塑料袋装的那种，而我要吃一块钱一饭盒的。今天我请客，所以我们要吃一块五毛一碗的碗装炒米粉。这位老板你贵姓？"

吴悟敏说："我姓吴，口天吴，叫我吴工程师就好，阿曹师傅，我又不认识你，你也不认得我，你为什么要请我吃好的？"

曹师傅说："你不认识我，这是真的。可我经常会看到你，你是半年前来这里的，是吧？"

吴悟敏很惊讶："我们从未见过面，你怎么认识我的？而且还知道得这么清楚呢？"

曹师傅说："你不知道我，我可知道你，我们工厂和你们工程师宿舍楼相隔没有两米，窗户对窗户。我每天晚上加班的时候都看到你在加班，你一个人总在用功地读书看图纸和写东西。"

吴悟敏说："你们住的不是和我们一样的居民楼吗，怎么成了工厂？"

曹师傅说："这里都是这样的啦！有实力的老板可以接到加工大单，他们就可以去村里租标准厂房，也可以自己买地建工厂，也可以注册公司，也可以申请贴牌公司，享受国家更多的政策优惠。但是，那样搞投资大，租金高，在居住楼里建厂，可以节省很多费用。那些只能拿到第四包、第五包加工单的小老板们，都选择在村子里的住宅楼办厂，村委和业主们会从各个方面给予许多方便。租金比正规厂房便宜好多，也可以偷税漏税。这里村民自建的楼房几乎都是这样，有的在街边出租房直接建厂，有的在街边楼房首层开商店，楼上面都开工厂，都是这样子的。"

吴悟敏说："这样也不错，不过，我怎么没有听到机器响声呢，你们厂生产什么，你做什么活？"

曹师傅说："我的厂主要是加工半成品。有时，我们厂也做'山寨名牌'服装。我做的是新品衣服式样放纸样程序，叫手板师傅，手掌的手，就是用手在纸上画出样子，再将样子制作出来交给裁剪师傅去加工，在衣料切割车间按照放样的纸样成批切割。我们很少用机器，我是手板放样师傅，干的活主要是画纸样和裁纸样，是不会有声音的。"

吴悟敏说："哦，原来是曹大师傅，会手板放样，一定懂图纸的，了不起！你是哪个大学毕业的？"说着对曹师傅竖起大拇指。

曹师傅说："我连小学都没有上完，我是江西山区的，十岁就跟人家出来打工学做纸样，出来做这个快十年了。带我出来人是我的表哥，他是上过服装技校的。开始找工作时老板只要他，表哥骗老板说我是孤儿，只要包我吃住，过年时再给一点回家的路费钱就可以了。过了两年，我就会自己做了。表哥要我另找厂，只有跳槽，工资才有得加，于是就找到了这里。开始，老板看我那么小，不相信我会做，是我运气好，正好遇到村里余主任来考察，他要我给这个老板试几手。我试了，活做得一般，老板不要。余主任说，他很聪明，将来一定会做得很好的，活做得可以，工资又要得很低，这样的师傅难找，你怎么不要？老板赌气说，除非他是你的干儿子。余主任说，你不收下他，我就赶你出这个村，怎么样？最后老板不得已还是留下我。然后我就真的认余主任作干爹。他有许多干儿子，年龄跟我差不多，长得都很帅，而且和他很亲热。我不帅，他还是收下了我，我很感激他。从此，我很晚下班后都会去看他，他说什么我都服从他。"

吴悟敏说："你已是老师傅了，现在一月能拿多少工资？"

曹师傅说："没文凭，进不了大厂，小厂都是这样的工资，一月一千二百元，比起厂里其他的工人来说还算是高的，而且活路也比他们轻松很多。工资比我表哥还多出二百块，而且车间里的空气也不像表哥厂里那样呛人难受。"

吴悟敏说："你可以每月存一点钱，存够了就去上大学，或到大城市学正规手板师傅，拿个高级证书，有了证书，就可以进大厂，就可以拿更多的工资，可以买房入户，这事，我可以帮到你。"

曹师傅说："吴老板，你的心眼真善良。你说上学的事情，我都想过了，我不想走你说的道路。如果有那么多时间那么多的钱去学习和考试，还不如现在就做老板。我可以从服装老板那里低价包到活，先租一间房子，再从家乡拉一些人出来给我打工，我可以赚到很多的钱。我的干爹余主任说，他可以帮我，只要我有了更多的单，就再租一层楼房，再回家乡多招工人，随便干一年都比当师傅强多了。我干爹说，他会帮我拿单，还会帮我租楼，到时候叫我多招几个年轻漂亮的女工给他认识就行了。他说他不会拿我的分红。这样，我再干两年，就可以回老家盖新楼房，让我们全家都住进楼房。那么，我喜欢的女人就会嫁给我，给我生几个儿子。吴老板，你知道得真多，服装手板放样你也知道，上大学和培训的事你也知道。"

吴悟敏说："我是监理工程师，做服装和我们盖房子的原理都一样。我们盖房子是先要画图，再按图纸将房屋的部件落实画在模板上，然后在模板里放钢筋和混凝土。而服装加工也是先画图纸，将图纸中的图形画成可以加工的样板纸型，将成批的布料按照纸版切成加工料，然后再做成服装。"

曹师傅说："吴老板，你真厉害！你给人家设计房子，有没有拿到过红包？听说你们一个红包要比我打工挣几年甚至一辈子的钱还要多。"

吴悟敏说："如果人家要给，那我还是要拿的，伸手不打笑脸人哦！我是个很随和的人，他们也不会给我那么多红包的，多数只是意思意思而已。我觉得人家挣钱也不是那么容易的，不要嫉妒和眼红人家，人家给得不多我也不会计较，想要多拿人家老板的钱，那就要设法去敲人家，我不想拿那样的钱，你说是不是。"

曹师傅附和说："那是，那是！"接着又说："但是，话又说回来，讲面子和讲道德的人都是本分人。光是我们讲面子讲道德，人家都不讲也是没有用的。我到这里来，就没有看到一个有钱人做事讲道德讲面子。如果我是你，我一定会比你赚更多的钱。钱多了好呀！我要修房子，我要娶老婆，我要养孩子，我父母和亲戚都在向我要钱，所以，我要办厂，我要靠主任给我拿单，所以我要当他的干儿子，目的是我要当老板，我也要有权力才好！"曹师傅说得信心满满。

但是，吴悟敏听到这些话，心里酸酸的，不是滋味，于是就举起可乐瓶说道："我不反对你的计划，我们不讨论这个了，来，我们以饮料代酒，为我们认识干杯吧！"

两瓶可乐喝完了，吴悟敏又要了两瓶可乐，同时掏出两元硬币要付钱，被曹师傅挡住了，说什么都不要吴悟敏付钱。

吴悟敏慢慢地收回自己硬币，打开可乐喝了一口。他举起了筷子，很久才下了第一箸。想了一会儿，吴悟敏又拿出一元钱的硬币，加起来三元钱，

268

叫来两瓶啤酒，他将两瓶啤酒都一齐打开。店主又退回两毛钱的可乐瓶子钱，吴悟敏将两毛钱和一瓶啤酒递给曹师傅，曹师傅也不推辞，二人就拿起啤酒对吹起来。

"呜！呜！呜！呜！"突然，一阵警笛的叫声，从广场外面由远到近。

警笛声越来越大，原来是村治安联防队摩托车队经过这里。车队开到他们跟前时就停了下来，而警笛声仍然在鸣叫着，每一辆摩托车上的红色警灯都在飞速地转动着，发出刺眼的光芒。所有在大排档里就餐的年轻男女工人，都飞也似的逃走了。

"是村子治安联防队在执勤查证件，你和我都不要怕，我们照常吃我们的东西。"曹师傅一边专心地吃着，一边说着话。

吴悟敏还没来得及放下啤酒瓶，身旁来了一行八个戴"治安联防"红袖套的人。他们都穿着不太合身的迷彩服，一人一辆带红色警灯的电动摩托车，摩托车车队的后面，就是两辆大面包车和一辆黑色的高档私家小轿车。抬头看广场远处，有人在高喊："都不准跑，我们是来查证件的。"

有四个村治安队的队员围住两个年轻男工，那两个男工中的一个取出自己的身份证给他们看，治安队员顺手一把夺过身份证，使劲地一扔，扔到很远的草地去了。这两个年轻工人看到势头不好，转身就跑。"不准跑！不准跑！"村治安队员们紧紧地追赶，边追边喊叫着。整个广场，喊声、叫声、哭声和警车的鸣叫声混合着，乱成一团。

有一个戴红袖套的男人来到吴悟敏面前，向后面的人招手，十几个身穿迷彩服、手臂戴"治安管理"红袖套的男人将吴悟敏和曹仔团团围住，其中有几个人大声地喊："快查他们的证件！"

那个带红袖套的高个子大汉，指着吴悟敏他们两个厉声地喊道："快把暂住证拿出来！"

吴悟敏说自己是监理工程师，暂住证忘了带，可以回单位里去拿。曹仔说自己是村主任的干儿子，说好了不办暂住证的。

那个大汉吼叫着说："少废话，没有暂住证，要么上我们的收容车送到遣返收容所，要么当场每人罚款五百元，有工作单位的可以给收据。快！拿出来！"

曹仔欲上前和这些人评理，被吴悟敏一把拦住，说："是我找你说话的，是我为难了你，你的罚款应该我出，我五百，你五百，我们两个人一共交一千元，他们也是执行公务的人，我们不要为难他们才好，我们服从就是。"

吴悟敏立即从公文包里取出一沓钱，数出一千元交到大汉手里，大汉什么字据也没给。曹仔哭了，说是要找他干爸余主任来说理，说他们不讲理，要和那些人打架。吴悟敏一把抱住曹仔，说道："他们也是奉命行事，他们也有难处，我们不要干扰他们的公事，听话！"

这时治安队里立即有好几个人鼓掌，还有一个人高声说："说得好，这是第一次听到有人给我们这样的好评价，好！够哥们儿！"

就在吴悟敏掏钱交罚款的同时，身后传来小车的刹车声，是余主任的车来了。车停住以后，治安执勤队员立刻散开，车里下来一个人。吴悟敏一看，是余主任。曹仔赶紧过去带着哭声喊了一声"干爸"。余主任理都不理他。

余主任刚站稳脚跟，那个大汉就走到他跟前汇报："主任，这里有两个人没有暂住证，我们罚了他们的款，每人五百元。"

余主任一笑，对大汉说道："你们搞错了，这两个人，一个是我的干儿子，是在我们村里自办工厂干活的人，说好了他们这些工人是不用办证的；另一个是我的朋友，监理工程师吴总，他帮我们村办了不少好事。我现在就来给你们介绍一下，他姓吴，吴工程师，负责过很多大型土建工程的建设高级工程师。你们都要叫他吴总，以后不但不能为难他，而且还要尽可能地帮助他才对。"

"他们收了我们两个人一千元，干爸！"曹仔大声说道。

"我现在就还给他们。"大汉立即从皮包里取出一沓百元大钞，数出十张要还给吴悟敏，说道："对不起，吴总。"

"他们也是在执行公务，没有什么对不起的，是不是，主任？"吴悟敏将自己的双手插在裤兜里，表示拒绝接收这笔钱，然后面对余主任说道。

那个大汉只好缩回那只拿钱的手，将钱又放回自己的大公文包里。

余主任莞尔一笑，说道："我现在也是在执行公务，我也是有严格治安任务标准的。"

"好！"四周一片喝彩声和鼓掌声。

"这是主动交治安整治费的第一人，让人感动！"

"够朋友！此人豪爽！"有几个队员在那里议论。

"来，认识一下，这是你们陕西老乡，他姓周，手下管着二百多人的治安管理大队。"余主任指着大汉对吴悟敏说道。

　　大汉大步走过来，握住吴悟敏的手，用陕西话道："吴乡党，吴总，我佩服你！豪爽、大气，不啰唆，是个陕西的汉子。以后我们就是朋友了，你有什么事，只要你说出来，或是一个手势，我老周一定两肋插刀。"说完，就走近吴悟敏，从自己衣兜里取出名片交给吴悟敏。

　　吴悟敏双手抱拳，恭敬地说道："周队长，大家都是出门在外，都不容易，我不会给你添堵，以后我会有许多事情求你帮忙的，到时候请多多照顾。"

　　"没麻达，老哥！"周队长操着陕西普通话，向前一步和吴悟敏握手。

　　这时余主任说道："好啦！好啦！大家都去忙吧。你们尽快将广场里里外外细细地检查一遍，对那些伤风败俗的、东游西逛不好好干活的、专搞歪门邪道不按规矩搞钱的人，对那些外地来的只想赚钱又不办证的人，都要按照章程教育他们。该抓的抓，该罚的罚，社会治安一定要搞好，要保障我们的这一方平安。罚款数要有落实，还要有数据保证，同时要清理所有可疑的人员，防止有人挑事闹事。这是上级的要求，我等你们回村委后汇报，去吧！"

　　在周队长的带领下，治安队员们都各自奔赴清理任务的工作片区去了。警车又呜呜地大叫起来，村治安队员都奔向广场各处执勤，广场上立即传来一片哭叫的声音和村治安员的吼叫声。

　　等村治安联防队的人都离开之后，主任对他的汽车司机摆摆手，司机回到小车里等候，然后他又转身打手势要吴悟敏和曹仔在一张矮桌子旁坐下来，他对坐在自己身旁的曹师傅说："曹仔，今天是吴总救了你，你要好好感谢吴总。做工就做工，不要出村子瞎逛悠，如果你再这样瞎逛，我就不管你的事了。"

　　"那是！那是！干爸放心，我以后再不出来玩了。"曹师傅说道。

　　"吴总，曹仔是我的干儿子，聪明能干。我手里有许多加工单，明年我会帮助他办一个厂。"余主任介绍了曹仔之后，又对曹仔说道："你要从家乡多招一些女孩子来，不要太丑，顺便也给吴总介绍几个女朋友。"余主任说完就和曹仔一起大笑起来。

　　"谢谢！谢谢！到时候要谢谢余主任，谢谢曹师傅！曹师傅这个人是很乖的，不错！不错！恭喜恭喜！你们父子情深！"吴悟敏立即恭维了几句。

　　余主任拍一下曹仔的头，示意他离开，曹仔站起来向吴悟敏打了个招呼，就快步离开了。

　　"吴总，今天我就不请你去村委喝茶了。据可靠消息说，最近有人在这里组织游行和集会活动，除了建筑工人、工厂员工，还有街道的闲散人员，他们以讨要工资为名闹事。据估计，可能还会有外国记者卷入其中拍照和挑事。如果不是特殊情况，你一个人就不要随便出来逛街。我现在给你一个胸牌，这是我们村委会委员和村支部委员们特别通行证，你出门时一定要带上。一旦遇到混乱的场面，你可以出示它作为护身符。"余主任将脖子伸向吴悟敏耳边小声地说，然后从衣袋里取出一个胸牌递给吴悟敏，嘱咐说："如果你有急事找我，可以找周队长转告我。"

"好的，好的！我马上回宿舍。"吴悟敏一边说话一边接过胸牌，然后就和余主任握握手，向监理工程师宿舍大楼走去，他下意识地看了看手表，是晚上九点多一点。

第四十八章　故友重逢

当吴悟敏回到监理工程师宿舍大楼，在走廊昏暗的灯光下，发现自己宿舍门口竟然站着一个又高又壮的男人。他心里一紧，立即停住步子，为什么这么晚了还有人站在自己宿舍门口？他要做什么？吴悟敏心里有点不安的感觉。他细心地看了看那人的身材和头型，似乎有点陌生又有点眼熟。于是他向前走了几步，迎上前去，正要问"你是谁"时，那人竟然单脚向前跨出一大步，伸出双手一把将吴悟敏拉过去，喊道："小吴，你不认识我啦？"

"啊呀！王雨生！是你呀！吓我一大跳！你不是调回榆林家乡了吗？怎么会找到我这里来的？"吴悟敏喜出望外，高声地说道。

这时，走廊里两个房间的门打开了，有人探出头来向他们张望，然后又"咣当"将门使劲关上。

"进屋里再聊！"吴悟敏赶紧开了门，请王雨生进到屋里，又关上门。两个人迫不及待地坐下聊起来了。

来人名叫王雨生，陕北人，曾经有过下乡的经历，与吴悟敏同年进同一家国有公司工作。王雨生在公司总书记兼总经理骆正魁身边当通信员。那时候的公司总经理叫"革委会主任"。吴悟敏当时还在木工专业施工队做技术助理，为公司加工生产木制办公设备、职工生活日用家居用品和建筑物的木制门窗等产品。

那时候的吴悟敏喜欢读书读报，也喜欢观察公司日常管理的细节，经常将自己的所见所闻、体会看法写成建议书，由王雨生转交骆书记。而骆书记在拿到建议书后，都会认真地读完，然后就当着王雨生的面表扬吴悟敏几句。有时，骆书记还在一些其他领导面前展示吴悟敏的建议书。有两次，因为吴悟敏的建议受到其他公司领导的好评，骆书记亲自带人到宿舍里来看望吴悟敏。这让王雨生感到吴悟敏很厉害，很有水平，而吴悟敏仍然老样子地生活和工作，并没有找领导提要求，这让王雨生对吴悟敏又产生了敬仰之情。于是，王雨生与吴悟敏成了朋友，经常在一起聊各自家乡的故事和各自的生活趣事。

但是，两年后，王雨生突然调回自己的家乡去了。两个人之间从此就再也没有任何来往。

"你的样子显得成熟了。"吴悟敏看着王雨生说。王雨生的身材还是那样熟悉，没有多少变化，头和面部外形也没有变多少，只是头发没有当年那样浓密黑亮，还稍有点秃顶。可身材比当年魁梧了许多，那种少年的纯真稚气还是浓浓的，没有改变。

"你还是没有变化多少，还是显得很年轻！"王雨生有点喜出望外的样子。

"奇怪，二十多年了，都没有互通信息，你怎么能找到我这里来的？我又不在原单位。"吴悟敏感叹地问道。

"是有人专门派我来找你的。"王雨生说道。

"谁？"

"骆书记！"

"哪个骆书记？"

"骆正魁呀！"

"他几年前不是被调回北京去了吗？而且就在原来的公司，尽管他亲自来看过我，我从来都没有去找过他，因为我们之间的地位太悬殊了，有什么事吗？"

"他调到北京后，又调到南海特区，去年下半年，他又被调到新渔市挂职一把手，主要任务是代表上级某部门做一些重要的调研。我回家乡之后，又被市里派出来做产品采购、工业产品推销外加土特产推销的工作。当年，我出门的第一站就来到了原来的公司。在那里，找到了公司里的领导，搞到了很多订单。当然，我就和骆书记又见面了，于是和他经常有联系了。他每次见到我时总要提你，说你从来没有去找过他。他给我透露过一件事情。他曾给你在总公司宣传部留有位置，可是你却一直没有申请加入组织，这么重要的人生平台，你自己却不主动去追求，他就不知道你这是为了什么。

"他说，还有一次，总公司派你去省总工会参加一个重要的理论研讨班学习，时间是一个月，就是想你回来后留在总公司宣传部。在你出发前，他指示手下给你开了一个组织证明介绍信，只要你在会议期间交给研讨班党支部，会议开完之后，党支部就会给你开一个组织迁移证明拿回来，这样，你就是一个有组织的人了。结果，你根本没有将组织介绍信交给党支部，学习完了你就直接将那份组织证明原封不动交回公司了。回来之后，你也没有到总公司做任何的学习汇报，你错过了人生中的一个重要机会。你不知道有多少人偷偷地羡慕你吗？要知道，你在那次会议上发表的观点引起了省总工会领导的称赞，而你自己却什么也不知道。"

"是的，这个故事过去也有人对我讲过。那时候，我不相信是真的，现在看来，或许是有这件事情。那时候我觉得只是去参加一个理论研讨会，是纯粹的理论研讨，只是对一些热门的社会问题提出自己的看法，我没有想得那么复杂。我从前给他写信，只是给他提建议，是希望公司的工作搞得更好些，希望他的位置会坐得更稳些罢了。"

"几年前，他从部里带队再次回到公司，主持公司的重组，他对协调小组提出了你的名字，因为你没有对公司重组提出任何建议，况且又不在组织，所以，你的提名被公司其他领导否决了，这事你知道吗？"

"这件事我不知道。我只知道自己是一个普通的人，那个时候公司已经像一只生病的老虎，外形虽然很威猛，病情已经不可救药，我提出任何建议都是没有用的。"

"我爸爸退休后也被调回到北京，他和骆书记时常见面，于是我有了骆书记的联系方式，你需要吗？"

"你们红二代就是好，直接通天，赚到许多钱了吧！"吴悟敏对王雨生提出的问题不好回答，于是就选择了另外一个话题。

"那是！那是！相比之下，我们的钱特别好赚。其实，赚钱对我来说都不是主要的。我主要是喜欢和我爸那个时代的老人一起沟通和聊天，我喜欢骆书记，骆书记也喜欢我。骆书记和我之间没有代沟，每次我去见他，他都很高兴接待我。这次他被调到新渔市挂职处理一些事情，他来没几天就叫我过来这里，主要是有空可以陪他说说话。今天我来见你，是他叫我来的，主要目的是想叫我来通知你，他想看看你，他明年就要退休了。他说他在退休之后就不再见任何外人。他说你既然已经来这里了，就叫你去见他。"

"我不想见到他，我没有什么需求，我是体制外的普通人，我不可能帮他做些什么，我与他见面后不知道要说些什么，我会感到很尴尬。"

"他说，你已经帮到他了，只是你不知道。"

"是吗？这是怎样的一个说法？"

"你收到的那份新渔市监理公司寄给你的工作邀请函，就是骆书记一手安排的。"

"不可能的，我来新渔市是为了寻找我的那个宝贝儿子。你不知道，我儿子大学马上就要毕业了，却突然失踪了。于是，家人逼迫我来新渔市寻找他的下落。骆书记绝对不会知道我在这里的。"

"你儿子失踪的事情，骆书记是知道的。"

"你不要瞎说瞎猜，骆书记绝对不会知道的。第一，他远在城市里的深宫大院中当大官，这样的消息怎么可能传到他的耳朵里。第二，在新渔市，我只给几个小人物说过这些事情，这些人怎么可能会跑到他那里去多嘴。"

"小吴，哦，吴总，我估计你儿子可能没有失踪，可能是他自己有什么重要事情要办，或者是别人有什么事情要他去办。"

"你怎么这样说呢？你见过我儿子吗？你知道他在哪里吗？你这个说法完全是安慰我的，没有这个必要。"

"哦！不！不！你那么优秀，你儿子那么聪明，都快大学毕业了，他怎么会突然失踪呢，我只是这么估计的。"王雨生像在掩盖什么似的，接着他又说道："我是说你已经帮助到了骆书记，你看哦！你受命监理新渔市里最大的土建工程施工项目。在这个过程中，是你帮他找到了他希望解决某些人的突破口和证据资料，也许是你帮他破解了一些重要的细节，让他找到了解决问题方法的线索，而且可能是很重要的线索。"

"哦！是这样吗？也许吧！希望事实上是这样，但是那也不是我的本意，只是工作中顺便做的事情罢了。"

"不管怎样说，你明天就应当去看看他。几十年来，他是那样地关注你，你应当去看看他，好不好？嗯！？"

"好吧！既然你这样说，那么，我就去看看他，看看我们的老上级。那么，是你带我去？还是采用别的办法？"

王雨生从衣兜里摸出一张印有红色文字的名片递给吴悟敏，吴悟敏拿过来一看，上面印着"骆正魁专用签帖"，背面有他亲自手写的个人签名。

王雨生说："你拿这个去见他，没有人会阻拦你。明天，他可能会带领一个调查组到新渔村进行相关调研，调研组和市里几个重要领导都会到场，他们住在新渔村大酒楼五层，如果你想见他，就带着这个签字帖去找他。我们俩会后有期，再见！"

王雨生说完就起身，大步流星地走出门去。吴悟敏准备送他到楼下，王雨生走得很快，吴悟敏刚出门，楼下就已经传来汽车发动的响声。

第四十九章　　神秘电话

送走了王雨生，吴悟敏回到宿舍关好门，看了一下手表，已经是夜里十二点多了，他拨了儿子晓龙的电话，还是关机状态，想到寻找儿子吴晓龙至今没有任何进展，他想和远方的家人沟通一下，但又怕家里人都休息了，也就不想再打扰他们。

吴悟敏还是没有睡意。好友王雨生的来访，使他想到一个不太符合常理的事情。一个十几年里都没有见过面的上级领导，居然想到要专门找一个普通人带话，要求一个与自己工作和事业毫不相关的小人物一定要去看自己，这里面也太蹊跷了。

莫非他老了感到寂寞了需要旧友的安慰，也许还有别的很多原因吧。总之，不管是什么原因，既然人家派人来找自己，去一趟还是必需的。也许这个老上级因某事而触景生情思念往日的故友也不是不可能的，也许是他真的遇到了难处一定需要自己去帮助他，一个部级官员千方百计地找到一个普通的工程师来帮他，也算是不得已而为之。如果真的能够帮得上他，那也是一件极好的事情，于是吴悟敏决定要去见见这位曾经的朋友和老上级。

自己去见一位多年没有见过并且时常关心自己的老上级，应该带点什么礼物给他才好，到底是要准备些什么才合适呢？他思考了好一会儿，最后想到，应该给他一张自己的名片，应该给他看看自己的高级工程师资格证书、讲师资格证书、土建工程预算资格证书和注册监理工程师的资格证书及签名印章，应该给他看的还有自己在全国各大报纸杂志上投稿获奖的文章剪报和技术论文、散文、诗歌、小说等获奖证书，这些应该是这位老朋友最喜欢看到的东西吧。吴悟敏觉得自己最应当给他看的是一张和老婆、儿子的合影，顺便和他谈谈自己儿子玩失踪的事情，看看他对此事持什么态度，他觉得这应该是他们见面时最好的聊天话题。

在吴悟敏翻阅过去发表的文章剪报和部分草稿时，有一首专门为了寻找儿子所写的网络诗歌《妈妈在呼唤，儿子回家吧》引起了自己的特别兴趣。这首诗歌是在儿子吴晓龙失踪以后即兴创作的，打算在网络上发表，希望儿子能够看到有所感动而回家。但是，由于家人的反对，这首诗歌没有在网络上发表，就只好储存在自己的本子里。

当他看到这首诗歌的手稿时，他突然想起来了一件很重要的事情，就是自己参观新渔村仙贝雕塑神庙时，将这首诗歌当作歌词交给了摇滚乐队的高老板，要求他帮助谱曲，谱曲之后再灌成唱片到处播放。这之后因为忙忙碌碌，就忘记和高老板再联系。现在，他又想起来了，就想知道曲子谱得怎么样了，于是就翻出高老板的名片，拨了电话，居然拨通了。

经过电话沟通讨论，对方说他的乐队每天都在新渔村广场或扇贝仙座神庙那里摆摊唱歌，今天上午九点前来新渔村摆摊表演，他可以让吴悟敏试听。

高老板说，这首歌的歌词很感人，曲子也谱写得很动听很感人。高老板还说，这首歌曲的光盘都制作好了，以后他们可以用这首歌曲的视频在各大网络有偿下载播放。如果有人愿意买断版权，才能支付词作者吴悟敏的稿费。如果吴悟敏自己收藏买断，则需要吴悟敏支付全部制作费用。

吴悟敏回答一定要自己收藏，费用丝毫没有问题，自己绝对不差钱，只要那个高老板开一个价格就行。不过，自己必须先试听一下，看录制效果好不好，是不是可以打动人心，如果听了觉得可以打动自己的话，那就用现金支付全部的制作费用。

高老板相信吴悟敏所说的话，马上就将《妈妈在呼唤，儿子回家吧》这首歌的视频链接发到吴悟敏的QQ。吴悟敏将链接储存在电脑上，立即反复听了好几遍。

歌曲的开头，使用中西洋乐器混搭而成，过门悠扬而高亢；接着转入中西乐器配乐伴奏、男低音和女中音合拍对唱的唱段，低沉有力；然后再转入女高音美声唱腔，配以打击乐和钢琴伴奏，加上重金属低音炮的运用，让人热血沸腾；结尾时，音乐戛然而止，一个男高音用低沉的美声朗诵："妈妈在呼唤你，回家吧孩子！"然后曲调又突然高亢起来，音乐再度戛然而止。这样的声乐处理，催化了吴悟敏的思儿之情，吴悟敏感动得热泪盈眶。

于是，吴悟敏和高老板相约，早晨九点整在自己宿舍楼下见面。吴悟敏看看手表时间，已是凌晨四点多了。屋外的新渔村广场上，仍然灯火通明。街道两旁的楼房，霓虹灯闪烁，遥相呼应天空上飘动的云朵和星星。

吴悟敏仍然没有丝毫的睡意。于是，他干脆起身做出门前的准备工作。他先去洗手间冲了一个凉水澡。然后照着镜子用吹风机打理了一下头发，换上干净的衣服。接下来，他就在沙发上，安下心来看一下电视机里的城市经济新闻。就在这时，他的手机响了，一看，来电话的是强仔。

"吴大哥，是我哦，我是强仔哦！"

"这么早，打电话来有什么急事吗？"

"是,是有急事哟！你现在在哪里呀,你今天准备做什么工作呀,吴大哥？"

"我在宿舍里呀！在新渔村村委大楼附近，我中午要去新渔村大楼里看望一个十几年没有见过面的老朋友呀，现在很兴奋，睡不着呀！"

"我的好大哥！你今天哪儿都可以去，就是新渔村政府大楼那里不要去。有人动员了一千多工人讨薪，要在今天十点左右包围村政府大楼，据说还有外国记者掺和在里面。如果讨薪工人闹事，一旦发生暴力对抗，或许会有流血事件发生。所以，吴哥，你今天千万不要去新渔村办公大楼哦！"强仔说完就将电话挂了。

吴悟敏觉得强仔电话说得含含糊糊，他本想问个究竟，不过是一个村里的行政机构，犯得上暴力对抗吗？但是，强仔与自己说事时从来就不开玩笑，他思索了好一会儿，感到还是不信为好，于是就关了手机盖。

他的手机盖刚刚关上，电话铃又响起来了。他一听，是姚来喜的电话：

"吴哥，我是姚来喜。"

"有什么事吗？"

"我特意来告诉你，今天新渔村可能会有比较大的群体事件发生，你千万不要到那里去办事，我说的是真的哟！"

吴悟敏想问一问到底是什么样的事情时，那边电话已经挂断了。

吴悟敏接连听到两个好朋友传来的消息，感到这件事或许有点严重，正在这时，又有人打来电话，开口就说：

"吴总，我是你老乡，就是昨天晚上巡逻的周队长，你叫我小周就好了。我告诉你，你今天如果没有什么急事，就不要到新渔村来了。市里大领导前来新渔村视察调研的消息可能被人泄露了，有人组织工人以讨薪为名在这里集会。搞不好，今天这里会有群体冲突事件发生。我劝你今天不要来新渔村大楼办事。这里真的很危险，我是你的老乡又是朋友，特意告诉你，我对你说的话千万不要跟任何人讲。"周队长讲完之后又将电话挂断了。

吴悟敏从周队长的通话里大概明白了事件的原委。但是他还是有点想不通，工人讨薪为什么要去包围村政府呢？他正在思索时，宿舍的后窗被谁扔来一颗小石子，打得窗户叮当一响，好在玻璃没有被打碎。他回过头一看，看到裁缝曹师傅正在对面楼里窗口边站着。吴悟敏打开窗户给曹师傅打招呼，曹师傅大声说："吴总，我干爸叫我跟你说，今天无论如何都不要到这里来。"

"你干爸有没有说是为什么呀？"吴悟敏大声地问。

"我干爸没有说原因，我听说有一千多个工人集会，扬言要包围村政府，主要是建筑工人讨薪，也有工厂的工人讨薪。我表哥叫我去当一个领头，一天可以拿到三百元的报酬。表哥还叫我找人化装成工人，由我带队，按照人头，一个工人给我提成二十元，由我发给他们八十元的工钱。所以我打算去，反正我这里的工件完成后就可以去了，厂里的工资不会少给我，还可以拿到额外的报酬，有钱赚，谁不去拿呢？我只带人去装装样子，我们都是为了多赚钱。"

"工人讨薪的事还需要别人来组织吗？还要发工资吗？"

"废话！不组织，怎么能组成队伍呢？不发工资，那些游行的人吃什么喝什么呢？不发工资，谁去呀！而且报酬都是当天发现金的，比上班的工资还要高很多。你放心，没有工资发，谁也不会去参加什么游行的。"

"你怎么知道的？"

"我都参加好多次了，好了，不说了，我告诉你就行了！"裁缝曹师傅说完就关好窗户，离开了他的车间。

吴悟敏坐下来认真思考了好几分钟，又想到好友王雨生突然来说骆书记的事情，觉得这些人说的事情是真的，他决定去看望骆书记。他认为有三个理由必须去：一是骆书记特意派人来请自己去看他，这里必定有玄机，可能是他需要人去帮助，也许只有吴悟敏才可以帮到他；二是如果真的是大场面，必定有电视台、网络和来自媒体记者采访和报道，自己如果能介入其中，必定受到全市人民的关注，儿子吴晓龙如果真的在这座城市，他一定会来找自己，这才是最重要的原因；三是群体事件、包围村政府，还有可能发生冲突，如果自己能去化解它，那是多么刺激！成功了是对朋友的贡献，不成功至少也是对自己人生智慧的挑战和检阅，无论怎样说都是值得的。

吴悟敏郑重地梳理了一下头绪，然后理出了自己要去新渔村的全部理由，又梳理了一下接下来可能要出现的情况及其相对应的处理措施，力争大功告成。

第五十章　临危受命

清晨八点多钟，吴悟敏打开窗户看看天空，天气很好，淡蓝色的天空云朵和星星都已经散去，天空显得很洁净。楼外城市商业的喧哗隐隐约约地传来，空气里淡淡海鲜味的凉风徐徐地吹进来，轻轻地拂过面颊，使得人们心情爽快起来。吴悟敏顿时觉得一夜的疲劳全部消失了，于是他决定立即开始行动。

他拨通了高老板的电话，"喂！高老板，你好！我是监理工程师吴工。你现在出发了吗？"

"我们已经到了扇贝仙座神庙附近，准备在这里为游客现场演出。等我安排好他们以后，我就给你送光盘，你要准备好现金两千元，这是光碟的制作费。如果你要我代理正式出版上市，另找时间和地点再谈出版合同。"

"我暂时只要你的视频链接，这个链接我看过了，很好，我这边的现金没有问题，不过，我还要请你们给我办点别的事情。"

"吴工程师，你先说是什么事情！"

"今天新渔村的人委托我，要找一个摇滚乐队，为他们的会议现场演出助兴，高老板，你的乐队可以吗？"

"有钱赚，为什么不可以！"

"费用有什么说法？"

"常规演出一场，总价一万八千元，开演前，先要付订金八千元。"

"一万八千元没有问题，但你们一定要演唱我那首歌。"

"新歌首唱要再加两千元！"

"再加两千元可以。但是，我要在你们表演成功之后才付款，我需要和你签合同。"

"OK！我们到哪里见面？"

"就在我宿舍楼下面，记住，在新渔村的广场东边。你要将乐队一起带过来，我们先彩排一下，让我了解一下你的乐队成员。我要求乐队和歌手听我调动，随调随动。"

"按行规，你要求我们这样做是要加钱的。"

"加多少？"

"按照行规，演出成功之后，再加五千元！"

"OK！合计两万七千元，好，成交！"

电话通完后，吴悟敏自言自语："他会趁火打劫，我要借船出海！"

与高老板通完电话后，吴悟敏把工资卡装进上衣兜里。同时又将手里有的现金一并收拢成捆，整齐地扎好放进工作包里。当然忘不了将见骆书记时的相关资料装进包里。一切准备就绪，吴悟敏到洗手间又冲了一个凉水澡，换了一件干净的白衬衣，打了领带，又找到了自己开会时才穿的薄毛呢礼服，在镜子面前认真地整理发型，又给皮鞋打上鞋油，再在镜子前照一照，感觉形象还可以，就赶快出门来到楼下。

此时快到上午十点钟。摇滚乐队乘坐的大型面包车在老板的指挥下，来到了监理工程师宿舍大楼下面。乐队共有十多个人，他们按照老板的指挥，将音响、乐器、桌椅凳子和其他设备摆好，请吴悟敏观看。吴悟敏专门检查了乐器演奏手们手里的歌词曲谱，满意地向高老板点点头。

吴悟敏上前和高老板握手，在一个大音箱上面签了合同，然后两个人又小声地交谈了好一会，高老板边听边点头。吴悟敏拿出一沓现金交给高老板，高老板只看了一眼就装进自己的背包里，两个人再次握手，带着乐队向村委大楼走去。

当吴悟敏一行来到村政府大楼前时，大楼前的广场上已经站满了工人模样的人，有穿建筑工服装的，有穿工厂服装的，按照服装的不同而排成队列。在每一行队列前面，都有一个人在组织和指挥队列里的人高呼口号。队列最前面的人都手持彩色宽横幅，横幅上都写着同样的内容：还我工资。队列里每个人手里都持有一面写着"讨薪"二字的彩旗。彩旗在高呼口号的人手里有节奏地摇动，广场上一片波动的彩色海浪，场面十分壮观。广场外面，还有人带着队陆续地到达。

吴悟敏交代高老板带乐队在场外不远处待命，要求他们绝对不能走开，要随时接受演出的命令。交代完这一切，吴悟敏快步走到广场队列前面，迅速地扫视了一下整个场面，发现队列里许多人看起来有点害怕的样子。每个队列横幅大小、颜色、字体大小和文字内容都基本相同，像是同一个机构统一制作的。有许多记者模样的人在场地内外来回拍照录像。

在游行的人群里，有人带头呼喊口号，但是回应的声音不洪亮而且不整齐，显得比较散乱。在广场外面围观的人很多，都在议论着，有支持的声音，也有反对的声音，场面比较混乱。

村委办公大楼一楼门前的两侧，各有两排穿着治安队员服装的大汉，他们手持警棍，面向着广场上的群众，将楼房大门严密守护着。

办公楼二三层的窗户都开着，但是都挂着窗帘，从窗帘的缝隙可以隐隐约约地看到屋里面有执勤的武警。广场周边房顶上也可以隐隐约约地看到持枪的特警，他们枪口对准广场，在严密地监视着广场里的一举一动。

村委的高音喇叭从广场四周向场内轮番播放着《新渔市安全管理条例》《新渔市公众集会条例》和新渔村余主任的"讲话"录音。同时广播里不时地插播工会和妇女会负责人的即兴讲话，劝说人们尽快理性地离去，反复解说参加聚众闹事的严重后果。

吴悟敏看过了场内的情况后，又来到广场的最外层。几十个手持警棍、戴有村治安联防队标志的队员整齐地一字儿排开站着。十来个身穿村治安联防队员服装的人在来回走动着，以防某些人的过激行动。另有村治安联防队员在收缴那些拍照、录音者的设备和器械。遇有反抗的人，治安队的人立即上前或劝服或制服。

吴悟敏眼光四顾，希望尽快找到村治安联防队的周队长。有几个治安队员昨晚见过吴悟敏，都向他摆摆手势，算是和吴悟敏打招呼。正好，周队长看到了吴悟敏，微笑着和他打了招呼并迅速地走近他。

吴悟敏迎上前，说："老乡，请你帮我一下，带我去见余主任。"

周队长二话没说，立即从自己衣兜里取出一个工作牌挂在吴悟敏脖子上，并带吴悟敏进入大楼，在二楼的办公大厅见到了余主任。

吴悟敏走过去和余主任握手，握手时正好看到了楼下广场上的人群。也就在这个时候，他无意中看到了楼两侧的部位，在已经打开的玻璃幕墙的窗口内侧，似乎有枪管模样的东西向外瞄准着。吴悟敏在窗帘的缝隙看到了好多朋友，男的有强仔、曹仔、林师傅、姚来喜和水吧的阿亮等人，女的有他认识的公关部长尚丽娜和自己见过面的"应召女郎"春妮、春花等人，他们也在这里当起所谓的工人头目来了，这一重大发现，让吴悟敏感到很兴奋，对自己计划的顺利实施充满了信心。

余主任故作惊奇的样子问道："吴总，你怎么来了？今天我这里好像不是开监理工程会议呀？"

吴悟敏此时没有心思和余主任开玩笑，直截了当地说道："我是来见骆书记的，是他叫我来找他的。"说着，拿出骆书记签字的卡片给余主任看。

余主任瞄了一下他手中的卡片，双眼直直地盯着楼下如海潮一般的人群，头也不回地轻声地说："这里没有骆书记，只有市委吴副书记、市里的黄市长和另外一些市里部门领导，他们正在那里开会。"

吴悟敏坚定地说："我猜他一定在这里！你一定要带我去看他！"说话的口气很严肃。

余主任此时扭回头看着吴悟敏，小声地说："骆书记是昨天来我们村进行调研的，昨晚不知是谁走漏了消息。本来他们是计划包围市政府大楼的，不知怎么包围起我们村委大楼来了，搞得我都下不来台。骆书记本来可以率领市委市政府班子成员离开这里，可是他执意地要留在这里解决问题之后再走。我估计他是要观察这次群体事件幕后主使人的蛛丝马迹，现在骆书记的办公室被武警守卫着，任何人都不许接近。你来得不是时候，万一这次事件擦枪走火，骆书记可能会因处事不周而受到纪律处分，一旦事态严重，则有可能会入监受审。只有平息这次群体事件，他才可以平安无恙。当然，他的对手就会锒铛入狱。只有那个时候，你才可以见到骆书记。不过，我可以带你见市委吴副书记，他被市委授权全权处理今天的事件。去看看他是不是想见你。"

吴悟敏说道："这样也好，那就先让我见吴副书记吧。"

"试试吧，你跟我来！"余主任说完，就带着吴悟敏进到一个武警持枪守卫的办公室套间，一个身材魁梧的中年男人坐在那里打电话，这个人就是市委吴副书记。等吴副书记打完电话之后，余主任上前和吴副书记小声地说了几句，就退了出来。

吴副书记坐在沙发上，招手示意要吴悟敏到他面前的椅子上坐下。吴悟敏隔着一张办公桌，在吴副书记指示的那张椅子上坐下来。办公桌上有好几个录音、摄像和传话功能的按钮，还设有两只麦克风，侧面的墙上有一平板电视显示屏，显示屏上正在滚动播放着楼下广场上正面和各个侧面的人群动向。

吴副书记一只手拿起茶壶，将泡好的茶水倒入一只茶杯里，然后用一只手拿起递到吴悟敏面前的桌子上，并细心地观察着吴悟敏的神态。

吴悟敏说了句谢谢，就用双手端起茶杯品了一口茶水，然后放下茶杯，微笑地说道："好茶！好茶！是贵州的白牡丹。"吴副书记的脸上随即闪出一丝轻松的微笑。

"既然你专程到这里来找我，那么，你对今天的事件有什么高见？"吴副书记平静地问道。

"事无大小，皆要举重若轻，大事化小，小事化无，这就是为政之道，其利皆是在为了社稷。世间的事，无所谓好坏，坏事里皆有好事的结果，其功将书篆刻于汗青之千秋。群体事件未必件件都是从群众的心愿而出发，奇巧地解决众人之心结，足可以显现出智慧之高超所在。"吴悟敏脸色平和，侃侃而谈。

"高论！但是空话无益，你认为具体如何解决？请你将可行性建议具体详细地提交给我，如果你写好了，请拿出来给我看。"吴副书记语气逼人。

"群体事件如蚕丝缠绕，安抚起来要学习蚕丝女工们的手艺，一团乱丝，看起没有头绪，实则一抽头即可理顺。今日之事不可以用快刀斩乱麻之术，一刀切下，会千头万绪再生烦恼，我们只可见机而行，不可按事先预案和套路出牌。如您信得过在下，不如直接授权委托我来替您化解今日之乱象，可否？"吴悟敏眼神镇定地看着吴副书记。

吴副书记睁大了双眼，盯着吴悟敏足足十几秒钟。他本想拍案而起，展示自己的权威，转而一想，立刻恢复笑容可掬的样子，手一拍桌子，用命令的口气对吴悟敏说道："好，一言为定，我派你全权解决！"

"既然您派我去解决，我有三个小小的条件，吴书记一定要支持我。"吴悟敏话说得轻松而坚定。

"你说出来！"吴书记用手再次拍了一下桌子，说道。

吴悟敏竖起自己的三个手指，用有力的眼神坚定地看着吴副书记，斩钉截铁地说道："一是从现在起，我说话和做事不得有人从中阻拦；二是请求新渔村主任和新渔市的副市长作为现场陪同，要他们暂时听我指挥，叫唱就唱，叫跳就跳；三是在处理事情过程中，说话时不免言语冒犯，请不要事后借故重罚。"说完就静坐等待吴副书记回复。

吴副书记面无表情沉默了几十秒，然后又微笑着站起身，伸出一只手隔着办公桌和吴悟敏握手。用眼睛盯着吴悟敏，接着，又伸出另一只手捏成拳头在空中一举，显示出很坚定的样子。随后，吴副书记坐下来，按了一下响铃，对着一个麦克风说道："余主任，魏副市长和湛副局长，请你们来我这里，蔡警官也请过来一趟。"

余主任和另外三个人进来了。太巧了，其中一个就是吴悟敏那次偶遇新渔村"清无"事件中见到的湛科长。吴悟敏和湛副局长之间用双眼相互传递着友好情谊。

吴副书记用威严的声音对三位领导说道："我与他谈话的视频，还有录音，你们都已经在办公室屏幕上看到了也听见了。现在，我指示，蔡警官留下执勤，其他三位同志配合他行动，去吧！"说着，一只手在空中一划并向前一指。

　　这三位领导很严肃地转身走到办公室门外等候。突然，吴副书记又让蔡警官回到他跟前，说是有几句话交代。

　　蔡警官在与吴副书记简单小声沟通后，就走到吴悟敏的跟前，用命令的口吻说道："请吧！"

　　吴悟敏起身向办公室外面走去，余主任和其他两个领导都跟在他的身后，随同他走出办公大厅。

　　在大厅的一个拐弯处，蔡警官独自赶上吴悟敏威严而小声地说道："只能成功地摆平，不能搞砸锅。搞砸了，你是要坐大牢的。去吧！"蔡警官说完就独自离去。

第五十一章　　载歌载舞

　　吴悟敏带着余主任和魏副市长走出会议大厅，站在二楼的落地式窗前，将窗帘拉开一条缝看了看楼下的广场。只见新渔村村委办公大楼前的广场上，已经会聚了海量的人群。

　　人群分两类，一类是广场四周的围观者，另一类是广场里列队集会的人。人群中每个人手中都有一根棍子，棍子上挂着彩色旗帜，显然是在为武力冲突做准备的。队列之间，有不少人在来回走动着，像是在鼓动和宣传什么。

　　广场外的围观者也在四处游动，大声地喊着什么。在这两类人群之外，还有几个记者模样的人在拍照，村治安管理队员们在阻止这些记者拍照录像，两者之间时有争执，偶尔出现不同程度的肢体冲突。

　　吴悟敏拉上窗帘，带着两位领导稳步走出办公大厅，来到新渔村广场中心，然后登上广场地势最高处的主席台上。主席台上备有会议音响和视频的接线系统，还有一张不锈钢讲桌。

　　主席台是一个长方形高台，顶面有大约三十平方米大小，从地面上去有十级台阶。余主任和魏副市长都跟在吴悟敏身后拾级而上，然后一左一右地站在讲桌的前方。

　　吴悟敏从工作人员那里要了三只无线话筒，一只给余主任，一只给了魏副市长，自己留一只。在连线之后，他一边向广场里的人群们招手，一边高声地喊道："工人同志们，大家好！大家辛苦了！"一连喊了三遍。

　　强仔、曹仔、姚来喜、尚丽娜和队伍里所有认识吴悟敏的人，见到是他们的吴大哥在市领导和村主任的陪同下向自己打招呼，个个都兴高采烈地喊着"领导们好！领导们辛苦了"！强仔看到市里的大领导都陪在吴大哥的两旁，感到来头不小，于是就和其他的领头人打招呼，要求支持他的吴哥，于是广场上的人群都被鼓动了起来，大家都使劲地大声喊："好！好！好！"

　　吴悟敏此时大声地喊："我再问候一声，工人们，大家好！"这时，全场的人被感染，齐声地喊道："好！"

　　吴悟敏再次高喊："好，就鼓掌！"在吴悟敏的带领下，全场的人都和他一起有节奏地鼓起掌。

　　吴悟敏鼓完掌，就喊道："市政府给我们送钱来了，大家要不要！"

　　全场喊声嘹亮："要！"

　　吴悟敏再喊："要，就请大声地说出来！"

　　全场的喊声更高："要！要！要！"

　　吴悟敏喊道："要，就要拿出我们的诚意！要钱的，就请放下手里的东西，高举起双手为我们自己的胜利鼓掌，为我们的好政府鼓掌，好不好！"

　　全场的人都高声地喊："好！好！好！"一边喊，一边就将手里所有的横幅、旗杆和其他的工具都迅速放到地面上。

　　那些记者模样手持相机的人，左看看右看看，无奈之下，也都放下手中的相机并挂在自己的脖子上，和大家一起举起双手鼓掌。

　　此时，村治安联防队的队员们在周队长的带领下，趁机快速地从地面上将所有的条幅、旗杆和其他的工具都收集起来，集中放到村委大楼里的屋子里堆在一处，关上门，再挂上大锁，由几个大汉看守着。

　　同时，吴悟敏有节奏地不停地喊："钱！要不要！"

　　全场的人一边高喊一边有节奏地鼓掌："要！要！要！"

　　"要不要！"

　　"要！要！要！"

　　"好不好！"

　　"好！好！好！"

　　"静！"吴悟敏大声地一喊，广场上立即鸦雀无声。

　　"我在这里，代表新渔市党委，代表市委吴副书记来的！我是、代表、他们，是来给大家、送钱、来的！"吴悟敏铿锵有力地高声说道。

此时，全场的人都再次高兴地鼓掌欢呼起来："好！好！好！"

"静！"吴悟敏大声地一喊，广场上又立刻鸦雀无声。

"全市工人的欠薪累计大约两千万元。这些钱一周之内如数发到大家的工资卡里，我们要感谢吴副书记，要感谢我们的市委，感谢我们的市政府！"

广场上一片欢呼："感谢党！感谢政府！感谢党！感谢政府！感谢党！感谢政府！"

"静！"吴悟敏大声地一喊，广场上又是立即鸦雀无声。

"政府将派工作人员到工地，两天之内将欠薪数据和人员名单制表核实，银行将派工作职员到现场办公发银行卡，一个星期之内，钱都会发到每一个工人的手里，大家都能拿回欠薪。这笔钱先由政府垫付，然后再从建筑商和厂方那里协调，统一按欠薪数量如实收取。"吴悟敏说到这里，停顿了一下。

广场上的工人们好像有点不相信的样子，大家都在交头接耳，场内有点混乱。

"我左边是市长，右边是余主任，他们都在这里给你们担保，请你们相信党！相信政府！请你们相信我！"吴悟敏高声说。

"是的，我们做证！"魏副市长和余主任两个人都高声应答。

"大家相信吗？相信，就请大声说出来！"吴悟敏喊道。

"真的！真的！真的！"全场齐声应答。

"好不好！"吴悟敏喊道。

"好！好！好！"全场齐声应答。

"好，就一齐鼓掌！一起嗨起来！"吴悟敏高声喊道。

"好好好！好好好！好好好！"全场有节奏地鼓掌呐喊。

"静！"吴悟敏大声地一喊，广场上又立即鸦雀无声，吴悟敏又大声地喊道：

"我在这里告诉大家一件大好事，市里看到大家开会辛苦了，市委和吴副书记专门派来了摇滚乐队给大家表演，大家想听不想听？"

"想听！想听！想听！"场面又一下子活跃起来。

"市长、村主任和我领导大家一起跳舞，大家要不要一起跳？"

"好、好、好！要、要、要！"

吴悟敏立即拿起话筒高声宣布："现在，我们就用热烈的掌声，有请新渔市打工者第一摇滚乐队进场！"

等在场外的摇滚乐队，早已迫不及待。一听到吴悟敏的召唤，他们都急急忙忙挤开人群，进入场地中心，快速地布置好音响和场面，排好乐器和演员队列。高老板走上主席台，跑到吴悟敏身边小声地问道："演什么呀，老板？"

"先来一曲中国的民乐合奏《喜洋洋》呀。"吴悟敏小声地回答。

"我们没有那么多民乐，也没有排练过。"

"有这首歌的歌碟吗？"

"这个真的有！"

"放出来，你们那些拿着乐器的人都跟着音乐一起演奏起来，该做啥就做啥，该咋演奏就咋演奏。"

"下来呢？"

"西洋乐合奏《欢乐颂》呀！方法照旧。"

"好！再下来呢？"

"不是说好了吗？要演唱我写的那首歌《妈妈在呼唤，儿子回家吧》的呀！"

"我的大老板喂！这么大的场面在闹事，怪吓人的哟！主唱歌手早就被吓坏了，他跑了，其他的人又不会唱，怎么办？"

"好办！你们拿那个曲谱奏乐，我来朗读，行不！"

"高！高！实在是高！你的智慧比山高，我也脑洞大开了。"

高老板跑下台阶，很快组织好了乐队，接好通电线路，一边在高音喇叭里放碟，一边开始了乐队自己的演奏。高音喇叭的歌声加上摇滚乐队的伴奏声，加上强大的打击乐声，音乐震撼了全场所有的人。

吴悟敏对魏副市长和余主任说："这下该我们三人表演了，我们随便扭，该咋扭咋扭，想咋扭就咋扭，他们要的是嗨，我们现在要把他们全场的人都嗨起来。"

《喜洋洋》乐曲一开始，全场的人都群情高昂地跟着音乐拍子跳动，接着又有人进到乐队前面跳起广场舞来。

吴悟敏一只手拉着余主任，一只手拉着魏副市长，一起走进跳舞的队伍里。他们三个人都肆意地扭动着自己的身段，魏副市长和余主任也被兴奋的人群所感染，跳得很嗨。吴悟敏赶紧拉住强仔、尚丽娜快速奔向主席台，吩咐他们带头表演跳广场舞。

强仔和尚丽娜认真地跳起来，在场的工人们在这一男一女的带领下，边学边跳边扭动着自己的身段，全场一片欢呼声，工人的队列全乱了，跳舞的人扩散到整个村政府广场，围观的人也都加入了群舞阵容。

强仔拉着姚来喜，又召集了几个人给大家表演广场舞。还有几个年纪稍大的工人不甘示弱，组团给大家表演了几招简易太极拳。

《喜洋洋》乐曲一演奏完，又演奏《欢乐颂》。

吴悟敏此时又拉着余主任和魏副市长走到主席台上，和强仔、尚丽娜一起在主席台上领舞，然后他用话筒高声喊道："来！我们大家一起跳广场舞，好不好！"

"好！好！好！"全场人边跳边齐声高呼着，开始疯狂地跳起广场舞。

此时有几个女孩子冲上主席台给大家领舞，吴悟敏、余主任和魏副市长跟在这几个女孩子后面一起跳舞。

有不少记者模样的人，都拿起相机不停地拍照和录像，忙得跑来跑去不亦乐乎。

《欢乐颂》曲目一完，吴悟敏在麦克风里高声喊道："我现在给大家即兴朗诵一首诗歌，好不好！"

"好！"

"要不要！"

"要！"

"掌声在哪里！"

全场响起雷鸣般的掌声。

"好！奏乐！Music！"

音乐再次响起，吴悟敏大声朗读为寻找儿子所写的诗歌《妈妈在呼唤，儿子回家吧》，全场一片安静：

妈妈在呼唤，儿子回家吧

我们都是妈妈的孩子

妈妈牵挂着我们

妈妈在眺望和期盼

在石头铺的村道上

在贴着对联的家门前

在阁楼上的窗口

在耕种的稻田里

在花开的季节

妈妈似阵阵的花香

围绕在我们的身旁

在飘雨的日子
妈妈像一把小伞
让风雨对我们无伤
在吹风的天气
妈妈仿佛一件外衣
为我们驱走了凄凉
在飞雪的时候
妈妈犹如一根火把
温暖了我们的身体
照亮了我们的前方
春去秋来寒来暑往
妈妈历经了多少沧桑
是妈妈给了我们生命
给了我们力量
让我们看到了未来

妈妈是一艘大船
载着我们驶向大海
去追寻生命的奥秘
去探索世界的神奇
妈妈是一曲动人的歌
带着我云游四方
用她那优美的曲调
颂吟着祖国的历史
妈妈像秋夜中的明月
在我们孤独无助时
妈妈会陪伴支持我们
给我们充满信心
妈妈是一缕春风
吹生着世界万物
盈盈的步履间
带来了勃勃的生机

在许多的时候我们不太懂事
执拗和调皮主宰了我们的生活
而妈妈总是原谅着我们
我们就像那长不大的孩子
虽然我们有好多心事
却不愿说与妈妈知晓
我们曾任性地排斥
妈妈爱我们的方式
想逃离妈妈到远方去
做我们想做的自己
当我们离开了妈妈才想说给妈妈听
妈妈，我们爱您
我们不知道现在说会不会太迟
妈妈会不会笑我们还像个孩子

妈妈一天到晚为了我们而忙碌
每年每季每月每天每分每秒
不辞辛劳无怨无悔
我们要在心里唱一支伟大的歌谣
每秒每分每天每月每季每年
　　　平安幸福地祝福我们的妈妈
　　　直到永远
　　　妈妈在呼唤着我们
　　　呼唤着，回家吧，孩子
妈妈在天天地盼着我们平安
　　　盼望我们平安地回家看望她

让我们用对妈妈的爱
真诚地跳起人生的舞蹈
用我们灿烂的舞姿
寄托着所有对母爱的心
演绎我们幸福快乐生活
记载母爱的甜美的歌谣

我们要用我们幸福平安的人生

激情而执着地写一首诗

让血液滋润母爱的抒情

为母爱镌刻不朽的丰碑

  要用我们的幸福平安

  呼唤出我们的心声

妈妈，我们感谢您

妈妈，我们永远爱您

为了我们亲爱的妈妈

为了我们敬爱的妈妈

我们都会平安幸福地回家

看望她

山再高，没有妈妈的爱高

海再深，没有妈妈的爱深

天再高，没有妈妈的爱广

地再大，没有妈妈的爱包容

太阳再亮，没有妈妈的爱温暖

云朵再纯洁，没有妈妈的爱洁白

花朵再美丽，没有妈妈的爱灿烂

最好的幸福，就是在妈妈的身边

妈妈在呼唤

  儿子回家吧

  妈妈在呼唤

  儿子回家吧

妈妈在呼唤，儿子回家吧！

  吴悟敏想到自己儿子至今下落不明，一阵伤感涌上心头。他一边朗读一边流泪，半年多的心酸和感慨一起涌进他的脑海，使得他泪如泉涌。他不能扭过脸去擦泪，在这个场合，他没有自己去擦泪的私密空间，他边流泪边诵读着。

  在场的人都在听着吴悟敏动人的诗歌朗诵，也沉浸在各自生活的回忆中，谁也没有注意到吴悟敏在流泪，也许他是在流汗呢。大家只是一边随着朗诵的频率，在慢慢地摇动着身子随着音乐翩翩起舞。

不等吴悟敏的诗歌朗诵完毕，尚丽娜带领春妮和春花在广场里的花坛里各自摘了一大把鲜花走上主席台将鲜花送到吴悟敏的怀里，并示意台下正在采访录像的记者与吴悟敏合影，又与余主任和魏副市长合影。这时，台下大批的人都要拥上主席台和吴悟敏、余主任和魏副市长合影。

摇滚乐队在吴悟敏的要求下，循环地演奏着《妈妈在呼唤，我们回家吧》这首歌的曲子。歌声悠扬婉转地在天空回旋，有人当场号啕大哭，有人在高喊着说："我想回家，我要回家看妈妈！"

歌曲演奏完了，现场的人们还意犹未尽。吴悟敏在高音喇叭里喊道："工人同志们，今天我们在一起乐也乐了，玩也玩了，我们的目的也已经达到了，现在时间不早了，我们该去做正事了。请大家赶快回到自己的工地去，回到自己的工作岗位上去，去那里领取自己应当得到的劳动成果去吧！去领我们自己的血汗钱吧！走吧！走吧！走吧！"

在此同时，吴悟敏给在场带队的强仔、曹仔、姚来喜、阿亮、尚丽娜、春妮和春花等头头们招手示意，示意他们带领自己的队伍离开广场。

强仔他们各自带领讨薪工人迅速离场。不久，满场的群众都全部离去。

第五十二章 何去何从

当"讨薪"的人群全部散去，广场地面被村治安联防队队员们清理完毕之时，一阵尖锐刺耳的警笛声由远而近，十几辆警车鱼贯来到新渔村村委大楼前。

从村委办公楼和邻近楼房里下来的武警及其他官员们，陆续坐进警车里后，车队又呼啸而去，离开了村委大楼。吴悟敏被武警强制性地邀请，坐进了其中一辆警车，来到了派出所。

同车的警察很礼貌地邀请吴悟敏进派出所一号笔录室里。笔录室里有好几张办公桌，每张办公桌上有两个录音筒，四周墙上都安装有摄像头和显示屏幕。

吴悟敏刚进到一号笔录室时，看到门口外面有许多人在武警押解下陆续走过，他看到了强仔、姚来喜、曹师傅和阿亮也在其中，估计这些人也是被"请来"做笔录的。

说来也巧，一号笔录室里坐着一个威武的警官，这警官不是别人，正是新渔市新上任的公安局湛副局长。

湛副局长示意吴悟敏坐在自己办公桌的对面，然后严肃地说道："吴总，很巧，没想到我们会在这里见面，我今天奉命专职监督你，等一会就有人过来找你谈话。"

吴悟敏说："对不起，我给你们的工作添乱子了。但是，按照法律条款，我现在只是个嫌疑人，在你们出示逮捕证之前，我还是应该回单位上班去。等你们立案起诉我后，我会拿着你们的传票来报到的。"吴悟敏坐下来后又站起来，想离开这里。

湛副局长说道："你现在必须听从我的命令，老老实实地坐在这里。今天的事情，我无权评价你。骆书记和吴副书记正在向上级领导汇报、沟通，需要确定统一的口径。你现在坐在这里静候休息，你们公司领导也被我们传唤来了，他们必须对你的表现做出表态，他们必须要为你承担法律责任和行政责任。"

吴悟敏问道："骆书记对我有什么具体说辞？"

湛副局长说："这个我不清楚，你也没有权利问这个，我只知道局长要我这样安排你。"

吴悟敏又坐下来，和湛副局长聊起天来，说道："你不觉得我今天舞姿跳得很好吗？"

湛副局长说："我个人认为你今天跳得很好，像卓别林。不过，我们局长对我说，你打乱了我们事先安排好的计划和部署。而且他说，你没有理解吴副书记对你的要求，你自己严重地触犯了法律。"

吴悟敏微笑地说道："触犯法律？"

湛副局长说道："是的，局长说，你是触犯了法律，而且很严重。"

"罪名应当是什么？怎么个讲法？"

"一是诈骗罪；二是私自组织团体公开演出罪；三是组织聚众闹事罪。可能要入狱多年。"

"请帮我解释一下？"

"吴副书记后来查出你根本就不在组织里，你却冒充组织，还扬言代表市委市政府，这就是诈骗；政府并没有准备好那么多的钱替包工头垫付工人的拖欠工资，可是你对外宣传了，搞得政府和银行都很尴尬，金融运作，不是你想的那么简单。这下可好了，政府必须筹钱了，目前已经动员了全市所有银行来协办这件事。"

"组织聚众闹事罪呢？"

"公安条例有规定，在公共场所进行大型演出和聚众游行集会的，必须要有批文，你有吗？"

"组织聚众游行聚会？是我吗？证据呢？"

"你如果没有组织聚众游行聚会，那么，那个摇滚乐队，是你一招手他们就会来的吗？你没有事先组织，你一抬手他们就会给你表演吗？还有，上千人的群体非法聚会，你一挥手他们就都走了，而且走得干干净净，你不组织他们行吗？不是你又是谁在组织他们？"

"这样一推理，好像说得倒有理哦！还有其他的罪名吗？其实，世界上有许多事情是有巧合的，这个，你不信也得信，反正我是信了，真的是巧合。"

"我的职业不信巧合，只信案例和记录。就这两条，就够你喝一壶的。"

"你们打算何时起诉我？"

"我不跟你瞎扯这些了，这里是笔录室，不能乱说乱问，这里的每一句话每一个动作都有录像录音。"

"为啥？"

"你别再问这些好不好！你也不必再说了，你也不要再闹了，好吧，我的吴大哥！"

"那咋办？我总不能这样干坐着。"

"等一会儿，你公司领导会来领你的，是被逮捕入狱，还是释放你自由，他们会告诉你的处理结果。"

当他们正在聊的时候，吴悟敏的顶头上司、监理公司里的程总和王总都进来了。

程总和王总脸上都没有什么表情，满脸痴呆的样子。他们进来以后也不坐下来，就站在那里。王总对吴悟敏说："市公安局局长叫我们来领人回单位的，我和程总都在你的资料上做了保，并画押签了字。现在你就跟我们就走吧。"说完，他就和程总一起转身向门外走去。

吴悟敏起身就跟在王总后面向前走。程总停留了一下，走到吴悟敏后面，三个人就这样离开了派出所大门。

门外，程总小车发动机还在开动着，程总的专业司机陈经理坐在后排座位上。程总走到驾驶室，吴悟敏被安排在副驾驶座椅上，王总到后排和陈经理坐一起。三个人一上车，车就很快地开走了。

　　"吴总，市委骆书记他说想要见你。他要我先问问你，看你自己说你去还是不去？要去，我们现在就送你去。你不去，我们就回总公司。"程总边开车边说。

　　"不去了吧！"吴悟敏轻描淡写地回答。

　　"为什么？"程总问道。

　　"这样会给他添更多麻烦的。十多年都没有见过面了，这次不见面也说得过去。"吴悟敏回答道。

　　一路上，车里的人谁都没有说话，车内一片寂静。到了总公司的办公室里，陈经理从程总那里拿了车钥匙，什么也没有说转身走了。办公室里只有程总、王总和吴悟敏三人，分坐在茶桌两边。吴悟敏这时很想喝茶，可程总、王总根本不提要喝茶的事情。

　　程总先开口说道："吴总，我简单地对你说吧！骆书记叫我和王总带话给你，说你今天玩得太大了，个人情感和公事应该是要分开考虑的，你没有想到区分的问题。你的计划和打算，都没有事先征得在场市领导的批准同意而擅自行动，你将了市委、市政府一军。他说，你可以立即去见他，他要你亲自打报告，就说要求他送你去党校学习三年，以便解决组织问题，然后再安排你回新渔市工作。否则，你必须立即离开新渔市，三年内不能在新渔市任何单位工作。这是市党委的集体决定，骆书记他自己也毫无办法。我现在告诉你，我们公司的实际控股人是吴副书记的哥哥，控股人已经传话给我和王总，他已经决定解雇你，要我们坚决执行。"

　　王总接着说道："吴总，我们公司解雇你的时间是从明天早晨九点起正式算起，我会按照《劳动合同法》结算今天以前的全部工资和福利，再加一个月的工资。公司从情感出发，支付你三个月的工资作为待业补贴。你明天就来总公司财务部办理手续，你可以继续居住到离开这里。我建议你和原单位联系，最好回原单位工作。"

　　"我已经办了停薪留职手续，回去工作已经不可能了。不过，也不要紧，我在这里还需要居住一段时间，我可以给公司付房费和水电费，我是来找儿子的，等我找到了儿子，或者有了他的准确信息，我就会回家去，其实，我并不是专门来这里赚钱的。"吴悟敏平静地说道。

　　"你办了停薪留职？那你不能再回去工作了？"王总问道。

　　"可以回去，回去以后还有很多事情可做。既可以回去帮老婆做饭，也可以去承包土建工程和监理工程来做，我的人缘足够我去拿工程单的。另外，我还可以到其他城市里去继续做我的监理工程师。我现在对监理工程师这个工作有了独特的体会，做起来还是觉得很好玩的，我还想继续这样走下去。"吴悟敏微笑着说。

吴悟敏说完之后，屋里三个人都沉默了好几分钟。还是王总开始说话："吴总，骆书记对我说，如果你刚才主动答应去找他，他可以派你去党校学习三年，你在学习期间，他会在退休之前安排好你的工作。如果你不主动去找他，他从此再也不会牵挂你。现在我实话告诉你，我是奉骆书记之命给你寄发邀请函的，我应当承担你的损失，我给你一点小小的补偿。"王总说完就从自己的公文包里取出五万元交给吴悟敏。

"我也给你一点补偿，作为你这几个月以来对公司贡献的奖励。三年之后，讨薪风潮的影响过后，只要你愿意来我这里，我们公司还是欢迎你再来参加我们的开拓和发展。"程总说着，就从自己抽屉里取出五万元交给吴悟敏。

吴悟敏也不推辞，都接过来细心地收好了。他在新渔市这几个月也学会了平静地接受别人的补偿，别人给的钱是没有理由推辞的，推辞就是对别人的不信任，也是对别人的不尊重。况且他现在也真的需要这些钱，或是去创业，或是搞家庭投资，或是辗转各地去寻找儿子，这些都需要钱，于是他平静地说道："谢谢你们的支持和帮助，我随时等待着你们的召唤，随叫随到。"说完这些，吴悟敏提起自己的公文包就要离去。

王总喊他回来，递给他一个信封，信封的封面是白皮的，没有文字，没有封口。

王总说："吴总，这是骆书记给你的亲笔信，你拿好，回去再打开细读，读完后就请立即销毁。"

"好的！谢谢！"吴悟敏将信封细心地藏在自己的内衣兜里，与程总、王总一一握手之后走出办公室。

第五十三章　紫气东来

吴悟敏和领导告别之后回到宿舍，看看时间，下午七点多，公司食堂的晚饭时间早已经过了，即使开饭时间没有过，他也不会再到那里就餐了，因为自己已经不是公司的员工了。

他开始感到很饿，又有点孤独之感，他想到街边人多的排挡里吃点什么，但是他又感觉有点累，又不想再走动，于是就在冰箱里找了一些饼干和果汁充饥。他一边吃着喝着，一边为自己近期的生活行动做了计划：首先，用一天时间好好睡它一觉，睡够了以后，再上街买一台高品质的电脑给儿子带回去。然后将存折里的钱和手里的现金存到一张银行卡里，消费起来方便一些。然后再整理一下自己回家的行李。

他想到这里，兴致勃勃地又拆开一包法国原装进口饼干，从冰箱里取出一杯巴西纯咖啡饮品和一罐高级功能饮料，一边吃着喝着，一边打开电视机切换到都市综合频道。

没想到，刚打开电视机，就看到新渔村公共电视频道正在转播本市的两条新闻：标题分别是"新渔市建设局副局长因工作不力被免职"和"新渔市市政府在新渔村广场上召开返还拖欠农民工工资的大型活动，市长和农民工一起翩翩起舞"。电视节目里反复播放副市长、余主任和吴悟敏带领全场群众一起跳舞的特写画面。有时还插播市委、市政府领导在"我们都是农民工的打工者"的巨型标语背景前面办公开会的特写场景。

吴悟敏录下了这段有自己领舞的视频，反复欣赏着自己扭来扭去的可笑样子。笑完了之后又觉得没有什么意思，于是又删除了这段视频，同时也关了电视机。

这时，手机里的短信在嘀嘀地叫着。他看一下自己手机里有那么一大堆短信，觉得应该处理一下。

手机里第一条短信是尚丽娜来的："在吗？我是尚丽娜，我是卖给你优盘、送你丝巾的那个女孩。我送你的那条真丝纱巾还在吗？你在哪里？我们可以见面吗？"

"谢谢美女，感谢你我之间的缘分！感谢你的丝巾！我已经将你的漂亮而高贵的纱巾寄给了我的夫人。感谢你那天晚上在钟点包房里对我的理解和宽容，感谢你那天对我的真诚帮助，要不然，我们之间可能会发生不愉快的事情。我那明天就要回家乡了，车票都买好了，希望这条短信是我们最后一次联系。"

"什么车？在哪里上车？哪一次？我一定来送你！"

"不要啦！"

"吴总，我知道你是国家注册监理工程师，我很喜欢你，尤其是你今天上午的表现，让我觉得你是一位英雄。你人品正派、心地善良、做事果断有魄力，而且长得也很帅，我真的想嫁给你。我有一个电器工程材料设备的销售公司，年经营利润在数百万元；我还有一个公关公司，手下有几十人，年利润近百万元；我有一栋别墅和两套高档写字楼，价值过千万。我嫁给你后，我们俩可以继续经营，也可以全部套现去周游世界，过悠闲的生活。我在新渔市打拼多年，从心里喜欢上了你，或许你是我人生里真正的初恋。请你相信我说的一切都是真的，吴总，我真的很爱你。另外，我告诉你，我们之间的缘分不是随机的，而是有预谋的。"

"小姐，我相信你说的都是真的，你的预谋我不会计较，但是，我是有爱人和儿子的人，我和你不可能结婚。"

"我们的缘分是一个预谋，但不是我的预谋。我在预谋的缘分里爱上了你，只要你同意，我可以给你爱人一百万或更多，相信她会很高兴地和你离婚。女人都是喜欢钱的。孩子，我们可以带走，我喜欢孩子。万一她不同意离婚，我们可以同居，在法律上叫实际婚姻。就像你们有的监理工程师，可以挂靠多个监理公司搞工程一样，我们可以过事实上的婚姻生活，现在世界各国，有许多同居式的事实婚姻。"

"你说的这个，我不太理解，对不起，我现在还有事办，再见，晚安！"

第二条短信是强仔来的："吴哥，在哪？"

"我在宿舍里。下午我看你和姚来喜都去派出所做笔录去了，我担心你们这次要坐好几年的。嘻嘻。"

"我过去是监狱里的常客。这次多亏了你，吴哥，要不是你灵机一动，为我们消灾消难，我们有可能会被乱枪打死。吴哥，现在想起来好可怕！"

"你们搞游行，搞集会，和政府作对，不被清场才怪呢！以后就不要那样傻了，你又不缺钱。"

"吴哥，你是不知道的，我们不参加，以后就没得活做。与其被饿死，还不如赌一把。我是生活在海浪顶上的滑翔者，身不由己。这一次我又赌赢了，哈哈！他们同意我注册劳务公司，名正言顺地招人赚钱。我手下目前已经有两千多人力，每年赚钱可以过百万，我不要再冒今天这样的风险了，我成功了。吴哥，我现在就聘你当我公司的董事，你什么都可以不做，我给你分两成干股，你是我的救命恩人，你就是我的诸葛亮。"

"我不会再和你们这样的人去冒险，我只觉得今天这事很新鲜，我头一次听说有这样的事情。"

"吴哥，听内部人士透露说，你要离开新渔市了，这是真的吗？"

"没有的事呀！强哥。"

"你别骗我，我这是听内部人士说的，你必须离开新渔市，你什么时间走？你提前告诉我，我和姚来喜，还有我的弟兄们都来送你。"

"谢谢强哥，你们都很忙，就不要来送我了。"

"那就算了吧！反正你们这些人是看不上我们的，我也不勉强。"

"强哥，话也不能这样说。"强仔那边没有再回信息了。

突然，吴悟敏手机的电话铃声又响起，他一看，是余主任来的：

"吴总，在吗？我有要事给你说。"

"啥事？主任！该不是又有什么事要我去跳舞吧！阿弥陀佛，别再有了！"

"这几天的事都已经过去了，上级已经对这事做了定论，该暴露的坏人已经暴露出来了，要处理收监的官员已经被控制了。我现在要给你说两件事，一件好事，一件坏事，你愿意先听好事，还是先听坏事？"

"我反正已经是停薪留职的人了，现在又被你们新渔市的人赶走了。好事也就那样，不如先告诉我坏事是什么。"

"坏事是你被人家赶出新渔市，三年之内不得再回来。"

"哦！这事呀！我还以为是什么事情呢！不回来就不回来呗！我压根就没有打算在这里扎根，我原本就是这里的匆匆过客。"

"你这样说，我就高兴了！"

"我不再回新渔市，你为什么高兴？"

"我要帮人家一个忙。我有个朋友是潮州的大老板姓董，他在新渔市东边的东鹏市有很多土建项目在做。那些工程的钱好拿，利润高，但是，有些工程把他搞得焦头烂额。他叫我推荐一个协调高手做他的顾问，我就推荐了你，你去也得去，不去也得去。在那里，工资多少由你提，你自己要的帮手由你自己招，包吃包住包办公费用，有专车有司机，还有专门给你的大办公室和精明的马仔，条件不错。明天上午九点，他亲自开车来接你，我们的周队长为你送行。到时候你将他的工程搞成全国的典范，再为他们县里的土地整理工程写一份报告文学到国家报纸上一登，再写一部电视剧本拍出来，那时候，那才是你自己的生活意义呢！"

"余主任，你也太强势太霸道了，怎么说要我走就要我走呢？我不走了那又怎样？"

"吴总，那里真的是个好地方，有山有江有海有平原。农田整理工程的顾问，工作就是游山玩水，生活就是山珍海味。你为何不快乐哉！"

"你这样说，还算是有点意思的。"

"东鹏市，有个东鹏半岛，美丽至极到不可言状。那里美女如云个个开放，你想玩什么都有，真是人间天堂。香港人拍电影电视都会到那里去选人选景，去那里工作才最有意思呢！"

"余主任，你为什么一定要我去那里呢？"

"告诉你吧！三年之后，我们新渔村正式拉开重建的序幕，有许多好戏都离不开你这样的人来唱主角，我先将你冷冻储藏在东鹏市，三年后，我们新渔村重建，又会请你回来和我一起跳舞唱歌。"

"啊！我好感动啊！你还有什么好事要说告诉我？"

"好事，是这样的，我们村委会的妇联干部她培养了一个比他年轻十岁的丈夫成为法学博士生，去美国留学，学成之后一回来就向她提出离婚，没办法，打官司她是打不过那个专门学法律的，只好离婚。手续刚办完，她说看上了你吴总，叫我来做媒，如果同意，你们马上就先去结婚，她自会去你的原单位那里摆平你的老婆。万一不行，那就先搞事实婚姻。她要我把你先安排到我们村委建设办当技术总监，我同意了。"

"这叫天灾人祸，使不得！"

"好，这件事你们两个人慢慢适应吧。你准备好明天出发就好了。我不会和你啰唆那么多，到时候自然有人有车来接你的，再见！"

电话通了将近一个小时。吴悟敏想起了自己内衣兜里那封骆书记的白皮信封。于是赶紧取出来，打开信封。抽出信件一看笔迹，真是骆书记的亲笔信，于是他急急地看了两遍。

骆书记的信中是这样写的：

小吴：

我猜定你不会来看我，我是懂你的，所以我就准备了这封写给你的信，托王总递给你。

你从18岁来我的公司，给我写了无数封建议书，都是希望我的工作搞得更好一些，我今天在此对你表示感谢。那时候你写的许多建议有点超前，连我这个过来的老革命都看不大懂。那些很有理论性的建议，我都转到部里相关部门去了。由此，你受到了部里的重视，他们曾派了一个三十五人的调查团去了你的家乡，可是，你父亲的历史问题对你有一些影响，这事至今都对你保密着。

我曾带领你们施工处的领导们去你的宿舍看过你两次，可是你从来就没有来找过我，你欠我一个礼貌的答复。我在你们的理论组讲演时，我专门坐在最前排的矮凳子上看着你，听你讲，给你鼓掌，可是你还是没有来看我，你又欠我一个礼貌的答复。那一年我派你去省总工会参加研讨班，给你开了组织介绍信，你没有交那里的支部组织，会议之后你又原样退回，也没有来看我，你又欠了我一个礼貌的答复。前年我从部里来这里之前，到你们公司搞重组，我特地将王雨生从外地叫来，要他带你来到我住的宾馆里来见我，可是你在离我十几步远的地方时，你无言地突然转身离去。你那是一个不礼貌的答复。你的年轻同乡和同事们，他们天天地都来找我，有的要求加入组织，有的要求调换工作，有的要求工农兵上大学的名额等等，我都适当地帮助了他们，可你就是没有来找过我。我不知道你写了那么多高水平的建议书是为了什么。我是装作看不懂你，实际上你是看不懂你自己，是一个被动的生活者。你不给我伸出手，我无法拉你一起走。好像你的一生都只喜欢写命题作文。

以上这些事情，原则上来说，是你对我的大不敬。但是，我还是喜欢你这样纯真而正直的年轻人。这一次我在新渔市挂职搞调研工作，我还是想要你来见我，想得到你更好的建议。你岳父和我是好朋友，我和他都是戎马一生的人。虽然我和他是两个公司的人，但都在一个厂区里工作，你爱人和你认识都是我和你岳父安排的。你自己看起来觉得像是一场自由恋爱，实际上是一个设计。这一次，我和你岳父，还有你最喜欢的老师王立胜一起，又合伙设计了你儿子晓龙逃学出走的故事。其实，你儿子他是在一个国家保密工程里搞土建规划设计实习，实习的地点就在新渔市，是国家一级保密工程设计。他比你强，他已经加入组织了，一个月之后，你儿子就会来看你。我和你岳父的意图，是想让你感受现在国家发展的思路，我们不希望你再那样一成不变。我们这样做，对你的思想素质也是一个快速提高。

过去，是你对我的大不敬。这一次，是我对你的大不敬。我们之间的账目，现在看来已经扯平了。这次公司解雇你，命令你离开新渔市，是组织集体的决定，与我无关，其实对你也无所谓，也许对你更有利。三年以后，新渔村开始正式按照规划重建，余主任对我说了，他们一定会请你回来的。

爱你的骆正魁

祝你一切顺利！

（读后请烧毁，切记！）

吴悟敏读完这封亲笔信后，到洗手间的马桶里将这封书信点火烧了，然后用水冲洗干净。信里骆书记到底向自己表达了哪些意思他都没有去想，而他感到兴趣的是信里所提到的"命题作文"这个词，他微微一笑。每个人都是为别人而生，在别人造就的圈子和条件里生长，在别人组成的环境里左右上下地努力，所有做过的事情，看起来在为自己，其实都是在为别人而奔忙直到生命的终结。每个人的一生，都是在做"命题作文"。普通人和精英们的区别只在于"命题作文"做得大或者小而已。这时他感到那个老头既可爱又天真。他觉得那个老头的想法怎么那样复杂，好像已经不是自己曾经敬仰的那位老革命，也可能是自己的想法永远不会被他们那辈人理解的缘故吧，这是不是代沟的一种呢？

"我为什么要向你要求什么呢？我不要什么就不可以提建议吗？他想得太多了！"吴悟敏觉得那个历经沧桑的老头有点可笑，吴悟敏觉得像骆正魁样的人不应该那样想事情的，难道他没有读过有名的"老三篇"吗？

实际上吴悟敏这时的心情很好，因为自己儿子有了下落，便轻松地笑了。他笑自己多年培养的儿子，在关键时刻都会出卖自己。他更没有想到自己的家人会与他人联合设套来诓自己。不过，这也要怪自己心甘情愿地相信他们，也是自己心甘情愿地跳入他们的圈套，他喜欢做"命题作文"，这也怪不得别人。现在的时代，过于相信自己和过于相信别人的人都是思维上的傻子。

像骆书记这样的一个老人，一个当代不可多得的老人。吴悟敏现在感到自己确实对不起这样的老人。但是，不管什么事情都已经发生了，都已经成了过去，只好自己重新审视自己，正确地慢慢地改变自己，也许自己不可改变，但是，只要自己尽力了就好。

此时，窗外传来谁家电视机里悠扬而又令人伤感的男高音，是一曲陕西名歌信天游曲调的《走西口》，歌词是新编的，唱的是一个有出息的男人在离开家乡外出创业之前时，他内心里难分难舍而又难留的故事。因为自己不是为了吃饭也不是为了展现自己的能力来到这个公司，所以，无论当初为什么要离开自己的家和现在为什么突然要离开这个公司，都没有什么可惋惜的。

吴悟敏对自己来到新渔市这几个月的行程感到很满意。虽然赋予自己寻找儿子的重任已经完成，但不是因为自己的努力才完成的，至少自己为此全力付出过了。

他现在回忆起来，儿子失踪一案，是自己的亲人和朋友挖的一个坑，但是他为亲人和朋友真的跳了，他毫不后悔。况且，自己又顺手做了跨行业的新尝试，得到了国家新行业监理工程师这项工作的真实体会和经验。在工作收入上，得到了数十倍的回报。按照时髦的说法，这是自己人生的第一桶金。虽然相比别人的第一桶金微不足道，对自己来说已经足够多的了。就凭这两点，新渔市之旅是完全值得的。

可能今天的行动对某些人来说是冒失的，但是对自己来说，痛快淋漓地证实了自己的机智和勇敢，也多少帮助了自己的朋友们，也是值得的。思考接下来的打算，吴悟敏觉得最好还是做监理工程师，不用像施工工程师那样风里来雨里去，一年四季都在赶进度赶质量，每天的工作都要接受所有监管方的检查和监督，二十四小时都不得闲；也不用像在开发商那里做工程那样，每天在老板面前低三下四、唯唯诺诺、唯命是从；要写的文件，要批的文件，要做的文件等都已轻车熟路，还有一点实际的权力在手，可以直接和工程项目机构里的任何一方直接沟通，可以显示自己的才智，也可以彰显自己的能力。如果想要额外的收入，多少也可以顺手捞一点利益。如果要想自己创业，也可以自立门户注册新的监理公司，也可以挂靠朋友的公司去接下监理项目来经营，而成本几乎为零。

关于儿子的事情，今后真的可以不要再去管他了，儿子真的已经长大了，就像一只已经可以展翅飞翔的小雄鹰，就让他自由自在地去飞翔吧。

这一夜，吴悟敏睡得很香。

第二天早上，是余主任的敲门声把他给吵醒了。随余主任一同进屋的，是东鹏市来的董老板。

董老板真的开车来接吴悟敏了，他亲自帮吴悟敏提包，走下楼梯，然后亲自将后车厢盖打开，把吴悟敏的行李放进去，然后再盖上车厢盖。

陪同余主任来的还有新渔村的周队长和他的十几个联防队员兄弟。这些身穿新渔村联防队队服的壮汉们，左右两排在门口为吴悟敏站岗壮行。

强仔带姚来喜和一些工人来送行来了，他们几次轮番地拥抱吴悟敏。

曹师傅带来了他自己名下的几个工人来了，他给吴悟敏送来了一套新生产的出口西服。

阿亮不好意思地低着头走到吴悟敏跟前喊一声"吴叔叔"就哭起来，吴悟敏用手摸摸他的头亲热地说："阿亮，我爱你！要为你的人生加油！"阿亮紧紧地抱住吴悟敏，恋恋不舍地站在一旁。

管老板带了他手下的几个包工头，都在给吴悟敏的衣兜里塞红包。

尚丽娜带领十几个女孩子送行来了。她当着大家的面对吴悟敏说："吴总，我爱你，我等你。"然后走到吴悟敏身旁小声地说道："我们俩今后可以为自己的生活重新来过。"她情绪激动，当着许多人的面流下了眼泪。吴悟敏当着大家的面深深地拥抱了她，然后说道："谢谢你！我知道你是真心爱我，但是，我需要时间来思考。"

吴悟敏的话迎来了一片掌声。

吴悟敏再一次和这些人一一地握手道别。

吴悟敏坐进小车后又下来和大家打招呼说再见，同时抬头看了看监理工程师宿舍大楼和远处的监理分公司办公综合大楼。可监理公司没有一个人来给他送别。

吴悟敏仰望天空，阳光灿烂，万里蓝天没有一丝云彩。

说也奇怪，就在这南方的海边都市天空，此时却飞来了一只雄鹰。雄鹰的翅膀和全身都被阳光染成了金色，闪着耀眼的光芒。这只雄鹰从太阳升起的东方向这里飞来，然后在高空中盘旋翱翔几圈之后再向东方飞去。

吴悟敏觉得，这是一种新生活的好兆头。